W0280062

KNAUR

Von Ivo Pala ist außerdem im Knaur Taschenbuch Verlag erschienen:
Schwarzer Horizont

Über den Autor:
Ivo Pala ist Thriller- und Fantasy-Schriftsteller, Drehbuchautor und Dramaturg für Film und Fernsehen.
Um die Stimmung der See, die in der Serie eine wichtige Rolle spielt, besser einfangen zu können, ist er für seine Arbeit an der »Dark World Saga« von Berlin an die Küste gezogen.

IVO PALA

SCHWARZER STURM

DARK WORLD SAGA 2

ROMAN

KNAUR

Besuchen Sie uns im Internet:
www.knaur.de
https://www.facebook.com/KnaurFantasy/

FSC
www.fsc.org
MIX
Papier aus verantwortungsvollen Quellen
FSC® C083411

Originalausgabe März 2017
Knaur Taschenbuch

Ein Imprint der Verlagsgruppe
Droemer Knaur GmbH & Co. KG, München

Umschlaggestaltung: Guter Punkt, München
Illustration Speer: istock/dearbear
Satz: Adobe InDesign im Verlag
Druck und Bindung: CPI books GmbH, Leck
ISBN 978-3-426-51916-5

2 4 5 3 1

Für euch,
die ihr bereit seid, mir ins Dunkel zu folgen.

Wo Schicksal und Schwüre aufeinanderprallen,
scheint kein Raum für Freiheit.
Doch der Schein trügt …

VERLASSEN

ZANE ARKEEN

Dunuum

Die Decke aus schiefergrauen Aschewolken hing so tief, dass man das Gefühl hatte, sie erdrücke das Land. Je länger die ewige Dunkelheit anhielt, desto kälter wurde es. Noch ein paar Wochen vielleicht, und sogar der von den fauligen Abwassern der Stadt und der Gerbereien verdreckte Rahn würde zufrieren. Schon jetzt bildeten sich am Ufer entlang der Stadtmauer, dort, wo das Wasser flacher war als im Hafenbecken, erste, schrittweite Eiskrusten. Zane Arkeen hasste die Kälte, die einem tief bis in die Glieder kroch und die einen lähmte, ganz gleich, wie dick man sich auch anziehen mochte. Die allgegenwärtige und nicht enden wollende Dunkelheit jedoch war ihm äußerst willkommen; sie war seine Verbündete. Königin Rielles Soldaten suchten überall nach ihm, wegen der Sache in Kutera. Er musste Dunuum und Twyddyn unbedingt verlassen, so schnell es ging. Wohin, wusste er noch nicht. In die Normark vielleicht oder auch nach Bo'Meran. Aber für die Überfahrt und den Neuanfang brauchte er Gold. Viel Gold. Es gab nur einen Weg, es zu beschaffen.

Um zu vermeiden, dass sein auffälliges und weithin bekanntes Äußeres ihn verraten konnte, hatte er sich einen langen Schal aus schwarz gefärbtem Leinen einem Turban gleich um sein weißes Haar und die untere Hälfte seines Gesichts gewickelt. Nurmehr seine Augen waren zu erkennen; wache Augen, mit denen er auf seinem Streifzug durch die Straßen zwischen den Kupferberg-Höhlen und dem königlichen Palast Ausschau hielt nach der fettesten Beute. Wie ein lebendiger Schatten bewegte er sich jenseits des Lichts, das von den wenigen Fackeln und aus den Fenstern der umgebenden Fachwerkhäuser und Holzhütten geworfen wurde.

Zane Arkeen erspähte am anderen Ende der Kopfsteinpflasterstraße eine kleine Gruppe junger Adliger. Vier Männer und zwei Frauen in reichen Gewändern aus Seide und Brokat, hörbar angetrunken und überschwenglich gut gelaunt. Ganz offenbar kehrten sie gerade von den Kampfgruben in den Höhlen zurück, und ihre Ausgelassenheit ließ darauf schließen, dass ihre Wetten zu den Kämpfen dort aufgegangen und ihre Börsen jetzt prall gefüllt waren.

Zane Arkeen war sicher, dass er für eine lange, lange Zeit ausgesorgt hätte, wenn er sie jetzt um ihre Gewinne erleichtern würde. Die Versuchung war groß, aber das Dutzend bis an die Zähne bewaffneter Leibwächter, die die jungen Adligen auf ihrem Weg zurück in die Sicherheit des königlichen Palastes begleiteten, erstickte sie im Keim. Zane Arkeen drückte sich noch tiefer in die Schatten und ließ die Gesellschaft unbehelligt passieren.

Mit der Dunkelheit verschmolzen und ohne sich zu rühren, stand er da und beobachtete weiter.

Es folgten mit der Zeit eine ganze Reihe Männer, Frauen und auch Kinder, allesamt einfaches Volk. Es war ihnen auf den ersten Blick anzusehen, dass keiner von ihnen mehr besaß als die wenigen zerschlissenen Lumpen, die er auf dem Leib trug. Vereinzelt kamen kurz darauf auch Kaufleute vorüber, aber wie die Adligen waren sie mit Geleitschutz unterwegs. Das machte das Risiko, bei einem Überfall auf sie verletzt oder gar getötet zu werden oder die königlichen Wachen auf sich aufmerksam zu machen, einfach zu groß.

Zane Arkeen setzte sich wieder in Bewegung und schlich weiter, weg von den Hauptstraßen, hin zu den noch dunkleren Gassen.

Er kannte das heruntergekommene Viertel wie den Rücken seiner eigenen Hand; er war hier aufgewachsen. Jüngster von drei Söhnen eines Straßenpredigers und Herstellers von Arzneien und

Tinkturen, deren einzige Wirkung es war, die Taschen seines Vaters gerade einmal so weit zu füllen, dass es für seinen wöchentlichen Zug durch die Tavernen und die nächste Hure reichte.

Die kurze Erinnerung brachte Zane Arkeen auf eine Idee, und er wechselte erneut die Richtung. Seine lautlosen Schritte führten ihn zum *Schwalbennest.*

Das Schwalbennest war früher einmal ein kleiner Marktplatz am Ende dreier vom alten Hafen heraufführender Straßen, aber mit dem Bau des neuen Hafens – gut zwanzig Jahre vor Zane Arkeens Geburt – waren neue, größere Marktplätze entstanden, und die Huren und Luden hatten den Platz für sich erobert. Mehr als einmal hatte Zane Arkeen in seiner Kindheit den bis zur Besinnungslosigkeit betrunkenen und wieder einmal pleiten Vater von hier nach Hause geschleppt.

Zane Arkeen würde nie vergessen, wie sein Vater gestunken hatte, nach billigem Parfum, noch billigerem Fusel, nach seiner eigenen Pisse und nach salzigem Sperma. Ebenso wenig würde er vergessen, wie sein Vater jedes Mal auf halber Strecke wieder einigermaßen zur Besinnung kam und ihn den Rest des Wegs lallend verfluchte, trat und schlug. Bis zu jenem verregneten Morgen, an dem Zane Arkeen den Gestank, die Demütigungen und die Tritte nicht länger ertrug und den Vater statt nach Hause zum alten Hafen hinunterführte. Ein paar in verzweifelter Wut gedroschene Schläge mit einem am Straßenrand gefundenen Knüppel, ein Strick, ein alter rostiger Anker, und der letzte Trunk, den sein Vater in tiefen, atemlosen Schlucken nahm, war das Wasser des Rahn – die letzte Hure, in die er seinen fauligen Schwanz steckte, war der schwarze Schlamm am Grund des Hafenbeckens.

Das war der Morgen gewesen, an dem Zane Arkeens Haar lange vor der Zeit schlohweiß geworden war, als ewiges Zeichen für den Mord am eigenen Vater.

Im Zentrum des kleinen Marktplatzes stand eine Statue, die einen Mann und zwei nackte Frauen mitten im Akt darstellte. Zane Arkeen hatte einmal versucht, die merkwürdigen Verrenkungen der drei im wirklichen Leben auszuprobieren, und war gnadenlos gescheitert.

Man erzählte, dass die Statue früher eigentlich einmal Ios'Iah ak Meru, den Gründer der tyrannischen Dynastie, in voller Drachenrüstung auf einem sich aufbäumenden Hengst gezeigt hatte. Aber nach der Machtübernahme durch Fyngar ak Aésbrunn, den Befreier aus der Normark, hatte ein zwergenwüchsiger Bildhauer namens Lotrich im Auftrag der Luden und Huren die Skulptur komplett zu ihrer jetzigen Gestalt umgearbeitet, um die Kundschaft anzulocken und zu Ausschweifungen zu animieren. Die Belohnung des Krüppels für seine Arbeit war lebenslange Kost und Logis in den Tavernen des Schwalbennests und einmal am Tag eine Hure seiner Wahl. Lebenslang war in Lotrichs Fall weniger als ein Jahr; man wurde sich nie einig, ob er sich nun am Ende totgesoffen oder sich von den Frauen mit einer der zahlreichen Krankheiten angesteckt hatte. Zane Arkeen glaubte eher eine dritte Version der Geschichte, die man sich nur hinter vorgehaltener Hand erzählte: Die Huren waren es schnell leid geworden, ihm Tag für Tag zu Diensten zu sein, ohne etwas an ihm zu verdienen, und hatten ihn in der Bildhauerwerkstatt mit seinen Hämmern und Meißeln massakriert.

Auf dem rechteckigen Platz um Lotrichs Statue herum wechselten sich Tavernen und Bordelle ab. Die Bordelle des Schwalbennests waren eine weithin bekannte Besonderheit. Man hatte ihre Frontwände komplett entfernt, so dass man vom Marktplatz aus direkt in die einzelnen Kammern der zweistöckigen Gebäude sehen konnte wie in die Waben eines Bienenstocks. Darin räkelten und präsentierten sich die Huren, um Kundschaft für sich zu gewinnen. Hatten sie einen Freier geködert, wurde zum Platz hin ein Vorhang zugezogen; außer der Freier wollte, dass man ihm dabei zusah – aber das kostete natürlich mehr. Zane Arkeen fragte sich, wie viel kälter es wohl noch werden musste, ehe man die Wände wieder hochzog.

Zane Arkeen ließ die Tavernen und Bordelle links liegen, ohne ihnen weitere Beachtung zu schenken; sie waren allesamt zu gut bewacht für seine Zwecke. Sein Ziel waren die schmalen dunklen

Gässchen dazwischen und deren Hinterhöfe. Hier lungerten die Huren, die sich im Schwalbennest kein eigenes Zimmer leisten konnten. Zweite Wahl, wenn man so wollte; für Zane Arkeen aber jetzt die erste.

Mit gesenktem Kopf, aber bewusst langsamen Schritten, um nicht aufzufallen, überquerte Zane Arkeen den Platz. Hier herrschte rund um die Uhr Hochbetrieb. In gut der Hälfte der Hurenwaben in den umliegenden Häusern waren die Vorhänge zugezogen, und die nächsten Freier warteten bereits derart dicht gedrängt auf ihre Abfertigung, dass Zane Arkeen sich wünschte, über auch nur eine Spur von Geschick als Taschendieb zu verfügen; er würde binnen der nächsten halben Stunde alles Gold zusammenhaben, das er für seine Flucht brauchte.

Er drängelte sich zwischen den trotz der Kälte verschwitzten Leibern hindurch, blendete den bizarren Chor aus zänkischem Gegröle, aus den Waben dringendem Stöhnen und Keuchen und gleich aus mehreren Tavernen strömender Musik so gut er konnte aus und gelangte unbehelligt in eine der finsteren Seitenstraßen.

An den ersten zu beiden Seiten am Rand stehenden Huren ging er, trotz ihrer lockenden Rufe und eindeutigen Einladungen, vorbei, ohne sie überhaupt auch nur eines Blickes zu würdigen; sie waren viel zu nah am Marktplatz. Erst als er weiter ins Dunkel der engen Gasse geschritten war, hob er den Kopf und begann, das Angebot zu begutachten.

Wie zu allen Zeiten und an allen Orten der Welt waren die Frauen abseits vom Zentrum um einiges weniger attraktiv. Dafür waren sie wesentlich anschmiegsamer und sehr viel freundlicher. Schließlich entdeckte Zane Arkeen neben dem Eingang zu einem Hinterhof ein rothaariges Muttchen mit unglaublich weit ausladendem Vorbau und einem Lächeln, das so strahlend war wie die Sonne, an die Zane Arkeen sich kaum noch erinnern konnte. Ihr rundes, fröhliches Gesicht war übersät von Sommersprossen, und trotz des diffusen Dämmerlichts konnte Zane Arkeen erkennen, dass sie meerblaue Augen hatte.

»Komm mal her zu Mama, mein Kleiner!«, rief sie mit einem aufmunternden Lächeln, obwohl sie ganz gewiss gut zwei Kopf kleiner war als er. Dabei breitete sie einladend ihre Arme aus und brachte ihre gewaltigen Brüste mit voller Absicht zum Wackeln.

»Sag, was hast du Besonderes zu bieten, Muttchen?«, fragte Zane Arkeen gespielt kokettierend. Er konnte äußerst charmant sein, wenn er es darauf anlegte. »Ich meine, außer deinen beiden Prachtbojen.«

Sie lachte herzlich auf und trat so dicht an ihn heran, dass sie mit ihren Brüsten seinen Bauch berührte. »Als ob ihr Kerle mehr bräuchtet als zwei große Glocken, die euch den Weg heimläuten. Wonach steht dir denn der Sinn, Fremder?«

»War verdammt lange unterwegs und mein Hunger ist entsprechend groß.«

Sie lachte erneut. »Ein Seemann also. Nach Wochen auf Fahrt glaubt deinesgleichen immer, dass euer Hunger groß sei, doch dann ist der erste Appetit meistens schon nach drei, vier Stößchen gestillt, und nichts geht mehr.«

»Genau deshalb suche ich eine, die ihr Handwerk versteht«, sagte Zane Arkeen. »Eine, die weiß, dass ein Menü immer aus mehreren Gängen besteht und die Suppe nur eine Vorspeise ist.«

Ihre blauen Augen blitzten auf. »Das volle Programm also? Aber das kostet dich einiges.«

Er zauberte ein Silberstück aus der Tasche und hielt es ihr vor die Stupsnase. »Eine Anzahlung.«

»Für die ersten beiden Gänge müsste es reichen.« Sie packte das Silber schneller, als er es hervorgezogen hatte, und steckte es mit einem wirklich verführerischen Zwinkern weg. Zane Arkeen beobachtete ganz genau, wo sie es verstaute.

»Dann wollen wir mal.« Sie drehte sich um, machte eine Geste, dass er ihr folgen sollte, und ging voraus durch den dunklen Toreingang in den noch dunkleren Hinterhof.

Zane Arkeen legte instinktiv die Hand an den Griff seines unter dem Umhang verborgenen Dolchs. Er ging langsamer als die

Hure, um seinen Augen Zeit zu geben, sich an die Dunkelheit zu gewöhnen, und lauschte konzentriert, ob außer ihnen noch jemand hier hinten war. Die Wahrscheinlichkeit, in eine Falle gelockt und von Komplizen der Bordsteinschwalbe ausgeraubt zu werden, war keinesfalls gering. Aber sie erreichten eine Nische in der hinteren Mauer des Hofs, ohne dass er Anzeichen für einen Hinterhalt entdeckte.

»Wenn du noch einen Helli drauflegst«, flüsterte die Hure mit gurrender Stimme, »zünde ich uns eine Kerze an, damit du die ganze Pracht meiner Waren noch besser sehen kannst.«

»Ich will nicht geizig erscheinen, aber ich finde es sehr viel spannender, sie zu fühlen, deine Waren«, antwortete Zane Arkeen und verspürte ein wohliges Zucken zwischen seinen Schenkeln und wie sein Glied hart wurde. Ganz gegen seinen Willen musste er zugeben, dass die Frau ihn anmachte mit ihrer gelassenen Freundlichkeit, mit ihrer charmanten Koketterie – und nicht zuletzt mit ihrer drallen Figur.

Einen Moment lang überlegte er, ob er sie nicht vielleicht doch erst benutzen sollte, ehe er sie ausraubte. Es lag Ewigkeiten zurück, dass er zuletzt mit einer Frau zusammen war. Er fragte sich, wie es sich wohl anfühlen würde, das warme, nackte Fleisch ihrer großen Brüste in seinen Händen … wie sie wohl schmecken mochten, ihre Nippel … und ob sie groß und weich waren oder klein und hart …

Noch während er sich das fragte, spürte er plötzlich etwas Kaltes an seiner Kehle – etwas Scharfes.

»Ich schlage vor, wir überspringen das Menü und kommen gleich zur Bezahlung.« Die Stimme der Hure hatte plötzlich all ihre freundliche Wärme verloren. Sie war so kalt und so schneidend wie die Klinge an Zane Arkeens Kehle. »Her mit dem Geld! Alles!«

Zane Arkeen lachte auf.

»Hältst du das für einen Witz?«, fragte sie leise zischend. »Die Zeiten sind hart, und ich schwöre bei allen Göttern, den alten und den neuen, dass ich dir die Gurgel aufschlitze, wenn du nicht sofort mit der Penunse rausrückst.« Zur Betonung drückte sie ihm das Messer noch ein wenig fester gegen den Hals.

»Ich danke dir, Hure«, flüsterte Zane Arkeen. »Obwohl, vielleicht bist du in Wahrheit ja gar keine Hure, und ich sollte dich besser ›Diebin‹ nennen oder ›Räuberin‹.«

»Mir danken? Wofür?«

»Du machst es mir leichter.«

»Was?«

»Zu tun, weshalb ich eigentlich hier bin.« Noch ehe sie reagieren konnte, hatte Zane Arkeen mit seiner behandschuhten Linken die Klinge an seiner Kehle gefasst und mit der rechten Faust einen kurzen geraden Hieb mitten in ihr hübsches Gesicht gesetzt. Er fühlte und hörte, wie ihre Stupsnase unter dem harten Treffer seiner Knöchel brach.

Der Aufschrei der Hure war erstickt und röchelnd. Sie torkelte nach hinten gegen die Wand der Nische. Das Messer hatte sie vor Schreck losgelassen. Zane Arkeen presste es ihr gegen den Hals. »Um es mit deinen Worten zu sagen: Her mit dem Geld! Alles!«

Trotz der Dunkelheit konnte er erkennen, wie sie versuchte, den Schmerz in ihrem Gesicht zu unterdrücken und durch das Blut, das aus dem Wrack ihrer Nase strömte, hindurch zu lächeln. »Warte, Fremder. Lass uns darüber reden.« Sie nestelte mit zitternden Fingern die Schnürung ihrer Tunika auf. »Vielleicht hatten wir nur einen schlechten Start. Aber ich kann versuchen, das wiedergutzumachen. Ich bin wirklich unglaublich geschickt im Wiedergutmachen, weißt du. Nimm dir, was du willst … was immer du willst, verstehst du? Auch das Silber, das du mir schon bezahlt hast, aber lass mir den Rest. Ich hab vier Kindermäuler zu stopfen und einen Tunichtgut von Mann, der schneller Schulden macht, als ich anschaffen kann. Er prügelt mich windelweich, wenn ich mit leeren Taschen nach Hause komme. Tu mit mir, was du willst, wirklich, alles, aber lass mir mein Geld. Bitte.«

»Wenn du nicht sofort mit dem Geld herausrückst, befreie ich dich von all deinen Sorgen«, antwortete Zane Arkeen leise und kühl. »Von deinen Kindern, dem Mann, dem Zuhause. Ein einziger Schnitt, und das alles ist Vergangenheit. Nie wieder anschaffen, nie wieder Prügel. Was hältst du davon?«

Noch im Begriff, den Ausschnitt ihrer Tunika zu weiten, um ihm ihre Brüste zu präsentieren, zuckten ihre Hände weg davon zu den Taschen ihres Rocks, und unter Klimpern brachte sie ihre Einnahmen zum Vorschein, ihre Beute. »Nicht besonders viel, ich weiß«, sagte sie, »aber es ist alles, was ich habe.«

Zane Arkeen musste ihr zustimmen. Es war wirklich nicht besonders viel. Die größte Münze davon war die, die er selbst ihr gegeben hatte. Er unterdrückte einen Fluch. »Wickle es in ein Tuch.«

»Ich habe kein Tuch.«

»Dann reiß eines von deinem Rock!« Er stand kurz davor, von Ungeduld übermannt zu werden.

Die Frau legte die Münzen auf einen Vorsprung in der Nische und riss einen Fetzen Stoff vom Saum ihres Rocks. Dabei hörte Zane Arkeen ein weiteres Klimpern.

»Keine Ehre mehr unter Dieben«, sagte er mit einem spöttischen Lachen. »Zieh dich aus!«

»Aber …«

»Zieh dich aus!«, wiederholte Zane Arkeen noch schärfer und drückte ihr mit einer schnellen Bewegung die flache Seite der Klinge gegen die gebrochene Nase.

Sie stieß einen unterdrückten Schrei aus, nickte eilig und begann, ein Kleidungsstück nach dem anderen abzulegen und sie Zane Arkeen einzeln zu reichen. In darin verborgenen Taschen fand er noch einmal gut das Zehnfache von dem, was sie freiwillig herausgerückt hatte. Seine Laune besserte sich, und er legte alles in das Tuch, das sie vom Rock gerissen hatte. Er wickelte es zusammen und steckte es unter seinen Umhang.

»Kann ich mich wieder anziehen?«

Zane Arkeen schlug zu. Nicht so hart wie vorhin, nur mit der flachen Hand. »Die ganze Arbeit hat mir doch noch Appetit gemacht«, sagte er. Die Angst in ihrem Blick erregte ihn noch mehr als ihre Nacktheit. »Ich denke, ich werde von deinem Angebot kosten. Aber nur den Hauptgang.«

»W-was meinst du?«

»Bück dich über den Balken da und halt schön still.«

Die Angst in ihrem Blick wich hasserfülltem Widerstand. »Ich will verdammt sein, wenn ich mich jetzt auch noch von dir ficken lasse.«

Er schlug ein weiteres Mal zu, diesmal mit dem Handrücken gegen ihr Jochbein. »Verdammt sind wir alle, Weib. Dich trifft's nur gerade etwas härter als mich. Also los, bück dich.«

Ihr vormals hübsches Gesicht war jetzt noch blutverschmierter und geschwollen, aber es war nicht ihr Gesicht, das Zane Arkeen interessierte. Mit lüsternem Grinsen sah er ihr dabei zu, wie sie sich umdrehte und über den Balken beugte. Er zog die Handschuhe aus; er wollte ihre schweren Brüste fühlen, während er sie von hinten nahm.

Doch ehe er überhaupt dazu kam, seine Hose zu öffnen, hörte er hinter sich eine rauhe Stimme: »So, so, wer wagt es denn hier, Urtis Weemans Schwalben derart respektlos zu behandeln?«

Zane Arkeen fuhr herum. Die Männer waren zu dritt, bewaffnet mit Keulen und langen Messern. Einer von ihnen trug eine Fackel. Zane Arkeen ließ seine Handschuhe fallen und zog den eigenen Dolch aus dem Gürtel. »Meine Herren, wenn Ihr vielleicht die Güte hättet, auf der Stelle umzudrehen und wieder zu verschwinden. Falls nicht, werden morgen Eure Mütter, Frauen und Kinder um Euch trauern.«

»Hört, hört!«, erwiderte der Mittlere der drei. »Scheint, der Fremde ist nicht nur respektlos, sondern auch noch dumm. Was sagt ihr, Jungs? Sollen wir ihm zeigen, wie wir hier im Schwalbennest auf Respektlosigkeit und Dummheit antworten?« Die anderen beiden grinsten und nickten.

Zane Arkeen wusste, dass seine beste Chance im direkten Angriff bestand. Er hechtete los – aber er kam nicht weit. Mit einem

Schrei hatte sich die Hure von hinten auf ihn gestürzt, ihm mit aller Kraft in die Kniekehle getreten, so dass er ins Stolpern geriet, und war auf seinen Rücken gesprungen, mit ihren Fingernägeln nach seinen Augen kratzend. Reaktionsschnell stach er über die Schulter hinweg nach hinten zu. Er konnte spüren, wie der Dolch sie am Schädel traf und sie ihn mit einem zweiten Schrei wieder losließ und von ihm abrutschte. Dabei riss sie ihm den Turban vom Kopf. Noch im gleichen Moment waren die drei Männer auch schon bei ihm und schlugen mit ihren Keulen auf ihn ein. Eine traf ihn so hart am Kopf, dass er wankte. Eine zweite schlug ihm den Dolch aus der Rechten. Er versuchte, die nächsten Schläge abzuwehren, und sah zugleich ihre Klingen aufblitzen.

Was für ein beschissener Tod, dachte er.

»Wartet!«, rief da der Anführer. »Tötet ihn nicht! Seht nur, wen wir hier vor uns haben. Das ist kein Geringerer als Zane Arkeen. Auf seinen Kopf ist eine gewaltige Belohnung ausgesetzt. Aber Königin Rielle will ihn lebend.«

Zane Arkeen brüllte auf und wollte sich mit der Kraft der Verzweiflung freikämpfen. Aber die Schläger verstanden ihr Handwerk, und schon wenige Augenblicke später fiel der ehemalige Commodore bewusstlos in den Dreck.

SZUMA

Kutera

Die Aschewolken erstreckten sich über den Himmel, eine endlose Decke aus wogenden, grauen und schwarzen Geschwüren, an manchen Stellen von tiefdunklem Rot und schmutzigem Lila durchzogen. Ein Hoffnungsschimmer, der verriet, dass die Sonne dahinter noch existierte – und damit die Sehnsucht nur noch größer machte … schlimmer.

Szuma stand an der scharfen Kante der vom Wind gepeitschten Felsenklippe und hielt mit zusammengekniffenen Augen angestrengt Ausschau gen Osten, über die sturmtosende See hinweg.

Wie jeden Tag.

Seevögel jagten kreischend dicht über das aufgeschäumte Wasser weit unter ihr, wo der aufgeblähte, bleiche Kadaver eines riesigen Wals in den Wellen trieb, umringt von Haien und anderen Raubfischen. Der Anblick schnürte ihr die Kehle zu.

Szuma war nicht abergläubisch – anders als viele ihres Volkes war sie nicht einmal besonders gläubig –, aber das nahezu völlige und andauernde Fehlen von Licht, das Anhalten des Unwetters und nun noch das grausige Bild von Verwesung und von der Gier der Aasfresser aus den Tiefen der See und des Himmels erfüllten sie mit großem Unbehagen und düsterer Ahnung. Ihre Beine wurden schwach, und sie musste sich auf den langen Speer in ihrer Hand stützen.

Sie wollte sich schelten für diese Empfindlichkeit, die ihr kindisch vorkam. Zugleich jedoch spürte sie tief in ihrem Innern eine seltsame, erdrückende Gewissheit. »Ein schlechtes Omen«, sagte sie daher beunruhigt. »Raymo ist in Gefahr.«

»Du weißt ganz genau, der Caldäer ist unverwüstlich, Szuma«, erwiderte Lambes beschwichtigend mit der für ihn typischen Leichtfertigkeit. Der Einäugige stand neben ihr. »Du kennst ihn doch. Er hat gesagt, er kehrt zu dir zurück, also kehrt er auch zu dir zurück.«

Szuma schüttelte den Kopf. Sie fühlte, dass Lambes sich irrte. »Er ist schon zu lange fort. Wäre seine Mission, die milaresische Galeere zu stoppen, ehe sie ihre Heimat erreicht, erfolgreich gewesen, wäre er längst wieder hier. Wir müssen etwas tun.«

»Was denn?«, fragte Lambes. »Wir haben alles getan, was zu tun ist. Die Holzfestungen sind alle drei wieder aufgebaut und verstärkt, deine Leute habe ich so gut ich nur kann in der Handhabung der milaresischen Waffen und Taktiken ausgebildet. Sollte Raymo also tatsächlich versagt haben – was ich keinen Augenblick lang zu glauben bereit bin –, und die Männer aus Eisen kehren deshalb mit ihren Schiffen wieder hierher zurück, sind wir so gut vorbereitet, wie wir nur sein können. Alles andere liegt nicht in unserer Macht, Prinzessin.«

Lange erwiderte Szuma nichts darauf. Sie starrte nur weiter auf den Kadaver des Wals herab. Wie die Haie und die Vögel sich auf ihn stürzten, Stücke aus ihm herausrissen. So wie die Männer aus Eisen Stücke aus ihrem Land gerissen hatten; auf der Jagd nach den blauen Steinen und vor allem nach der Crata Gyna.

»Ich muss ihm nach, Lambes«, sagte sie schließlich entschlossen. »Ich spüre, er braucht mich.«

»Ihm nach? Wie denn, Szuma? Wir haben kein Schiff. Und selbst wenn wir eines hätten, uns fehlt die Mannschaft.«

»Wir haben Boote. Viele Boote. Gute Boote.«

»Boote taugen nichts für die hohe See.«

»Man sagt, unsere Vorfahren kamen in einfachen Booten über das Meer aus dem Osten hierher, am Anfang der Zeit. Und die Bilder an den Wänden unserer ältesten Tempel erzählen davon, dass unser Volk früher einmal regen Handel betrieben hat mit den Ländern jenseits der Schwarzen See – ebenfalls in nicht mehr als ihren einfachen Booten.«

»Erzählungen, Bilder«, sagte Lambes geringschätzig. »Kennst du auch jemanden, der das zu deinen Lebzeiten getan hat?«

»Nein.«

»Dann sind das, was man sich so erzählt, vielleicht nichts weiter als Legenden, Prinzessin. Lügenmärchen und Abenteuergeschichten großer Taten, die man lediglich zur Unterhaltung erfunden hat.«

»Vielleicht«, gab sie schulterzuckend zu. »Aber das ändert nichts an meiner Entscheidung. Ich muss es versuchen.«

Er trat ein Stück näher an sie heran. »Auch auf die Gefahr hin, dass es dich dein eigenes Leben kostet?«

Sie konnte die Besorgnis in seiner Stimme hören. »Natürlich«, antwortete sie.

Lambes seufzte. »Du und der Caldäer … ihr seid wirklich wie füreinander geschaffen, ihr zwei. Mit keinem von euch beiden hat man je auch nur einen einzigen ruhigen Augenblick.«

»Ich habe kein Wort davon gesagt, dass ich erwarte, dass du mit mir kommst.«

»Das tut Raymo auch nie«, erwiderte er mit einem schiefen Lächeln. »Aber irgendwie läuft's letzten Endes immer wieder darauf hinaus, oder? Er prescht nach vorne, und ehe ich es mich versehe, stecke ich neben ihm mitten drin im allergrößten Schlamassel. Ist fast wie ein verdammtes Naturgesetz. Und außerdem: Falls du dich wirklich auf den Weg machst – woran ich nicht einen Herzschlag lang zweifle – und es dir tatsächlich gelingen sollte, Milara zu erreichen – was ich übrigens nicht nur ganz stark bezweifle, sondern für vollkommen illusorisch halte –, wirst du wohl jemanden brauchen, der sich dort wenigstens ein bisschen auskennt.«

»Du glaubst also nicht, dass uns die Überfahrt gelingt?«

»Kein Stück.«

»Aber du willst dennoch mitkommen?«

»Absolut.«

»Auch auf die Gefahr hin, dass es dich dein eigenes Leben kostet?«, wiederholte sie seine Frage von zuvor.

»Natürlich«, antwortete er, so wie sie geantwortet hatte. »Mir scheint ohnehin allmählich, dass völlig sinnlose Unterfangen in dieser kaputten Welt das Einzige sind, was noch irgendeinen Sinn ergibt.«

»Was ich vorhabe, ist nicht sinnlos«, widersprach sie.

Er lachte. »Sag ich doch.«

LIZIA

Dunuum – Königlicher Palast

Die Gitterstäbe des kleinen Turmfensters waren eiskalt. Lizia hatte zum Schutz der Hände zwei Fetzen aus ihrem Rock gerissen, um sich länger an dem Eisen festhalten zu können. Sie stand auf Zehenspitzen auf der Platte des kleinen Tischs, den sie an die Steinwand ihrer Kammer gerückt hatte. Der Blick aus dem Fenster war ihr einziger Kontakt zur Außenwelt – begrenzt durch die kleinen Augenlöcher in der Ledermaske, die zu tragen sie gezwungen war. Es war eine kleine Außenwelt: ein Gefängnishof, in der Mitte eine Plattform, darauf zwei Kreuze aus Holz. Seit Tagen daran gefesselt standen der Caldäer Raymo Ten Mayne und der ehemalige General Harwee ak Sokay; nackt, verdreckt, erschöpft und von Kopf bis Fuß übersät von blauen Flecken und Wunden, die ihnen die Folterknechte zugefügt hatten.

Raymo hatte im Brustton der Überzeugung behauptet, er würde einen Weg hier heraus finden, und er hatte Lizia versprochen, sie ebenfalls zu befreien und sie von hier fortzubringen – nach Kutera, dem neu entdeckten Kontinent weit im Westen, jenseits der Schwarzen See. Wenn sie Raymo jetzt so sah – ausgemergelt am Kreuz hängend, das lange zottige Haar vor dem Gesicht, die breite Brust sich im schwachen Atem nur noch flach hebend – wunderte sie sich, warum sie immer noch daran glaubte, dass es ihm tatsächlich gelingen würde.

Vielleicht ist es auch weniger Glaube, überlegte sie, *als vielmehr reine Verzweiflung.*

Wenn es ihm nicht gelang, sich und sie zu befreien, war ihr Schicksal besiegelt: Den Rest ihres Lebens würde sie in diesem Turm verbringen – solange bis ihre Schwester, Königin Rielle, mit ihrem neuen Gemahl, König Vas'Ko von Milara, einen eigenen Erben gezeugt haben würde … oder, falls das nicht gelingen sollte, bis Lizia dazu gezwungen wurde, ihr einen zu schenken, damit der Thron Twyddyns in der Blutlinie der ak Aésbrunn blieb.

Lizia hörte Lärm von jenseits der Gefängnishoftür. Gleichmäßige Tritte von mehreren schweren Stiefeln. Schnell duckte sie sich so weit, dass sie gerade noch mit den Augen über den Steinrand des Fensters nach unten spähen konnte.

Die Tür wurde entriegelt, und eine ganze Reihe Wachen betrat den Hof. Lizia zählte insgesamt zwölf Mann, gerüstet mit Brustpanzern, Speeren und Schilden mit dem königlichen Emblem der beiden ineinander verschlungenen Drachen.

Hinter ihnen kam Königin Rielle.

Lizia wunderte sich, wie es ihr gelang, in dieser mit jedem Tag mehr vor die Hunde gehenden Welt, wo Asche in der Luft lag wie früher herkömmlicher Staub, sich selbst und ihre prachtvolle Garderobe und vor allem ihr kupferrot scheinendes und mit Perlen und Edelsteinen durchwirktes Haar so makellos sauber zu halten.

Rielle raffte den Saum ihres weiten Rocks und schritt in studierter Anmut die Stufen zur Plattform nach oben. Raymo völlig ignorierend trat sie an ak Sokay heran. Für einen Moment verharrte sie dort, regungslos, dann aber krallte sie ihre Finger in seine schwarze Mähne und hob sein geschundenes Gesicht an. Selbst von hier oben konnte Lizia erkennen, dass der Blick unter seinen geschwollenen Augenlidern erschöpft war und leer. Seine Mundwinkel hingen schlaff herab. Die Lippen waren spröde vor Trockenheit und von Schlägen aufgeplatzt.

Rielles Gesicht war eine Maske aus kalter Verachtung.

»Heute ist es soweit, Sokay«, zischte sie, mit betonter Absicht das adelnde *ak* unterschlagend. »Das Ende eines Emporkömmlings, der es nie verstanden hat, sich unterzuordnen … dem es einfach an Demut fehlte. Aber heute werde ich sie dich lehren lassen, die Demut … durch meinen Henker. Er wird dir zuerst …«

Sie wurde unterbrochen – durch ein rauhes Auflachen seitens Raymos. »Wenn Ihr«, sagte er, »den Hund wirklich Demut lehren wollt, während er stirbt, dann überlasst ihn unbedingt mir, Euer Majestät!«

Unwirsch wandte Rielle den Kopf und sah Raymo an. Angewidert, als ob sie eine Kakerlake auf ihrem Tellerrand entdeckt hätte. Sie gab einem ihrer Soldaten ein Zeichen, und er schlug dem Caldäer das Ende seines Speers in den Bauch. Soweit es seine Fesseln zuließen, klappte Raymo mit schmerzerfülltem Stöhnen zusammen. Doch noch ehe Rielle sich wieder ak Sokay zuwenden konnte, hob Raymo den Kopf und fuhr mit einem gehässigen Grinsen fort. »Ich meine es absolut ernst, Majestät. Ich schlage ihn für Euch tot. Mit bloßen Händen. Jetzt und hier. Vor Euren königlichen Augen breche ich ihm jeden Knochen im Leib, reiße ihm die Augäpfel heraus, seine Eier, jeden einzelnen seiner Zähne. Und ich lasse mir Zeit damit. Viel Zeit. Es wird Stunden dauern, bis er endlich wimmernd und Euch um Gnade anflehend verreckt. Glaubt mir, kein Henker wird ihn jemals so sehr leiden lassen können wie ich.«

Lizia war überrascht zu sehen, wie die eben noch angewiderte Miene ihrer Schwester neugierige Züge anzunehmen begann.

»Ich versichere Euch: Auf der ganzen Welt gibt es keinen Menschen«, fügte Raymo eilig hinzu, »der dieses verfluchte Schwein mehr hasst, als ich es tue. Nicht einmal Euer Majestät selbst. Er hat den einen Teil meines Volks vernichtet und den anderen in den Dreck getreten. Und mich hat er zum Galeerensklaven gemacht. Gäbe es für ihn, die Geißel Caldas, denn eine größere Demütigung, als ausgerechnet durch die Hand eines Caldäers zu sterben?«

»Du willst, dass ich dich losbinden lasse, und du erschlägst ihn dann einfach, während er hilflos am Kreuz hängt?«, fragte Rielle. Die Neugier verschwand allmählich wieder aus ihrem Gesicht und sie wollte sich erneut ak Sokay zuwenden.

»Oh nein, Majestät! Keineswegs!«, sagte Raymo mit einem aggressiven Knurren in der Kehle. »Ihr wollt ein Schauspiel, ich liefere Euch ein Spektakel! Bindet uns alle beide los. War es nicht früher einmal ein Spiel für ihn, in Duellen mit den Häuptlingen unserer Hochlandklans seine ach so große Überlegenheit zu demonstrieren? Ich werde den Beweis antreten, dass jedes einzelne dieser Duelle von ihm manipuliert war. Dass dieses erbärmliche Stück Scheiße – Mann gegen Mann, Faust gegen Faust – nicht den Hauch einer Chance hat gegen einen Krieger aus Calda. Hier, vor Euren Augen, werde ich ihn zu Brei schlagen und ihn bezahlen lassen für das, was er Euch und meinem Volk angetan hat.«

»Majestät«, schaltete sich einer der Soldaten ein und machte einen Schritt vor. »Ihr dürft nicht …«

»Schweig!«, schnitt Rielle ihm das Wort ab und deutete ihm mit einer Geste, auf seinem Platz zu bleiben, ohne dass sie Raymo aus den Augen ließ. »Und was erwartest du als Gegenleistung, Caldäer? Warte, lass mich raten: dein Leben und die Freiheit.«

Raymo schüttelte den Kopf. »Nein, Euer Majestät, ich weiß sehr wohl, dass mein Leben ein für alle Mal verwirkt ist, für die Angriffe auf die Festungen Eures Gatten auf Kutera. Alles, was ich mir davon verspreche, sind Genugtuung und Rache an dem Schlächter meines Volkes, damit ich im Jenseits meinen Ahnen mit Stolz begegnen kann und hocherhobenen Hauptes.«

»Was, wenn du dich überschätzt?«, fragte die Königin. »Was, wenn nicht du ihn, sondern er dich besiegt?«

»Dann können Euer Majestät ihn immer noch dem Henker übergeben«, sagte Raymo. »Aber das wird nicht geschehen. Das schwöre ich bei allen Göttern Prtwyns.«

Rielle neigte den Kopf zur Seite, nachdenklich.

»Ich halte das für keine gute Idee, Majestät«, sagte der Soldat, der eben zur Vorsicht gemahnt hatte. »Das Risiko ist zu groß. Was, wenn es nur eine Finte von dem Barbaren ist? Ein Versuch, sich freizukämpfen?«

Die Königin stieß ein geringschätziges Schnauben aus. »Ihr seid ein ganzes Dutzend. Sie sind nur zu zweit. Durch Tage der Entbehrung und der Folter geschwächt. Ach, und erwähnte ich schon ›nackt und unbewaffnet‹? Sag mir, Hauptmann, muss ich mir Gedanken machen über die Kompetenz meiner Leibgarde?«

Der Soldat stand stramm und setzte sein entschlossenstes Gesicht auf. »Natürlich nicht, Euer Majestät!«

»Gut«, sagte Rielle. »Dann bindet die beiden jetzt los. Ak Sokay von einem Wilden aus Calda mit bloßen Händen zu Tode prügeln zu lassen … eine größere Demütigung kann ich mir für den feigen Verräter beim besten Willen nicht vorstellen.«

Sie wandte sich wieder an Raymo. »Ich habe dein Wort, dass du dir Zeit lässt?«

»Mein Ehrenwort.«

»Falls du mich enttäuschen solltest, wird dein Ende schlimmer sein als jenes, das ich für ihn vorgesehen hatte.«

Lizia konnte vom Turmfenster aus sehen, mit welcher Anspannung zwei der Soldaten unter den wachsamen Blicken ihrer Kameraden Raymo von dem Kreuzbalken losbanden. Raymo torkelte zwei Schritte, seine vom langen Stehen geschwächten Beine zitterten.

Um ak Sokay war es noch schlechter bestellt. Sobald er losgebunden war, fiel er nach vorne auf die Knie und musste sich mit beiden Händen auf dem Boden abstützen.

Die Soldaten hatten einen Kreis gebildet – die Spitzen ihrer langen Speere nach innen gerichtet. Rielle befand sich außerhalb des Kreises, noch einmal gesondert vom Hauptmann ihrer Leibwache und einem zweiten Soldaten geschützt.

»Steh auf, du Hund!«, knurrte Raymo. »Oder willst du, dass ich dich zertrample wie einen Mistkäfer?«

Sichtlich unter großer Anstrengung hob ak Sokay den Kopf. In seinem geschwollenen Gesicht war keinerlei Regung zu erkennen. Sein Atem ging schwer.

Lizia konnte sehen, dass ihre Schwester die beiden Männer mit fast schon lüsterner Faszination betrachtete.

»Ich glaube, Sokay braucht einen Ansporn«, sagte Rielle in die Runde und richtete ihre anschließenden Worte an den Knienden: »Sollte es dir umgekehrt gelingen, den Caldäer zu erschlagen, gewähre ich dir auf der Stelle einen schnellen Tod.«

Wie auf ein Signal hin, ganz so, als hätte das Versprechen der Königin ihn mit neuer Kraft erfüllt, stürmte ak Sokay aus der Hocke heraus mit gesenktem Kopf und einem brachialen Schrei auf Raymo ein. Er überraschte ihn damit und rammte ihm die Schulter in den nackten Bauch, schlang seine Arme um ihn und schleuderte ihn rückwärts auf die steinernen Fliesen des Hofs.

Lizia konnte Raymos Ächzen bis hoch zum Fenster hören, und gleich darauf prügelte ak Sokay mit beiden Fäusten auf das Gesicht des unter ihm Liegenden ein.

Raymo brüllte zornig und bäumte sich mit dem ganzen Leib auf. Doch erst beim dritten Versuch und nach einem halben Dutzend eingefangener Schläge gelang es ihm, ak Sokay von sich herunterzuschleudern. Raymo blutete aus Nase und Mund; sein linkes Auge war bereits dick geschwollen. Er warf sich herum und sprang auf die Füße. Ak Sokay kam schon wieder auf ihn zu. Raymo wich aus und donnerte ihm die rechte Faust von oben herab in den Nacken.

Ak Sokay stolperte, vom eigenen Schwung und der Härte des Schlags getrieben, und rollte sich über den Boden ab. Schon im nächsten Moment war er wieder auf den Beinen und wirbelte herum – gerade noch rechtzeitig, um sich unter einem weit ausholenden Seitwärtshaken von Raymo wegzuducken. Er fegte mit dem rechten Fuß hart gegen Raymos Knie und brachte ihn aus dem Gleichgewicht. Doch Raymo nutze das Abknicken zu einer schnellen Drehung und kickte mit hochgerissenem Schienbein ak Sokay so fest gegen die Rippen, dass der zur Seite torkelte.

Lizia sah, wie ihre Schwester vor beinahe schon kindlichem Vergnügen laut in die Hände klatschte, als Raymo nachsetzte und ak Sokay in einer blitzartig schnell ausgeführten Serie die Fäuste gegen Jochbein, Brust, Schläfe und Nase schlug. Blut und Schweiß spritzten. In Raymos Augen flammte die pure Mordlust.

»Nimm das!«, brüllte Raymo mit einem Tritt zwischen ak Sokays nackte Schenkel. »Für all meine toten Brüder in Calda!«

Ak Sokay klappte zusammen vor Schmerz und hielt sich Glied und Hoden mit beiden Händen.

»Und das!«, fuhr Raymo fort und trat ak Sokay mit dem Knie mit voller Wucht gegen den Brustkorb. »Für meine Schwestern und all die unschuldigen Kinder!«

Rielle jauchzte begeistert.

Raymo sprang um ak Sokay herum, umklammerte ihn von hinten mit der Armbeuge fest am Hals und drückte unbarmherzig zu. Ak Sokay versuchte, sich strampelnd und nach hinten schlagend aus dem Würgegriff zu befreien, doch Raymo stand mit gespreizten Beinen sicher auf den Füßen und schleuderte ak Sokay hin und her wie eine Puppe. Schon bald lief ak Sokays blutverschmiertes Gesicht dunkel an; er röchelte und seine Gegenwehr wurde immer fahriger.

»Nicht so schnell!«, rief Rielle. »Du hast mir einen langen, qualvollen Tod versprochen.«

Doch Raymo hörte nicht. Er drückte weiter zu.

»Aufhören, habe ich gesagt!« Rielles Stimme kippte über vor Wut darüber, dass der Caldäer nicht gehorchte.

»Trennt sie!«, befahl sie den Wachen, fast schon hysterisch. »Beeilt euch! Ehe Sokay tot ist.«

Vier der Soldaten sprinteten nach innen, einer von ihnen holte mit dem Speerschaft aus, um ihn Raymo gegen den Kopf zu schlagen. Doch zu Lizias Überraschung landete der Schlag nicht.

Aber es war nicht Raymo, der ihn abfing – es war ak Sokay! Mit der Schnelligkeit einer zuschnappenden Schlange packte er den Speer mit seinen eben noch scheinbar so kraftlosen Händen, entriss die Waffe dem Soldaten mit einem kräftigen Ruck und rammte ihm die Spitze von unten durch den Kiefer in den Schädel. Die Wucht war so groß, dass die Augen aus den Höhlen platzten.

Fast gleichzeitig ließ Raymo von ak Sokay ab, setzte einen zweiten Soldaten mit einem brutalen Schlag mit dem Ellbogen gegen den Kehlkopf außer Gefecht und entwaffnete den röchelnd zu Boden Stürzenden, nur um noch in derselben Bewegung den neu ergatterten Speer dem nächsten Mann in den Unterleib zu stoßen.

Ak Sokay hatte währenddessen den vierten Soldaten durch einen wuchtigen Stich in den Brustpanzer ausgeschaltet.

Alles war so schnell gegangen, dass Rielle erst jetzt voller Panik rief: »Tötet sie!«

Ak Sokay wirbelte herum und schleuderte den blutigen Speer nach ihr. Sie stieß ihren Hauptmann in die Flugbahn. Der Speer bohrte sich ihm in den Bauch und er sackte mit einem Schrei auf die Knie, Blut aus seinem aufgerissenen Mund sprudelnd.

»Schützt eure Königin!«, befahl Rielle und rannte zur Hoftür. Zwei ihrer Männer folgten ihr. Die übrigen fünf schlossen sich gegen Raymo und ak Sokay zu einer Phalanx zusammen; die Schilde nebeneinander Rand an Rand, wie eine Mauer, darüber die Speere, mit ihren scharf funkelnden Spitzen auf die beiden nackten Männer gerichtet.

Raymo lachte wild auf und fasste den eigenen Speer mit beiden Fäusten. Ak Sokay griff sich das Schwert eines der zu seinen Füßen sterbenden Soldaten.

Lizia beobachtete die beiden Krieger mit neuer Hoffnung.

Wie zwei Bestien sahen sie aus. Zottiges verfilztes Haar, die schmutzigen und geschundenen Körper über und über mit dem Blut der königlichen Wachen bedeckt. Furchteinflößend.

Lizia wunderte sich nicht, dass die Soldaten keinerlei Anstalten machten, vorzurücken, sondern lediglich die Stellung hielten, um die Flucht ihrer Königin zu decken. Auf seltsame Weise fasziniert sah sie dabei zu, wie Raymo und ak Sokay sich jetzt in Bewegung setzten. Langsam … lauernd … zu beiden Seiten weg.

Die Männer in der Phalanx wurden unruhig. Offenbar waren sie unschlüssig, wie sie reagieren sollten.

Raymo und ak Sokay beschleunigten ihre Schritte.

»Greift an, ihr Idioten!«, rief der sich am Boden vor Schmerzen windende Hauptmann angestrengt, während er mit blutnassen Händen vergeblich versuchte, den Speer aus seinem Bauch zu ziehen. »Ehe sie euch in die Flanken fallen!«

Doch da war es bereits zu spät. Raymo und ak Sokay hatten sich schon zu weit voneinander entfernt, um sie noch auf einmal angreifen zu können. Die Phalanx musste sich aufteilen. Zwei Mann in Richtung ak Sokay, drei in Raymos.

Noch ehe die Soldaten der königlichen Leibgarde bis auf zehn Fuß an einen der beiden herangekommen waren, schleuderte Raymo seinen Speer. Aber er schleuderte ihn nicht auf die drei Gegner, die auf ihn zukamen. Stattdessen traf er einen der beiden, die ak Sokay angriffen, in die ungeschützte Seite.

Noch im selben Moment warf sich ak Sokay mit einem lauten Brüllen auf den zweiten, der für einen Augenblick vom Tod des Kameraden an seiner Seite völlig überrascht war – und damit leichte Beute für den ehemaligen General. Ak Sokay fasste den Speer des Soldaten mit der freien Linken und rammte dem Mann sein Schwert ins Gesicht. Ohne auch nur einen Wimpernschlag lang innezuhalten, warf er Raymo den Speer zu und stürmte von der Seite her auf dessen drei Angreifer zu.

Lizia war wie gebannt von der gleichermaßen wortlosen wie tödlichen Verständigung zwischen den beiden Kriegern, die noch bis vor kurzem Erzfeinde gewesen waren. Sie mochten aus zwei völlig verschiedenen Welten stammen – dem rauhen Hochland Caldas und dem höfischen Twyddyn –, aber beide waren sie Krieger, Meister in der Kunst des schnellen und unbarmherzigen Tötens.

Von ak Sokays Attacke auf ihre Flanke überrumpelt, waren die übrig gebliebenen Soldaten gerade lange genug aus der Fassung gebracht. Raymo genügte es vollends, dass der mittlere unentschlossen seinen Schild hin- und herschwenkte. Ohne zu zögern, stieß er seinen Speer mitten hinein in die Lücke und rammte gleichzeitig den linken Soldaten so hart mit dem Oberkörper, dass der strauchelte. Raymo nahm sich nicht die Zeit, den Speer wieder aus dem Leib des mittleren zu ziehen, sondern sprang dem linken hinterher, riss ihm den Helm vom Kopf und erschlug ihn damit. Schnelle und kurze Schläge, aber dermaßen fest, dass ihm das Blut des Gegners gegen die Brust und ins Gesicht spritzte.

Gleichzeitig hatte ak Sokay dem letzten Soldaten mit einem Tritt den Schild heftig gegen das Nasenbein geschmettert, so dass der benommen torkelte und nicht mehr reagieren konnte, als ak Sokay ihm die Klinge seines Schwerts von oben durch das Fleisch des Nackens in den Brustkorb hinabtrieb.

»Zu Königin Liziana!«, rief ak Sokay, während er die Klinge wieder herauszog.

Von außerhalb des Gefängnishofs erklang das Gellen mehrerer Hörner.

»Dafür bleibt keine Zeit«, erwiderte Raymo und bewaffnete sich ebenfalls mit einem Schwert. »Bis wir oben bei ihr im Turm sind, ist Rielle längst mit Verstärkung zurück, und wir sitzen in der Falle. Wir müssen von hier weg. Jetzt!«

Ak Sokays Miene wurde finster und sein Mund verengte sich, dann aber nickte er.

»Das könnt ihr nicht tun!«, rief Lizia durch das Fenster hinab und umklammerte die Gitterstäbe so fest, dass das Weiß ihrer Knöchel hervortrat. »Ihr dürft mich nicht zurücklassen!«

Statt ihr zu antworten, wandten Raymo und ak Sokay sich ab und rannten durch die Hoftür hinaus.

»Kommt zurück!«, schrie Lizia mit aller Kraft. »Kommt zurück!« Sie fühlte, wie sich ihr Herz überschlug vor Verzweiflung und wie ihr Tränen in die Augen stiegen. Heiß rannen sie über ihre kalten Wangen, wo das Leder ihrer Maske sie trank.

ASH

Gutney

Genau betrachtet war fast die gesamte südliche Hälfte der Insel Gutney, die in sich selbst beinahe so groß war wie ganz Prtwyn, ein einziger gigantischer, brodelnder Vulkan. Sie war so dicht mit Kegeln übersät wie der Rücken einer Warzenkröte. Der mächtigste dieser vielen Kegel, der mit seiner Grundfläche mehr Raum einnahm als Twyddyns Hauptstadt Dunuum mitsamt aller Vororte, war am Tag des Weltendonners bei seiner Explosion von innen heraus geborsten wie eine Blütenknospe aus Stein und ragte nun in zwei Hälften gespalten in die Höhe. Aus zahllosen Rissen, Kluften und Löchern in seinen felsigen Wänden floß brennende, breiige Lava in Strömen, und gewaltige Säulen schwarzer Asche stiegen wallend nach oben, wo sie Tag für Tag und Nacht für Nacht das rußige und im Widerschein des Feuers rot glimmende Dunkel des Himmels nährten, so dass nicht ein einziger Strahl Sonne mehr den Boden der Welt erreichte.

Ash stand im Herzen des gewaltigen Kraters auf einem lotrecht abfallenden Felsvorsprung und starrte nachdenklich an den Spitzen seiner zerschlissenen Schuhe vorüber hinab auf den rotgoldenen See aus flüssigem, brennendem Gestein. Die aus der Tiefe wie aus der Esse einer titanenhaften Schmiede emporsteigende Hitze sengte ihm das Gesicht, und die Augen tränten ihm; es war schon einige Zeit her, dass er sie als Abwechslung zu der seit Jahren anhaltenden Kälte willkommen geheißen hatte.

Über das ewig rumpelnde Grollen des Berges unter seinen Füßen hinweg drangen aus dem breiten Tunnel hinter ihm die Geräusche schwerster Arbeit: das eifrige Hacken von Pickeln und das Schaben von Schaufeln, das Aufbrechen von Felsen und das Poltern von Geröll.

Hunderte Seewölfe, die Ash aus der Normark hierherbegleitet hatten, und um ein Vielfaches mehr an Männern, Frauen und Kindern aus Gutney waren am Werk, das ihnen so heilig war, wie es Ash, an dem die Zweifel nagten wie Ratten an den Resten eines Kadavers, unheilig vorkam.

»Gott will Euch sprechen, Ash, mein Herr und Gebieter.« Þóra war von hinten an ihn herangetreten, ohne dass er sie in dem umgebenden Lärm kommen gehört hatte.

Ash zögerte eine Weile, ehe er sich zu ihr umdrehte und sie lange stumm betrachtete. Seit der Entdeckung des Drachen unter dem Geröll hatte Þóra wieder ihre frühere Schönheit zurückerlangt; all die Spuren der Mühsal ihrer langen Reise von der Küste Bo'Merans über Siàland und die Normark hierher nach Gutney waren verschwunden.

»Ash? Gott will Euch sprechen«, wiederholte sie, scheinbar unsicher, ob er sie beim ersten Mal gehört hatte.

»Er ist nicht mein Gott«, sagte Ash.

»Er ist es jetzt, mein Gebieter«, erwiderte Þóra mit einem liebevollen Lächeln. »Unser einziger Gott.«

»Du bist dir sicher?«

Sie nickte entschlossen. Ihr Gesicht wurde ernst. »Alle anderen Götter haben uns verlassen oder sind schon lange tot.« Sie nahm ihn bei der Hand. »Kommt.«

Er ließ sich von ihr führen, wie so oft in der letzten Zeit. Sie gingen von dem Krater weg in den Tunnel hinein, aus dem ihnen Dutzende von Arbeitern mit Säcken und Schubkarren voller Geröll entgegenkamen, um den Schutt über den Rand der Kraterklippe in den Lavasee zu kippen.

Auf halber Strecke trafen Ash und Þóra auf Dulf Einhand, den Anführer der Normarker. Er verneigte sich vor Ash. »Die Arbeit geht gut voran, aber es wird noch Wochen dauern …«

»Sind die Leute ausreichend versorgt?«, fragte Ash.

Dulf Einhands Miene verfinsterte sich. »Meine Männer müssen immer weiter hinausfahren, um ausreichend Fisch für alle zu fangen. Die Fahrten werden zusätzlich erschwert durch immer mehr Eis auf dem Meer.«

»Verdopple die Schiffe und die Mannschaften«, sagte Ash. »Und lass die Hälfte des Fangs räuchern, um vorgesorgt zu haben, falls wir hier festfrieren sollten.«

»Wenn ich Schiffe und Mannschaften verdopple, fehlen uns die Männer hier beim Graben und Entsorgen des Gerölls«, gab der einarmige Seewolf zu bedenken.

»Die Männer werden uns zweifelsohne auch fehlen, wenn sie hierbleiben und beim Schuften verhungern«, sagte Ash. »Die Leute müssen essen, um am Leben zu bleiben, und sie am Leben zu erhalten hat für uns alle die oberste Priorität.«

»Unsere wichtigste Aufgabe ist es, Gott zu befreien«, schaltete Þóra sich ungeduldig ein. Ihre Augen hatten sich vorwurfsvoll geweitet, so als hätte Ash ihrem Gott gelästert.

»Und wer soll *Gott* befreien, wenn wir alle verreckt sind?«, fuhr Ash sie an, wütender, als er wollte. Die Art und Weise, mit der er das Wort Gott aussprach, hatte etwas Verächtliches. Es tat ihm leid, zu sehen, wie Þóra zusammenzuckte vor Schreck, und er wollte schnell etwas Tröstendes hinzufügen, aber ihm fiel nichts ein. Stattdessen wandte er sich an Dulf Einhand. »Du kennst deinen Befehl!«

»Sehr wohl, Rēfa«, antwortete der Seewolf knapp und verneigte sich erneut, ehe er sich daran machte, die Anordnung auszuführen und zusätzliche Mannschaften zum Fischfang abzukommandieren.

Ash ging weiter in den Tunnel hinein. Er drückte Þóras Hand, als Zeichen dafür, dass er seinen Ausbruch von eben bedauerte. Sie zögerte, doch schließlich nahm sie die Entschuldigung an, indem sie den Druck sanft erwiderte.

Sie erreichten den Berg aus Schutt und Geröll.

Von dem Drachen darunter war gerade einmal der Kopf befreit, der lange schlangenförmige Hals und eine seiner Klauen. Ash kam nicht umhin, wie jedes Mal die furchteinflößende Schönheit der gewaltigen Kreatur zu bewundern. Die trotz des Drecks und des getrockneten Bluts schimmernden Schuppen, das bernsteinrote Leuchten der Augen, von denen jedes so groß war wie ein aufrecht stehender Mann.

»Aaaah, da bist du ja endlich, mein Sohn!« Obwohl die Macht der Stimme des Drachen den Fels um sie herum zum Erbeben brachte, konnte Ash die erschöpfte Schwäche darin hören. Doch den Männern, Frauen und Kindern um sie herum war sie einschüchternd genug, dass sie erstarrten. »Du hast mich warten lassen.« Der Ton verriet, dass der Drache ungehalten darüber war.

»Ein für alle Mal: Ich bin nicht dein Sohn«, sagte Ash – ebenso ungehalten – und wandte sich an die Arbeiter, die sich um ihn herumgestellt hatten wie Zuschauer bei einem Bühnenstück. »Lasst uns bitte allein, Leute! Macht eine Pause. Esst, trinkt, ruht euch aus. Ihr habt es euch allemal verdient.«

Die Leute waren unsicher, ob sie gehorchen sollten. Ihre Blicke suchten den Drachen.

Der nickte schwach mit dem gewaltigen Kopf, so gut es der Schutthaufen auf seinem Nacken zuließ. »Tut, was er euch sagt, meine Diener. Lasst uns allein.«

Erst jetzt legten sie ihre Werkzeuge aus den Händen und schlurften erschöpft in die Richtung, aus der Ash und Þóra gekommen waren.

»Was willst du?«, fragte Ash, als sie alle gegangen waren.

»Dein Respekt mir gegenüber lässt zu wünschen übrig, mein Junge«, knurrte der Drache unwirsch.

»Was erwartest du?«, fragte Ash. »Du hast mich von Anfang an belogen.«

»Nein«, widersprach der Drache. »Gelogen habe ich nie. Ich habe dir nur nie die ganze Wahrheit gesagt und dich glauben lassen, was du glauben wolltest. Das musste ich tun.«

»Warum?«

»Du hättest sonst nie den ganzen Weg hier hoch in den Norden auf dich genommen.«

»Ich bin hier, weil du versprochen hast, der Welt das Licht zurückzubringen.«

»Und das werde ich«, sagte der Drache. »Schließlich bin ich Tagdh, der Gott allen Lichts.«

»Warum ist es dann noch dunkel?«, verlangte Ash zu wissen. »Nichts hat sich geändert.«

»Geduld, mein Sohn. Zuerst muss ich frei sein und meine alte Kraft wiedererlangen. Doch dazu benötige ich noch etwas. Etwas, das nur du mir beschaffen kannst.«

»Und das wäre?«

»Ein Herz«, sagte der Drache.

Ash glaubte, er habe sich verhört. »Ein Herz?«

»Ja, ein Herz.«

»Was für ein Herz?«

»Ein ganz besonderes Herz, natürlich, mein Sohn. Das Herz meines Bruders Nykht. Es wird mich heilen, und dann werde ich euch die Sonne zurückbringen.«

Ash gab ein verächtliches Schnauben von sich. »Wenn es weiter nichts ist …«

»Wo finden wir das Herz, oh Herr?«, fragte Þóra.

»Dort, wo es noch immer schlägt«, sagte der Drache. »In meines Bruders Brust. Ash muss ihn für mich töten und ihm das Herz herausschneiden.«

»Ich, Ash Hanson, friedlicher Mönch, soll einen Drachen töten?« Ash lachte leise, aber spöttisch.

»Ja«, sagte Tagdh. »Doch dafür brauchst du Lugnir, den Speer aus alter Zeit. Das ist die einzige Waffe, mit der ein Mensch einen Drachen töten kann.«

»Ah, der Speer Lugnir«, sagte Ash und öffnete seine verdreckte Kutte. »Warte, ich habe ihn bei mir. Er muss hier irgendwo sein.« Er tat, als würde er seine Taschen durchsuchen. »Ach warte, nein, doch nicht. Ich muss ihn irgendwie verlegt haben.«

»SPOTTE NICHT, DU WURM!«, brüllte der Drache mit einem Mal so laut, dass der ganze Berg über ihnen erzitterte. Felsen brachen aus der Decke und fielen um sie herum krachend zu Boden.

»Ja, bitte spottet nicht, mein Gebieter!«, flehte Þóra Ash an. »Erweckt nicht den Zorn unseres Gottes. Er ist unsere einzige Chance, jemals wieder das Licht der Sonne zu sehen.«

»Das glaubst du wirklich?«, fragte Ash unbeeindruckt.

»Ja, Herr«, sagte sie. »Mit jeder Faser meines Seins. Hört Euch bitte zumindest an, was er zu sagen hat.«

»Ich habe gehört, was er gesagt hat«, meinte Ash. »Ich soll einen mystischen Speer finden, damit einen Drachen töten, ihm das Herz herausschneiden und es einem anderen Drachen zu fressen geben, auf dass es ihn heilt und er uns die Sonne wiederbringt. Klingt das alles für dich nicht ein bisschen sehr, sehr seltsam, Þóra? Klingt das nicht vielmehr wie ein Kindermärchen?«

Þóra deutete auf den Geröllhaufen und die darunter liegende Kreatur. »Hättet Ihr denn früher gedacht, dass Drachen wirklich existieren, mein Gebieter?«

»Nein«, gab Ash zu.

»Und doch liegt hier einer genau vor Euch«, sagte Þóra. »Er spricht nicht nur mit Euch, er hat Euch auch aus weiter Ferne geradezu hierhergeführt. Und dabei hat er seine übernatürliche Kraft mehr als einmal unter Beweis gestellt. Warum also sollte er jetzt von Euch verlangen, seinen Bruder zu töten und ihm sein Herz zu bringen, wenn es nicht in Eurer Macht läge, eben das zu tun?«

»Hör auf sie, mein Sohn«, sagte der Drache. »Es ist dein Schicksal. Ohne dich bin ich … ist die Menschheit verloren.«

»Das soll ich wirklich glauben?«, fragte Ash.

»Ja«, sagte der Drache. »Ich schwöre, es ist die Wahrheit. So wahr mein Name *Tagdh* ist. Und du musst dich beeilen.«

»Warum?«

»Bei dem Duell mit Nykht habe ich meinen Bruder ebenso schwer verletzt wie er mich«, begann der Drache zu erklären. »Er ist zurzeit so schwach, wie ich es bin. Wehe uns, wenn er erst einmal wieder zu Kräften gekommen ist. Dann wird es dir nicht nur unmöglich sein, ihn zu töten, sondern er wird mit seinem dunklen Atem noch mehr der Ripper schaffen … ganze Armeen. Und dann werden es nicht mehr bloß Dunkelheit und Kälte sein, die die Menschheit vernichten.«

Ash erinnerte sich an seine Begegnung mit den Rippern im Kloster seines Ordens. »Wo finde ich den Speer … diesen …?«

»Lugnir ist sein Name«, sagte der Drache. »Wie schon zuvor werde ich dich im Geist begleiten und dir den Weg weisen. Besteige eines der Schiffe und fahre nach Süden.«

ZANE ARKEEN

Dunuum

Zane Arkeen kauerte im Dreck auf dem Boden eines Schuppens und übergab sich zum wiederholten Mal hustend in einen Bottich, den er mit beiden Armen umklammerte. Im Licht des fast vollends abgebrannten Kerzenstumpen konnte er Blut in dem Ausgespienen erkennen. Alles andere als ein gutes Zeichen. Die Prügel, die Urtis Weeman und seine beiden Schläger ihm versetzt hatten, hatten ihm innere Verletzungen zugefügt. Er war überrascht, wie wenig ihn das berührte, jetzt da sein Schicksal ohnehin besiegelt war. Nicht einmal Gedanken an eine Flucht verschwendete er mehr. Urtis Weeman hatte ihm eine Schelle aus Eisen um den Hals gelegt, die mit einer dicken Kette an einem der Deckenbalken festgemacht war. Die ersten Stunden seiner Gefangenschaft hatte Zane Arkeen noch versucht, sie loszureißen; aber Urtis Weeman verstand sein Handwerk – den Handel mit Menschen – einfach zu gut: die Kette war felsenfest verankert. Zane Arkeen blieb nichts anders übrig, als abzuwarten … und sich immer wieder zu übergeben. Sein Kopf dröhnte von den nicht abebben wollenden Schmerzen der Knüppelschläge, die er bei der Gefangennahme im Schwalbennest abbekommen hatte, und die meiste Zeit konnte er nur verschwommen sehen.

Wie durch einen Schleier hindurch nahm er wahr, dass jemand das Kettenschloss an der einzigen Tür des Schuppens öffnete. Gleich darauf trat Urtis Weeman ein, in Begleitung eines Schlägers und eines kleinen Mädchens mit leer blickenden Augen, das ein Tablett in den verdreckten Händchen hielt. Darauf standen ein Krug, eine Schale und ein irdener Topf mit Holzlöffel, aus dem es dampfte. Außerdem trug das Mädchen Lappen über dem Arm.

»Ich halte das ja für unnötig«, sagte Urtis Weeman, »aber Mutter ist der Ansicht, wir sollen dich sauber machen und füttern, ehe wir dich Königin Rielle präsentieren.«

»Warum macht ihr nicht einfach jetzt und hier Schluss mit mir?«, fragte Zane Arkeen mit krächzender Stimme.

»Der Preis auf deinen Kopf ist doppelt, wenn wir dich lebend übergeben.«

Das Mädchen mit dem leeren Blick ging neben Zane Arkeen in die Hocke, stellte das Tablett auf den Lehmboden, legte die Lappen daneben und nahm den Bottich mit dem Erbrochenen, um ihn nach draußen zu bringen.

Aus dem kleinen Topf waberte Zane Arkeen ein verlockender Duft entgegen und ließ ihm das Waser im Mund zusammenlaufen. Er konnte ihn nicht zuordnen – und sich auch beim besten Willen nicht vorstellen, woraus der Eintopf gemacht sein mochte. Aber trotz seiner Übelkeit löffelte er den reich gewürzten, breiigen Inhalt gierig in sich hinein. Sein Magen rebellierte zuerst, doch dann überwog die wohlige Wärme, die die dicke Suppe in Kehle, Brust und Bauch verbreitete.

Das Mädchen kehrte mit dem ausgeleerten Bottich zurück, stellte ihn beiseite und kippte aus dem Krug Wasser in die Schale auf dem Tablett. Sie nahm einen der Lappen, tauchte ihn ein und begann, Zane Arkeens Gesicht zu waschen. Er ließ es teilnahmslos zu.

»Fürs Erste wird's wohl reichen«, sagte Urtis Weeman, nachdem das Mädchen fertig war und Zane Arkeen sich das Gesicht mit einem trockenen Lappen abwischte. »Den Rest erledigen dann die Perlen im Palast meiner Mutter.«

Zane Arkeen wehrte sich nicht, als Urtis und der Schläger ihm Schellen um Hände und Füße legten und ihn an der Kette um seinen Hals abführten.

Er konnte nur kleine Schritte machen, bei jedem rasselten und klirrten die Eisen. Als er nach draußen gebracht wurde, sah er, dass der Schuppen unterirdisch lag, also irgendwo in den Kupferberg-Höhlen. Drei weitere Schläger schlossen sich ihnen an, und sie machten sich auf den Weg durch das weitverzweigte Labyrinth aus niedrigen Gängen und engen, in den Fels gehauenen Tunneln.

Die Bewegung brachte das Pochen in Zane Arkeens Kopf zurück – und den flimmernden Schleier vor seinen Augen, durch den das Elend um ihn herum noch bizarrer wirkte. Schon aus zehn Schritten Entfernung stinkende Bettler, Huren mit eitrigen Blasen im Gesicht, Verhungernde, die mehr an lebende Skelette erinnerten als an Menschen, Prediger mit dem Wahnsinn ihres jeweiligen Gottes in den glühenden Augen. Lumpen, Unrat. Über allem das entsetzlich beißende Aroma von Schweiß und menschlichen Exkrementen – vermischt mit dem widerlich süßen Duft geronnenen Blutes und schwelender Entzündungen.

All das ließ Zane Arkeen völlig kalt. Mit ihm war es vorbei, das war klar; seine Zeit war abgelaufen. Es war ein merkwürdig willkommenes Gefühl. Was wollte er denn auch noch in einer Welt, die an allen Ecken und Ende um ihn herum verreckte? Darben? Tag für Tag um ein Überleben kämpfen, das nicht einmal den Namen verdiente?

Wäre sein Plan, Kutera zu erobern, aufgegangen … ja, das wäre etwas gänzlich anderes gewesen. Das hätte Reichtum und Sorglosigkeit bedeutet inmitten all der Not. Aber ohne all das? Nein, dann lieber sterben – besser früher als später.

Sie erreichten einen Tunnel, der mit einem massiven Holztor verriegelt und von einem halben Dutzend bis an die Zähne Bewaffneter schwer bewacht war. Die sechs verneigten sich, als sie Urtis Weeman erkannten, und zwei von ihnen machten sich diensteifrig daran, die Riegel des Tores zu öffnen.

Sie traten hindurch; der Gang dahinter war sauber und hell von Fackeln erleuchtet. Hinter ihnen wurde das Tor wieder geschlossen. Nach einigen hundert Schritten erreichten sie eine Stelle, wo der nackte Fels des Untergrunds abgelöst wurde von gemauerten Kacheln. In regelmäßigen Abständen standen auf Dreifüßen kupferne Schalen, in denen Weihrauch und andere Kräuter schwelten, um den Gestank der Kupferberg-Höhlen aus der Luft zu tilgen.

Sie erklommen gleich eine ganze Reihe von Treppen – für Zane Arkeen dank der kurzen Kette zwischen seinen Fußfesseln eine echte Anstrengung. Am Ende der Treppen gab es noch einmal eine schwer bewachte Tür aus dicken, mit Eisen beschlagenen Eichenbalken. Sie war nur von innen zu entriegeln und führte in die einstmals prunkvolle Eingangshalle eines Stadtpalasts.

Wenda Weemans Palast der Perlen!

Zane Arkeen war früher öfter hier zu Besuch gewesen, hatte die Halle aber immer nur durch den Haupteingang betreten: als zahlungskräftiger und stets willkommener Kunde. Die Erinnerung daran fühlte sich an wie der Nachgeschmack eines früheren, längst vergangenen Lebens.

Wie damals saß Wenda Weeman auf ihrem extra für sie und ihre gewaltigen Ausmaße angefertigten Stuhl. Wie immer war sie grell geschminkt und trug ihre strohblonde Perücke, die viel zu engen Schnürstiefel und – trotz der Hitze, die die beiden Kamine an den Seiten der Halle spendeten – ihren schneeweißen Pelzmantel. Sie war umgeben von einem Dutzend ihrer Freudenmädchen.

Sie lächelte ihm breit entgegen. »Commodore! Kommt näher. Lasst Euch anschauen. Es ist viel zu lange her.«

Urtis Weeman gab Zane Arkeen einen Stoß in den Rücken, und er stolperte vornüber auf die Knie.

»Na na, mein Junge«, tadelte Wenda Weeman ihren Sohn. »Wer wird denn so ungastlich sein? Der Commodore wird uns immerhin dabei behilflich sein, endlich unseren längst überfälligen Platz unter den Adligen des Landes einzunehmen. Diesmal kann uns Rielle den nicht mehr verweigern. Helft ihm auf.«

Zwei der Schläger fassten Zane Arkeen bei den Armen und zogen ihn auf die Füße. Zane Arkeen schlurfte angestrengt zu Wenda Weeman hinüber.

»Seht ihn euch an«, sagte sie in die Runde, als er vor ihr stand. »Einstmals ein so stolzer Pfau und jetzt nichts weiter mehr als ein Stein in einem Spiel. Für Wenda Weeman jedoch ein ganz besonders wertvoller Stein. Ein spielentscheidender.«

Es hatte Zane Arkeen schon immer irritiert, dass sie von sich selbst stets in der dritten Person sprach.

Sie winkte einer ihrer *Perlen* zu. Die Frau trug nur eine Schärpe um die schmalen Hüften und war am ganzen Leib tätowiert, selbst auf ihrem kahlrasierten Schädel. »Dasha, Liebes, führe unseren Gast nach oben und lass ihn säubern. Gib ihm ordentlich zu essen, und mit Sicherheit findest du auch neue, angemessenere Kleidung für ihn. In seinem jetzigen Zustand kann die Herrin der Perlen ihn unmöglich der Königin präsentieren. Das wäre wirklich ausgesprochen schlechter Stil.«

Dasha trat zu Zane Arkeen hin und legte ihm die schlanke Hand an den Arm.

Zane Arkeen schüttelte sie ab. Trotz des Nebels in seinem Kopf hatte er plötzlich eine Idee. »Warte!«

Wenda Weeman zog neugierig die überschminkten Augenbrauen nach oben.

»Vielleicht können wir beide einen Handel miteinander abschließen«, sagte Zane Arkeen.

Wenda Weeman schürzte die knallroten Lippen. »Einen Handel? Ihr und Wenda Weeman? Das steht doch arg zu bezweifeln, Commodore. Ihr besitzt nichts. Und erst recht nichts, was mehr wert wäre als das, was Königin Rielle Wenda Weeman geben wird im Austausch für Euch.«

»Ihr irrt Euch«, entgegnete Zane Arkeen. Plötzlich kam wieder Leben in ihn. Sein altes Feuer kehrte zurück. »Was, wenn ich Euch mächtiger machen kann, als Rielle es ist?«

Wenda Weeman lachte spöttisch auf. »Männer und ihre Versprechungen. Unglaublich!«

»Ich meine es ernst«, beeilte er sich zu sagen. »Rüstet mir eine Flotte aus von – sagen wir – fünf kampffähigen Galeeren. Die Mittel dazu besitzt Ihr zweifelsohne.«

»Sprecht weiter«, sagte Wenda Weeman. Ihre Miene verriet plötzlich ehrliches Interesse. »Was würdet Ihr tun, wenn Wenda Weeman sie Euch ausrüsten würde … diese Flotte?«

»Ich erobere Kutera für Euch«, sagte Zane Arkeen. »Die Schätze des Kontinents jenseits der Schwarzen See sind unermesslich.«

Das Interesse floss von Wenda Weemans Gesicht wie zu viel Honig von einem Butterbrot. »Selbst wenn Ihr das könntet, Commodore – und es ist durchaus denkbar, dass Ihr das Zeug dazu habt –, Ihr würdet die Herrin der Perlen in einen offenen Krieg führen, sowohl mit Twyddyn als auch mit Milara. Mit Königin Rielle und ihrem Gatten, König Vas'Ko. Selbst Ihr müsst zugeben: Das Risiko übersteigt den möglichen Gewinn bei weitem.«

»Risiken einzugehen ist, was Herrscher vom gemeinen Volk unterscheidet«, erwiderte Zane Arkeen.

»Das mag auf viele Herrscher zutreffen«, räumte sie ein. »Vielleicht gar auf die meisten. Nicht aber auf Wenda Weeman. Wenda Weeman herrscht durch Geduld und Raffinesse, Commodore. Aber Ihr habt da durchaus eine interessante Idee angeregt, eine ganz fabelhafte Idee. Dafür werden Euch Eure letzten Stunden noch einmal besonders versüßt.« Sie deutete zwei anderen ihrer Perlen, sich zu Dasha zu gesellen. »Ihr werdet dem Commodore Gesellschaft leisten, bis wir ihn Rielle übergeben. Erfüllt ihm jeden seiner Wünsche – auch wenn es ein bisschen weh tut, wenn Wenda Weeman sich recht an seine Vorlieben erinnert.«

Die beiden verneigten sich und eilten an Dashas Seite.

Mit einem Mal fühlte Zane Arkeen, wie der Funke an Kraft, der ihn eben noch kurz erfüllte, ihn schlagartig wieder verließ. Seine Beine zitterten.

»Was ist die Idee, auf die ich Euch gebracht habe?«, fragte er Wenda Weeman.

Sie schmunzelte. »Das, mein Lieber, muss Euch nun wahrlich nicht mehr interessieren. Lasst es Euch gut gehen in der Zeit, die Euch noch verbleibt.«

Zane Arkeen spürte einen Stich im Bauch und wie sich sein Magen verkrampfte. *So nah*, dachte er, *schon wieder – und dann doch alles vergebens.* Plötzlich drehte sich alles, ihm wurde schummrig vor Augen – und er kotzte auf Wenda Weemans blank polierte Stiefel.

Nachdem Dasha und die anderen beiden Perlen den vor Schwäche wankenden Commodore mit Hilfe eines der Schläger nach oben gebracht hatten und während zwei andere Mädchen Zane Arkeens Erbrochenes von Wenda Weemans Stiefeln wischten, wandte sich die Herrscherin des Palasts der Perlen an ihren Sohn: »Eines unserer Vögelchen im königlichen Palast hat mir zugeflüstert, dass es dem Verräter ak Sokay zusammen mit einem Caldäer namens Raymo gelungen ist, aus dem Gefängnis zu entkommen. Nimm alle zur Verfügung stehenden Männer, finde die beiden und bring sie zu mir. Wenn es sein muss mit Gewalt – aber unbedingt lebend.«

RAYMO

Dunuum – Königlicher Palast

Die Stille war ohrenbetäubend, und der Staub auf dem Boden der Gewölbekeller, durch die Raymo und ak Sokay schlichen, lag stellenweise fast eine Handbreit dick. Hier unten war schon seit Ewigkeiten niemand mehr gewesen. Die beiden trugen Rüstungen und Waffen zweier königlicher Soldaten, die versucht hatten, sich ihnen nach der eiligen Flucht aus dem Gefängnishof in den Weg zu stellen. Doch so verdreckt wie ihre Gesichter waren und so zottig ihr Haar und ihre ungepflegten Bärte, hätten Raymo und ak Sokay bei näherem Hinsehen niemanden darüber hinwegtäuschen können, wer sie in Wirklichkeit waren. Deshalb waren sie hier unten, statt gegen jede Chance zu versuchen, sich den ganzen weiten Weg aus dem königlichen Palast freizukämpfen. Ak Sokay ging voran, mit einer kleinen Fackel den Weg leuchtend.

»Wieso um alles in der Welt kennt sich ein hochdekorierter General wie du in den abgelegensten Gewölben des Palasts überhaupt so gut aus?«, fragte Raymo leise.

»Hier hat sich Rielle fast ein Jahr lang versteckt«, antwortete ak Sokay. »Nach der Ermordung ihres Vaters und ihrer Mutter. Ich habe sie damals die ganze Zeit über versorgt.«

»Ich wette, das bereust du jetzt.«

Ak Sokay schüttelte den Kopf, ohne sich umzudrehen. »Sie war seinerzeit meine einzige Aussicht darauf, die Macht wiederzuerlangen, die die Mörder ihrer Eltern durch ihren Aufstand auch meiner Familie geraubt hatten.«

»Für Macht tust du alles, nicht wahr?«

»Macht ist alles, was zählt.«

»Und als dir Rielle nicht die gab, die du wolltest, hast du auf Lizia umgesattelt.«

Der ehemalige General zuckte mit den Schultern. »Mit ihr in der Tasche werde ich König.«

»Wirst du nicht«, widersprach Raymo trocken. »Wenn wir sie befreit haben, nehme ich sie mit nach Kutera.«

Ak Sokay lachte spöttisch auf. »Du Träumer. Und wie, denkst du, kommt ihr nach Kutera?«

»Ich finde einen Weg.«

»Das werde ich nicht zulassen, Caldäer. Ist sie erst einmal wieder frei, werde ich mit ihrer Hilfe all die Adelshäuser, die mit Rielles Herrschaft unzufrieden sind – und besonders mit ihrer Ehe mit Vas'Ko und dem damit verbundenen Bündnis mit Milara –, vereinen und Rielle vom Thron stürzen. Ein für alle Mal.«

»Ich denke, Sokay, du vergisst dabei etwas Entscheidendes«, sagte Raymo.

»Du meinst, dass Lizia in der Sache vielleicht ein Wörtchen mitzureden hat?«

»Das auch. Ganz gewiss sogar. Aber in der Hauptsache vergisst du, dass zwischen dir und mir noch eine Rechnung offen ist und ich sie mit Sicherheit begleichen werde.«

»Sei nicht kleinlich, Mann«, gab ak Sokay mit einem herablassenden Blick zurück. »Was geschehen ist, ist geschehen. Wir dürfen nicht in der Vergangenheit verweilen und bei altem Zwist, wenn wir in der Zukunft etwas erreichen wollen.«

»Merkwürdig, dass das immer nur die sagen, die für ihre Verbrechen und Schandtaten ungestraft davonkommen wollen. Nein Sokay, du bist schuld am Tod Hunderter meines Volkes. Ganz zu schweigen von dem, was du mir angetan hast.«

»Hätte ich dich nicht aus den Kampfgruben geholt, wärst du da verreckt«, entgegnete ak Sokay. »Hätte ich dich nicht auf die Galeere geschickt, hättest du jetzt erst gar nicht die Aussicht auf ein besseres Leben in Kutera.«

»Gesprochen wie ein wahrer Politiker. Du drehst dir die Dinge, wie du sie brauchst.«

»Erfolge auf dem Schlachtfeld reichen nun einmal nicht aus, um es ganz an die Spitze zu bringen.«

»Rede so viel du nur willst«, sagte Raymo. »Sobald wir Lizia hier herausgebracht haben, stirbst du.«

»Warum klären wir das nicht gleich jetzt und hier?«

»Aus dem gleichen Grund, aus dem du noch nicht versucht hast, mich zu töten: Keiner von uns beiden kann Lizia allein befreien. Noch brauchen wir einander. Aber danach war es das für dich.«

»Oder für dich …«

Raymo lachte leise. »In einem offenen Duell? Mann gegen Mann? Du hast nicht die Spur einer Chance, alter Mann.«

»Für dich Frischling reicht es allemal«, gab ak Sokay – ebenfalls leise lachend – zurück. »Und was lässt dich glauben, es wird ein offenes Duell? Oder gar ein faires? Du weißt, wer ich bin, du weißt, was ich bin, wie ich bin, Caldäer. Sobald Lizia frei ist, würde ich mir an deiner Stelle nicht ein einziges Mal den Rücken zudrehen.«

»Du würdest mich hinterrücks …?«

»Für mich steht schließlich nicht weniger als ein ganzes Königreich auf dem Spiel«, sagte ak Sokay. »Außerdem überlasse ich ›fair‹ naiven Tagträumern wie dir, Caldäer. Die Friedhöfe sind voll von deinesgleichen, und die Grabrede ist immer dieselbe: *Er starb viel zu früh, aber er kämpfte tapfer und heldenhaft bis zum Ende.*« Ak Sokay machte eine theatralische und zugleich verächtliche Geste.

Raymo überlegte, ob das Risiko, ak Sokay für den Moment am Leben zu lassen, nicht zu groß war – aber ohne ihn standen die Chancen, Lizia aus dem Gefängnisturm zu befreien, noch schlechter als jetzt schon. Andererseits, war es überhaupt eine gute Idee, Lizia zu befreien? Was hatte sie zu gewinnen, falls ak Sokay letzten Endes doch die Oberhand behielt und sie zu seiner Marionette im Kampf um die Herrschaft über Twyddyn machte?

Raymos Gedanken wurden jäh unterbrochen – von einem Geräusch. Es war leise, aber er hatte eindeutig etwas gehört.

»Stop!«, flüsterte er ak Sokay zu.

Ak Sokay blieb alarmiert stehen und drehte sich zu Raymo um. »Was ist?«

»Wir sind nicht mehr allein hier unten«, antwortete Raymo. Er deutete ak Sokay, in die Richtung zu lauschen, aus der sie kamen. Gleich darauf war das Geräusch erneut zu hören. Nach wie vor leise, aber zweifelsfrei näher als zuvor.

Ak Sokay nickte. »Was ist das?«

»Schritte«, antwortete Raymo. »Soldaten.«

»Scheinbar hat Rielle nicht vergessen, dass ich die Gewölbe kenne. Hier entlang!« Er wechselte die Richtung in einen kleinen Gang, der seitwärts wegführte.

Sie waren gerade einmal ein paar Dutzend eilige Schritte weit geschlichen, als Raymo auf einmal weitere Geräusche vernahm; diesmal jedoch von vorn.

»Fackel aus!«, zischte er ak Sokay zu.

Ak Sokay erstickte die Flamme eilig mit dem gerafften Umhang seiner Soldatenuniform. »Kannst du hören, wie viele es sind?«

»Hinter uns vier bis sechs«, antwortete Raymo. »Vor uns genauso viele. Und beide Gruppen kommen in unsere Richtung. Gibt es einen anderen Weg von hier fort?«

»An einem der Trupps müssen wir auf jeden Fall vorüber«, sagte ak Sokay. »Wir nehmen den vor uns, schlage ich vor.«

»Warum?«

»In dieser Richtung liegt einer der wenigen Zugänge in die noch viel älteren Gewölbe tiefer unter uns.« Raymo hörte, dass ak Sokays Stimme eine für den ehemaligen General ungewohnte Note angenommen hatte. Furcht.

»Was ist da unten?«

»Das weiß niemand so genau. Es kursieren Gerüchte …«

»Gerüchte?«

»Ronach der Dunkle, einer der früheren Herrscher der von Rielles und Lizias Großvater gestürzten Dynastie der ak Meru, hat dort unten unheilige Experimente durchgeführt … oder auch Rituale uralter Magie, wie andere sagen. Man munkelt, er habe im Auftrag seines dunklen Gottes Nykht die ersten des längst vergessenen Volkes der Ripper zu neuem untoten Leben erweckt. Er wollte eine Armee von ihnen erschaffen, um die ganze Welt zu unterjochen, für seinen Herrn, den Schwarzen Drachen.«

»Was ist geschehen?«

»Der Legende nach hat seine eigene Familie, als sie dahinterkam, ihn dort unten bei lebendigem Leib eingemauert und die Zugänge zu den alten Stollen und Tunneln versiegeln lassen.«

Ammenmärchen, wollte Raymo einem Impuls folgend erwidern, doch dann erinnerte er sich an jenen letzten Tag in seiner Heimat, dem Hochland Caldas. Er erinnerte sich an den Kampf mit dem gewaltigen Bären – und an dessen grausiges und vor allem mysteriöses Ende. Ein eisiger Schauer lief ihm vom Nacken aus den Rücken hinab. Dennoch sagte er: »Wir haben keine Wahl.«

Er zog Schwert und Dolch. »Geh voran!« Er folgte dem kaum wahrnehmbaren Geräusch von ak Sokays Atem durch die absolute Dunkelheit. Es dauerte nicht lange, und er erkannte weiter vorn den ersten Schimmer der Fackeln der königlichen Soldaten.

Als hätten sie es verabredet, spurteten Raymo und ak Sokay gleichzeitig los.

Sie mussten die Gegner überraschen, ehe sie selbst entdeckt werden konnten. Sie erreichten das Ende des Gangs: eine kleine Säulenhalle. Es waren sechs Soldaten – unter ihnen nicht einer, der nicht zusammenzuckte, als Raymo und ak Sokay mit der Schnelligkeit angreifender Raubkatzen aus der Finsternis vor ihnen auftauchten.

Raymo sah, dass ak Sokay nach rechts kurvte, also übernahm er die linke Flanke der Gruppe. Dem ersten der Soldaten schlug er das Schwert von der Seite in die Kehle, ehe der überhaupt Gelegenheit hatte, seinen Speer anzuheben. Raymo hackte hart und tief, um sicherzustellen, dass der Mann auf jeden Fall außer Gefecht gesetzt war, ganz gleich ob sein Tod sofort oder erst in ein paar Herzschlägen eintreten würde.

Dem zweiten Mann rammte er den Dolch in den vor Schreck offenen Mund. Zahnsplitter flogen durch die Luft; Raymo ließ den Dolch stecken und wirbelte zum dritten Soldaten herum.

Der stach bereits mit seinem Speer zu. Raymo wischte die Spitze mit der Klinge seines Schwerts gerade noch rechtzeitig zur Seite, stieß den Mann mit dem Schwung seines Sprungs um und zertrat ihm mit dem Fuß den Kehlkopf. Es war ein hässlich knirschendes Geräusch, gefolgt von einem gurgelnden Ächzen.

Im Licht der zu Boden gefallenen Fackeln sah Raymo, wie ak Sokay gerade seinen zweiten Gegner niederstach, während der dritte von hinten mit dem Speer ausholte, um ihn dem ehemaligen General in den Rücken zu stoßen. Raymo schleuderte sein Schwert mit voller Wucht; es traf den Soldaten zwischen den Schulterblättern, prallte aber scheppernd von der Rüstung ab. Doch die Unterbrechung der Attacke genügte ak Sokay völlig, um sich um die eigene Achse zu drehen, den Speer des Mannes mit der Faust zu packen und ihm mit dem Knauf des Schwerts den Schädel mit drei harten und schnellen Hieben einzuschlagen.

Raymo hob eilig ein neues Schwert und einen anderen Dolch auf. Die Schritte des anderen Trupps kamen schnell näher.

»Wir müssen auf der Stelle weg. Wo ist der Zugang zu den Höhlen?«

Ak Sokay nahm eine der Fackeln an sich. »Hier entlang.« Er rannte los.

Raymo folgte ihm im gleichen Tempo. Er hörte hinter sich, dass inzwischen weitere Wachen in den Gewölben angekommen waren und die Verfolgung aufnahmen.

Ak Sokay erreichte eine Stelle in der Mauer, die zunächst wie eine tiefe Nische aussah. Erst als er die Fackel hineinhielt und sie ausleuchtete, sah Raymo, dass der Schatten in Wirklichkeit ein noch schmalerer Gang war, gerade einmal schulterbreit. Ak Sokay zwängte sich hinein. Nach einigen Schritten wurde der Boden abschüssig; Sandsteinfliesen gingen über in nackten Fels. Die Decke wurde schnell niedriger, und Raymo schlug der beißende Qualm der Fackel ins Gesicht. Von den Wänden hingen Spinnweben so dick wie gewebtes Tuch, darin handtellergroße, blasse Spinnen mit weißen blinden Augen.

Aus dem Gang, den sie soeben verlassen hatten, erklangen das Trampeln von Schritten und gerufene Befehle. Raymo hoffte, dass er und ak Sokay inzwischen so tief waren, dass man dort oben den Schein ihrer Fackel nicht mehr sehen konnte. Sie kamen an das Ende des Stollens – eine uralte dicke Eichentür; wie die Wände war sie über und über mit Spinnweben behangen. An der Seite verschloss eine rostige Kette den Zugang.

»Halt die Fackel«, sagte ak Sokay und nestelte sein Schwert in den Kern des Kettenknotens. Er benutzte es wie ein Stemmeisen und brach die Halterung, mit der die Kette im Fels neben der Tür verankert war, heraus. Das Krachen hallte durch den engen Gang.

»Hat das jemand gehört?«, drang die Stimme eines der Soldaten zu ihnen nach unten. Raymo ging augenblicklich in Verteidigungshaltung.

»Das kam aus dieser Nische«, sagte eine zweite Stimme. »Wartet! Das ist gar keine Nische, das ist ein Gang. Er führt nach unten in die alten Höhlen.«

»Da kriegen mich keine zehn Pferde runter.« Der Soldat, der das gesagt hatte, gab sich keine Mühe, seine Angst zu verbergen. »Ihr wisst doch, was die alten Kameraden in den Wachstuben von den Höhlen erzählen. Ich sage nur: Ripper.«

»Ripper! So ein Unsinn!«, sagte ein nächster. »Die gibt es nicht. Hat es auch nie gegeben. Oder hat vielleicht einer von euch schon mal einen gesehen?«

»Das ist kein Beweis, dass es sie nicht gibt, sondern nur einer dafür, dass niemand, der einen sieht, lange genug lebt, um davon zu erzählen. Ich für meinen Teil glaube fest daran, dass es stimmt, was man munkelt: Mehr als die Hälfte der Menschen, die spurlos von den Straßen und Gassen der Stadt verschwinden, sind den Rippern zum Opfer gefallen.«

»Dummer Aberglaube! Die sind alle in irgendwelchen Kochtöpfen gelandet. Die Zeiten sind hart. Verflucht hart. Manchmal will ich gar nicht wissen, was sie uns in der Kaserne so alles als Eintopf vorsetzen.«

»Lliam von der Nordmauer hat geschworen, er hatte schon mal einen menschlichen Finger in seiner Ration.«

»Spart euch die Gruselgeschichten! Auf jeden Fall müssen wir jetzt da runter. Die toten Kameraden sind für die Königin ein klarer Beweis, dass ak Sokay und der Caldäer hier unten sind. Wir können nicht einfach wieder nach oben und melden, wir hätten sie nicht gefunden.«

»Ich sage, wenn die beiden wirklich in die Höhlen hinunter sind, wird man nie wieder was von ihnen sehen, das könnt ihr mir glauben. Da gibt es keine zwei Meinungen. Und wenn wir so dumm sind, ihnen zu folgen, dann geht es uns bestimmt ganz genauso.«

»Das sehe ich auch so. Es gibt einen Grund, warum alle Zugänge seit Generationen verschlossen sind. Also, ich bleibe dabei: Mich kriegt ihr da nicht hinunter. Für keinen Sold der Welt.«

»Wir postieren uns hier und warten, ob die beiden wieder nach oben kommen. Falls nicht, könnten wir der Königin berichten, wir hätten die Kameraden erst gefunden, als die Flüchtenden schon lange wieder weg waren. Und danach haben wir nirgends von ihnen mehr eine Spur entdeckt.«

»Genau! Wir sagen, wir vermuten, sie haben das Gewölbe schon wieder verlassen und einen anderen Weg aus dem Palast gefunden. Hier unten sind sie auf jeden Fall nicht länger.«

»Gut, so machen wir das. Also Posten aufschlagen und Augen und Ohren aufsperren.«

Raymo zog die Stirn in Falten. »Sieht ganz so aus, als hätten wir keine andere Wahl«, sagte er flüsternd zu ak Sokay und deutete auf die Tür. »Wir müssen da runter und einen anderen Ausgang finden.«

»Mögen uns die Götter gnädig sein«, gab ak Sokay leise zurück und zog die schwere Tür mit beiden Händen vorsichtig auf.

»Die Götter sind so einiges, aber gnädig ganz gewiss nicht.« Als Raymo ihm die Fackel zurückgeben wollte, lehnte ak Sokay mit einem Kopfschütteln ab.

»Hier unten war auch ich noch nie, also geh ruhig voran.«

Raymo schnaubte amüsiert und verächtlich. Er zwängte sich an ak Sokay vorbei durch die Tür. Frostgleiche Kälte schlug ihm entgegen wie ein Windstoß, sein Atem bildete kleine Wölkchen, und eine dunkle Vorahnung kroch ihm ins Mark. Im Schein der Fackel sah er, dass die Felsenwände überzogen waren von schimmelnder Flechte, aber er sah nicht eine Spinnwebe mehr und auch keine einzige Spinne.

Der Boden war rauh und uneben und noch sehr viel dicker mit Staub bedeckt als der im Gewölbe über ihnen. Raymo spürte, dass er den Griff seines Schwertes schon fast krampfartig gepackt hatte, und zwang sich dazu, die Finger ein wenig zu lösen.

Einige Schritte später weitete sich der enge Tunnel allmählich und wurde schließlich zu einer Höhle, in der Raymo gewaltige Tropfsteine von der Decke hängen sah. Er lauschte angestrengt in die Dunkelheit und bemerkte, dass der Boden weiterhin nach unten abfiel. Er hatte nicht nur das Gefühl, eine andere, eine vergessene Welt zu betreten, sondern gleich eine andere Zeit – eine Zeit vor der Zeit … lange ehe es überhaupt Menschen gab in Prtwyn.

Die Höhle wurde noch weiter, so dass schon bald die Wände nicht mehr zu sehen waren; auch die Decke verschwand in der finsteren Höhe. Raymo hatte das Gefühl, dass irgendetwas ihn und ak Sokay aus der Dunkelheit vor ihnen beobachtete. Konnte er nach all den Tagen des Darbens und der Folter seinen Sinnen und Instinkten trauen, oder spielten seine Nerven und die unheimliche Umgebung in Verbindung mit der Geschichte, die ak Sokay erzählt hatte, ihm einen Streich?

Da sah er die ersten Knochen im Staub zu seinen Füßen. Es waren eindeutig menschliche Knochen – den Schädeln nach zu urteilen Überreste von mindestens drei verschiedenen Personen; eine davon ein Kind.

Ak Sokay nahm einen der Schädel auf. »Das sind Spuren von Zähnen«, sagte er leise. »Von verflucht scharfen Zähnen.«

In dem Moment hörte Raymo ein hungriges Knurren – und es war verdammt nah!

LIZIA

Dunuum – Königlicher Palast

Lizia kauerte am ganzen Leib zitternd in der Ecke ihres klammen Kerkers auf dem Boden, neben der Pritsche mit der dünnen muffigen Strohmatte; die Arme um die angewinkelten Knie geschlungen. Nach wie vor war ihr aus lauter Verzweiflung nach Weinen zumute, doch sie hatte längst keine Tränen mehr. Raymo und ak Sokay hatten sie in der Gewalt Rielles zurückgelassen. Sie hatte keinerlei Hoffnung, ohne fremde Hilfe jemals wieder von hier fortzukommen.

Sie versuchte, sich zu beruhigen, indem sie sich mit einer Litanei von vor sich hergemurmelten Worten einredete, dass es keinen Grund gab für Verzweiflung – dass ihr Leben hier im Turm immer noch unzählige Male besser war als ihr Sklavendasein in Cassias Hain. Bis zu dem Tag, an dem man sie zur Brüterin machen würde für den Erben des twyddyanischen Throns, oder bis zu jenem, an dem Rielle selbst ein Kind in die Welt setzte, hatte sie hier oben zumindest ein Dach über dem Kopf und bekam regelmäßig einigermaßen passables Essen. Zudem brauchte sie keine Angst zu haben vor Überfällen auf der Straße oder davor, für einen Bissen schimmliges Brot ihren Körper verkaufen zu müssen.

Was jedoch ihre Situation so schlimm machte, war, dass schon wieder einmal eine Hoffnung gestorben war – die Hoffnung auf ein freies Leben in jenem fernen Land, von dem Raymo geschwärmt hatte. Kutera. Dabei hatte Lizia sich schon so oft vorgenommen, nie wieder zu hoffen; sich nie wieder einer Illusion hinzugeben.

Mit einer grausamen Wirklichkeit zu leben, ist auf absurde Weise sehr viel einfacher, als den Tod einer Hoffnung zu ertragen, dachte sie – und schalt sich sogleich dafür, dass sie so empfand. Merkwürdigerweise ließ hingegen die Tatsache, dass sie – anders als von ak Sokay geplant – nun doch niemals als Königin auf dem Thron Twyddyns sitzen würde, sie völlig kalt. Es war nicht Macht, die sie vermisste, oder Reichtum – wonach sie sich sehnte, waren Freiheit und Friede. Nun war beides für immer außerhalb ihrer Reichweite.

Der Gedanke, den Rest ihres Lebens hier in dieser winzigen Kammer zu verbringen, legte sich um ihre Brust und drückte immer fester zu. Es war, als kämen die Wände mit jedem Herzschlag näher und näher, um sie zu erdrücken.

Das Schlimmste aber war die Maske. Sie erschien ihr plötzlich wie ein lebendiges Ding. Eine Kreatur, die eng und klamm und still auf ihrem Gesicht lag und dabei alle Kraft aus ihr heraussaugte. Lizia hatte gegen ihr besseres Wissen das Gefühl, durch das für den Mund frei gelassene Loch nicht mehr richtig atmen zu können – nicht ausreichend Luft zu bekommen. Durch das Leder auf den Ohren hörte sie, wie sie mehr und mehr, schneller und schneller zu hecheln begann – ein furchtbares Geräusch, das zunehmend lauter wurde; so laut, dass es sich mit einem Mal anfühlte, als würde es sich in ihren Kopf hineinfressen. Ohne es verhindern zu können, schrie sie laut und lange auf, um dieses Geräusch auszuschalten. Doch das einzige Resultat war, dass sie danach noch hastiger und flacher atmete – noch lauter. Sie presste die Hände flach auf die Seiten ihres Kopfes, aber das verstärkte das schnaufende Hecheln nur noch.

Ein zweites Mal schrie sie auf – verzweifelt, zornig, außer sich.

In ihrer Qual sprang Lizia auf die Füße, schüttelte den Kopf – ein drittes Mal schreiend. Bis ins Mark erfüllt von Panik trat sie gegen den Nachttopf neben der Pritsche. Er flog gegen die Mauer und zersplitterte. Sein Inhalt ergoss sich auf den Boden, doch das scherte Lizia nicht. Alles, was sie sah, waren die Scherben: eckig, scharf.

Sie bückte sich, um eine davon aufzuheben, und begann, wie besessen mit der Bruchstelle an der Seite der Maske zu schaben. Schneller und schneller, so fest, dass ihre Finger zu bluten begannen. Doch es half nichts, das Leder war zu dick.

Als sie die Scherbe vor die Augenlöcher hielt, sah sie, dass die Kante aus Steingut jetzt schon stumpf und abgewetzt war. Sie warf sie beiseite und nahm eine zweite auf, um weiter zu kratzen. Aber das Ergebnis blieb auch jetzt dasselbe: sie befühlte die Maske, dieses lederne Tier, das ihr Innerstes zu verschlingen drohte, so wie eine Spinne eine Fliege aussaugte – nicht einmal ein nennenswerter Kratzer.

Auch die dritte Scherbe brachte sie nicht weiter, und schließlich ließ Lizia sich erschöpft auf die Pritsche sinken.

Wie sie so da saß – schluchzend und schnaubend –, fiel ihr tränenverschleierter Blick auf ihre blutende Hand, die Scherbe in ihren Fingern … und auf das andere Handgelenk.

Ein Ausweg aus der Auswegslosigkeit.

Es war nicht das erste Mal, dass sie diesen Gedanken dachte. Ganz und gar nicht. Sie erinnerte sich an das Fischmesser in der Küche von Cassias Hain, an den Mordomo … an den eisigen See … und an all das, was ihr seither widerfahren war … nur weil sie damals nicht den Mut aufgebracht hatte …

Was wäre ihr alles erspart geblieben?

Was würde noch alles Schreckliches mit ihr geschehen, wenn sie jetzt nicht … ?

Würde sie jemals wieder die Chance bekommen?

Lizia spürte, dass sie mit einem Mal innerlich ruhiger wurde … leerer. Sie hatte aufgehört zu zittern. Die Angst vor dem Schmerz, die Angst vor dem Tod – sie waren beide kleiner geworden als die Angst vor dem Morgen, die Angst vor der Einsamkeit, die Angst vor einer neuen Hoffnung, die ja doch nur wieder zerstört werden würde.

Plötzlich merkte sie, dass sie lächelte. Es war ein trauriges Lächeln, aber auch ein beruhigtes. Wenn es schon keine Aussicht mehr darauf gab, dass die Dinge besser wurden, war es klüger, ja sinnvoller, sie einfach ganz und gar zu beenden.

Das schnaufende Hecheln in ihren Ohren hatte aufgehört. Sie zog die Nase hoch, atmete tief aus. Dann setzte sie die Spitze der Scherbe an die dunkle Ader in ihrem Unterarm.

RAYMO

Dunuum – Königlicher Palast

Hungriges Knurren in der Dunkelheit. Das Schaben und Quietschen von Klauen oder Krallen auf dem nackten Fels. Obszön gieriges Hecheln. Zu den Geräuschen gesellte sich ein merkwürdig süßliches Aroma in der kalten Luft der Höhle – Raymo kannte den ekelerregenden Duft; es war der Geruch von Fäulnis und Verwesung.

»Wir müssen sofort von hier weg«, drängte ak Sokay. Die nackte Angst stand ihm ins Gesicht geschrieben, aber sein Ton war wie immer befehlsgewohnt.

»Was auch immer das für Wesen sein mögen«, sagte Raymo leise und rückte näher an die Felswand hinter ihm, »wenn wir jetzt rennen, fallen sie von hinten über uns her. Wir halten die Stellung.«

»Was meinst du mit ›was auch immer das für Wesen sein mögen‹?«, fragte ak Sokay. »Das sind Ripper! Eindeutig. Wir haben nicht die Spur einer Chance, wenn wir hier bleiben.«

»Keiner von uns beiden hat jemals einen Ripper gesehen«, gab Raymo flüsternd zurück. »Aber eins steht fest: falls sie auch nur ansatzweise so stark und so schnell sind, wie man sich in den Schauermärchen erzählt, ist unsere Chance noch geringer, wenn wir ihnen schutzlos den Rücken zukehren. Wir bleiben, wo wir sind, und kämpfen.« Raymo legte die Fackel vor seine Füße auf den Boden und zog den Dolch.

»Du bist irre, Caldäer!« Aber obwohl er ganz offenbar dessen Meinung nicht teilte, bezog er Position neben Raymo vor der Wand und zog ebenfalls seinen Dolch.

Raymo nickte finster und spähte angestrengt in die Dunkelheit jenseits des kleinen Lichtkreises.

Er sah, wie darin noch dunklere Schemen hin- und herhuschten – wie Schatten innerhalb eines Schattens.

Sie hatten in etwa die Form von Menschen, nur etwas größer, aber sie bewegten sich auf merkwürdige Weise anders. Dann sah Raymo die ersten beiden rot glühenden Punkte. Augen. Noch nie hatte er etwas Hungrigeres gesehen als diese Augen. Erst waren es zwei, dann vier … sechs … schließlich ein ganzes Dutzend. Sie bildeten einen Halbkreis, gerade jenseits der Lichtgrenze.

»Sie zögern«, sagte Raymo. »Ein gutes Zeichen.«

»Wofür?«

»Dafür, dass man sie verletzen kann«, antwortete Raymo. »Und dass sie sich dessen bewusst sind. Wären sie so übermächtig wie in den Legenden, würden sie uns ohne Scheu attackieren.«

»Dein Wort in den Ohren der Götter.«

Eine der Kreaturen bewegte sich vorsichtig nach vorne. Im flackernden Schein der Fackel konnte Raymo die graue ledrige Haut der hageren Kreatur erkennen … die seltsam geformten Beine, die mehr an die eines Vogels oder einer Echse erinnerten. Die klauenartigen, unnatürlich langen Finger endeten in spitzen Krallen.

Dann kam auch das Gesicht zum Vorschein. Es war eine monsterhafte Fratze … die flache Nase mit den großen weiten Nüstern glich einer Fledermausschnauze, und der offene Mund gewährte den Blick auf zwei Reihen nadelspitzer Zähne, zwischen denen sich klebriger Speichel in Fäden zog. Im Licht der kleinen Flamme glühten die roten Augen gleich noch einmal so unheilig.

»Bereit?«, fragte Raymo.

»Was ist deine Strategie?«, gab ak Sokay die Frage zurück.

»Überleben«, antwortete Raymo knapp.

»Das ist keine Strat…«, begann ak Sokay.

Raymo wartete nicht, bis er den Satz beendet hatte, und sprang wie von der Sehne geschossen nach vorn – genau auf die einzige bisher sichtbare der Kreaturen zu. Noch im Sprung holte er weit mit dem Schwert aus.

Der Ripper schrie aggressiv auf. Der Schrei wurde abrupt unterbrochen von Raymos Klinge, die er wie eine Sense durch den dürren Hals des Monsters jagte. Der glatt vom Rumpf abgetrennte Kopf flog mit erlöschenden Augen im hohen Bogen durch die Luft und sprang noch mehrfach auf wie ein Ball, ehe er liegen blieb; aus dem konvulsivisch zuckenden Leib spritzte gräulich braune Flüssigkeit. Noch bevor der knochige Kadaver zu Boden fiel, war Raymo bereits wieder behende rückwärts auf seinen Platz neben ak Sokay gesprungen.

»Also kann man sie nicht nur verletzen, sondern auch töten«, knurrte er zufrieden, während die übrigen Ripper aggressiv aufkreischten – und sich auf sie stürzten.

Die Kreaturen waren schneller als jedes Raubtier, dem Raymo jemals begegnet war. Schneller als der vor Hunger wahnsinnige Bär, dem er in Calda nur mit knapper Not entkommen war, und sogar schneller als der Xanoya, den er in Kutera getötet hatte. Mit weit aufgerissenen Mäulern und nach vorn gestreckten Krallen sprangen sie auf sie zu. Die seltsam geformten Beine gestatteten ihnen hohe und weite Sprünge.

Raymo rammte dem Vordersten sein Schwert in den Brustkasten. Oder vielmehr dagegen. Der Aufprall war so unerwartet wuchtig, dass es Raymo beinahe die Schulter aus dem Gelenk gehebelt hätte. Die knöcherne Brust der Kreatur war hart wie drei Schichten gegerbtes Schweinsleder über einer Platte aus gelagertem Eichenholz, so dass die Waffe kaum einen Fingerbreit eindrang. Der Stoß ließ den Ripper völlig unbeeindruckt. Dafür war der unmenschliche Gegner sehr viel schwerer, als Raymo erwartet hatte, und riss ihn mit Schwung nach hinten zu Boden.

Die Kreatur fletschte die Zähne und biss knurrend und kreischend nach Raymos Gesicht. Fauliger Atem schlug ihm aus dem Maul entgegen, stinkender Speichel troff auf ihn herab. In den Augen las Raymo einen Funken animalische Intelligenz. Er brachte gerade noch rechtzeitig die Dolchhand zwischen sich und das Monster, presste die Klinge mit aller Kraft gegen den grauledrigen Hals. Erstes Blut quoll hervor, und Raymo drückte fester, um gleich darauf den Dolch zur Seite zu rucken und dem Biest die Kehle bis zur Wirbelsäule aufzutrennen.

Im selben Moment fühlte Raymo, wie er von einem der anderen Ripper am Schenkel gepackt wurde, und trat mit dem freien Fuß so fest er konnte zu, während das Blut des ersten wie aus einer pumpenden Quelle über sein Gesicht und seinen Bauch sprudelte. Es war unnatürlich kalt und schmeckte wie Galle. Raymo kämpfte den Impuls zu würgen nieder, presste die Lippen fest zusammen, um nicht noch mehr von der schaurigen Brühe in den Mund zu bekommen, und stieß den sich im Todeskampf windenden Leib des Monsters von sich, um gleich darauf endlich wieder hoch in den Stand zu gelangen.

Kaum war er wieder auf den Beinen, traf ihn ein enormer Schlag von einer der krallenbewehrten Klauen an der Brust und schleuderte ihn nach hinten gegen den Fels, so als wöge Raymo nicht mehr als eine Strohpuppe. Schlag und Aufprall pressten ihm trotz des Brustpanzers sämtliche Luft aus der Lunge, und für einen Herzschlag lang flimmerte es schwarz vor seinen Augen. Dennoch hackte er instinktiv mit dem Schwert nach dem neuen Gegner … traf die Schulter … und wieder musste er erleben, dass die Klinge fast abprallte.

Das ließ nur einen Schluss zu!

»Der Hals!«, rief er, in der Hoffnung, dass ak Sokay ihn über die Schreie und das Knurren der Ripper hinweg hören konnte. »Ziel auf den Hals. Dort sind sie verwundbar!«

Schon im nächsten Moment folgte er seinem eigenen Rat und stieß dem Ripper vor ihm das Schwert zwischen Brust und Kinn. Doch das Monster versuchte weiterhin, nach ihm zu schlagen, zu kratzen und zu beißen. Raymo spießte seinen Dolch in eines der rotglühenden Augen, riss das Schwert aus der Kehle und hackte es von der Seite erneut hinein – zwei, drei Mal. Erst dann brach der Ripper zuckend zusammen.

»Du musst ihn durchtrennen!«, rief Raymo und sah sich nach ak Sokay um.

Der lag neben einem weiteren toten Ripper am Boden und versuchte verzweifelt, die beiden letzten der Kreaturen von sich fernzuhalten. Er hatte sein Schwert verloren, besaß nur noch den Dolch, mit dem er wild um sich stieß, unfähig, unter der grausig schnellen Attacke der beiden nach ihren Hälsen zu zielen.

Raymo sprintete zu ihm – im Lauf bereits das Schwert schwingend – und trennte einem der Ripper mit einem wuchtigen Schlag den Kopf vom Rumpf. Der zweite biss zu – in ak Sokays freien Arm. Ak Sokay schrie auf und jagte dem Monster den Dolch von der Seite in den Hals – immer und immer wieder … dabei in Kauf nehmend, dass die Zähne der Bestie in seinem Arm durch die Stiche hin- und hergeruckt wurden.

Raymo beeilte sich, den Rest zu erledigen, und half ak Sokay, den Kopf des Rippers von seinem stark blutenden Arm zu lösen.

»Sieht gar nicht gut aus«, bemerkte Raymo, als er die klaffende Wunde sah.

»Hol die Fackel«, knurrte ak Sokay keuchend, während er sich unter den Leibern der Ripper hervorrappelte.

Wachsam ins Dunkel lauschend eilte Raymo zu der Fackel am Boden.

»Beiß auf deinen Umhang«, sagte er, als er damit zu ak Sokay zurückkehrte.

Ak Sokay raffte den Umhang und steckte sich das Ende in den Mund.

»Bereit?«, fragte Raymo.

Ak Sokay nickte schnaubend und hielt seinen blutenden Arm nach vorn.

Raymo presste die Fackel dagegen; trotz des Knebels schrie ak Sokay laut und lange auf. Schweiß perlte ihm auf die Stirn, und er begann immer heftiger zu schnauben. Schwarzer Rauch stieg von seinem Arm empor, und es stank nach verbranntem Fleisch. Doch Raymo ließ erst ab, als er sicher war, dass er die Wunde versiegelt hatte. Ak Sokay ließ sich nach hinten an die Felswand sacken, um sich abzustützen, und spuckte den Zipfel des Umhangs aus. Er nickte Raymo dankbar zu.

»Jedenfalls wissen wir jetzt, dass man sie durchaus besiegen kann«, sagte Raymo. Er rollte einen der Ripperkadaver mit dem Fuß auf den Bauch.

»Was tust du?«, fragte ak Sokay.

»Die Viecher sind verdammt mager. Aber irgendwo müssen auch sie wenigstens ein bisschen Fett haben.«

»Wofür?«

»Wir brauchen neue Fackeln, wenn wir hier herausfinden wollen«, antwortete Raymo, kniete neben der Leiche nieder und ging mit dem Dolch an die Arbeit.

LIZIA

Dunuum – Königlicher Palast

Lizia fühlte durch die Scherbe in den Fingern ihrer rechten Hand das Pulsieren der großen Ader in ihrem linken Unterarm. Sie saß wie in Trance auf der Pritsche ihrer Gefängniszelle. Ihr Atem ging langsam, so langsam wie der Schlag ihres Herzens.

Tu es einfach, sagte ihre innere Stimme. *Dann ist es endlich vorbei.*

Lizia wusste, dass sie es diesmal wirklich tun würde. Sie hatte keine Angst mehr – anders als die Male zuvor. Die Entscheidung war gefällt. Sie schloss die Augen, um ein letztes Mal die Erinnerung an ihre Eltern heraufzubeschwören. Die einzige Erinnerung, die sie an die beiden besaß. Eine Erinnerung, die sie einmal für einen Traum gehalten hatte.

Ihre Taufe im Tempel des königlichen Palasts. In den behütenden Armen ihrer Mutter – Königin Ala. Daneben ihr Vater, König Qwntynn. Lizia wunderte sich, ob wohl an jenem Tag auch Rielle bei der Zeremonie dabei gewesen sein mochte. Rielle hatte sie einmal sehr geliebt – das hatte die Königin zumindest behauptet. Lizia fragte sich, ob das wahr sein konnte … ob jemand wie Rielle überhaupt wusste, was Liebe war. Sie bezweifelte es.

Lizia konzentrierte sich wieder auf die Bilder von ihrer Mutter und ihrem Vater. Ihr strahlendes Lächeln, seinen liebevollen Blick. Würde sie die beiden irgendwo jenseits dieses Lebens wiedersehen? So manche Religion predigte das, und Lizia empfand den Gedanken als tröstlich. Sie hätte ihre Eltern gerne gekannt, mehr von ihnen erfahren als nur, dass sie einem feigen Attentat zum Opfer gefallen waren.

Die Szenerie des lichtdurchfluteten Tempels verblasste allmählich und Lizias Blick wanderte zu dem vergitterten Fenster ihrer Zelle, zu der ewigen Dunkelheit dahinter. Ob es wohl jemals wieder hell werden würde, je wieder warm? Erst jetzt spürte sie, wie sehr sie fror.

Für dich spielt das nun keine Rolle mehr, dachte sie. *Nichts spielt mehr eine Rolle.*

Sie drückte die Scherbe fester gegen die Haut, ignorierte den Schmerz und begann langsam zu schaben. Es war schwerer, als sie sich vorgestellt hatte. Sie biss vor Anstrengung die Zähne zusammen, drückte und kratzte fester.

Endlich!

Das erste Blut floss … dann immer mehr. Mit einem erleichterten Seufzen ließ Lizia die Scherbe aus den Fingern gleiten und sank nach hinten gegen die Wand.

RAYMO

Dunuum – Königlicher Palast

Im Licht der aus dem Körperfett der Ripper und den Knochen ihrer menschlichen Opfer gebauten Fackeln waren sie durch die Höhlen gerannt; ständig verfolgt von Knurren, Fauchen und Hecheln in der sie umgebenden Dunkelheit. Die übrigen Ripper waren nach dem Kampf spürbar vorsichtiger geworden, und so hatten sie nach langem Suchen schließlich einen Ausgang aus den Höhlen gefunden, ohne ein weiteres Mal angegriffen worden zu sein.

Jetzt tötete Raymo jeden Soldaten, auf den er und ak Sokay auf dem Weg aus dem Gewölbe zum Gefängnisturm trafen, so schnell, präzise und leise wie nur möglich. Er durfte nicht riskieren, dass auch nur einem von ihnen Gelegenheit blieb, Verstärkung zu rufen. Sie hatten Glück, dass die meisten von Rielles Männern in den Gewölben und bei den Ausgängen des Palasts nach ihnen suchten, doch die endlosen Tage am Kreuz und die Kämpfe forderten allmählich ihren Tribut.

Raymo konnte sich nicht daran erinnern, wann er das letzte Mal dermaßen erschöpft gewesen war. Trotz der Kälte war er unter der Rüstung nassgeschwitzt, seine Beine und Arme waren schwer wie Blei. Die Klingen von Schwert und Dolch waren inzwischen so stumpf und schartig, dass er mit ihnen kaum noch schneiden und stechen konnte, sondern seine Gegner durch die schiere Wucht seiner Schläge tötete.

Dass ak Sokay sich im königlichen Palast auskannte, war ein großer Vorteil. Wann immer es ging, benutzten sie Schleichwege und wenig bewachte Gänge.

Schließlich erreichten sie den Vorplatz des Turms, und Raymo spähte um die Ecke.

Am Eingang waren zwei Soldaten postiert – gut zwei Dutzend Schritte entfernt.

»Näher kommen wir nicht an sie heran, ohne gesehen zu werden«, flüsterte ak Sokay. Auch ihm war die Erschöpfung deutlich anzusehen, und der Schmerz in seinem Arm ließ ihn keuchend und mit zusammengebissenen Zähnen sprechen.

»Dann musst du diesmal einen von ihnen übernehmen«, sagte Raymo. »Schaffst du das in deinem Zustand?«

»Sieht nicht so aus, als hätten wir eine andere Wahl«, antwortete ak Sokay. »Wenn es einem von ihnen gelingt, Alarm zu schlagen, sind wir geliefert.«

Raymo nickte zustimmend. »Falls du es nicht schaffst, ihn auszuschalten, sorge wenigstens dafür, dass er keinen Lärm macht, bis ich mit meinem fertig bin.«

Raymo rannte los. Die Muskeln in seinen Beinen schmerzten, als würden sie gleich reißen. Aber es gab jetzt kein Zurück mehr. Er nahm sich den Soldaten vor, der weiter entfernt stand, damit ak Sokay den kürzeren Weg hatte.

Die beiden Wachmänner reagierten augenblicklich, als sie Raymo heranstürmen sahen, und hielten ihm ihre Schilde und Speere in Verteidigungsposition entgegen.

Raymo grinste finster und fragte sich nicht zum ersten Mal, warum Soldaten nicht besser ausgebildet wurden. Anders als in Schlachten, in denen speerbewehrte und aus disziplinierten Kriegern geformte Schildwälle ein beinahe unüberwindbares Hindernis darstellen konnten, war die Kombination Schild und Speer im Kampf Mann gegen Mann eine der ungünstigsten überhaupt; vor allem, wenn der Schild so groß und schwer war wie der der königlichen Wachen. Das machte jede einzelne Bewegung behäbig, und dabei den schweren Speer in nur einer Hand zu führen, machte ihn zu einer nahezu unbrauchbaren Waffe gegen einen offensiven Gegner.

Wäre Raymo an der Stelle der Soldaten gewesen, hätte er den Speer geschleudert und dann das Schwert gezogen – oder den

Schild fallen lassen und den Speer mit zwei Händen in einen tödlichen blitzschnellen Wirbel aus Spitze, Schaft und Ende verwandelt.

Nicht aber die beiden Soldaten. Raymo musste nur der zustoßenden Spitze aus geschliffenem Stahl ausweichen. Er machte sich nicht einmal die Mühe, nach dem Schaft zu packen. Stattdessen täuschte er einen Stich mit dem Schwert über den Schildrand hinweg an. Der Soldat riss den Schild nach oben, und Raymo stach mit dem Dolch an dem Schild vorbei gegen den Hals des Gegners.

Auch wenn die Spitze stumpf war, jagte er sie allein mit der Wucht des Stoßes tief genug in das weiche Fleisch, um die Ader zu zerfetzen.

Der Soldat stöhnte röchelnd auf. Raymo wusste, dass von ihm keine Bedrohung mehr ausging, und wirbelte zu dem anderen herum. Er sah sofort, dass ak Sokay in seinem Zustand keine Chance hatte.

Der ehemalige General stand auf wankenden Beinen vier Schritte von dem Soldaten entfernt und wich dessen Speerstößen aus, ohne dass es ihm gelang, näher an den Gegner heranzukommen.

Als der Soldat sah, dass Raymo seinen Kameraden überwältigt hatte und jetzt wild entschlossen auf ihn zugestürmt kam, schrie er gellend: »Alarm! Alarm!«

Raymo stieß einen zornigen Fluch aus, schleuderte dem Mann den Dolch entgegen, um ihn aus der Balance zu bringen, riss ihm den Speer aus der Hand und erschlug ihn damit.

»Beeilung!«, rief er ak Sokay zu und sprintete durch die Tür in den Turm – die Steinstufen der Wendeltreppe nach oben. Er hörte, dass über ihm weitere Wachen waren, ließ das Schwert fallen und griff den Speerschaft mit beiden Händen.

Zwei Soldaten kamen ihm entgegen. Den vorderen brachte Raymo mit einem Stoß zwischen die Füße zum Straucheln und wich dem Umstürzenden aus, in der Hoffnung, dass ak Sokay ihn erledigen würde.

Dem zweiten stach er unter Einsatz des ganzen Körpers so hart gegen den Schild, dass der Mann nach hinten wankte und mit den Fersen über die Stufe nach oben zurück stolperte.

Raymo nutzte die Lücke unter dem Schild und trieb ihm die Spitze des Speers zwischen die Schenkel. Der Mann schrie im wahrsten Sinne des Wortes wie am Spieß, und Raymo drückte weiter, bis mehr als die Hälfte des Schafts in den Gegner gedrungen war. Er ließ seinen Speer stecken, wo er war, und nahm den des sich windenden Feindes an sich, um über ihn hinweg weiter nach oben zu klettern.

Dort warteten vor Lizias Zellentür noch einmal zwei Soldaten in Verteidigungsstellung.

Raymo war kurz vor dem Zusammenbrechen. Nur sein eiserner Wille, gepaart mit der Sturheit des Hochländers, hielt ihn noch auf den Füßen. Schweiß lief ihm salzig aus den Haaren und von der Stirn in die Augen, vor denen er bereits dunkle Punkte flimmern sah.

Wer nicht aufgibt, gewinnt letzten Endes, hatte sein Vater immer gesagt.

Aber was ist, wenn man einfach nicht mehr kann?, hatte Raymo als Kind einmal gefragt.

Solange du lebst, kannst du, war die lakonische Antwort seines Vaters gewesen, begleitet von seinem typischen Achselzucken, *und umgekehrt: wenn du nicht mehr kannst, bist du tot*.

Raymo preschte nach vorn und stieß dabei einen wilden Schrei aus, um die beiden Soldaten einzuschüchtern. Wenigstens für einen kurzen Moment – das würde reichen … das *musste* reichen.

Und es reichte wirklich.

Später würde Raymo nicht mehr sagen können, wie er es geschafft hatte, aber die beiden Soldaten lagen tot am Boden – dem einen steckte der Speer tief im Nacken, dem anderen war der Kopf stark verdreht, das Gesicht zum Rücken hin.

»Such nach dem Schlüssel«, keuchte Raymo ak Sokay entgegen, der sich gerade den Rest der Treppe nach oben schleppte. Sie fanden ihn bei dem Mann mit dem gebrochenen Genick, und ak Sokay sperrte die Tür zu Lizias Gefängnis auf.

Schon mit dem ersten schnellen Blick sah Raymo, was Lizia sich angetan hatte.

»Nein! Nein! Nein! Du dreimal verfluchte Kuh!«, rief er wütend und rannte zu der Pritsche, auf der sie regungslos lag. »Du vermaledeites dummes Stück Weib!«

Er achtete nicht darauf, dass er in die große Blutlache am Boden trat, und riss sie in seine Arme.

Lizia stöhnte leise und müde auf.

»Sie lebt noch!«, rief er ak Sokay zu und schüttelte sie grob an den Schultern.

Ihre Lider hinter den Augenlöchern der Maske flatterten schwach – und öffneten sich schließlich einen kleinen Schlitz weit.

»R-Raymo?«, fragte sie leise und ungläubig.

»Sag, Lizia, willst du wirklich sterben?!«, fragte er sie barsch. Ihm war es ernst. Er erinnerte sich an ihre erste Begegnung – an ihre Wut, nachdem er sie aus dem eisigen See gefischt hatte. »Sag ›Ja‹, und ich lasse dich einfach hier liegen!«

»D-Du bist zurückgekommen …«

»Natürlich bin ich zurückgekommen! Habe ich dir nicht versprochen, ich bringe dich nach Kutera?«

»Ku-te-ra?« Er hörte, dass sie lächelte. Ihre Stimme wurde immer mehr zu einem kaum noch hörbaren Lallen. »Ist … ist … ist es da … wirklich so schön?«

»Du wirst schon sehen.« Kurzentschlossen riss er Streifen vom Saum seines Umhangs und wickelte sie ihr um die bereits zu krusten beginnende Wunde am Handgelenk.

»Wir müssen uns beeilen!«, drängte ak Sokay. »Ich höre die Verstärkung!«

»Halte durch«, flüsterte Raymo Lizia ins Ohr, wickelte die Decke ihrer Pritsche um sie und nahm sie hoch. Er war erstaunt, wie leicht sie trotz seiner Erschöpfung war. Er eilte mit ihr in den Armen zur Tür und folgte ak Sokay hinaus.

»Zu spät«, sagte ak Sokay. »Sie sind bereits unten im Turm. Dem Krach nach mindestens ein Dutzend.«

»Zu viele.«

Ak Sokay überlegte einen Moment, dann zeigte er nach oben. »Hier entlang!«

»Was hast du vor?«, fragte Raymo.

»Was glaubst du, was ich vorhabe? Ich bringe uns hier raus. Auf dem einzigen Weg, der uns noch bleibt.«

Raymo rannte ihm hinterher die Treppe hinauf. Die Stufen fühlten sich so hoch an, als wäre jede einzelne von ihnen eine Mauer. Die von unten herantrampelnden Soldaten holten auf. Die Stufen endeten bei einer Tür. Ak Sokay trat sie auf. Dahinter lag die Plattform des Turms.

Ak Sokay lief zur Südmauer, kletterte auf die Zinnen und half mit seinem unverletzten Arm Raymo und Lizia hinauf.

Raymo blickte nach unten. Die Mauer fiel steil ab, direkt bis hinunter zum Fluss. Mehr als fünfzehn Meter. Das Wasser war schwarz wie Pech, das Eis am Rand grau wie Schiefer.

»Das Ufer ist flach«, sagte ak Sokay, warf den Helm weg und begann die Schnallen seines Brustharnischs zu lösen. »Wir müssen so weit wie möglich springen, sonst brechen wir uns sämtliche Knochen.«

»Du zuerst«, sagte Raymo. »Und sorg dafür, dass das Mädchen nicht ertrinkt.« Mit diesen Worten packte er Lizia und schleuderte sie so weit er konnte in den Fluss hinaus.

Ak Sokay sprang sofort hinterher.

Raymo befreite sich von der Rüstung. Er war gerade fertig, als die ersten Soldaten durch die Tür auf die Plattform hinausstürmten. Er ließ den Brustpanzer fallen und sprang.

Kopfüber tauchte er in das Wasser ein. Es war so kalt, dass es ihm die Brust zuschnürte. Speere und Pfeile zischten um ihn herum in den Fluss. Er tauchte darunter hinweg in die Richtung, in der er Lizia und ak Sokay das letzte Mal gesehen hatte. Als er endlich außerhalb der Geschosse auf sie stieß, wurde ak Sokay gerade von seinen letzten Kräften verlassen. Er schnaufte und prustete, schluckte Wasser und hustete. Er verlor Lizia aus dem Griff.

Raymo schnappte sie – und erschrak, weil sie so leblos schlaff war. Er streifte ihr die vollgesaugte Decke vom Leib, griff sie fest mit dem linken Arm und drehte sich selbst auf den Rücken.

»Lass dich mit der Strömung treiben«, rief er ak Sokay zu, der zu kämpfen hatte, an der Oberfläche zu bleiben. Lizia flüsterte er noch einmal zu: »Halte durch! Wir haben es bald geschafft.« Die Kälte des Wassers stach ihm in die Haut wie Hunderte eisiger Nadeln. Die Augenlider fielen ihm immer wieder zu.

Wer nicht aufgibt, gewinnt letzten Endes.

Aber was ist, wenn man einfach nicht mehr kann?

SZUMA

Die Schwarze See

Sie hatten je vier der langen Boote zu einem rautenförmigen Floß zusammengezimmert: zwei hintereinander in der Mitte und – wo die beiden mit Heck und Bug zusammentrafen – links und rechts davon jeweils eines. Verbunden hatten sie sie mit Zwingen, Stricken, Balken und daraufgenagelten Brettern, die im Zentrum des Gefährts eine Plattform bildeten. Die beiden Boote in der Mitte hatten ihre Masten behalten, damit auch Segel eingesetzt werden konnten, sobald der Wind günstig stand. Gepaddelt wurde in den beiden Seitbooten an den Außenwänden und im Heck des Hinterbootes. Von diesen Flößen hatten sie vier Stück gebaut, um das Risiko und den Proviant zu verteilen. Sie hatten frische und auch zu Grütze eingekochte Crata Gyna in Krügen aus gebranntem Ton und geräucherten und sauer eingemachten Fisch in Fässern. Außerdem ausreichend Trinkwasser, das sie vorher abgekocht hatten, damit es länger hielt.

Lambes traute den Bootskonstruktionen nicht, obwohl er sie gewissenhaft mitentwickelt und auch beim Bau geholfen hatte, das konnte Szuma am fortwährend skeptischen Blick seines gesunden Auges ablesen. Er machte auch keinerlei Hehl aus seinen Bedenken, und obwohl sie jetzt schon einige Tage und Nächte unterwegs waren, ohne dass irgendetwas passiert war, ging er noch immer regelmäßig auf allen vier Flößen sämtliche Verbindungen ab und überprüfte sie sorgfältig. Szuma fand, in der Zuverlässigkeit des Rituals lag etwas Vertrauenerweckendes.

Die Mannschaften bestanden ohne Ausnahme aus Freiwilligen. Insgesamt vier mal vierzig Männer und Frauen aus Xeljasal, die wussten, dass sie Raymo ihre Freiheit und die Freiheit ihrer Familien und ihres Volkes zu verdanken hatten, und die deshalb bereit waren, ihr Leben auf der Suche nach ihm zu geben.

Sie paddelten und rasteten in drei Schichten, um sicherzustellen, dass sie alle auf der langen und beschwerlichen Reise, die ihnen bevorstand, stets gut ausgeruht waren.

Szuma war überwältigt von der Weite des Meeres, das sie bisher immer nur vom Ufer oder in Strandnähe erlebt hatte, mit dem Land im Rücken. Zugleich aber erfüllten die Grenzenlosigkeit, die sie trotz der umgebenden Dunkelheit erdrückend spürte, und die riesigen dunklen Wogen, in denen sich das Licht der mit Glaskugeln geschützten Xallilampen spiegelte, die überall auf den Booten angebracht waren, Szuma mit Unbehagen. Sie vermisste das Blau des Wassers beinahe noch mehr als das Blau des Himmels. Es fühlte sich an, als sei das Meer krank – als läge es im Sterben. Ein dicker Teppich aus abgestorbenen Algen und Tang schwamm an der Oberfläche und erschwerte das Paddeln.

Szumas Beine hatten sich noch immer nicht an das stete Auf und Ab, das schwer berechenbare Hin und Her der See gewöhnt. Ihr war dauerhaft unterschwellig übel und sie vermisste festen

Boden unter den Füßen. Sie hielt sich an einem der zahlreichen angebrachten Laufstricke fest, als sie jetzt zu Lambes nach vorne in den Bug ging. Zum Schutz gegen das Wetter und das Wasser hatten die Frauen des Stammes dem Twyddyaner einen langen Mantel, Handschuhe und Stiefel aus geöltem Schlangenleder gefertigt. Er hantierte gerade mit einem Gerät, das er Kompass nannte; im Grunde nichts weiter als ein Stein an einer dünnen Schnur.

»Und dieser Stein weist uns auch sicher den Weg?«, fragte sie, als sie ihn erreicht hatte.

»Zumindest die grobe Richtung«, antwortete Lambes und deutete nach vorn über den Bug des Floßes hinweg. »Das ist Nordosten. Dort liegt Milara.« Er zeigte ein wenig nach rechts. »Fahren wir zu weit südlich, landen wir bei den Wüsten von Hashima.« Er zeigte nach links – in die Richtung, in die auch der Stein zeigte. »Fahren wir zu weit in den Norden, fahren wir ins Eismeer und nach Gutney, ein Land so kalt, dass die Menschen dort schon vor dem Weltendonner dicke Pelze trugen.«

»Es mag dir jetzt albern vorkommen«, sagte sie, »aber ich habe nie darüber nachgedacht, wie groß die Welt in Wahrheit ist.«

Sonst allzeit für einen Lacher zu haben, machte Lambes ein ernstes Gesicht. »Das kommt mir alles andere als albern vor. Im Gegenteil, ich kann es nur zu gut verstehen. Wer wie du in einem Paradies lebt, sehnt sich nicht nach der Ferne und macht sich keine Gedanken über den Rest der Welt.«

Szuma dachte darüber nach und sagte dann: »Dieses Paradies, wie du es nennst, hat aber auch dazu geführt, dass unsere Kultur verkümmerte. Uns ging es scheinbar zu gut. Wir haben dadurch beinahe verlernt zu kämpfen. Deshalb hatten wir den Männern aus Eisen und ihren überlegenen Waffen nichts entgegenzusetzen.«

Er seufzte und steckte den Kompass zurück in die Tasche, die er an einem dicken Strick über der Schulter trug. Sie war ebenfalls aus Schlangenleder. »Es ist erschreckend, dass man ein Leben in Frieden und Eintracht mit der Natur als *verkümmert* bezeichnet, statt es als das oberste Ziel unserer Existenz anzustreben.«

»Leider ist es die nackte Wahrheit, wie wir jetzt am eigenen Leib schmerzlich erfahren mussten«, erwiderte Szuma.

»Und seit der Dunkelheit ist alles noch viel schlimmer geworden«, sagte Lambes und deutete um sich herum. Dabei hielt er plötzlich inne, den Blick über Szumas Schulter gerichtet. Trotz des Dämmerlichts der Xallilampen konnte Szuma erkennen, dass er mit einem Mal blass wurde vor Schreck.

Sie drehte sich um – und erstarrte. Weit hinten am sonst schwarzen Horizont funkelte es mit einem Mal vor Blitzen, die durch die quellenden Wolken und hinab aufs Wasser zuckten. Ein völlig lautloses, auf die Entfernung hin faszinierendes Spektakel brachialer Naturgewalt. Für einen einzigen Moment! Denn im nächsten kamen die Donner! Sie krachten ihnen so laut und in so schneller Folge entgegen, dass Szuma sich an der Halteleine festhalten musste, um vom Druck des Schalls nicht von den Füßen gerissen zu werden. Dadurch hatte sie keine Hand frei, mit der sie sich die Ohren zuhalten konnte … und hatte das Gefühl, schon im nächsten Augenblick würde ihr der Schädel bersten vor Lärm. Es verschlug ihr den Atem, die Druckwelle riss an ihrer Kleidung und ihren Haaren. Das Floß unter ihr erbebte heftig … Tonkrüge und Fässer barsten. Einer der Masten zersplitterte in der Mitte, die obere Hälfte brach auf sie herunter. Gerade noch rechtzeitig packte Lambes Szuma bei den Armen und sprang mit ihr zur Seite weg. Der Mast verfehlte sie um Haaresbreite. Die Xallilampen zersplitterten – die brennende Flüssigkeit spritzte auf Holz und Mannschaften gleichermaßen. Auch die anderen drei Flöße standen von einem Moment auf den anderen in Flammen.

»Löscht die Feuer!«, brüllte Lambes und richtete sich auf, den Blick gebannt auf das grelle Netz von Blitzen gerichtet, das die dunkelgrauen Wolken über viele Meilen hinweg in ein gespenstisches Licht tauchte. Szuma sah, dass er leise vor sich hin zählte. Kurz darauf war die nächste Donnerwelle bei ihnen – ebenso heftig wie die erste. Szuma musste tatenlos mit ansehen, wie allein von ihrem Floß zwei Männer und drei Frauen brennend über Bord gerissen wurden.

Lambes zählte weiter – bis auch die dritte Serie von krachenden Schlägen über sie hinweggejagt war.

»Es kommt näher«, flüsterte er, tonlos vor Angst. »Wir sind verloren.«

»Werft alles Xalli über Bord!«, rief Szuma ihren Leuten zu. »Und alle, die nicht mit Löschen und dem Sichern der restlichen Ladung beschäftigt sind: PADDELT! PADDELT UM UNSER ALLER LEBEN!«

Lambes hielt sie am Arm fest. »Es ist sinnlos. Das waren nur die ersten Donner. Was glaubst du, was die Blitze mit uns machen werden, wenn sie uns erreichen?«

Szuma wollte sich losreißen, ihm widersprechen und sagen, dass sie verflucht sein wollte, wenn sie tatenlos auf das Ende wartete, ohne wenigstens einen Versuch zur Rettung ihrer Leute anzustellen. Doch dann sah sie, dass sie bereits verflucht war … dass sie alle verflucht waren. Sie zeigte zum Horizont. »Ich glaube nicht, dass noch etwas von uns übrig ist, wenn die Blitze hier sind, Lambes.«

Wie ein Schatten aus den Schatten war sie auf einmal aufgetaucht, ihr Schwarz im zuckenden Licht der Blitze glänzend wie flüssiges Obsidian … steil wie eine Klippe … der Kamm gekrönt von grauem, brodelndem Schaum … fast lautlos inmitten der donnernden Symphonie der Vernichtung, und doch begleitet von einem tiefen, körperlich spürbaren Grollen …

Die Welle war höher als der höchste Tempel in Szumas Heimatstadt Xeljasal … mehr als fünfzig Schritt hoch … eine Wand aus schwarzem Wasser … von einer Seite des Horizonts zur anderen … und sie raste mit der Geschwindigkeit eines angreifenden Xanoia direkt auf sie und ihre kleine Flotte schon jetzt fast völlig zerstörter Flöße zu … mit dem finsteren Grimm eines zornigen Gottes.

Szuma wusste nicht, warum oder wozu, aber sie richtete sich zu ihrer vollen Größe auf und atmete tief ein und aus. »Raymo«, flüsterte sie noch und fühlte, dass ein Teil des Wassers in ihrem Gesicht ihre eigenen Tränen waren.

Dann war das Monster heran!

ASH

Eismeer

Die See war still, aber alles andere als leise. Das Knirschen und Schaben der Eisschollen tat Ash in den ohnehin von der Kälte empfindlichen Zähnen weh. Die dreißig Mann an den Riemen des Langschiffs ruderten langsam – bedächtig. Im Bug standen auf jeder Seite des Drachenkopfes zwei Normarker mit langen Stangen, um dafür zu sorgen, dass keine der Schollen dem Rumpf zu nahe kam. Einige Eisflächen waren bereits zu kleinen Bergen zusammengewachsen. Dulf Einhand steuerte in weiten Bögen um sie herum. Ash sah die Anspannung im Gesicht des Alten.

»Du musst keine Angst haben, Dulf«, sagte Þóra aufmunternd zu ihm. »Gott sorgt für unsere sichere Reise. Schließlich haben wir den Auserwählten an Bord und befinden uns auf heiliger Mission.«

Ash war die glühende Verehrung in ihrem Blick unangenehm. Noch unangenehmer waren ihm ihre ununterbrochen gute Laune und die Glückseligkeit, die sie unermüdlich und all die widrigen Umstände um sie herum ignorierend an den Tag legte. Seit der Drache sie auf die neue Mission geschickt hatte, war es, als würde in ihr ein Feuer brennen, dem niemals die Nahrung ausging.

Nur dunkel erinnerte er sich daran, dass er früher einmal von einem ähnlichen heiligen Eifer erfüllt gewesen war, den nichts erschüttern konnte – damals als Ordensbruder im Kloster, als sein Gott noch Svanto hieß, der Viergesichtige.

»Ein bisschen Angst hat noch keinem geschadet«, erwiderte Dulf Einhand, ohne den besorgten Blick von der eisbedeckten See zu wenden. »Wenn uns eine von den größeren Schollen rammt, muss Gott uns ganz schnell lehren, wie man auf dem Wasser läuft.«

Trotz seiner üblen Laune und der grausigen Kälte, die ihm die Rotze an der Nase zu kleinen Eiszapfen gefrieren ließ, musste Ash bei der Vorstellung, über das Wasser zu laufen, schmunzeln.

»Haben wir denn schon einen genaueren Kurs, als ›erst einmal Richtung Süden‹?«, fragte der Normarker.

Ash schüttelte den Kopf. »Seit unserer Abreise hat Tagdh noch nicht wieder mit mir gesprochen. Er wird von Tag zu Tag schwächer aufgrund der Verletzungen. Er muss sich schonen und schläft die meiste Zeit.«

»Ein schlafender Gott«, knurrte Dulf Einhand. »Und ich soll mir keine Sorgen machen …«

Ash war froh, dass der Drache inzwischen so oft schlief. Zum ersten Mal seit langer Zeit fühlte er sich nicht dauerhaft überwacht.

»Ich überwache dich nicht, mein Sohn«, sagte die Stimme in seinem Kopf so unerwartet, dass Ash erschrak. »Ich leite dich, lenke deinen Pfad. Ich verstehe auch nicht, was dich so griesgrämig macht. Beim besten Willen nicht. Schließlich habe ich dich auserwählt, der Welt das Licht zurückzubringen. Jeder andere würde das als die größte Ehre empfinden, die einem Sterblichen widerfahren kann, du aber ziehst ein Gesicht, als hätte ich dir alles genommen, was dir lieb und teuer ist.«

Ich traue dir nicht, sagte Ash in sich hinein. *Du bist grausam, willkürlich und unberechenbar*.

»Ich bin ein Gott, Ash Hanson. Was du als grausam empfindest, ist für mich Mittel zum Zweck. Und willkürlich und unberechenbar bin ich nur in deinen Augen, weil ich mich nicht bemüßigt sehe, dir sämtliche Einzelheiten meiner Pläne oder die Motive für mein Handeln zu offenbaren.«

Es würde mir schon genügen, wenn du mir endlich verrätst ...

»Warum ich ausgerechnet dich auserwählt habe«, vollendete Gott seinen Satz. »Wieder einmal so typisch für euch Menschen: Ich, Ich, Ich. Du verstehst schon, dass es hier um das Schicksal der ganzen Welt geht, das Schicksal sämtlicher noch lebenden Menschen … und vor allem um den Kampf zweier Götter, der nach Äonen endlich seinen Abschluss findet? Und alles, was dich interessiert, ist, warum ausgerechnet du …«

Das ist nicht alles, was mich interessiert, widersprach Ash. *Aber um zu gehorchen, muss ich verstehen ...*

»Falsch! Um zu gehorchen, musst du einfach nur gehorchen«, sagte Gott. »Ganz ohne zu verstehen, zuzustimmen oder einzuwilligen. Deshalb nennt man es gehorchen.«

Du weichst meiner Frage aus. Wie immer.

»Ich weiche ihr nicht aus. Ich ignoriere sie.«

Warum?

»Zum einen, weil es in meiner Macht steht. Zum anderen, weil ich glaube, dass du die Wahrheit nicht verkraften würdest.«

Ich denke, es ist etwas anderes.

»Es interessiert mich nicht, was du denkst, Ash Hanson. Versteh das doch endlich.«

Ich denke, du hast Angst.

Gott lachte. »Angst? Ich? Wovor?«

Davor, dass ich, wenn ich erst einmal weiß, warum du ausgerechnet mich brauchst, deinen Willen zu tun, dieses Wissen gegen dich verwenden könnte ... und vielleicht sogar würde.

Gott schwieg.

VERRATEN

LIZIA

Lizia fühlte nichts außer Dunkelheit. *Aber wie kann man Dunkelheit fühlen?*, fragte sie sich verwirrt, und dabei war es, als würde sie ihre eigene Stimme hören … wie ein Echo aus der Ferne. Dann mit einem Mal schmeckte sie etwas Salziges, das ihr über die Zunge in die Kehle hinabfloss und sich dort staute. Sie verschluckte sich und musste husten. Der Husten riss sie aus der Bewusstlosigkeit.

»Du musst etwas essen, Lizia«, sagte eine vertraute Stimme, liebevoll drängend … sanft und doch unnachgiebig. »Schnell wieder zu Kräften kommen.«

Durch den dunklen Nebel, der sie umgab wie verfilzte Watte, erkannte Lizia die Stimme und schlug die Augen auf. Raymo hockte neben ihr, einen kleinen dampfenden Kessel am Henkel haltend und einen Holzlöffel in der Hand.

Sie lag auf einer schmutzigen Decke auf dem Boden einer winzigen Hütte. Den Netzen und Angelruten an den Wänden nach zu urteilen war es die Behausung eines Fischers. Der Druck, den Lizia tagelang auf dem Gesicht gespürt hatte, war verschwunden. Sie hob die schwachen Arme und tastete mit den Fingerspitzen nach ihren Wangen. Ihr wurde bewusst, wieso es sich anders anfühlte: Die Maske, sie war weg! Schwer zu sagen, wann sie das letzte Mal so umfassend befreit empfunden hatte. Ein Hochgefühl quoll in ihrer Brust, ihre Lippen begannen zu beben, und sie weinte ein wenig vor Glück. Wie schön es doch sein konnte, die eigenen Wangen mit den eigenen Fingern zu berühren … die Stirn … die Ohren.

Sie fasste nach ihrem Haar, es war struppig und verfilzt.

»Ich fürchte, man kann getrost sagen, da ist nichts mehr zu retten«, sagte Raymo mit einem bedauernden Zug um die Lippen. »Das werden wir abschneiden müssen. Wirklich schade drum.«

Er holte mit dem grob geschnitzten Löffel Brühe aus dem Kessel, pustete zweimal darüber und führte ihn an ihre Lippen.

Sie richtete sich unter Anstrengung auf die Ellbogen, ignorierte den pochenden und stechenden Schmerz in ihrem linken Unterarm und schlürfte die Suppe. Außer Salz war darin auch ein wenig Fisch. Erst jetzt merkte sie, wie hungrig sie war.

»Wo sind wir?«, fragte sie zwischen zwei Löffeln.

»Noch in Dunuum«, sagte Raymo.

»Wo ist ak Sokay?«

»Er hat sich aufgemacht, Vorräte zu organisieren. Müsste aber jeden Moment zurück sein.«

»Und dann?«, fragte sie.

»Auf nach Kutera.«

»Wie kommen wir nach Kutera?«

»Ganz einfach: Ich werde im Hafen einen Trupp Seeleute organisieren und mit ihnen eine der Galeeren dort kapern. Wir werden die Mannschaft überwältigen und den Rudersklaven die Freiheit geben, sobald sie uns geholfen haben, nach Kutera zu gelangen.«

»Das nennst du einfach?«

Er grinste und zuckte mit den breiten Schultern. »Der Hafen ist voll von fähigen Männern, die händeringend auf eine Gelegenheit warten, dem Hunger und der Machtlosigkeit zu entkommen. Sie brauchen lediglich einen guten Anführer – und ein Ziel wie Kutera: das Ende von Not und Elend.«

»Was kann ich tun?«

»Nichts«, sagte Raymo. »Bis ich genug Männer für einen einsatzfähigen Trupp zusammenhabe, wirst du hier bleiben und wieder auf die Beine kommen.«

Sie lächelte, dankbar und schuldbewusst. »Es tut mir leid, dass ich dachte, du lässt mich in dem Turm zurück.«

»Schon gut«, sagte er. »Aber versprich mir, dass das das letzte Mal war, dass du versuchst, dir das Leben zu nehmen. Weil, weißt du: Wer nicht aufgibt, gewinnt letzten Endes.«

»Woher nimmst du diese Kraft, Raymo?«

Er schmunzelte verschmitzt. »Nennen wir es einfach Sturheit. Die liegt uns Caldäern wohl im Blut. Auf dem Hochland überlebt man nicht, wenn man aufgibt.«

»Ich fürchte, das trifft auf jedes Land zu«, überlegte sie. »Ganz besonders in diesen Zeiten.«

»Ja, wahrscheinlich«, sagte er. »Also, versprichst du es?«

Sie nickte.

»Sag es«, forderte er.

»Ich verspreche es.«

»Was versprichst du?«

»Oh, du weißt genau, was …«

»Sag es, Lizia!«, unterbrach er sie. Sie erschrak über seine plötzliche Schroffheit. »Ich kann dir garantieren: Ich werde ganz bestimmt nicht ein drittes Mal meine Haut riskieren, um dir das Leben zu retten, wenn du gar nicht leben willst.«

Sie senkte verschämt den Blick und biss sich auf die Unterlippe. Sie war tief im Innern noch immer nicht absolut sicher, dass sie Raymo dankbar dafür war, dass er ihr nun schon ein zweites Mal das Leben gerettet hatte. Sie hatte endgültig mit allem abgeschlossen – hatte sich ein für alle Mal entschieden, nie wieder hoffen zu wollen. Das Seltsame aber war, dass in Raymos Gegenwart Hoffnung sich anders anfühlte. Ganz besonders jetzt, da er unter Einsatz seines eigenen Lebens zu ihr zurückgekehrt war, um sie aus dem Turm zu befreien: An seiner Seite war Hoffnung sehr viel mehr Zuversicht als blauäugige Träumerei.

»Ich verspreche«, sagte sie schließlich stockend, »dass ich nie wieder versuchen werde, mir das Leben zu nehmen.«

»Gut«, sagte er schlicht und kippte den Rest des nun fast leeren Kessels aus. Er drehte ihn um, zog den Dolch und schliff die Klinge am flachen Boden des Topfs mit weit ausholenden, gewissenhaften Bewegungen. »Kommen wir zu deinen Haaren.«

Sie fasste noch einmal danach. »Muss es wirklich sein? Vielleicht … wenn ich sie ein paar Mal wasche …«

Er schüttelte den Kopf. »Nein, da ist dank der verfluchten Maske nichts mehr zu retten. Außerdem müssen wir dafür sorgen, dass man dich nicht so leicht erkennt. Rielles Männer werden die ganze Stadt nach uns durchkämmen.«

Sie seufzte und ließ ihn gewähren. Er packte sie mit festem Griff am Schopf und begann zu schneiden. Die Haare fielen strähnen- und büschelweise zu Boden.

Die Tür – ein Verschlag aus morschen Brettern – ging auf und ak Sokay betrat den kleinen Raum. Er trug einen weiten Umhang, die Kapuze tief ins Gesicht gezogen. Sein linker Arm hing in einer Schlaufe aus vergilbtem Leinen. Die Rechte lag auf dem Griff seines Dolchs.

»Hast du Vorräte auftreiben können?«, fragte Raymo, ohne sich zu ihm umzudrehen.

Noch ehe er antwortete, spürte Lizia, dass etwas nicht stimmte. Trotz der Kapuze sah sie die finstere Entschlossenheit in der Miene des ehemaligen Generals.

»Unsere Wege trennen sich hier, Caldäer«, sagte ak Sokay leise. Die Kälte in seiner Stimme jagte Lizia eine Gänsehaut über den Rücken.

Noch immer drehte Raymo sich nicht zu ihm um und schnitt gewissenhaft weiter an Lizias Haaren. »Ist das dein Ernst, Mann? Du willst das jetzt klären? In deinem Zustand? Wo du selbst unverletzt keine Chance hast? Ich sage, du kommst erst einmal wieder zu Kräften. So viel bin ich dir schuldig.«

»Ich habe genug von deinen Beleidigungen«, gab ak Sokay grimmig zurück. »Du hast deinen Zweck erfüllt und nun ist es an der Zeit, dass du von der Bildfläche verschwindest.«

»Was meinst du, Lizia?«, fragte Raymo sie ungerührt. »Willst du es noch einmal mit ihm versuchen? Als seine Marionette im Spiel um die Macht? Ich meine, die Chance, dass er dich auf den Thron bringt, ist zwar jetzt, da sein Bündnis mit Milara der Vergangenheit angehört und deine Schwester mit König Vas'Ko verheiratet ist, verschwindend gering, aber man soll ja auch nie ›nie‹ sagen. Willst du Galeonsfigur seiner Rebellion und Königin von Twyddyn werden?«

»Liziana hat in der Sache kein Votum«, sagte ak Sokay, ehe Lizia reagieren konnte. »Und warum sollte sie auch eines einlegen wollen? Dein wahnwitziger Plan, sie mit nach Kutera zu nehmen, ist ein einziges Luftschloss. Der Traum eines sturen Kindes. Nicht einmal wirklich ein Plan; nicht mehr als eine Idee, eine hanebüchene Phantasie.«

»Ist das so?«, fragte Raymo.

»Natürlich ist das so«, sagte ak Sokay. »Und das weißt du im Innern doch ganz genau. Selbst wenn es dir entgegen jeder Wahrscheinlichkeit gelingen sollte, ein hochseetaugliches Schiff an dich zu bringen, und du es schaffst, es über die Schwarze See zu fahren: Vas'Ko und Rielle rüsten schon längst eine neue Flotte aus, um den Schaden, den du da unten angerichtet hast, wieder zu beheben und Kutera zurück unter Kontrolle zu bringen. Dein freies Kutera ist ein Hirngespinst, ein Wunschbild, das nicht wirklich existiert.«

»Deine Ziele sind realer?«

»Selbstverständlich«, antwortete ak Sokay. »Ich kann Lizia Dutzende von Adelshäusern bieten, die sich auf meinen Wink hin hinter sie stellen zu einer Rebellion gegen die Herrschaft Rielles. Es wird länger dauern als ursprünglich geplant, aber es wird geschehen. Und du wirst mir dabei nicht im Weg stehen, Caldäer.«

Lizia erschrak, als sie sah, wie ak Sokay zur Seite trat und hinter ihm zwei Männer auftauchten – muskelbepackte Schläger mit stachelbewehrten Schlagstöcken in den kinderkopfgroßen Fäusten.

Jetzt warf Raymo einen Blick über die Schulter. »Das hätte ich mir doch denken können, dass du nicht wirklich losgezogen bist, um Vorräte zu organisieren.«

Ohne sich aufzurichten, sagte er zu ak Sokays Begleitern: »Ich bin müde, Männer. Und ihr müsst wissen, wenn ich müde bin, bin ich verdammt leicht reizbar. Ich meine nicht ein bisschen grollig oder unwirsch, sondern wirklich reizbar. Wenn das geschieht, kann ich meistens nicht mehr an mich halten – dann stelle ich üble Sachen an. Was ich sagen will, ist: Also, was immer ak Sokay euch versprochen haben mag, der Lohn dafür, mich um die Ecke bringen zu wollen, ist auf jeden Fall ganz entschieden zu niedrig. Viel, viel, viel zu niedrig, glaubt mir. Daher mein gut gemeinter Rat: Ihr dreht euch um und verschwindet einfach wieder dahin, wo ihr hergekommen seid, dann wird euch nichts geschehen.«

Die beiden Schläger grinsten. Einer von ihnen lachte sogar, entblößte dabei die faulig braune Zahnruine in seinem Mund und meinte: »Was du nicht sagst, Bursche.«

Lizia bekam es mit der Angst zu tun.

Raymo erhob sich langsam und drehte sich zu ihnen um. Lizia konnte sehen, dass sein gesamter Leib Spannung annahm. Er senkte ganz leicht den Kopf – wie ein Wolf vor dem Angriff.

»Du nennst mich Bursche, Kerl?«, fragte er; sogar seine Stimme glich jetzt dem Knurren eines Wolfs kurz vor dem Angriff. »Du sollst wissen: Mein Name ist Raymo Ten Mayne aus Calda. Sohn des Llugh Ten Mayne, letzter Fürst der Wolfshöhe. Ich gebe euch beiden eine letzte Chance, das Weite zu suchen.«

»Raymo …«, sagte Lizia. Sie wollte nicht, dass er schon wieder ihretwegen in Gefahr geriet.

»Schon gut, Lizia«, sagte er, ohne den Blick von ak Sokay und seinen beiden Handlangern zu lassen. »Hier geht es nur zum Teil um dich. Meine Rechnung mit ak Sokay ist älter – und nun wird sie wohl beglichen.« Die nächsten Worte richtete er wieder an die beiden Männer: »Sieht ganz so aus, als hättet ihr eure Entscheidung gefällt. Keine kluge Entscheidung, aber so ist es jetzt nun mal. Also, wer von uns dreien fängt nun an? Wollt ihr oder soll ich?«

Lizia erkannte das plötzliche Zögern der Schläger. Raymo hatte sie eingeschüchtert und nun waren sie unschlüssig, lange nicht mehr so selbstsicher.

»Auf ihn!«, rief ak Sokay, der das scheinbar ebenfalls bemerkt hatte. »Denkt an das Gold, das ich euch versprochen habe! Ich verdopple die Summe!«

Die beiden schauten einander an, als wollten sie sich mit Blicken Mut zusprechen.

»Und *ich* würde sagen, ihr verzieht euch. Aber ganz schnell!« Es war eine neue Stimme, die da gesprochen hatte – sie kam von außerhalb der Hütte. Lizia erkannte sie und der Schreck fuhr ihr in die Glieder. Offenbar erkannten auch die beiden Schläger sie, denn sie machten augenblicklich auf dem Absatz kehrt und rannten zur Tür hinaus.

»Wartet, ihr Halunken!«, rief ak Sokay ihnen hinterher, außer sich vor Wut.

An ihrer Stelle trat der Neuankömmling durch den Eingang. Es war – wie Lizia befürchtet hatte – Urtis Weeman. Hinter ihm stand ein ganzer Trupp seiner Schläger.

»Guten Abend, die Herren«, sagte der Menschenhändler mit aufgesetzter Freundlichkeit. Er entdeckte Lizia und grinste wölfisch. »Und die Dame natürlich. Hallo, kleine Lizia! Ist es nicht immer wieder erstaunlich, wie ausgesprochen klein die Welt doch ist?«

»Was wollt ihr?«, verlangte Raymo zu erfahren. Seine Anspannung hatte nicht einen Deut nachgelassen.

Urtis Weeman hob beschwichtigend die Hände. »Ich komme in friedlicher Absicht, das kann ich euch versichern. Ich bin im Auftrag meiner Mutter hier. Wenda Weeman. Ich soll euch zu ihr bringen. Sie hat ein geschäftliches Anliegen, das sie mit euch diskutieren möchte.«

RAYMO

Dunuum – Wenda Weemans Palast der Perlen

Das Zimmer war beinah so groß wie der Speisesaal in der Burg seiner Ahnen in Calda. Es duftete nach Seife und Parfum und zahllosen Stunden schwitziger Ekstase. Auch wenn stellenweise der Stuck an der hohen Decke beschädigt war und die schmuckvoll gefärbten Seidentapeten hie und da Risse aufwiesen, konnte selbst Raymos in solchen Dingen ungeübtes Auge den Glanz früherer Zeiten unschwer erkennen. Im Kamin prasselte ein großes Feuer, über dem zwei der vier jungen Frauen, die für Raymos Wohl sorgten, in großen Kesseln Wasser erhitzten.

Die anderen beiden waren mit ihm in der dampfenden Badewanne. Eine von ihnen fütterte ihn abwechselnd mit saftigen Stücken von frisch geräuchertem Aal und herbem roten Wein, die andere saß mit weit gespreizten Schenkeln auf seinem Schoß und tat das, was Huren am besten können. Sie war ganz ausgezeichnet darin; nicht zu hastig und dennoch kraftvoll drängend. Raymo lehnte sich entspannt zurück, spielte an ihren festen Brüsten und genoss den Anblick ihres nass glänzenden Leibs und das ekstatische Leuchten in ihren dunkelbraunen Augen. Er dachte an Szuma und fragte sich, wann er sie wohl endlich wiedersehen und in seine Arme schließen würde. Er hoffte, dass Lambes sich um sie kümmerte und ihr Volk auf die Rückkehr der Milaresen vorbereitete.

Das warme Wasser, Speis und Trank und die Zuwendungen der Huren vertrieben allmählich die Erschöpfung der letzten Tage aus seinen müden Gliedmaßen.

»Ich hoffe, es ist alles zu Eurer Zufriedenheit«, hauchte seine Mundschenkin mit perfekt einstudierter Hingabe und einem Lächeln, das Stahl schmelzen konnte. Sie war schlank und auf dem Schädel kahlrasiert. Ihr Körper war bedeckt mit Tätowierungen.

Raymo packte sie am Nacken, so wie er eine Katze am Nacken packen würde, zog sie mit einer fließenden Bewegung zu sich heran und küsste sie fordernd. Sie ließ den Kelch achtlos in die Wanne fallen und schmiegte sich ihm entgegen. Ihre weichen warmen Lippen öffneten sich wie von selbst, und ihre kleine Zunge schlüpfte verspielt der seinen entgegen. Raymo sog den süßen Duft ihrer Haut durch die Nase ein und gab ein zufriedenes Stöhnen von sich, ehe er sie wieder frei ließ.

»Alles ganz vorzüglich«, sagte er und fuhr sich mit der seit Tagen zum ersten Mal sauberen Hand über das struppige Kinn. »Aber der Bart muss noch ab.«

»Ihr habt den Mann gehört, Mädchen«, rief sie den beiden am Feuer im freundlichen Befehlston zu.

Eine von ihnen verneigte sich augenblicklich. »Komme sofort, Dasha«, sagte sie und holte von einem Tisch neben dem Kamin eine Schere, eine Schale mit Seife und ein Rasiermesser.

»Gib mir die Schere!«, verlangte Dasha, nahm sie mit grazilem Griff entgegen und ging gleich darauf bedächtig und versiert ans Werk. Die abgeschnittenen Haare warf sie einfach neben die Wanne und überließ es ihrer Kollegin, sie aufzusammeln und ins Feuer des Kamins zu werfen. Die Frau auf Raymos Schoß ritt so versonnen wie zielstrebig ihrem nächsten Höhepunkt entgegen, und Raymo packte sie mit beiden Händen fest an der schlanken Taille, um sie noch enger auf sich zu drücken.

Als sie gleich darauf für ein paar Momente nach Luft schnappend und am ganzen Leib vor Verzückung bebend pausierte, wandte Raymo sich wieder Dasha zu, die gerade die Schere weglegte und sich Seife geben ließ, um Raymos Kinn und Wangen damit zu bestreichen.

»Was will eure Herrin von mir, dass sie mich so fürstlich bewirten lässt?«

»Ich fürchte, auf die Antwort werdet Ihr warten müssen, bis sie Euch nachher empfängt«, sagte Dasha und wollte das Rasiermesser an Raymos Hals führen.

»Warte«, sagte Raymo, und sie hielt inne. Raymo deutete auf die Frau auf seinem Schoß, die mit genussvoll geschlossenen Augen noch immer nach Luft schnappte. »Tausch den Platz mit ihr. Setz dich auf mich.«

Dasha lächelte – verstehend und lüstern. »Und soll ich ihr das Messer übergeben, dass sie dich rasiert?«

Raymo lachte rauh. »Nein, Süße. Du rasierst mich, während du mich fickst.«

»Was immer Ihr wollt«, entgegnete Dasha und deutete ihrer Kollegin mit einem Kopfnicken, abzusteigen und den Platz für sie frei zu machen. Ein Gurren in ihrer Stimme verriet ihm, dass ihr das von ihm gewünschte Spiel gefiel. »Es ist Euer Hals.«

Sie kletterte auf ihn und setzte sich genussvoll langsam erst über und dann auf ihn. Raymo knurrte behaglich auf, als er fühlte, wie sie ihn tief in ihre Wärme aufnahm und ihre Muskeln ihn geschmeidig umschlossen. Sie brachte die Klinge des Rasiermessers an seine Kehle und begann gleichzeitig, ihr schmales Becken vor und zurück zu schlängeln.

Raymo fasste mit beiden Händen nach vorn und kniff ihre kleinen harten Nippel zwischen den Fingern. Ihr Mund öffnete sich, und ein kleines heiseres Stöhnen drang aus ihrer Kehle, doch die Hand, mit der sie das Messer führte, blieb ruhig und sicher. Eine Bahn nach der anderen rasierte sie, während sie auf und nieder sank, ihre Hüfte hin und her wiegte. Raymo öffnete die Hände und umfasste ihre Brüste krallend, drückte sie. Obwohl ihr Stöhnen lauter wurde und ihr Blick verklärter, führte sie die Klinge sicher über seine Wangen, sein Kinn, seine Kehle.

Als sie fertig war mit der Rasur, ließ sie die Klinge über den Rand der Wanne fallen, krallte sich mit beiden Händen in Raymos Schultern und beschleunigte ihren Ritt – vom eher gemütlichen Trab zum nun ekstatischen Galopp.

Sie legte den Kopf weit in den Nacken zurück und presste ihren Busen noch fester in Raymos Hände. Ihr guturales Stöhnen verwandelte sich mit jedem weiteren Stoß mehr und mehr in ein selbstvergessenes und haltloses Keuchen, in das sich immer öfter kleine, süße Schreie mischten. Das Wasser begann, aus der Wanne zu spritzen.

Raymo richtete sich auf – Dasha wog so gut wie nichts. Er packte sie an der Taille, hob sie von sich, drehte sie um und drückte sie kniend über die Wannenkante. Sie schrie vor Lust auf, als er sich in sie rammte. Erst einmal fest und tief, dann allmählich schneller werdend. Mit einer Kraft, die er ihrem grazilen Leib nicht zugetraut hätte, stemmte sie sich ihm entgegen, nahm ihn gierig auf und ließ ihr Becken auf und ab zucken, um seine Stöße auszukosten. Der Raum hallte vom Echo ihrer lustvollen und jetzt immer schneller ausgestoßenen Schreie, und Raymo spürte ein Knurren nach dem anderen aus seiner eigenen Brust steigen.

Die anderen drei Frauen gesellten sich wie auf Kommando zu ihm – links, rechts und hinter ihm. Raymo fühlte ihre Hände an seinen Schultern, seinen Schenkeln, seinem Bauch … ihre Brüste an seinem Rücken, seinen Armen … ihre Küsse auf seinem Nacken, seinen Wangen, seinem Mund. Dasha in seinen Händen bäumte sich auf, verkrampfte sich zitternd … Raymo stieß weiter … und weiter … und weiter …

Die Frauen hatten ihm frische Kleidung gegeben. Stiefel, Hose und Jacke aus schwarz gefärbtem Schweinsleder und eine rotweinfarbene Tunika aus dickem Leinen. Das noch nasse Haar hatten sie ihm nach hinten gekämmt und mit einer silbernen Spange zu einem Pferdeschwanz gebunden.

Dasha führte Raymo die breite Treppe nach unten in die Halle des Palasts. Nach den Strapazen der vergangenen Wochen fühlte er sich wie neugeboren.

»Na, wen haben wir denn hier?«, sagte die dicke, übertrieben geschminkte Frau auf ihrem übergroßen Stuhl. »Den Caldäer, der der milaresischen Flotte mit erstaunlichem Erfolg die Stirn geboten hat. Dein Ruf eilt dir voraus, Raymo Ten Mayne. Wenda Weeman hofft, ihre Perlen waren gut zu dir?«

»Ich kann mich wahrlich nicht beschweren«, antwortete Raymo und verneigte sich vor ihr, zum Ausdruck seiner Dankbarkeit für die in jeder Hinsicht fürstliche Behandlung. Die speckige Hand, die sie ihm entgegenstreckte – anscheinend, auf dass er sie küssen möge –, ignorierte er ebenso wie ihre Eigenart, von sich selbst in der dritten Person zu sprechen. »Habt meinen zutiefst empfundenen Dank, Wenda Weeman. Doch sagte bitte, womit habe ich diese ausgesprochen noble Fürsorge verdient? Euer Sohn war in der Sache nicht gerade besonders gesprächig. Wenn er auch äußerst entschieden war in der Ausführung Eurer Anordnung, uns hierherzubringen.«

»Ja, auf Urtis kann Wenda Weeman sich verlassen wie auf niemanden sonst in dieser grausigen Welt. Und warum sie euch hierher hat bringen lassen, verrät sie dir sogleich, sobald auch Arl ak Sokay uns die Ehre geben wird. Ah, da kommt er ja schon!«

Wie eben Raymo schritt jetzt auch ak Sokay die Stufen herab. Er war ebenfalls frisch gebadet, sorgfältig rasiert und in neue Kleidung gehüllt. Allerdings war seine Garderobe um einiges luxuriöser als die Raymos. Stiefel, Lederhose und Jacke waren zwar auch schwarz poliert, aber von feinerem Leder, außerdem waren sie mit silbernen Spangen und Schnallen besetzt.

»Wenda Weeman!«, rief er schon von halber Treppe überschwenglich. Die beiden kannten einander offenbar gut.

»Arl Harwee ak Sokay!«, trällerte sie ihm ebenso überschwenglich entgegen.

»Welch willkommener Anblick für meine müden Augen«, sagte er, ehe er den Blick auf Raymo richtete und sein Lächeln zu einer Maske überheblicher Verachtung wurde. »Ganz anders als dieser verlauste Barbar aus Calda. Ich wäre Euch zu noch tieferem Dank verbunden als bereits jetzt schon, wenn Ihr ihn einfach Euren Hunden zum Fraß vorwerfen würdet oder ihn anderweitig entsorgt. Macht ihn zu einem Lustknaben für die Eurer Kunden, die männliche Gesellschaft der weiblichen vorziehen, wenn es Euch beliebt. Was auch immer, aber schafft ihn von hier fort.«

»Nicht doch so voreilig, mein werter Arl«, winkte die Herrin der Perlen ab. »Wenda Weeman hat einen Vorschlag zu unterbreiten, der euch beide betrifft.«

»Einen Vorschlag? Uns?«

»Ja«, sagte sie. »Ein Geschäft, dessen Erfolg davon abhängt, dass ihr zusammenarbeitet.«

»Dann vergesst es bitte gleich wieder, dieses Geschäft, meine Teuerste«, sagte ak Sokay mit einem Kopfschütteln. »Diese Hochlandratte will meinen Tod und ich den seinen; das lässt nicht allzu viel Raum für eine ›Zusammenarbeit‹.«

Wenda Weeman spitzte die grellrot geschminkten Lippen wie zu einem Kuss und machte dabei ein Geräusch, als würde sie ein kleines, störrisches Kind liebevoll, aber bestimmt tadeln, ehe sie im heiteren Plauderton fortfuhr: »Immerhin seid ihr zusammen aus dem Gefängnis der Königin geflohen«, sagte sie. »Solange ihr das gleiche Ziel verfolgt und aufeinander angewiesen seid, scheint eine ›Zusammenarbeit‹ doch ganz wunderbar zu funktionieren, findet Ihr nicht, mein werter Arl? Aber hört euch erst einmal an, was Wenda Weeman euch überhaupt anzubieten hat.«

»Kein Interesse«, sagte Raymo knapp.

»Nun.« Wenda Weeman legte bedächtig die Fingerspitzen aufeinander. »Das wäre äußerst bedauernswert. Nicht nur weil euch beiden dadurch eine ganz wunderbare Gelegenheit entginge, sondern auch weil Wenda Weeman sich dann vielleicht gezwungen sähe, euch einfach Rielle zu übergeben und die Belohung zu kassieren, die auf eure Köpfe ausgesetzt ist, um sich zumindest ein wenig zu entschädigen für die Gastfreundschaft, die euch hier im Palast der Perlen entgegengebracht wurde.«

»Ehe Ihr Euren Sohn und seine Männer rufen könnt«, sagte Raymo, »habe ich Euch den faltigen Hals dreimal umgedreht.« Ihre blanke Drohung, sich ihrem Willen zu beugen oder von ihr ausgeliefert zu werden, verärgerte ihn.

»Junge Männer und ihre ungezügelte Wildheit«, sagte sie lächelnd. »So offen und unverschämt zur Schau getragen und damit zugleich so unfehlbar erregend. Wäre Wenda Weeman doch nur zehn Jahre jünger, Caldäer …« Sie zwinkerte ihm kokett zu. »Doch ehe du deinen Gefühlen freien Lauf gibst, solltest du dich vielleicht noch einmal umsehen.« Sie deutete nach oben zur Galerie am Kopf der Treppe.

Raymo folgte ihrem Fingerzeig mit dem Blick und entdeckte sogleich hinter dem Geländer aus Marmor mehr als ein Dutzend von Wenda Weemans Perlen. Sie alle hielten gespannte Bögen in den Händen, zielten auf Raymo und ak Sokay.

»Wir armen hilflosen Mädchen müssen schließlich zusammenhalten«, sagte Wenda Weeman gespielt geziert. »Gewalt und Brutalität lauern in diesen Zeiten schließlich überall. Besonders an einem Ort wie diesem hier. Aber bitte, nun nehmt doch zuerst einmal Platz und hört euch in Ruhe an, was Wenda Weeman zu sagen hat.«

Raymo und ak Sokay setzten sich und weitere Perlen brachten ihnen Wein.

»Wie ihr euch natürlich denken könnt«, begann sie, »werden König Vas'Ko und Königin Rielle Schiffe nach Kutera entsenden, um das neue Land wieder unter Kontrolle zu bringen.«

Raymo und ak Sokay nickten.

Die Herrin der Perlen fuhr fort: »Und sie werden anschließend schwer beladen mit Kuteras Schätzen zurückkehren.«

Raymo nickte erneut. Die Hoffnung, dass die königliche Flotte in Kutera auf heftigen Widerstand seitens der von Lambes ausgebildeten Einwohner stoßen würde, behielt er wohlweislich für sich.

»Wenda Weeman will, dass ihr beide diese schwer beladenen Schiffe auf der Heimreise abfangt und überfallt. Die Gewinne aus dem Verkauf der Beute wären unermesslich.«

»Dazu bräuchten wir erst einmal selbst Schiffe«, sagte Raymo und bemühte sich, seine Miene so gleichgültig wie möglich zu halten. Wenn der Vorschlag der Herrin der Perlen beinhalten würde, was er hoffte, wäre das sehr viel besser als sein eigener, zugegebenermaßen unausgegorener Plan, mit einer noch anzuheuernden Mannschaft zuerst noch ein Schiff kapern zu müssen und es selbständig nach Kutera zu navigieren.

Wenda Weeman schmunzelte – und sagte genau das, was Raymo hören wollte: »Wie es der Zufall so will, verfügt Wenda Weeman über eine kleine Flotte von Schmuggelschiffen.«

»Wie viele?«, fragte ak Sokay.

»Zwei Galeonen, drei Karavellen.«

»Galeonen und Karavellen. Wendig und schnell, gar keine Frage«, sagte ak Sokay anerkennend, sprach dann jedoch skeptisch weiter: »Aber sie sind viel zu klein für einen Kampf mit einem ganzen Verband milaresischer Galeeren.«

»Das sind sie nicht unbedingt, Sokay«, wandte Raymo eilig ein, wohl darauf achtend, nicht hastig zu wirken. »Wir können davon ausgehen, dass die Schiffe jetzt, da Milara nicht mehr mit Übergriffen seitens Twyddyns zu rechnen hat, aller Wahrscheinlichkeit nach auch nicht mehr in großen Verbänden unterwegs sein werden.«

Ak Sokay nickte nachdenklich. »Ja, die Schwarze See koordiniert im Flottenverband zu überqueren kostet sie beinahe doppelt so viel Zeit wie die Fahrt eines einzelnen Schiffes. Aber sagt, Wenda Weeman, Ihr wollt Euch gegen Eure Freundin Rielle stellen?«

Wenda Weeman lachte glockenhell auf. »Aber mitnichten, werter Arl. *Ihr* werdet das für die Herrin der Perlen tun. Wenda Weeman hat natürlich offiziell mit der Sache nicht das Geringste zu tun. Das wäre viel zu riskant. Nein, sie möchte nur ihren Anteil vom Kuchen. Den Bärenanteil natürlich, das bedarf keiner besonderen Erwähnung, nicht wahr?«

»Und wieso sollte mich dieses gewagte und zeitaufwendige Unternehmen interessieren?«, fragte ak Sokay.

»Ist das denn nicht offensichtlich?«, gab Wenda Weeman die Frage zurück.

»Erleuchtet mich!«

»Nun«, sagte sie. »Es liegt doch auf der Hand: Zum einen schadet Ihr mit diesen Überfällen Eurer Feindin Rielle ganz erheblich, lieber Arl. Das allein kommt Eurer Sache schon entgegen. Und da sie bei Eurer Festnahme obendrein all Eure Güter und Euer Vermögen konfisziert hat, benötigt Ihr doch dringend eine neue Einkommensquelle, um Eurer kleinen Rebellion gegen den twyddyanischen Thron wieder auf die Beine zu helfen. Und nicht zuletzt: Wenn die Zeit dafür reif ist, wird Wenda Weeman Euch auch darin ihre volle Unterstützung zukommen lassen …«

»… selbstverständlich dann aber nur zu dem Preis«, setzte ak Sokay ihren letzten Satz fort, »dass ich Euch das gebe, was Rielle Euch trotz Eurer Verdienste bei ihrer Machtergreifung verwehrt hat: einen Platz im Hochadel des Landes.«

Wenda Weeman nickte gespielt bescheiden. »Das wäre zu gütig von Euch, werter Arl. Und in der Zwischenzeit bleibt Eure wertvolle Lizia natürlich hier – als herzlich willkommener und bestens umsorgter Gast. Wenda Weeman kann Euch versichern: Die Schwester der Königin ist nirgends sicherer als hier.«

»Ihr wisst … ?«

»Es gibt nicht viel, was die Herrin der Perlen nicht weiß. Was sagt Ihr, haben wir einen Handel?«

»Es kommt nicht in Frage, dass ich Liziana bei Euch lasse«, sagte ak Sokay knapp.

»Darauf muss Wenda Weeman leider bestehen«, entgegnete sie. »Ihr könnt doch nachvollziehen: nur so ist sicherzustellen, dass Ihr Euch auch an die Abmachung haltet.«

»Was, wenn ich ›nein‹ sage?«

»Rielle würde sich zweifelsohne über Euren Kopf sehr freuen.«

Raymo sah, dass ak Sokay die Situation abwägte. Er musste handeln, ehe der Aristokrat den Handel für sich allein abschloss und Wenda Weeman über Raymos Plan, ganz nach Kutera abzuhauen, einweihen würde. Er sprang aus dem Sitz nach vorn … wo er eben noch saß, schlugen Pfeile in das Holz und in die Polster.

Raymo hechtete hinter Wenda Weeman und schlang seinen Arm um ihre Kehle.

»Stop!«, rief er den Bogenschützinnen auf der Galerie zu. »Oder ich breche Eurer Herrin das Genick!«

Wenda Weeman hob die Hand zum Zeichen, dass ihre Perlen von weiteren Aktionen Abstand nehmen sollten.

»Lizia kommt mit uns«, forderte er. Er sah die Verwirrung in ak Sokays Blick … und wie sie allmählich wich. Der ehemalige General begann zu begreifen, dass dies ihre einzige Chance war, den Palast der Perlen zusammen mit Lizia zu verlassen. Wieder einmal waren er und Raymo Verbündete wider Willen.

»Gebt mir Euer Wort«, sagte ak Sokay, »uns zusammen mit Liziana freien Abzug zu gewähren, und ich gebe Euch mein Wort, mit Euren Schiffen die Galeeren zu kapern, die Gewinne mit Euch zu teilen und Euch in den Hochadel zu erheben, sobald der Thron in meinen Händen ist.«

»Wenda Weeman traut euch nicht«, krächzte sie.

»Welche Wahl hast du?«, fragte Raymo knurrend. »Wenn du uns dein Wort nicht gibst, sterben du, ak Sokay und ich jetzt und hier.«

»Damit wäre niemandem gedient«, fügte ak Sokay hinzu.

»Und was sollte die Herrin der Perlen daran hindern, ihr Wort zu brechen, sobald der Barbar seine schmutzigen Hände von ihr nimmt?«, fragte Wenda Weeman. Sie schnaufte angestrengt.

»Deine Gier«, sagte Raymo. »Wenn du uns jetzt tötest und Rielle unsere Köpfe auslieferst, kassierst du sehr viel weniger, als dir die Kaperfahrten einbringen werden. Im Grunde genommen sind wir uns ja schon alle einig. Dein Plan ist ein guter Plan für alle Beteiligten, du musst nur zustimmen, Lizia mit uns segeln zu lassen. Ich zähle bis drei. Eins!«

»Ihr würdet wirklich beide für das Mädchen sterben?«, fragte Wenda Weeman ungläubig.

Raymo und ak Sokay nickten gleichzeitig, ohne zu zögern, und Raymo zählte weiter. »Zwei!«

SZUMA

Die Schwarze See

Szuma zitterte am ganzen Leib. Es war ihr unmöglich, es zu kontrollieren. Sie weinte, hemmungslos wie ein kleines Kind. Lambes hatte seine Arme und Schenkel um sie geschlungen und rieb ihr den Rücken. Die beiden lagen auf einem Bruchstück des Floßes.

»Sobald unsere Kleidung getrocknet ist, wird es besser«, versicherte er ihr mit klappernden Zähnen, und sie hörte, dass es mehr eine Hoffnung war als Zuversicht.

»Über einhundertfünfzig Männer und Frauen … tot … durch meine Schuld«, schluchzte sie.

»Du hast dir nichts vorzuwerfen, Szuma. Sie alle waren freiwillig hier und kannten das Risiko.«

»Nein, niemand kannte das Risiko. Ich habe es heruntergespielt mit der Geschichte unserer Ahnen und wie sie dieselbe Reise zwischen den Kontinenten in nichts weiter als Booten unternommen haben. Ich hätte auf dich hören sollen. Du warst von Anfang an der Meinung, es sei ein wahnsinniges Unterfangen.«

»So darfst du nicht denken, Prinzessin«, sagte er. »Zugegeben, die Flöße waren eine wacklige Angelegenheit, aber sie hätten getaugt – für jede noch so schlimme See, wie ich sie kenne. Das war kein natürlicher Sturm. Damit konnte wirklich niemand rechnen.«

»Du meinst, es war Magie im Spiel?«

»Nein, ich will sagen: die Natur spielt immer mehr verrückt. Es wird nicht nur andauernd kälter, auch das Wetter ändert sich zunehmend. Ich bin mir sicher, niemand vor uns hat je einen solchen Sturm erlebt.«

Die erste Riesenwelle hatte alle vier Flöße zum Kentern gebracht und in die Tiefe gerissen. Szuma erinnerte sich nur noch dunkel daran, wie sie von Lambes gepackt worden war und wie er sie mit eisernem Griff dazu gezwungen hatte, nicht in Panik zu geraten. Er hatte ihr eine Hand auf Mund und Nase gepresst, um sie daran zu hindern auszuatmen, während er ruhig den Auftrieb des Wassers mit rudernden Beinen unterstützt hatte, um wieder an die Oberfläche zu gelangen.

Es waren weitere gigantische Wellen gefolgt, sogar noch um einiges größer als die erste, aber Lambes hatte Szuma mit dem Gurt seiner Umhängetasche an sich gebunden und ihr über den Lärm der ohrenbetäubenden Donner zugerufen, sich an ihm festzuhalten und sich einfach treiben zu lassen. Er hatte ihr gesagt, solange die Monsterwogen nicht brächen, würden sie sie nur anheben und wieder absenken, weil sie so klein waren und keinen Widerstand boten wie die großen Flöße.

So hatten sie die Wellen überstanden. Die Donner aber waren eine ganz andere Sache gewesen.

Jedes Mal, wenn sie den ersten einer neuen Serie hörten, rief Lambes ihr zu, Luft zu holen, und tauchte mit ihr ab – nur zwei oder drei Schritte tief. Unter Wasser waren die Donner nicht sehr viel mehr als ein tiefes Grollen. Solange es ihre Luft zuließ, waren sie unten geblieben – bis die Donner über sie hinweggezogen waren. Bis die nächste Welle oder Serie von Donnern kam, sahen sie sich im Dunkel um, riefen nach ihren Kameraden. Ohne Erfolg. Einmal hatte Szuma gemeint, eine Stimme gehört zu haben, und sie waren mit aller Kraft in die Richtung geschwommen, aber gefunden hatten sie niemanden.

Das Schlimmste war die Kälte der See. Sie schnürte Szuma die Brust zu. Lambes hatte gesagt, dass sie so schnell wie möglich raus mussten aus dem Wasser, weil sie sonst erfrieren würden. Inmitten des Getöses konzentrierten sie sich also darauf, Reste der Flöße zu finden. Sie hatten Glück und entdeckten ein Stück von einer der zerschmetterten Plattformen: ein paar Bretter nebeneinander auf zwei Balken genagelt. Es war groß genug für sie beide. Sie kletterten darauf, und von da an hielten sie sich nur noch die Ohren zu, wenn die Donner kamen, und ignorierten den

Schmerz der Druckwellen, weil sie weniger schlimm waren als die Kälte des Wassers.

Sie hatten ein weiteres Mal Glück im Unglück: Die Wellen, die Donner und der Wind trieben sie vor dem eigentlichen Herz des Gewittersturms und damit vor den mörderischen Blitzen her. Zwei Tage und zwei Nächte lang, sofern man das bei der durch den Sturm noch tieferen Dunkelheit wirklich sagen konnte. Aber dann war das schreckliche Unwetter endlich vorüber. Die See hatte sich wieder beruhigt … und Szuma, die die ganze Zeit über tapfer ausgehalten und gekämpft hatte, lag haltlos schluchzend in den Armen ihres einäugigen Freundes Lambes.

Noch eine Weile hielt und rieb er sie, dann löste er den Gurt, mit dem er sie an sich gefesselt hatte. »Lass uns das Wasser absuchen nach Treibgut«, sagte er. »Wir brauchen alles, was wir finden können.«

»Du bist unglaublich, Lambes«, sagte sie und konnte sich ein kleines Schmunzeln nicht verkneifen. »Du bist wie Raymo, du gibst einfach nicht auf, nicht wahr?«

Er zog eine Miene, so als ob es ihn anstrengen würde nachzudenken. Dann schien seine Jagd nach einem Gedanken von Erfolg gekrönt und er grinste. »Wäre ja auch Quatsch, zwei Tage und zwei Nächte dem schlimmsten Sturm der Menschheitsgeschichte getrotzt zu haben und dann jetzt, wo er vorüber ist, aufzugeben.«

Sie schaute sich um. Nirgendwo war Land in Sicht. »Und du glaubst, dass wir auf diesen paar Brettern lange genug überleben werden, um irgendwohin zu gelangen?«

»Keine Ahnung«, sagte er schulterzuckend. »Offen gestanden: Ich weigere mich, darüber nachzudenken. Alles, was ich weiß, ist, dass wir es wenigstens versuchen werden, und vielleicht klappt es dann einfach. Es sind schon verrücktere Dinge passiert.«

»Nenn mir eines.«

Wieder sah er so aus, als würde ihm gleich der Kopf explodieren von der Anstrengung nachzudenken. »Mir fällt gerade keins ein.«

Trotz der Schwere ihrer Lage musste sie lachen. »Ich sag doch: du bist wie Raymo.«

»Nur hübscher«, sagte er mit einem Zwinkern. »Wesentlich hübscher. Das kommt von der Augenklappe, weißt du. Sie macht mich interessanter.«

Sie machten sich auf die Suche, indem sie mit den Händen paddelten. Nach einer Weile war ihre Kleidung getrocknet und Szuma fror nicht mehr ganz so schlimm. Sie fanden tatsächlich Treibgut – einen fast vollen Tonkrug mit Xalli und ein halbleeres Fass mit Räucherfisch.

Lambes nahm den tönernen Deckel des Krugs, füllte ihn vorsichtig, damit nichts davon auf das Holz darunter tropfte, mit ein wenig Xalli und entzündete die Flüssigkeit mit Hilfe seines Feuersteins. Sie kauerten sich dicht über die kleine Flamme, um so viel wie möglich von deren Wärme abzubekommen.

»Wenn wir jetzt noch weiteres Holz finden«, sagte Lambes, »können wir uns auf dem Deckel hin und wieder ein kleines, länger brennendes Feuer machen.«

»Vor allem brauchen wir Trinkwasser«, stellte Szuma fest. »Sonst leben wir nicht lange genug, um zu verhungern oder zu erfrieren.«

»Ein paar Paddel wären auch nicht schlecht. Mir weichen schon die Hände auf.«

Sie suchten weiter – für eine lange Zeit, die Szuma vorkam wie eine Ewigkeit, doch Lambes hatte recht: aufgeben war nicht drin. Weitermachen war alles, was blieb. So verging ein ganzer weiterer Tag. Szumas Kehle war trocken wie Pergament, und obwohl sie rasenden Hunger hatte, verzichtete sie auf den Räucherfisch, weil das Salz sie noch durstiger gemacht hätte. Hin und wieder fanden sie Holzstücke und Lambes stapelte sie zum Trocknen. Auch lasen sie vereinzelte Strickteile auf, mit denen sie alles so gut es ging zusammenbanden. Nur Frischwasser war nirgends zu entdecken.

Lambes sackte ein Stück in sich zusammen. »Selbst wenn noch ein Fass auf der Oberfläche treibt, ist inzwischen zu viel Salzwasser eingedrungen. Unsere einzige Hoffnung ist Regen.«

Szuma verzog das Gesicht. Seit dem Weltendonner war Regen eine schmutzige Sache; verdreckt mit Asche, nicht selten nach Schwefel schmeckend. Sie hätte nie für möglich gehalten, dass sie sich jemals so sehr nach einem richtigen Wolkenbruch aus der guten alten Zeit vor der Katastrophe sehnen würde, wie sie es jetzt gerade tat.

»Ein Paddel!«, rief Lambes unerwartet. »Völlig intakt!«

Szuma schaute in die Richtung, in die er zeigte, und sah es. Sofort begann sie, auf ihrer Seite mit der Hand zu paddeln. Da spürte sie, wie etwas unter Wasser ihre Finger streifte. Erschrocken zog sie die Hand zurück und blickte ins Wasser.

Ein silbriger Schatten im Schwarz unter ihr. Groß. Szuma wusste sofort: Und das ist nur der Kopf! Sie fuhr herum und sah die riesige Dreiecksflosse, die fast schon behäbig durch die Wasseroberfläche schnitt wie ein Messer.

»Was zur Hölle …?«, stieß Lambes hervor – Szuma presste ihm schnell die Hand auf den Mund und signalisierte ihm mit einem warnenden Blick, sich absolut still zu verhalten.

Der Hai war so lang wie drei Männer. Die Wellen, die er im Vorüberschwimmen erzeugte, brachten das winzige Behelfsfloß zum Wanken. Sie beeilten sich, ihre wenigen Habseligkeiten festzuhalten. Szuma merkte, dass sie den Atem anhielt und ein Stoßgebet zu ihren Göttern schickte, dass der Hai einfach davonschwimmen möge, ohne sie zu beachten.

Doch die Götter hörten nicht. Der Hai schwamm nicht weiter. Er drehte eine Kurve; weit, behäbig langsam. Die Kurve wurde zu einem makellosen Kreis, den die große, silbrige Dreiecksflosse um sie herum in einem Abstand von etwa zwanzig Schritten beschrieb. Dreimal – dann wurde die Kurve enger, zu einer Spirale. Der Hai kam allmählich wieder näher.

Szuma sah, wie er den Kopf aus dem Wasser hob – und hätte schwören können, dass in dem schwarzen, fast faustgroßen Auge, mit dem er sie anstarrte, eine bösartige Intelligenz leuchtete. Sehr viel wahrscheinlicher war es Hunger.

Szuma war mit Haien groß geworden. Sie gehörten zum Alltag der Perlentaucher ihres Stammes. Aber sie hatte noch nie einen *Großen Silbernen* gesehen. Der Anblick lähmte sie.

»Was geschieht als Nächstes?«, fragte Lambes so leise, dass nur Szuma ihn hören konnte; jedenfalls hoffte sie das.

»Wenn er zu dem Schluss kommt, wir könnten Beute sein«, flüsterte sie zurück, »wird er entweder zunächst noch einmal abdrehen, um Schwung zu holen für einen schnellen Frontalangriff, oder er wird abtauchen, tief abtauchen, um dann lotrecht von unten zu uns hochzuschießen.«

Lambes nickte stumm. Sein Blick blieb ohne zu blinzeln auf die Bestie gerichtet. Der Hai kam bis auf drei Schritte Entfernung an sie heran, hob noch einmal den Kopf, beobachtete sie. Dann drehte er ab.

Plötzlich geschah etwas, das Szuma vor Schreck zusammenzucken ließ. Lambes neben ihr schrie auf! Laut, bestialisch. Ehe Szuma reagieren konnte, sah sie, wie er durch die Luft sprang – in weitem Bogen auf den Hai zu. In seiner Rechten blitzte sein langer Dolch.

Der Hai war für einen Herzschlag lang durch den Schrei irritiert, zuckte ebenso zusammen wie Szuma und hielt inne – und schon im nächsten Moment war Lambes auf seinem Rücken. Er landete auf dem riesigen Fisch wie auf einem Pferd, presste rasch die Schenkel in die silbrigen Flanken, packte mit der freien Linken die Flosse und stieß sofort mit der Klinge zu. Schnell und mit aller Kraft – immer wieder. Der Hai ruckte herum, wand sich, bäumte sich auf – doch Lambes' Griff war fest, und die Stöße mit dem Dolch waren unbarmherzig. Blut spritzte – im umgebenden Dunkel wirkte es schwarz wie Xalli.

Wieder und wieder rammte Lambes dem Fisch die Klinge in den sich hin und her werfenden Leib – hinter den Kopf, in die Kiemen, in die Seitenflosse. Der Hai tauchte ab, riss Lambes mit sich.

Szuma starrte gebannt auf das aufgewirbelte Wasser, das sich nur allmählich beruhigte. Dann war es wieder völlig glatt. Sie überlegte, ob sie hinterherspringen sollte, um dem Freund zu helfen. Es war glatter Wahnsinn, wusste sie, trotzdem zog sie ihr Messer und richtete sich auf. Doch ehe sie springen konnte, brach in nur einem Schritt Entfernung etwas aus dem Wasser.

Der Hai?

Nein, es war Lambes! In seiner Linken hielt er die abgetrennte Seitenflosse. Er schnappte tief und gierig nach Luft. Szuma half ihm eilig zurück auf das Floß.

Er präsentierte die gut schildgroße Flosse wie einen Hauptgewinn. »Die wird uns mit Flüssigkeit versorgen.«

»Später«, sagte Szuma drängend. »Das Blut wird andere Haie anlocken. Wir müssen sofort von hier weg!«

Lambes legte die Flosse beiseite, und die beiden begannen, mit den Händen zu dem treibenden Paddel zu rudern. Lambes ergriff es und machte sich in panischem Eifer an die Arbeit.

Es war mühsam mit nur einem Paddel – Szuma half auf ihrer Seite mit den Händen. Immer wieder warf sie einen Blick über die Schulter.

LIZIA

Lizia betrachtete fasziniert, mit welch großem Geschick Dasha Haselnüsse mit den Zähnen knackte, sie mit spitzen Fingern schälte und die wenigen Kerne, die nicht taub und verrunzelt waren, in eine aus Holz geschnitzte Schüssel legte. Sie sah auch, dass sie sich währenddessen mehr als einmal unfreiwillig die Lippen leckte.

»Du darfst ruhig auch welche davon essen«, sagte Lizia.

Dasha schüttelte den Kopf. »Die sind ganz allein für dich«, antwortete sie rasch. »Ich meine natürlich, für *Euch*, Euer Hoheit. Ein Geschenk von Wenda Weeman, aus ihrer privaten Vorratskammer, um Euch die Reise zu versüßen.«

Lizia unterdrückte das Lachen, das ihr spontan in die Kehle sprang, nur mit Mühe. Sie hatte nicht vor, Dasha zu kränken; die Situation musste auch so schon schwer genug für sie sein. »Du musst mich nicht auf einmal so förmlich ansprechen. Ich bin immer noch dieselbe, die ich war, als wir einander das erste Mal trafen.«

Dashas sonst so stolzer Blick war ungewohnt unsicher. »Ich habe Euch … dich geschlagen.«

»Ja, das hast du wohl«, räumte Lizia ein. »Ziemlich hart, wenn ich mich recht erinnere.«

»Gegen ein Mitglied der Königlichen Familie die Hand zu heben bedeutet die Todesstrafe.«

»Keine von uns beiden wusste seinerzeit, dass ich Rielles jüngere Schwester bin. Außerdem hast du mir sehr viel mehr gegeben als nur Schläge, Dasha.« Lizia spürte, dass sie errötete, als sie an die gemeinsamen Nächte zurückdachte.

Jetzt stahl sich ein kleines Lächeln auf Dashas Lippen. »Ja, das habe ich wohl auch.«

»Es ist unglaublich großzügig von deiner Herrin Wenda Weeman, dass sie ausgerechnet dich mir als Dienerin für die Reise zur Verfügung gestellt hat. Immerhin bist du …« Lizia wusste nicht, wie sie es am geschicktesten formulieren sollte.

»Das beste Pferdchen in ihrem Stall«, ergänzte Dasha mit einem jetzt sehr viel selbstbewussteren Grinsen. »Sag es ruhig, Lizia. Du kannst die Dinge bei ihrem Namen nennen: Ich bin Wenda Weemans beste Hure, die schnellste ihrer Melkerinnen, ihre Goldmuschi. Glaub mir, man hat mich schon ganz andere Sachen genannt.«

Lizia trat an das Fenster der Kabine und schaute hinaus. Am schwarzen Horizont konnte sie noch die vielen Lichter Dunuums erkennen, die sich im Wasser des Flusses spiegelten. *Ich wette, mir zu dienen ist nicht die einzige Aufgabe, mit der Wenda Weeman dich betraut hat*, dachte sie, behielt diesen Gedanken aber für sich.

Sie fuhr sich mit der Hand über die Stoppeln auf ihrem Kopf und fragte sich, wie lange es wohl dauern würde, bis die Haare wieder nachgewachsen waren.

»Steht dir gut«, sagte Dasha, trat an sie heran und hielt ihr die Schale mit den Nüssen hin.

»Nur, wenn du auch welche isst. Ich bestehe darauf«, sagte Lizia und wartete, bis Dasha zögernd eine genommen und sich in den Mund gesteckt hatte, ehe sie selbst eine aß. Die Nuss schmeckte mehlig und ein klein wenig nach Schimmel. Lizia fiel auf, dass sie Dasha das erste Mal vollständig bekleidet sah. Hosen und Tunika aus grob gewebtem Leinen. Sie sah darin beinahe aus wie ein Junge.

Lizia nahm ihren Umhang vom Haken neben der Tür und ging hinaus aufs Deck. Dasha folgte ihr. *Wie ein Schatten*, dachte Lizia und fühlte sich in ihrem Verdacht bestätigt, dass Dasha aus mehr als nur einem Grund mit ihr hier an Bord war.

Auf den ersten Blick wirkten die Galeone und ihre Besatzung gleichermaßen heruntergekommen, aber Lizia sah, wie eifrig und geschickt die Männer an Deck und in der Takelage hantierten. Der äußere Schein trügte – sie waren allesamt erfahrene Seeleute.

Für jetzt war nur die Hälfte der aschegrauen Segel an den drei Masten gesetzt, dennoch hatte das Schiff bereits schnelle Fahrt flussabwärts aufgenommen. Lizia fand Raymo und ak Sokay vorn am Bug. Die Feindseligkeit war ihnen nur unschwer von den finsteren Gesichtern zu lesen. Sie wusste, dass sie schnellstens etwas unternehmen musste, und es gab nur einen Weg, wie sie verhindern konnte, dass die beiden sich bei nächster Gelegenheit an die Gurgel gehen würden.

»Wir drei müssen reden«, sagte sie und die beiden Männer schauten sie neugierig an. Lizia wandte sich an Dasha. »Lass uns bitte für einen Moment allein.«

Dasha rührte sich nicht vom Fleck.

»Ich fürchte, ich muss darauf bestehen, Dasha«, sagte Lizia mit ernster und fester Stimme.

Erst jetzt verneigte Dasha sich knapp und ging, jedoch nur ein paar Schritte. Dort blieb sie stehen, ohne den wachsamen Blick von Lizia zu wenden.

»Ich habe lange nachgedacht und eine Entscheidung gefällt«, sagte Lizia so leise, dass nur Raymo und ak Sokay sie hören konnten. Sie wandte sich zunächst an ak Sokay: »Ich werde bei Euch bleiben und mit Euch, vor allem *für* Euch den Thron Twyddyns besteigen, wenn … *falls* Eure Rebellion gelingt. Dafür …«

»Was!?«, unterbrach Raymo sie aufgebracht und machte einen Schritt auf sie zu. »Du willst …«

Sie hob abwehrend die Hand, und er blieb auf der Stelle stehen. »Lass mich ausreden«, bat sie ihn. Erst als Raymo nickte, fuhr sie in Richtung ak Sokay fort: »Dafür, dass ich einwillige, Euer Spiel um die Herrschaft Twyddyns mitzuspielen, schwört Ihr mir, Raymo sicher und unversehrt nach Kutera zu bringen.«

Sie drehte sich zu Raymo, ehe ak Sokay reagieren konnte. »Und wenn der General das schwört, Raymo, schwörst du mir im Gegenzug, dass du ihn nicht töten wirst … und dass du – wenn wir erst einmal in Kutera gelandet sind – auf keinen Fall versuchen wirst, mich daran zu hindern, mit ak Sokay hierher zurückzukehren.«

Raymo fasste sie bei den Schultern und sah sie ungläubig an. »Warum tust du das?«

»Es ist der einzige Ausweg aus diesem ansonsten tödlichen Dilemma«, erklärte sie. »Du willst ak Sokays Tod, er deinen. Er will den Thron Twyddyns, du willst nach Kutera zurück …«

Raymos Griff wurde fester. »Du willst ebenfalls nach Kutera. Ein Leben in Freiheit … ohne Not.«

»Ja, das will ich«, gab sie zu. »Natürlich will ich das. Aber solange ich das will, wird ak Sokay nicht aufgeben, mit aller Macht und bei jeder Gelegenheit zu versuchen, dich zu töten …«

»Das soll er ruhig versuchen!«, sagte Raymo forsch und funkelte ak Sokay wild an. »Letzten Endes wird er es sein, der stirbt, und dann bist du frei.«

Lizia schüttelte den Kopf. »Aber ich will nicht, dass er stirbt, Raymo, versteh doch!«

»Was?«

»Ja, du hast richtig gehört: Ich will nicht, dass er stirbt, denn auch ihm schulde ich mein Leben. Auch wenn du verständlicherweise allen Grund hast, ihn nicht nur meinetwegen, sondern vor allem aus Rache für dein Volk zu töten, bitte ich dich, ihn zu verschonen. Denn was ich noch mehr will als ein freies Leben in Kutera, ist, dass ihr beide lebt. Deshalb«, und nun wandte sie sich wieder an ak Sokay, »werdet Ihr auch Sorge tragen für Raymos Unversehrtheit, Arl. Weil, wenn ihm etwas geschieht – selbst falls es wie ein Unfall aussehen sollte –, springe ich über Bord oder bereite meinem Leben auf andere Weise ein Ende und damit auch Eurem Spiel um die Krone. Habe ich mich klar ausgedrückt?«

Ak Sokay nickte.

»Gut«, sagte Lizia. »Dann schwört.«

Ak Sokay sah so aus, als würde er auf einer giftigen Kröte herumkauen, aber schließlich sagte er: »Ich, Harwee ak Sokay, schwöre feierlich, den Caldäer Raymo Ten Mayne vom Klan Ten Mayne sicher und unversehrt nach Kutera zu bringen und ihm kein Leid anzutun oder zuzulassen, dass ein anderer ihm ein Leid antut.«

»Danke, General«, sagte Lizia. »Und nun du, Raymo.«

Raymo sah sie an. »Du verlangst viel, Lizia. Sicher, wenn du dich entschieden hast, bei ihm zu bleiben, ist das deine Sache. Aber es geht nicht nur um dich, wie du schon selbst gesagt hast. Ak Sokay hat mich auf die Galeere geschickt, um mich dort verrecken zu lassen … aber mehr noch: er ist der unbarmherzige Schlächter meines Volkes. Er hat den Tod verdient. Viele Male.«

Lizia legte ihm zärtlich die Hand an die Wange und blickte ihm tief in die Augen. »Die Vergangenheit kann ich nicht ändern, Raymo«, sagte sie leise. »Aber vielleicht die Zukunft. Daher schwöre ich: Sollte es General ak Sokay gelingen, mich auf den Thron Twyddyns zu bringen, werde ich Calda die Freiheit zurückgeben.«

Raymo hielt inne, sein Blick wanderte von Lizia zu ak Sokay. »Gibst auch du mir in dieser Sache dein Wort, Sokay?«

Ak Sokay zog die Mundwinkel nach unten. Aus einer einzigen giftigen Kröte war gleich ein ganzes Büfett giftiger Kröten geworden.

»Bitte, General«, sagte Lizia. »Es ist der Wunsch Eurer zukünftigen Königin.«

Schließlich nickte er. »Wenn es Euer Wunsch ist, dann soll es auch der meine sein. Du hast mein Wort, Caldäer. Dein Land wird wieder frei sein, wenn wir den Thron erobern.«

»Gut«, sagte Raymo. »Dann schwöre ich, Raymo Ten Mayne, Sohn des Llugh Ten Mayne, bei meiner Ehre und der Ehre meiner Ahnen, dass ich meiner Rache an Harwee ak Sokay entsage und ihm kein Leid zufügen werde. Ich verspreche außerdem feierlich, dass ich weder jetzt noch in der Zukunft Versuche anstellen werde, Liziana ak Aésbrunn daran zu hindern, nach Twyddyn zurückzukehren.«

»Danke«, sagte Lizia und küsste ihn auf die Wange. »Danke, Raymo.« Sie fühlte sich erleichtert wie schon lange nicht mehr. *Jetzt gibt es noch eine Sache zu regeln*, dachte sie, nickte den beiden Männern zu und drehte sich zum Gehen um.

»Wartet«, forderte ak Sokay. »Jetzt fehlt noch Euer Schwur, Hoheit.«

Sie nickte. »Ich, Liziana ak Aésbrunn, schwöre Euch, Harwee ak Sokay, an Eurer Seite zu bleiben im Kampf gegen meine Schwester Rielle und um den Thron Twyddyns.«

»Und?«, hakte er nach.

Sie holte tief Luft. »Ich schwöre, Euch zu meinem Gemahl zu nehmen, sobald ich auf dem Thron sitze, und sämtliche Regierungsgeschäfte in Eure Hände zu geben.«

Er kniete vor ihr nieder, nahm ihre Hand und küsste sie. »Danke, Euer Hoheit.«

Lizia wartete, bis er sich wieder erhoben hatte, und ging dann zurück in Richtung ihrer Kabine im Heck der Galeone.

»Komm mit«, sagte sie knapp zu Dasha, als sie an ihr vorüberkam.

Dasha verneigte sich und folgte ihr.

»Knie nieder!«, befahl Lizia, als sie beide in der Kabine waren und Dasha die Tür geschlossen hatte.

»Was?«, fragte Dasha verblüfft.

»Ich sagte: Knie nieder!«

Dasha gehorchte.

Lizia trat an sie heran. »Ich weiß, warum Wenda Weeman dich mir zur Begleitung gegeben hat.«

»Dir zu dienen …«

»Schweig!«, unterbrach Lizia sie. »Ich rede.«

Dasha biss sich auf die Unterlippe, senkte den Kopf und nickte.

»Du sollst mir nicht lediglich dienen«, sagte Lizia. »Das ist nur ein Vorwand. In Wahrheit sollst du auf mich aufpassen: Du sollst aufpassen, dass ak Sokay seine Vereinbarung mit Wenda Weeman einhält. Falls er sie bricht, sollst du mich töten.«

Dasha hob den Kopf wieder, ihr Blick stellte überraschte Empörung zur Schau.

Lizia stieß ein rauhes Lachen aus und hängte den Umhang wieder an den Haken neben der Tür. Dabei kam sie an Dasha vorbei und streichelte ihr mit der Hand über den kahlrasierten Schädel. »Du bist wirklich die geborene Schauspielerin, Dasha. Aber du kannst die Maske ablegen. Du weißt, dass du durchschaut bist. Wenn es Wenda Weeman nur darum gegangen wäre, mir eine Dienerin zur Verfügung zu stellen, hätte sie mir ganz gewiss nicht ihr – wie hast du vorhin noch so schön selbst gesagt? – bestes Pferdchen im Stall mitgegeben. Du kannst dir die Antwort sparen, ich weiß es auch so.«

Dashas Gesicht wurde wieder mehr zu ihrem eigenen – ernst, ausgefuchst und kühl.

»Wenn du das weißt«, sagte sie, »warum verrätst du mich dann nicht an ak Sokay? Er würde mich auf der Stelle ohne zu zögern über Bord werfen … oder zuvor noch der Mannschaft zur Belustigung übergeben.«

»Ich verrate dich nicht, aus zwei Gründen«, antwortete Lizia, während sie zum Bett der Kabine ging und sich setzte. »Zum einen wird ak Sokay die Vereinbarung mit Wenda Weeman nicht brechen. Die Gelegenheit, die sie ihm gegeben hat, ist das Beste, was ihm in seiner momentanen Lage passieren kann. Er schadet meiner

Schwester Rielle, und er häuft wieder ein Vermögen an. Außerdem ist Wenda Weeman eine mächtige Verbündete im Kampf um den Thron – wie sie bereits einmal unter Beweis gestellt hat. Ich habe zudem ak Sokay geschworen, an seiner Seite zu bleiben. Wenda Weeman hat also nichts zu befürchten, darauf hast du mein Wort. Da das nun klar ist, musst du mich nicht mehr bewachen.«

Lizia schälte sich aus ihrer Tunkia, zog die Beine auf das Bett und machte es sich bequem. Sie nahm eine der Nüsse aus der Schale und zerkaute sie. »Wir können also in der Folge der Ereignisse annehmen, Dasha, dass ich entweder mit ak Sokay zusammen untergehe oder wirklich die nächste Königin Twyddyns werde. Deine Königin. Entsprechend ist es an der Zeit, dass du deine Loyalitäten überprüfst: Dienst du weiterhin Wenda Weeman oder mir? Du musst das nicht jetzt gleich beantworten, aber denke darüber nach. Auf dem Weg, der vor mir liegt, brauche ich eine Vertraute und eine treue Freundin.«

Dasha verneigte sich ein weiteres Mal und fragte dann: »Und der zweite Grund, warum du mich nicht an ak Sokay verraten hast?«

Lizia lächelte und tätschelte die Stelle neben ihr auf dem Bett. »Zieh dich aus und komm her!«

ZANE ARKEEN

Dunuum – Wenda Weemans Palast der Perlen

Zane Arkeen zählte die blutigen Striemen auf dem Rücken der Perle und zeichnete jeden einzelnen davon mit der Spitze seines Zeigefingers nach. Das schmerzerfüllte Beben der Frau erregte ihn noch mehr als ihr ängstliches Wimmern. Sie stand vor ihm an das Kreuz gefesselt. Nackt mit gespreizten Beinen. Auch er war nackt. Das Einzige, was er trug, war die eiserne Schelle um den Hals, mit der er an einen Ring in der Decke gekettet war. Wie in dem Schuppen, in dem Wenda Weemans Sohn Urtis ihn am Anfang gefangen gehalten hatte. Aber auch wenn seine Unterbringung jetzt wesentlich luxuriöser war, ein Gefängnis war sie dennoch.

Zane Arkeen trat noch dichter an die Perle heran, roch ihren Angstschweiß, drückte seine Brust gegen ihre Wunden und wickelte ihr die Peitsche um den Hals. Er fasste nach unten und schob sein hartes Glied in sie. Wieder wimmerte sie. Musik in seinen Ohren. Er zog die Schlaufe der Peitsche fester zu und dachte an all die gesichtslosen Huren, die seinen Vater zu dem erbärmlichen Hund gemacht hatten, der er am Ende geworden war. Sie hatten ihn – und damit die Familie – um alles gebracht. Dafür mussten sie bestraft werden.

Zane Arkeen packte die beiden Enden der Peitsche wie die Zügel eines Pferdes, trank das Röcheln der Perle wie süßen Likör und begann, sich in ihre Nässe zu treiben – so als wollte er sie durch ihr Geschlecht hindurch an das Holz des Kreuzes nageln.

»Sag, dass es dir leid tut!«, keuchte er in ihr Ohr.

»E-es t-tut mir leid!«, krächzte sie, ihre Stimme ein ersticktes Flüstern.

Er stieß noch härter zu – und sie einen Schrei aus.

»Genug! Lass sie los!«, rief da eine Stimme von hinter ihnen. Es war Urtis Weeman. »Deine Zeit hier ist um.«

Zane Arkeen war zu berauscht, um sich unterbrechen zu lassen. Er stieß weiter zu – hart und unerbittlich.

Urtis Weenman packte die Schelle um seinen Hals und riss ihn so fest zurück, dass er stolperte und zu Boden fiel. In seiner Rage schlug Zane Arkeen um sich. Urtis Weeman beruhigte ihn mit einem harten Tritt gegen den Kopf.

»Wascht den Commodore und macht ihn präsentabel«, sagte er zu den beiden Perlen, die ihn zusammen mit dreien seiner Schläger begleitet hatten. »Königin Rielle ist auf dem Weg, um ihn abzuholen. Wenn ihr mit ihm fertig seid, kümmert euch um eure Kollegin. Sie muss spätestens morgen wieder einsatzbereit sein.«

Zwei der Schläger lösten Zane Arkeens eisernen Kragen, während die Perlen Holzbottiche mit Seifenwasser und Tücher heranbrachten, um ihn gleich darauf von Kopf bis Fuß abzuschrubben. Danach ließ er ungerührt zu, wie sie sein Haar kämmten und ihn anzogen. Es waren einfache Sachen aus ungefärbtem Sackleinen – eine Hose, eine Tunika, keine Schuhe und statt eines Gürtels ein einfacher Strick.

Als sie fertig waren und ihm die Hände gefesselt hatten, führten sie ihn aus dem Zimmer über den Gang zur Galerie über der Eingangshalle. Hier oben war es dunkel, während unten außer den beiden Kaminfeuern und den Feuerschalen Dutzende von Kerzen brannten. Wenda Weeman saß – wie üblich – in ihrem übergroßen Stuhl. Doch Zane Arkeen fiel auf, dass sie dieses Mal nicht von ihren Perlen umgeben war, sondern von fünfzehn Männern ihres Sohnes; allesamt so gut herausgeputzt, wie es ihr grobschlächtiges Äußeres zuließ, und bis an die Zähne bewaffnet. Zane Arkeen sah die Anspannung in den Gesichtern der Männer. Wenda Weeman selbst hingegen schien ausgesprochen gelassen … und selbstzufrieden.

Urtis Weeman zischte Zane Arkeen ins Ohr: »Du bist mucksmäuschenstill, bis meine Mutter dich ruft.« Zur Bekräftigung seiner Worte drückte er die Spitze seines Dolchs gegen Zane Arkeens Rippen.

Zane Arkeen nickte.

Von jenseits des Eingangs zur Halle drang Lärm. Jemand draußen rief: »Öffnet für die Königin!«

Wenda Weeman winkte, und zwei ihrer Männer eilten zu der Tür, um beide Flügel weit aufzureißen.

Vier der königlichen Wachen traten ein und postierten sich am Eingang. Es folgten zwei weitere Soldaten und dann erst Rielle – hinter ihr noch einmal ein halbes Dutzend ihrer Leibgarde.

Wenda Weeman erhob sich mit Hilfe zweier ihrer Männer schwerfällig aus dem Stuhl und kniete nieder. Mit gesenktem

Kopf wartete sie, bis Rielle bei ihr war, ehe sie sagte: »Euer Majestät, es gibt keine Worte, die Wenda Weemans Freude Ausdruck verleihen könnten darüber, dass Ihr unserem bescheidenen Heim die Ehre erweist.«

»Spar dir die Formalitäten, Wenda«, sagte Rielle knapp und nahm Platz auf dem Stuhl, der dem der Herrin der Perlen gegenüberstand. »In deiner Einladung hast du versichert, jemanden in deiner Gewalt zu haben, an dem ich größtes Interesse habe.«

Wenda Weeman ließ sich aufhelfen und setzte sich. Wie auf ein Zeichen kamen vier ihrer Perlen von hinten in die Halle geeilt. Sie trugen Tabletts mit Wein, Käse, eingelegtem Fisch und Fleischbällchen, um sie der Königin zu kredenzen. Rielle winkte ab.

»Keine Zeit«, sagte sie knapp.

»Nicht einmal für ein kleines Häppchen oder einen winzigen Schluck?«, fragte Wenda Weeman.

»Ohne dir zu nahe treten zu wollen, Wenda«, sagte Rielle, »aber wir beide wissen nur zu gut, dass deine Speisen sehr viel gefährlicher sind als all die Männer deines Sohnes, mit denen du dich heute – übrigens zu meiner großen Verwunderung – umgeben hast. Ich dachte, du und ich, wir seien Freunde.«

»Aber natürlich, Majestät. Die besten«, beeilte sich die Herrin der Perlen zu versichern. »Deshalb könnt Ihr Euch darauf verlassen, dass Wenda Weeman Euch niemals auch nur das Geringste antun würde. Es kränkt sie sogar in nicht geringem Maße, dass Ihr das auch nur annehmen könntet.«

»Zum Geschäft, Wenda«, forderte Rielle. »Wen hast du für mich?«

»Zane Arkeen. Den früheren Commodore Eurer Flotte. Den Zerstörer der milaresischen Festungen an Kuteras Küste.«

Zane Arkeen sah von oben, wie das Gesicht der Königin eine leicht enttäuschte Note annahm. Doch sie fasste sich augenblicklich wieder. »Lass ihn herbringen.«

Wenda Weeman hob in sachte abwehrender Manier den Zeigefinger. »Zunächst sollten die Konditionen geklärt werden.«

Rielle schnaubte ungeduldig. »Was ist dein Preis?«

Wenda Weeman senkte den Kopf in absichtlich schlecht gespielter Demut. »Euer Majestät wissen, was der sehnlichste Wunsch der Herrin der Perlen ist. Ihr wisst es seit der Blutnacht vor nun über zehn Jahren.«

»Dich in den Adel erheben?« Rielle stieß ein kleines, aber spöttisches Lachen aus. »Das war damals schon unmöglich, und jetzt, nach der Hochzeit mit König Vas'Ko, steht es vollends außer Frage. Jetzt würden nicht nur die twyddyanischen Häuser aufbegehren, sondern auch die Milaras, wenn ich jemanden von deiner Herkunft adeln würde. Nicht einmal wenn du ak Sokay und den Caldäer in deinem Gewahrsam hättest, könnte ich diesen Preis zahlen.«

Zane Arkeen erkannte von der Galerie aus, wie Wenda Weeman zu kämpfen hatte, ihre Enttäuschung zu verbergen, und deshalb das Gesicht noch tiefer senkte. »Wenda Weeman versteht selbstverständlich, dass Euer Majestät die Hände gebunden sind, und bittet gnädigst, ihren anmaßenden Wunsch so schnell wie möglich wieder zu vergessen und stattdessen einen eigenen Vorschlag zu unterbreiten.«

»Ich weiß, dass Gold allein dich nicht mehr wirklich interessiert«, sagte Rielle. »Daher mache ich dir ein ganz besonderes Angebot. Mein Gatte, König Vas'Ko, hat mir – wenn auch zugegebenermaßen ein wenig uncharmant, wenn man genau überlegt – erzählt, dass es in Kutera die schönsten Frauen der Welt gibt. Unsere künftigen Expeditionen werden daher Frauen von dort als Sklavinnen nach Milara und Twyddyn bringen. Ich biete dir für die nächsten fünf Jahre die erste Wahl an. Aus jeder Lieferung darfst zuerst du vor allen anderen drei von ihnen für deinen Palast auswählen – zum Vorzugspreis, versteht sich.«

»Das ist wirklich außerordentlich großzügig von Euch, Euer Majestät, aber Wenda Weeman muss es untertänigst und voller Bedauern ausschlagen. Die schönsten Mädchen aller umliegenden Länder stehen bereits jetzt Schlange, um im Palast der Perlen die Wünsche unserer großzügigen Kunden erfüllen zu dürfen.

Und sie tun es freiwillig. Mit verschleppten Sklavinnen – und seien sie noch so schön – hat man nichts als Ärger.«

»Also doch lieber Gold?«

»Wenn es Majestät nichts ausmacht …«

Die beiden Frauen feilschten noch eine kleine Weile, wurden sich aber schließlich einig – bei einer Summe, die ein Mehrfaches dessen war, was Zane Arkeen als Commodore der Flotte an Jahressold verdient hatte. Er empfand es als erstaunlich, zu erfahren, dass sein Tod der Königin so viel mehr wert war als sein Leben in ihren Diensten.

Auf einen Wink seiner Mutter hin brachte Urtis Weeman Zane Arkeen nach unten in die Halle. Sofort nahmen vier Männer der Königin ihn in ihre Mitte.

»Es war wie immer ein Vergnügen, mit dir Geschäfte zu machen, Herrin der Perlen«, sagte Rielle und erhob sich von ihrem Platz.

»Das Vergnügen war ganz auf Wenda Weemans Seite.« Sie winkte ihren Männern zu, ihr aufzuhelfen.

»Behalt ruhig Platz, Wenda«, sagte die Königin, der Zane Arkeen vom Gesicht ablesen konnte, dass sie es eilig hatte, den Palast so schnell wie möglich wieder zu verlassen.

»Zu gnädig, Euer Majestät.« Wenda Weeman verneigte sich und blieb sitzen, wo sie war, während Rielle auf dem Absatz kehrtmachte und zusammen mit ihren Soldaten und Zane Arkeen die Halle verließ.

Kaum hatten sie den Palast der Perlen hinter sich gelassen, sagte Zane Arkeen: »Euer Majestät, als ich die milaresischen Festungen für Euch zerstört habe, konnte ich nicht wissen, dass Ihr derweil eine Ehe eingeht mit König Vas'Ko und somit ein Bündnis mit Milara. Ich habe in Treu und Glauben gehandelt. In Eurem Interesse, wie ich dachte.«

»Ihr müsst Euch nicht rechtfertigen, Commodore«, sagte die Königin, ohne sich zu ihm umzudrehen. »Ich werde Euch nicht hinrichten lassen – auch wenn mein Gatte ganz sicher Euren Kopf will. Ich habe einen Auftrag für Euch. Einen geheimen Auftrag.«

VERIRRT

SZUMA

Die Schwarze See

Etwas war mit einem Mal anders. Szuma konnte nicht sehen, was, dazu war es zu dunkel. Aber sie konnte es deutlich hören. Das Wasser machte in der Richtung, in die sie trieben, ein anderes Geräusch als in den vergangenen endlosen Tagen und Nächten. Szuma lag völlig matt in den Armen von Lambes. Auf diese Weise schliefen sie seit dem Schiffbruch, um sich gegenseitig so warm wie möglich zu halten. Szuma wusste, sie und Lambes waren dem Tod durch Verdursten nah. Es hatte Ewigkeiten nicht mehr geregnet, und Szuma sehnte sich einen der in den letzten Jahren sonst so häufigen und lang anhaltenden Wolkenbrüche herbei. Ihre letzten Vorräte – auch der Räucherfisch – waren schon vor Tagen zur Neige und schließlich ganz ausgegangen. Das Einzige, das ihnen auf ihrem winzigen Floß geblieben war, war das Xalli in dem Tonkrug. Sie konnten es nicht trinken oder essen – auch wenn der Gedanke daran in den vergangenen Tagen immer verführerischer geworden war –, aber wenigstens spendete es ihnen zwischendurch gerade so viel Wärme, dass sie nicht erfroren.

»Wach auf, Lambes«, flüsterte Szuma schwach. Die Worte kratzten in ihrer Kehle wie Sand, und ihre trockenen Lippen rissen durch die Bewegung auf. Doch Lambes bewegte sich nicht. Nicht ein bisschen. Für einen Moment fürchtete Szuma, er wäre im Schlaf gestorben, und drückte ihr Ohr an seine Brust. Sie atmete erleichtert auf. Sein tapferes Herz schlug schwach, aber es schlug.

Es strengte sie enorm an, einfach nur ihre Hand zu heben und sie ihm auf die inzwischen bärtige und eingefallene Wange zu legen. »Wach auf, Lambes.«

Er gab ein Schnauben und ein missmutiges Grunzen von sich, aber dann schlug er das Auge auf. Als er Szuma erkannte, lächelte er. »Guten Morgen, Prinzessin.«

Sie erwiderte sein Lächeln, und wieder rissen ihre Lippen ein wenig. »Guten Morgen? Es ist mitten in der Nacht.«

»Morgen, Nacht. Wo ist da noch der Unterschied?« Er schmiegte seine Wange in ihre Hand, als wolle er wieder einschlafen. »Himmel, Szuma, du bist ja eiskalt«, sagte er – mit einem Mal gar nicht mehr so müde, aber besorgt. »Warte, ich mach dir ein wenig Feuer.«

Sie schüttelte den Kopf und hielt ihn davon ab, sich aufzurichten. »Sei still und lausche. Hörst du das?«

Er tat, worum sie ihn gebeten hatte. Nach einer kleinen Weile sagte er: »Die See hört sich anders an in dieser Richtung.« Er deutete dahin, von wo das Geräusch kam.

»Ja«, bestätigte sie, froh, dass auch er es hörte und es nicht nur eine Halluzination war, hervorgerufen durch ihre völlige Erschöpfung. »Ich glaube, das ist eine Brandung.«

Leben kam in sein Gesicht. »Eine Brandung?«

Sie nickte.

»Wo eine Brandung ist, da ist auch Land.« Jetzt richtete er sich auf, nahm das Paddel.

Matt wie sie war, kletterte auch Szuma auf ihre Knie, setzte sich auf die Fersen und nahm beide Hände, um ebenfalls zu paddeln. Plötzlich war da überraschenderweise wieder Kraft in ihr – gewachsen aus der Hoffnung, genährt von Verzweiflung. Dennoch fühlte sich jeder Zug, den sie mit den Armen machte, so an, als würden gleich ihre Muskeln reißen wie ausgetrocknetes Stroh. Sie ignorierte den Schmerz. Er zählte nicht; er durfte nicht zählen.

Mit zäher Langsamkeit kamen sie dem Geräusch der brechenden Wellen näher.

Was aber, wenn es nur ein Riff ist?, fragte Szuma sich ängstlich. *Oder eine Untiefe, bei der nur ein paar Felsen aus dem Wasser ragen?*

Egal! Dann sterbe ich wenigstens an Land. Es war erstaunlich, wie klein Ansprüche werden konnten – oder wie groß die Sehnsucht nach den kleinsten Dingen.

»Wir sind gleich da!«, rief Lambes. In seiner Stimme lag frischer Eifer, ja Zuversicht. »Nicht mehr lange, und wir haben es geschafft, Prinzessin. Halte nur noch ein wenig durch!«

Szuma hielt durch – und dann endlich hatten sie es erreicht, und es war wirklich Land. Zumindest war der schwarze breite Schatten, der sich vor ihnen im Dunkel manifestierte, sehr, sehr viel größer als nur ein paar Felsen im Wasser.

Szuma merkte, dass sie nicht an sich halten konnte, und wie Tränen der Freude über ihre knochigen Wangen flossen. Dann endlich sah sie den grauen sprudelnden Schaum der rauhen Brandung.

So nah! So nah!

»Das wird eine ziemlich wilde Fahrt, Prinzessin!«, rief Lambes. Sie konnte hören, dass er ebenso besorgt war wie sie. »Überlass ab jetzt mir das Paddeln und halt den Krug mit dem Xalli fest. Egal, wie sehr uns das gleich durchschüttelt, sieh zu, dass du nicht über Bord gehst und wir das Xalli nicht verlieren!«

Sie rückte weiter in die vordere Mitte der Bretter, wo der Krug mit Stricken befestigt war, nestelte ihre eine Hand zwischen die Kordeln und mit der anderen packte sie eines der Seile, mit denen Lambes das Floß verstärkt hatte.

»Halt dich fest!«, rief Lambes noch einmal, dann begann der mörderische Ritt.

Wie ein waidwunder Xanoia bockte das Floß unter Szuma in der brodelnden Brandung auf, schleuderte sie hart in die Höhe, ließ sie gleich darauf wieder auf die Bretter krachen, warf sie hin und her.

Die Seile und Kordeln wurden nass und schlüpfrig. Szuma packte so fest zu, dass ihre Hände sich verkrampften. Einmal warf die Wucht des zwischen den Brechern auf und ab springenden Gefährts sie so hart mit dem Gesicht auf das Holz, dass ihr schwarz wurde vor Augen und sie Angst hatte, das Bewusstsein zu verlieren. Sie schmeckte Blut in ihrem Rachen.

»Achtung!«, hörte sie Lambes rufen – und sie hatte nicht die geringste Ahnung, was es war, worauf sie achten sollte. Außerdem brannte das Salz des Wassers, das ihr immer wieder ins Gesicht spritzte, in ihren Augen so stark, dass sie überhaupt nichts mehr sehen konnte. Alles, was sie konnte, war klammern.

Das Floß wurde mit einem heftigen Ruck weit in die Höhe geschleudert, überschlug sich ein halbes Mal und krachte mit vollem Gewicht zurück auf die Wellen, Szuma jetzt unter sich im Wasser begrabend. Der Aufprall ließ sie fast die Besinnung verlieren, und überall waren scharfkantige Felsen in der mahlenden Brandung, schlugen ihr so hart und stechend ins Kreuz, dass sie den Rest der Luft, den sie noch in ihren Lungen hatte, unfreiwillig ausstieß und das salzige Wasser schluckte. Verzweifelt stemmte sie sich vom an ihren Schenkeln, Waden und Sohlen scheuernden Boden ab, in dem Versuch, das Floß zu drehen, um wieder an die Oberfläche zu kommen, doch sie hatte nicht genug Kraft.

Szuma sah bunte Punkte vor ihren fest geschlossenen Augen tanzen, aber plötzlich spürte sie, wie sie von hinten um die Brust gepackt wurde, wie Lambes an ihr zerrte. Sie wusste, dass er es einfacher haben würde, wenn sie das Floß und das Xalli loslassen würde, aber er hatte sie gebeten, das Xalli um keinen Preis zu verlieren, und sie würde ihn nicht enttäuschen.

Sie suchte mit ihren Füßen strampelnd Halt am schlüpfrigen Boden, stemmte sich dagegen, als sie ihn endlich fand – in Lambes' Richtung. Er zog, sie stieß. Stück für Stück für Stück. Mit einem Mal war da endlich wieder Luft. Szuma spuckte das Wasser aus ihrer Kehle, ehe sie tief und gierig einatmete.

»Noch drei, vier Schritte, Prinzessin! Du packst das!«, brüllte Lambes ihr von hinten ins Ohr, zerrte weiter an ihr – so wie sie weiter an dem Floß zerrte, das halb über ihr war.

Dann endlich hatten sie es geschafft – sie waren tatsächlich an Land. Aber Szuma spürte, dass irgendetwas nicht stimmte. Sie tastete mit der Hand nach dem Krug mit dem Xalli … er war geborsten … die Felsen hatten ihn zerschmettert.

Szuma schrie auf vor Wut, doch Lambes riss sie in die Arme, drückte sie an sich, wischte ihr das nasse Haar vom Gesicht und der Stirn. »Vergiss das Xalli«, sagte er schwer keuchend. »Wir leben, Prinzessin, und haben endlich wieder festen Boden unter den Füßen. Das ist verdammt noch mal alles, was im Moment zählt.«

Es war eine Insel. Sie war im Durchmesser nicht viel größer als Szumas Heimatstadt Xeljasal. Sie war menschenleer, das hatten Szuma und Lambes schnell herausgefunden. In der Mitte ragte ein kleiner Berg in die Höhe, mehr ein felsiger Hügel. Darauf stand ein durch den Mangel an Sonnenlicht abgestorbener Wald – also genug Holz. Es gab eine sprudelnde Quelle und einen Bach mit Frischwasser. Der Strand war Heimat für eine Kolonie von Seehunden und ganze Schwärme von Möwen und Kormoranen. Im flachen Wasser nahe des Ufers fanden Szuma und Lambes Fische, Krebse und Muscheln. Es war das Paradies! In den Stunden nach ihrer Landung schlugen sie sich die Bäuche so voll, dass Szuma das Gefühl hatte, sie müsste platzen, und in den folgenden Tagen kamen sie allmählich wieder vollständig zu Kräften. Sie hatten ihr Lager unter einem schützenden Felsvorsprung aufgeschlagen und es mit Ästen und Zweigen und den restlichen Brettern ihres Floßes an den Seiten gegen den Wind geschützt.

Etwas abseits davon weidete Lambes jetzt gerade einen frisch erlegten Seehund aus. Nach dem Häuten spülte er das blutige Fell mit Wasser ab, das er im geretteten Boden des Xallikruges geschöpft hatte, und legte es dann auf den Steinen zum Trocknen aus.

Szuma schnitt währendessen das Fleisch. Ein großes Stück davon spießte sie auf einen von der Rinde befreiten Ast, den sie über dem kleinen Feuer auf dem Vorplatz ihres Unterschlupfs zum Braten anbrachte. Den Rest schnitt sie sorgfältig in fingerdünne Streifen, um sie zum Konservieren in die salzige Luft zu hängen.

»Morgen suchen wir uns im Wald auf dem Berg einen Baum, aus dem wir ein Boot schnitzen können«, sagte Lambes, »um unsere Fahrt fortzusetzen. Ich nehme an, das wird eine Weile dauern, aber in zwei oder drei Wochen könnte ich damit fertig sein.«

Szuma schwieg.

»Wir müssen außerdem Paddel fertigen und Krüge aus Ton brennen«, fuhr Lambes fort. »Und aus den Fellen der Seehunde machen wir uns zusätzliche Kleidung und ein Segel.«

»Oder aber«, sagte Szuma zögernd, ohne Lambes anzuschauen, »wir bauen uns stattdessen ein Haus.«

»Wir haben doch ein Lager …«

»Ich meine, ein richtiges Haus, Lambes, nicht wie diesen Unterschlupf hier. Mit einem gemauerten Kamin und einem Tisch und Stühlen … und Kommoden und Truhen …«

Lambes richtete sich in der Hocke auf. »Ein Haus? Verstehe ich das richtig? Du willst aufgeben?«

Szuma atmete tief ein. »Wir sind losgezogen, um Raymo zu retten. Aber seien wir doch mal ehrlich: Wir konnten gerade mal uns selbst retten – und das nur mit knapper Not. Selbst wenn Raymo unsere Hilfe noch brauchen würde, wir sind nicht wirklich in der Lage …«

»Du meinst, falls er überhaupt noch lebt …«

Sie schluckte schwer und trocken, dann nickte sie. »Ich habe nachgedacht, Lambes. Lange nachgedacht. Die meiste Zeit davon habe ich damit zugebracht, mir selbst etwas vorzumachen. Aber damit ist jetzt endgültig Schluss. Wir müssen der Wahrheit ins Auge sehen. Es ist doch so: Wir haben schon viel zu viel Zeit gebraucht, um es überhaupt bis hierher zu schaffen. Und wir wissen nicht einmal, wo genau wir gelandet sind – wohin uns der Sturm verschlagen hat. Also selbst mit deinem Kompass wissen wir nicht, wo wir ankommen werden, wenn wir von hier aus einfach nur in Richtung Nordosten fahren, oder?«

»Ja«, gab Lambes zu.

»Außerdem sind wir jetzt nicht länger über hundertfünfzig Mann, sondern nur noch zu zweit. Alles, was wir hier auf der Insel mit dem Material, das uns zur Verfügung steht, zu bauen und steuern in der Lage sind, ist ein kleines Boot. Entsprechend können wir, trotz des reichen Angebots an Fleisch und Fisch und Wasser, nicht ausreichend Proviant mitnehmen. Uns fehlt einfach der Platz dafür. Auch können du und ich nicht ununterbrochen paddeln, was bedeutet, wir würden bei ungünstigem Wind immer wieder abgetrieben, wenn wir rasten oder schlafen. Und das alles ohne die Möglichkeit, uns zu orientieren. Und dann stell dir vor, wir geraten noch einmal in einen solchen Sturm wie den letzten …«

»Du kannst … ich kann … wir können Raymo nicht einfach im Stich lassen, Prinzessin!«

Sie biss sich auf die Unterlippe, um die aufsteigenden Tränen zu unterdrücken. »Sieh es doch ein, Lambes: Wir haben keine Chance! Nicht die geringste. Ganz gleich, wie mutig und loyal wir auch sein wollen. Und wenn wir keine Chance haben, sind wir auch Raymo keine Hilfe. Aber wenn wir uns hier niederlassen, bleiben wir wenigstens am Leben.«

Sie redeten zwei Tage und zwei Nächte. Sie stritten sich, sie weinten und sie drehten sich im Kreis, aber schließlich bauten sie ein Haus. Kein großes Haus – mehr eine Kabine aus Holz und Stein, aber mit einem echten, solide gemauerten Kamin. Sie bauten es unter den Vorsprung, wo sie den ersten Unterschlupf errichtet hatten, geschützt von den Felsen. Lambes zimmerte einen Tisch und zwei Stühle, Kommoden, Truhen und auch Eimer. Als er zwei Betten bauen wollte, sagte Szuma. »Bau uns eins. Ein großes.«

»Wir haben genug Platz und reichlich Holz für zwei Betten, und danach ist immer noch genug da für viele, viele Jahre Feuer«, sagte er. »Genug Felle haben wir auch. Wir müssen einander nachts nicht mehr gegenseitig warm halten, Prinzessin.«

»Bau trotzdem nur eins, Lambes«, antwortete sie und schaute ihm dabei fest ins Auge. »Du begehrst mich, seit du mich zum ersten Mal gesehen hast.«

Er schluckte so hart, dass sie seinen Kehlkopf auf und ab gleiten sah. »Du gehörst Raymo.«

Sie senkte den Blick und schüttelte den Kopf. »Nein, Lambes, ich gehöre niemandem.«

»Aber du liebst Raymo.«

Sie nickte und biss die Zähne aufeinander, um sich daran zu hindern, anzufangen zu weinen. »Ja, das tue ich. Und das werde ich … bis zum Ende meines Lebens, das ist sicher. Aber dich liebe ich nicht weniger, Lambes. Du und ich, wir sind jetzt eine Familie.«

Also baute er nur ein Bett.

Die Tage verbrachten sie mit der Jagd auf Seehunde und mit Fischfang, mit dem Sammeln von Möweneiern und Holz. Die Nächte gehörten ihrer Lust. Es war, als wäre ein Damm gebrochen zwischen ihnen. In einer ewig dunklen Welt, in der zu bezweifeln steht, dass sie noch lange überhaupt existiert, ist die Gier danach, sich wenigstens vorübergehend lebendig zu fühlen und alles um sich herum zu vergessen, eine gewaltige Kraft – ja, bis zu einem gewissen Grad sogar eine Besessenheit. Noch größer aber war ihre Zuneigung zueinander, und wenn sie sich wieder einmal ausgiebig und bis zur Erschöpfung geliebt hatten, lagen sie sich in den Armen und erzählten sich mit zufriedenem Flüstern, dass sie es letzten Endes mit ihrer kleinen Insel fern von Kriegen, Kälte und Hungersnot gar nicht so schlecht getroffen hatten in dieser unbarmherzigen Welt. Szuma verschwieg ihre Gedanken an Raymo, an ihr Volk und dessen Zukunft, und sie wusste, dass auch Lambes von ihnen geplagt war – und dass er ebenfalls darüber schwieg. Es gab nichts, was sie hätten tun können – nicht das Geringste –, außer einander die Zeit, die ihnen noch blieb, so schön wie möglich zu machen. Also taten sie genau das.

Eines Nachts, nachdem Lambes eingeschlafen war, löste Szuma sich aus seiner warmen Umarmung und verließ das Haus, um sich am nahen Strand zu erleichtern – da sah sie die Schiffe!

Es waren zwei große und drei kleinere. Sie waren hell erleuchtet, mit Fackeln und Feuerbecken. Die Flammen ließen das schwarze Wasser um sie herum golden glitzern. Szumas erster Impuls war, zu rufen, obwohl sie ahnte, dass die Schiffe zu weit weg waren, als dass man sie an Bord hätte hören können. Doch dann hielt sie inne. Was, wenn das Schiffe aus Milara waren? Feinde?

Da sah sie am Bug des ersten der beiden größeren Schiffe zwei junge Frauen stehen. Die eine hatte kurzgeschorenes rotes Haar, der Schädel der anderen war völlig kahl. Brachten die Männer aus Eisen jetzt schon ihre Frauen mit nach Kutera? Szuma hielt das für unwahrscheinlich, wusste sie doch, wie gerne sich die Eroberer aus Milara mit den Frauen Kuteras vergnügten.

Doch dann kam ein Mann zu den beiden nach vorn ins Licht. Szumas Herz stolperte, denn sie erkannte ihn sofort.

»Raymo«, flüsterte sie leise.

»Raymo!«, rief da neben ihr plötzlich auch Lambes. Er rief es laut und ein zweites Mal noch lauter. »RAYMO!«

Szuma legte ihm sanft die Hand auf die Schulter. »Sie können uns über den Lärm der Brandung hinweg nicht hören.«

»Wir müssen ein Feuer machen, Prinzessin! Ein großes Feuer! Schnell! Hilf mir, Holz zusammenzutragen!«

Szuma bewegte sich nicht.

»Komm schon, Szuma!«, rief Lambes, der bereits angefangen hatte, Holz vom Lagerplatz vor ihrem Haus anzuschleppen und es auf einen Haufen zu werfen.

»Es wird nicht rechtzeitig brennen«, sagte sie tonlos. »Sie sind ohnehin schon fast vorbei.« Nun war ihr das stolpernde Herz schwer, wie mit Blei ausgegossen.

»Was redest du da?! Wir müssen es wenigstens versuchen.« Er kauerte über dem Holz, stopfte eilig trockenen Zunder zwischen zwei Scheite und begann, mit dem Feuerstein Funken zu schlagen. »Komm schon, wir brauchen mehr Holz!«

Ein Funke traf endlich den Zunder, der gleich darauf leicht zu glühen begann. Szuma trat mit dem Fuß darauf.

»Was machst du da?«, fragte Lambes aufgebracht.

Sie kniete sich vor ihn hin, nahm sein Gesicht in ihre Hände. »Sag, Lambes, bist du hier glücklich mit mir?«

»Warum fragst du das, Prinzessin?«

»Antworte.«

»Natürlich bin ich das!«, rief er. »Glücklicher als jemals zuvor in meinem Leben.«

»Ich auch«, erwiderte sie. »Aber wenn wir Raymo jetzt aufhalten, hören wir vielleicht auf, so glücklich und sorglos zu sein, wie wir es jetzt sind.«

Er senkte den Kopf und sah sie von unten herauf an. »Aber, vielleicht wirst du mit Raymo noch viel glücklicher, als du es jetzt mit mir bist – hier auf dieser verlassenen Insel.«

»Vielleicht«, gab sie zu. »Vielleicht aber auch nicht. Vielleicht hat er mich schon längst vergessen.« Sie dachte an die beiden Frauen, die sie gesehen hatte. »Aber selbst wenn nicht … selbst wenn er und ich wirklich glücklich werden würden … du würdest dann unglücklich sein.«

Er wollte etwas sagen, doch sie legte ihm den Finger auf die Lippen. Schließlich nickte er.

»Und ich will nicht, dass du unglücklich bist, Lambes«, sagte sie leise und küsste ihn. »Ich könnte es nicht ertragen. Weißt du noch, als ich gesagt habe, ich gehöre niemandem?«

Er nickte noch einmal.

»Das trifft noch immer zu«, sagte sie. »Aber ich gehöre *zu* dir.«

»Und dein Volk? Braucht es dich nicht?«

Sie lächelte. »Wenn es jemanden braucht, dann Raymo. Und da er gerade auf dem Weg zu ihnen ist, muss ich mir keine Sorgen machen. Das bedeutet, du und ich und unser Zuhause, das ist ab jetzt alles, was zählt.«

Lambes ließ Feuerstein und Dolch fallen, riss Szuma in die Arme und küsste sie innig. Sie küssten einander, lange.

»Du weinst«, sagte er und zog sich ein wenig zögerlich zurück.

Sie lächelte. »Ja. Aber es sind Tränen des Glücks.« Und das war die reine Wahrheit. Sie umarmten einander wieder und betrachteten, wie die Lichter der Schiffe allmählich kleiner wurden und schließlich ganz verschwunden waren.

Keiner der beiden konnte in diesem Moment des Glücks ahnen, dass das Paradies, für das sie sich gerade ein für alle Mal entschieden hatten, diese Nacht nicht überstehen würde …

RAYMO

Die Schwarze See

Habt ihr das gehört?« Raymo trat nach vorn zu Lizia und Dasha zum hell von Fackeln erleuchteten Bug der Galeone. Er glaubte zwar, dass seine Sinne ihm nach all den Tagen auf hoher See gerade etwas vorgegaukelt hatten, aber er wollte ganz sicher gehen.

»Nein, ich habe nichts gehört. Was meinst du?«, fragte Lizia. Ihr Ton war nur ein wenig neugierig, in der Hauptsache war er stark unterkühlt. Raymo wusste, dass der Grund hierfür darin lag, dass er in den vergangenen Wochen – nach ihrer Entscheidung, bei ak Sokay zu bleiben und mit ihm nach Twyddyn zurückzukehren – den Kontakt zu ihr gemieden hatte. Sie hatten auf dem Rest der Reise kaum noch miteinander gesprochen, und wann immer sie auf Deck kam, hatte er sich zurückgezogen. Dass er das aus Respekt tat, um seinen geleisteten Schwur einzuhalten, nicht zu versuchen, sie davon zu überzeugen, doch mit ihm nach Kutera zu gehen, änderte nichts daran, dass sie ihm die Distanziertheit übel nahm.

»Ich weiß, es ist völlig unmöglich«, sagte er und sah auf die See hinaus, »aber ich habe für einen Moment gedacht, jemand hätte meinen Namen gerufen.«

»Nein, ich habe nichts gehört«, wiederholte Lizia und blickte weiterhin auf die See hinaus.

Dasha aber wurde schlagartig blass und starrte Raymo erschrocken an. »Du hast deinen Namen gehört?«, stieß sie mit brüchiger Stimme hervor. »Vom Wasser aus gerufen?«

»Ja.«

»Die Seeseelen!«

»Was?«, fragte Raymo.

Dasha machte hastig das Zeichen des viergesichtigen Gottes; berührte mit den Fingern ihrer rechten Hand ihre Stirn, den Hinterkopf und die beiden Schläfen. »Was du gehört hast, war eine der Seeseelen, Raymo. Das sind die auf ewig zum Herumirren verdammten Geister ertrunkener Seefahrer; einsam und verloren in der Tiefe sehnen sie sich nach Gesellschaft und rufen in Nächten wie diesen ihre lebenden Kameraden, auf dass diese ihnen in den Tod folgen.«

»Das ist doch nichts weiter als kindischer Aberglaube«, sagte Lizia mit einem tadelnden Kopfschütteln und sah Dasha an, als hätte diese den Verstand verloren.

Dasha fuhr sie unerwartet heftig an, ihr Gesicht eine Maske des Zorns. »Red dir das ruhig ein, wenn dich das besser schlafen lässt, Lizia. Aber man sagt sich, wer die Stimme einer Seeseele hört, ist verflucht und dem Tod geweiht.« Noch einmal machte sie das Zeichen Svantos. »Mein Vater war Fischer, müsst ihr beide nämlich wissen. Und eines Tages kehrte er kreidebleich vom Meer zurück. Meine Mutter wollte wissen, was ihm widerfahren sei, und er sagte, er habe gehört, wie jemand vom Wasser her aus dem Nebel heraus seinen Namen rief. Aber als er in den Nebel hineinfuhr, um zu schauen, wer ihn von dort aus gerufen haben mochte, war da niemand, und er wusste, dass es eine Seeseele gewesen sein musste.«

Dasha schluckte, legte beide Hände überkreuz auf die Brust, und ihre schreckgeweiteten Augen wurden ganz feucht. Raymo sah ihr an, wie sehr die Erinnerung sie schmerzte. »Und am nächsten Morgen lag mein Vater tot im Bett. Das Gesicht war vor Angst völlig verzerrt. Die Augen hatte er weit aufgerissen, und seine Hände waren zu Krallen verkrampft, als hätte er versucht, noch im Sterben jemanden damit abzuwehren.«

Dasha stützte sich an der Reling ab, um Halt und Fassung zurückzugewinnen.

»Aber das war erst der Anfang«, fuhr sie fort. »Ihres Mannes und damit ihres Lebensunterhalts beraubt, sah meine Mutter keinen anderen Ausweg, als sich die Adern zu öffnen, und so landeten meine beiden Schwestern und ich in der Gosse.«

»Du hast Schwestern?«, fragte Lizia überrascht.

»Hatte«, antwortete Dasha bitter.

»Sie sind …?«

Dasha nickte. »Keine von ihnen überlebte die erste Woche auf der Straße. Yusti, die Älteste von uns, wurde von einem Rudel streunender Hunde zerfetzt, als sie versucht hat, für uns ein Stück vergammeltes Fleisch aus einem Müllhaufen zu graben. Rola, die Mittlere, wurde von einer Gruppe Jungs zu Tode geschändet. Süße, sanfte Rola … Sie mochte Glühwürmchen, weißt du? Und sie hat nie jemandem auch nur ein winzigstes Leid zugefügt. Sie haben sie benutzt und geschlagen und getreten, einfach so, weil sie Lust dazu hatten und stark genug waren.

Und ich? Ich habe mich feige versteckt … hilflos dabei zugesehen, wie sie am Ende so viel Blut erbrochen hat, dass nichts mehr übrig war. Also sag, was du willst, Lizia, aber wenn eine Seeseele dich ruft, bist du verdammt. Du und alle, die du liebst.«

Sie wischte sich mit dem Ärmel die Tränen von den Augen, drehte sich um und ging eilig davon.

»Beruhige dich wieder, Dasha«, rief Raymo hinter ihr her. »Ich bin ja nicht einmal sicher, ob ich wirklich etwas gehört habe.«

»Schon gut«, sagte Lizia und eilte ihr hinterher. »Ich kümmere mich um sie.«

Raymo schaute den beiden Frauen nach. Er war erstaunt über den Wandel, den Lizia in den vergangenen Tagen und Wochen durchgemacht hatte – vom leicht einzuschüchternden und stets ängstlichen Mädchen zur selbstbewussten, entschlossenen Frau.

Er fand nach wie vor, dass es ein dummer Plan war, an der Seite ak Sokays eine Rebellion gegen Königin Rielle anzuzetteln, aber er kam nicht umhin zuzugeben, dass Lizia die wesentlich bessere Wahl für den Thron Twyddyns wäre – ganz gleich wie stark er bezweifelte, dass sie jemals darauf sitzen würde.

Doch das sollte ihn nicht mehr kümmern. Raymo hatte ganz andere Sorgen: Kutera! Das Land, in dem er Frieden finden wollte und vor allem Freiheit, war erneut bedroht, diesmal durch die vereinten Kräfte von Milara und Twyddyn. Mit Szumas Hilfe und der ihres Vaters, Häuptling Trimanu, würde Raymo den Widerstand organisieren müssen. Er hatte keine Wahl, er musste eine Armee aufstellen, um die Eindringlinge so lange immer wieder zurückzuschlagen, bis sie ihr Vorhaben als zu kostspielig aufgeben würden.

Es gab dazu durchaus eine Alternative: Raymo konnte den Dingen ihren Lauf lassen und mit Szuma ins Landesinnere fliehen, um sich dort zu verstecken. Aber diesen Gedanken hatte er schon einmal verworfen. Früher oder später würden Milara und Twyddyn ihre Operation nicht auf das Küstengebiet beschränkt halten und immer tiefer ins Land vordringen. Aller Wahrscheinlichkeit nach eher früher als später. Sie würden sich nicht mit Handel und Raub begnügen, sondern anfangen, Kutera zu besiedeln – und sie würden all das mitbringen, was Raymo hinter sich zu lassen hoffte: Macht, Intrigen, Kriege.

Sie würden die weit unterlegenen Stämme und Völker Kuteras auslöschen und die Seuche, die sie Zivilisation nannten, würde sich über den ganzen Kontinent verbreiten.

Der Gedanke daran machte Raymo das Herz schwer – und er wusste, er durfte das nicht zulassen; nicht nur um seiner selbst und Szumas willen. Dabei erkannte er das Dilemma durchaus: Um diesen Krieg zu verhindern, musste er selbst einen führen. Doch das Abwägen zwischen dem Bewahren von Schönheit und dem Zulassen der Vernichtung ganzer Völker machte ihm die Entscheidung leicht.

Er hatte am eigenen Leib in Calda erfahren, wie es war, wenn ein mächtigeres Land ein weniger mächtiges überfiel, ausraubte und dessen Bevölkerung nach und nach auslöschte. Er wollte verdammt sein, wenn er zuließ, dass das, was Calda widerfahren war, auch Kutera widerfuhr!

Er schlang seinen weiten Wollumhang dichter, um sich gegen die nächtliche Kälte zu schützen, und schaute noch einmal zurück in die Richtung, aus der er seinen Namen rufen gehört hatte … oder geglaubt hatte, ihn zu hören.

Ein Schauer, der nichts zu tun hatte mit der Kälte, lief über seinen Rücken. Was, wenn Dasha recht hatte? Was, wenn es wirklich der Ruf einer Seeseele war? Er atmete tief ein und schüttelte den Gedanken ab. Wenn sie versuchte, ihn zu holen, würde er sich schon zu wehren wissen. So, wie er sich gegen die Ripper in den Höhlen unterhalb des Königlichen Palasts gewehrt hatte.

Er wandte den Blick wieder voraus – die einzige Richtung, die er kannte … die einzige, die zählte.

Vor seinem geistigen Auge erblickte er Szuma. Ihr Gesicht, ihr wildes, freies Lächeln. Bald würde er sie wiedersehen. Es konnte jetzt nicht mehr weit sein nach Kutera. Ein paar Tage noch. Er freute sich auf sie – seine Prinzessin.

LIZIA

Die Schwarze See

Dasha war in der Kabine kaum mehr ansprechbar. Sicher, sie erfüllte ihre Pflicht im Bett, aber Lizias Küsse und Liebkosungen ließ sie mehr über sich ergehen, als dass sie sie mit der gewohnten Leidenschaft erwiderte. Was sonst so grazil an ihr war und geschmeidig, war jetzt steif … ja, beinahe schon störrisch.

»Es tut mir wirklich leid, Dasha«, sagte Lizia nicht zum ersten Mal und umarmte sie von hinten, schmiegte sich mit Bauch und Brust gegen ihren nackten Rücken, der sich unter der Berührung sofort verkrampfte. »Ich konnte doch nicht wissen …«

»Natürlich konntest du nicht wissen«, gab Dasha kühl zurück, ohne sich auch nur ein Stück umzudrehen. »Und gerade weil du es nicht wissen konntest, hattest du nicht das Recht, mich gleich derart zu verspotten. Aber so seid ihr Adligen nun mal. Herablassend, als wären eure Vorurteile und Meinungen das Maß aller Dinge.«

»Das ist nicht gerecht, Dasha«, erwiderte Lizia verletzt, löste aber die Umarmung nicht. »Ich bin keine Adlige, das weißt du genau. Nun ja, zumindest bin ich nicht als solche erzogen worden.«

»Ach was«, tat Dasha ab. »Es steckt euch einfach im Blut. Ihr seid doch alle gleich. Sich über das Leid der Unterschichten lustig machen, das könnt ihr.«

»Ich habe mich nicht über dein Leid lustig gemacht, sondern über deinen Glauben an Seeseelen«, entgegnete Lizia. »Was deiner Familie passiert ist, ist schlimm … ich meine, es ist wirklich schrecklich … aber das beweist doch noch lange nicht, dass es Seeseelen wirklich gibt.«

»Nein?«

»Nein. Es beweist lediglich, dass dein Vater daran geglaubt hat, und dass er so viel Angst vor ihnen hatte, dass ihm vor Schreck das Herz stehengeblieben ist.«

»Weißt du, ich bin mir ziemlich sicher, über Ripper hättest du bis vor kurzem noch ganz genau dasselbe gesagt. Aber dem Bericht von Raymo und ak Sokay schenkst du Glauben. Weil sie auch Adlige sind, wie du. Ihr haltet nun einmal zusammen.«

»Dasha, Raymo und ak Sokay haben die Ripper mit ihren eigenen Augen gesehen und bekämpft.«

Lizia merkte, dass sie die Dinge gerade nicht besser machte. Sie hatte trösten wollen und war stattdessen auf dem besten Wege, einen Streit vom Zaun zu brechen. Sie erhob sich vom Bett, schlang eine Decke um den nackten Körper und stellte sich an den Dreifuß, um sich an dem kleinen Feuer zu wärmen.

Harwee ak Sokay trat in die Kajüte ein – wie immer, ohne vorher anzuklopfen. Für einen kurzen Moment bedachte er Dasha mit einem missbilligenden Blick.

»Wir müssen reden«, sagte er zu Lizia. »Unter vier Augen.«

Statt sofort auf seine unverblümte Aufforderung zu reagieren, warf Dasha Lizia einen fragenden Blick zu.

»Lass uns bitte allein, Dasha«, sagte Lizia.

Dasha kletterte fast schon behäbig vom Bett und wickelte sich mit trotzigen Bewegungen in eines der Bärenfelle, die sonst als Zudecke dienten. Wortlos, aber mit sauertöpfischer Miene verließ sie die Kabine. Lizia war sich nicht sicher, ob sie böse auf sie war oder mehr Mitgefühl für sie hegte. Sie erinnerte sich nur zu gut daran, wie es für sie selbst gewesen war, ständig das Gefühl zu haben, weniger wert zu sein.

Sobald Dasha die Tür hinter sich geschlossen hatte, sagte ak Sokay: »Wenn wir erst einmal verheiratet sind, werdet Ihr Eure Zuneigung zu Frauen diskreter ausleben.«

Sein Ton, aber noch mehr das, was er sagte, erwischten Lizia auf dem falschen Fuß.

»So, werde ich das?«, fragte sie schnippisch.

»Ganz gewiss werdet Ihr das!«

Sie zog die Stirn in Falten und begann ganz leise: »Lasst mich eines klarstellen, Harwee: Wenn wir … *falls* wir jemals den Thron erobern, gebe ich Euch meine Hand – das habe ich geschworen. Ich gebe Euch außerdem die Macht über das Reich – auch das habe ich geschworen.« Jetzt hob sie den Ton an und wurde lauter. »Aber die einzige Macht, die ich Euch jemals über *mich* geben werde, ist die, dass wir gemeinsam Erben zeugen werden.« Noch lauter: »Mit wem ich darüber hinaus meinen Körper und mein Lager teile, ist und bleibt ganz allein meine Entscheidung.«

Er räusperte sich mit herabgezogenen Mundwinkeln.

»Ist das klar, Harwee?«, fragte sie mit festem Blick in seine Augen – und betonte es wie eine Forderung.

»Ich will nur, dass Ihr mehr Diskretion walten lasst, Liziana …«

»Dann *bittet* mich gefälligst um Diskretion, statt sie mir befehlen zu wollen!«, sagte sie scharf. »Ich bin nicht länger Eure rechtlose Marionette, ich bin Eure gleichberechtigte Partnerin.«

»Unsere ursprüngliche Abmachung …«

Sie unterbrach ihn: »Bei unserer ursprünglichen Abmachung hattet Ihr, wenn ich mich recht erinnere, ein Bündnis mit König Vas'Ko von Milara, und die Eroberung des Throns war nicht mehr als eine Formalität. Jetzt existiert ein solches Bündnis nicht mehr, und Ihr braucht meinen aktiven, vielleicht Jahre anhaltenden Beistand im Kampf um die Krone. Das macht mich zu Eurer Partnerin, findet Ihr nicht?«

Sie konnte nicht zuordnen, ob in dem Blick, mit dem er sie jetzt musterte, mehr Wut lag oder mehr Bewunderung. Aber es war ihr egal – was zählte, war, dass er schließlich nickte. »Ihr habt viel gelernt in der kurzen Zeit, Euer Hoheit.«

Sie spürte, dass das Kompliment sie erröten ließ, und unterdrückte ein selbstzufriedenes Lächeln. Sie wollte sich die Blöße nicht geben – und zugleich wollte sie ak Sokay gegenüber keine Überlegenheit demonstrieren. Sie kannte ihn inzwischen gut genug, um zu wissen, wie gefährlich das war. »Weshalb seid Ihr hier?«, fragte sie daher schnell, um das Thema zu wechseln.

»Ich wollte noch einmal mit Euch über den Caldäer reden.«

»Was gibt es da zu reden?«, fragte sie und goss sich etwas milaresischen Brandy ein. Ebenfalls ein kostspieliges Geschenk von Wenda Weeman.

»Es ist ein Fehler, ihn am Leben zu lassen.«

»Wir alle haben unsere Eide geleistet, Harwee.«

»Aber Ihr müsst doch sehen, dass seine Rückkehr nach Kutera für uns von Nachteil ist«, sagte er. »Von nicht unerheblichem Nachteil sogar. Wenn er dort unten Widerstand gegen Milara und Twyddyn organisiert, wird das die Ausfuhr von Reichtümern und Rohstoffen unweigerlich verzögern – und es damit für uns erschweren, die Beute zu machen, die wir brauchen.«

»Zugleich wird er Vas'Ko und Rielle schaden«, gab sie zu bedenken. »Und damit ist uns mindestens ebenso sehr gedient.«

»Wir brauchen zunächst das Gold, Liziana.«

Sie füllte das Glas erneut, trat an ihn heran und reichte es ihm. »Ich weiß, dass Schwüre Euch nur so lange gelten, wie sie Euch nützlich erscheinen, Harwee.« Nachdem er einen Schluck getrunken hatte, legte sie ihm eine Hand an die Wange. »So war es zumindest bisher. Aber ich will, dass sich das ändert. Nein, ich wünsche mir, dass sich das ändert. Weil, ich will Euch vertrauen können. Und wenn Ihr die Vereinbarungen mit anderen brecht, was gibt mir dann die Sicherheit, dass Ihr nicht irgendwann einmal auch die Vereinbarung mit mir brecht? Was, wenn ich unser erstes Kind zur Welt gebracht habe? Werdet Ihr mich dann ebenfalls einfach töten, nur weil ich unbequem geworden bin?«

Er sah sie lange an. Als er etwas sagen wollte, legte sie ihm den Finger auf die Lippen.

»Ihr versteht«, sagte sie, »dass wenn Ihr jetzt schwört, das niemals zu tun, das ebenfalls nur ein Schwur wäre, von dem ich nicht wüsste, ob er Euch wirklich heilig wäre. Das versteht Ihr doch, nicht wahr?«

Er nickte.

»Dann versteht Ihr hoffentlich auch, dass der einzige Beweis dafür, dass Ihr fortan Eure Versprechen haltet, der ist, Euer Versprechen zu halten, Raymo am Leben zu lassen.«

Jetzt war sie sich sicher, dass sein Blick tatsächlich Bewunderung ausdrückte. »Ihr habt mich ausgetrickst, Euer Hoheit«, sagte er und schmunzelte. Dann wurde seine Miene wieder hart wie Stein. »Genießt das. Aber lasst es nicht zur Gewohnheit werden.«

ASH

Banesh'Ka'Sir

Das Wasser war schwarz wie Öl. So schwarz, dass es sogar das Licht der Fackeln an den Relings verschluckte. Und es war so glatt, dass es Ash vorkam, als würden die Ruder und der Bug des Langschiffs mit den Wellen, die sie machten, eine heilige Ruhe stören. Oder auch eine gespenstische Ruhe – Ash war sich nicht sicher. Er stand zusammen mit Dulf Einhand neben dem Drachenkopf und merkte, dass er selbst vor Anspannung ganz leise und flach atmete.

»Dreimal verfluchte Madenscheiße!«, stieß der alte Normarker so plötzlich hervor, dass Ash aufhorchte.

»Was ist?«, fragte er.

»Seht dort! Am Horizont.« Dulf Einhand deutete mit dem Arm nach vorn. »Bleibt uns denn gar nichts erspart?!« Er gab den Männern auf den Bänken das Signal, das Rudern einzustellen. Das Schiff wurde sofort langsamer, trieb aber weiter.

Ash strengte seine Augen an, um die Dunkelheit jenseits des Scheins der Fackeln zu durchdringen. Zunächst fiel ihm nichts

Besonderes auf, dann jedoch sah er sie: eine wallend wabernde Wand aus dunklem Grau.

»Die Einheimischen nennen die Gewässer hier Banesh'Ka'Sir«, sagte der Seewolf. »Das heißt die See der Vergessenen. Die wenigen von uns, die schon einmal so weit im Süden waren, nennen sie Niflsoppa – Nebelbrühe –, weil man hier das ganze Jahr über nicht mal die verdammte Hand vor Augen sehen kann. War auch schon vor dem Weltendonner so. Frag Gott, ob es einen anderen Weg gibt.«

»Frag den Normarker, ob er einen langsamen, grausamen Tod durch meine Hand sterben will«, sagte Gott in Ashs Kopf.

»Nein, es gibt keinen«, sagte Ash stattdessen zu Dulf Einhand. »Wir müssen da durch.«

»Da drin ist es gefährlicher als im ganzen verfluchten Eismeer mit all seinen treibenden Schollen und Eisbergen«, sagte der Einarmige grollig. »Nicht die Spur von Orientierung. Mannschaften haben berichtet, wochenlang nur im Kreis gefahren zu sein, um am Ende genau da wieder aus der Suppe rauszukommen, wo sie hineingefahren waren. Und das waren die wenigen Glücklichen, die überhaupt wieder rausgekommen sind.«

»Was ist an der Fahrt durch Nebel so anders als an der Fahrt durch die anhaltende Dunkelheit?«, wollte Ash wissen. »Solange wir den Kompass haben, kann doch nichts …«

»Das ist das Problem«, antwortete Dulf Einhand. »Aus irgendeinem Grund funktioniert der Kompass in diesem Hexennebel nicht. Seht!« Er zeigte auf den Magnetstein, der gerade anfing, sich am Ende der Schnur, an der er hing, im Kreis zu drehen.

Gott gab ein genervtes Seufzen von sich. »Was braucht ihr denn Sicht oder Kompass, ihr einfältigen Narren? Habe ich euch denn nicht bis hierher geleitet? Ich weise euch schon den verdammten Weg. So, wie ich es von Anfang an getan habe. So, wie ich es tun werde, bis wir endlich unser Ziel erreicht haben werden.«

»Gott sagt, wir sollen ihm vertrauen«, übersetzte Ash mit einem Schulterzucken.

»Weiß Gott auch, dass es da drin Untiefen gibt und Riffe und Strudel? Manche erzählen sogar von Seeungeheuern. Riesenschlangen und Kraken, zweimal so lang wie ein Schiff …«

»Unser Gott weiß alles«, sagte Þóra, die gerade zu ihnen trat. »Wann begreifst du das endlich, Dulf Einhand? Er weiß alles und sieht alles. Und er beschützt uns in seiner unermesslichen Güte und Gnade. Uns droht also keinerlei Gefahr. Sag den Männern, sie sollen weiterrudern.«

»Siehst du, das ist die richtige Einstellung«, sagte Gott. »Nimm dir ein Beispiel an deiner geliebten Þóra, Ash, mein Sohn.«

Dann mach sie doch zu deiner Auserwählten, sagte Ash stumm und zuckte noch einmal mit den Schultern, *an meiner Stelle.*

»Das dürft Ihr nicht sagen, mein Gebieter!« Þóras Augen waren schreckgeweitet. Ash wusste nie genau, wann Gott zuließ, dass auch sie ihre nur in Gedanken geführten Gespräche mit anhören konnte. »Ich bin der Gnade unseres allmächtigen Gottes unwürdig. Ihr seid der Auserkorene. Sein Heiliger.«

Ash fiel auf, wie groß die Geringschätzung geworden war, die er für Þóra inzwischen empfand. Ihre aberwitzig bedingungslose Hörigkeit Gott gegenüber verursachte in ihm beinahe schon körperliche Übelkeit.

»Nur weil du dich nicht von deinen ewigen Zweifeln befreien kannst, darfst du ihr nicht verübeln, dass sie keine hegt«, sagte Gott, und diesmal spürte Ash, dass er ausschließlich zu ihm gesprochen hatte.

»Also gut, weiterrudern«, sagte Ash – beinah schon gleichgültig – zu dem alten Normarker. »Mitten hinein.«

»Oh, möge mich der Herr doch einfach mit einem seiner Blitze erschlagen«, knurrte Dulf Einhand, gab aber das Zeichen an die Männer, wieder mit dem Rudern zu beginnen.

»Er kann von Glück sagen, dass ich dafür zurzeit zu schwach bin«, erwiderte Gott in Ashs Kopf wütend.

Ash sah davon ab, die Information weiterzugeben und die Männer darüber aufzuklären, dass der Drache im Moment nicht die

Kraft besaß, seinen Willen mit Gewalt und Bestrafung durchzusetzen. Er war sich ziemlich sicher, dass ihn dann nicht mehr viel von einer Meuterei der durch die lange entbehrungsreiche Fahrt ohnehin erschöpften und leicht reizbaren Seewölfe trennen würde.

Die Ruder schlugen erschreckend laut ins Wasser, und sie nahmen wieder an Fahrt auf.

Der erste Eindruck, den Ash hatte, als das Langschiff langsam in die Wand aus Nebel hineinfuhr, war zu seiner großen Überraschung eine wohlige, alles umgebende Wärme. Es war wie der Dampf in einer Waschküche, es trieb Ash Schweißperlen auf die Stirn.

Die dichten Schwaden fühlten sich zudem auf seltsame Weise so an, als besäßen sie ein eigenes Leben. Mit dünnen, kraftlosen aber deshalb nicht weniger gierigen Fingern griffen sie nach ihnen. Die Berührung war unangenehm. Ash empfand sie als obszön.

Dulf Einhand hatte recht: Der Nebel war so dicht, dass Ash den Seewolf und Þóra kaum noch erkennen konnte, obwohl beide direkt neben ihm standen. Außerdem schluckte er jedes Geräusch – nicht einmal die Schläge der Ruder waren jetzt noch zu hören. Auch die Mannschaft war nicht mehr zu sehen – außer dem Drachenkopf schien der ganze Rest des Schiffes verschwunden zu sein. Wie verschluckt. Ein deutliches Gefühl von Unbehagen legte sich auf Ashs Brust und Gemüt.

»Ich sag doch: Hexennebel, dreimal verfluchter!«, stieß Dulf Einhand laut und trotzig hervor, als hoffte er, mit seiner Stimme den Spuk vertreiben zu können.

Plötzlich zerriss ein lang anhaltender Schrei die wattige Stille. Er kam von den Ruderbänken, erkannte Ash sofort, auch wenn es sich so anhörte, als käme er von weit, weit entfernt.

Dulf Einhand fuhr herum, die Faust an der Axt in seinem Gürtel. »Was um alles in der Welt?!? Rudern einstellen! Sofort!«

Da wurde der Schrei auch schon abrupt unterbrochen. Wie aus weiter Ferne hörte Ash das Plätschern von Wasser.

»Sag dem alten Seewolf, er soll sich nicht aufregen«, sagte Gott in Ashs Kopf. »Das ist lediglich der Tribut, den wir für die Fahrt durch die See der Vergessenen zu leisten haben.«

»Tribut?«, rief Ash laut und rannte zum Heck. »War das etwa einer unserer Männer?«

Backbord hinten fehlte ein Ruderer; der Griff des Riemens schwenkte unkontrolliert hin und her, ehe er durch das Loch in der Bordwand ins Meer rutschte.

Der Mann auf der Steuerbordseite war aufgesprungen – das Gesicht verzerrt vor Angst. Er machte gerade einen schnellen Schritt auf Ash zu, da wurde er mit einem Mal von hinten gepackt. Auch er schrie gellend auf.

Alles ging so schnell, dass Ash nicht genau wusste, was es war, das er da sah, aber es erschien wie ein langes, armdickes Tentakel – bestehend aus Wasser und Nebel –, das aus der See hinter dem Schiff hervorgepeitscht war und den Mann an der Brust umschlungen hatte. So hart, dass Ash das Brechen der Rippen hören konnte.

Ash sprang nach vorn, um dem Mann zu Hilfe zu eilen, doch da wurde der – immer noch schreiend – nach hinten über Bord gerissen. Ash erreichte das Heck gerade, als der Schrei gurgelnd erstickte, und warf angsterfüllt einen Blick über den Bordrand. Durch den Nebel hindurch konnte er gerade noch erkennen, wie das Wasser wild aufsprudelte, sich jedoch gleich darauf wieder beruhigte.

»Halt inne, mein Sohn, es ist vorüber«, sagte Gott. »Der Tribut ist geleistet. Die Fahrt kann fortgesetzt werden.«

Ash stieß einen wütenden, unbeherrschten Schrei aus. Er packte sich mit beiden Händen am Schopf und riss an seinen Haaren, so als könne er den Gott in seinem Kopf auf diese Weise aus seinem Schädel zerren.

»Genug!«, brüllte er und kletterte auf den Rand des Schiffs. »Ein für alle Mal genug! Es endet jetzt und hier! Such dir einen anderen Auserwählten!« Er wandte sich zur See. »Du willst Tribut? Hier hast du Tribut! Nimm mich!«

Ash sprang. Er tauchte ein, und das Wasser schlug kalt über seinem Kopf zusammen. Unverzüglich riss er den Mund auf und stieß die Luft aus, die in seiner Brust war, um schnell tiefer zu sinken. Doch er sank nicht. Etwas packte ihn. Ein Tentakel, wie es eben die beiden Seewölfe in die Tiefe gerissen hatte, schlang sich schnell um seine Brust, und Ash wartete auf den Moment, in dem es auch ihm die Rippen brechen würde. Doch der kam nicht. Das Tentakel war überraschend behutsam. Ash packte danach, seine Finger glitten hindurch, als wäre es gar nicht vorhanden. Aber es war vorhanden – er spürte es deutlich – und es hob ihn wieder in die Höhe.

Der Tribut ist geleistet, hörte er eine sphärische Stimme aus der See unter ihm. Sie klang wie die eines verträumten Kindes. *Du gehörst nicht hierher, Ash Hanson. Dies ist Banesh'Ka'Sir, die See der Vergessenen. Und du wirst niemals vergessen sein. Ebenso wenig wie die Schuld deines Blutes. Dein Weg ist es, sie zu sühnen ... oder zu mehren. Lebe wohl oder sei verflucht – die Wahl ist die deine; aber leben wirst du ... für jetzt.*

Das Tentakel hob ihn aus dem Wasser, als wöge er nichts, und stellte ihn zurück auf das Deck des Langschiffs.

Ash stand da – wie gelähmt – und sah zu, wie das Tentakel sich zurück in die See schlängelte.

RAYMO

Kutera

Die Feuer auf den Wachtürmen am Horizont waren das Schönste, was Raymo seit langer, langer Zeit gesehen hatte. Selbst über die Weite des Wassers hinweg kam es ihm so vor, als würden sie ihn von der nahen Küste aus jetzt schon wärmen.

Also war es Szumas Stamm unter Anleitung von Lambes gelungen, die milaresischen Festungen wieder aufzubauen und bereitzumachen. Raymo freute sich darauf, den einäugigen Halunken endlich wiederzusehen. Sehr viel mehr noch aber freute er sich auf Szuma. Er konnte es kaum erwarten, sie endlich wieder in seinen Armen zu halten, sie zu fühlen und zu schmecken und sie bis zur völligen Erschöpfung zu lieben.

»Ich kann das Land bis hierher riechen«, sagte Lizia, als sie neben ihn an die Bugreling trat. Sie schloss die Augen und atmete tief ein. »Süß und schwer. Wie ein Parfum.«

»Nicht einmal mehr eine Stunde«, sagte Raymo, »und du kannst die ersten frischen Crata Gyna probieren.« Er hielt inne, um dann mit ernstem Gesicht fortzufahren: »Ich bin sicher, Häuptling Trimanu wird euch welche für die Rückreise mitgeben.«

»Du hältst es noch immer für einen Fehler, zurückzugehen«, sagte sie.

»Ich halte es nicht nur für einen Fehler«, antwortete er. »Es ist ein Fehler. Und du siehst es ebenso.«

»Ich habe einen Schwur geleistet.«

»Ja, ich weiß. Und auch das war ein Fehler. Du hättest zulassen sollen, dass ich ak Sokay töte. Dann hättest du mit mir hier bleiben und Twyddyn und deiner Schwester für immer den Rücken kehren können.«

»Du hast ebenfalls einen Schwur geleistet. Du hast geschworen, nicht zu versuchen, mich zu überreden.«

»Ich versuche nicht, dich zu überreden«, machte er klar. »Ich stelle nur fest, dass das Ganze ein Fehler war und du im Begriff bist, einen noch größeren zu begehen. Es ist blauäugig, an den Erfolg einer Rebellion zu glauben. Ihr könnt nicht gewinnen. Nicht gegen ein mit Milara verbündetes Twyddyn.«

»Wahrscheinlich nicht«, gab sie zu. »Aber hier wäre ich auch nicht sicher vor Rielle. Es ist nur eine Frage der Zeit, bis die Flotte hier ist und die Einheimischen erneut unterworfen werden.«

»Ich werde es verhindern.«

»Mit einer Handvoll Ureinwohner gegen die vereinte Kriegsmaschinerie zweier kriegserprobter Königreiche?« Es war ak Sokays Stimme. Er trat zu ihnen. »Wer ist nun wirklich blauäugig?«

»Wir werden sehen«, sagte Raymo. »Wir werden sehen.« Dann wandte er sich an die Mannschaft der Galeone. »Macht ein Boot bereit. Wir landen mit einer kleinen Mannschaft, um zu vermeiden, dass Trimanus Leute unsere Ankunft für einen Angriff halten.«

ASH

Banesh'Ka'Sir

Was meinte das Wesen im Wasser, als es sagte, es sei mein Schicksal, die Schuld meines Blutes zu sühnen oder sie zu mehren? Welches Blut? Welche Schuld?«, fragte Ash den Gott in seinem Kopf und starrte entgeistert über den Bootsrand hinweg durch den wabernden Nebel auf die jetzt wieder glatte Wasseroberfläche. Noch immer spürte er um die Brust die Umarmung des grausigen Tentakels, das ihn aus der See zurückgehoben hatte. Seine Kleidung triefte vor Nässe und hing ihm schwer von den Schultern. Aus dem Haar lief ihm salziges Wasser in die ungläubig geweiteten Augen, doch er blinzelte nicht – nicht einen einzigen Wimpernschlag; der Schock saß ihm zu tief in den Knochen.

»Mein Sohn«, sagte Gott – überraschend einfühlsam, »bitte achte nicht auf das eitle Geschwätz einer Kreatur, die schon alt und verrückt war, als ich geboren wurde …«

»Beantworte meine Frage«, unterbrach Ash. »Beantworte sie ohne Umschweife!«

»Es ist nicht gut, alles zu wissen …«

»Rede endlich!«, rief Ash und sprang zu dem ihm am nächsten auf der vorletzten Bank sitzenden Seewolf, riss ihm die kurze Axt aus dem Gürtel und drückte sich selbst die frisch geschliffene Klinge gegen die Kehle. »Das ist voll und ganz mein Ernst, Tagdh, du dreimal verfluchter Wurm! Keinen Schritt mehr tue ich, bis du mir nicht endlich sagst, was hier gespielt wird. Warum ich?! Was willst du von mir? Warum brauchst du ausgerechnet mich? Was ist so besonders an mir?«

»Leg die Axt beiseite!«, befahl Gott, unwirsch und hart. »Muss ich dich daran erinnern, dass ich Þóra mit einem Blitz erschlage, wenn du dich weigerst, zu tun, was ich dir sage?!«

»Sie würde voller Freude und mit blinder Hingabe durch die Hand ihres Gottes sterben«, bemerkte Ash trocken und drückte die Klinge des Axtblatts fester gegen seinen Hals.

»Dann eben Dulf Einhand«, knurrte Gott. »Ich weiß, dass dir der alte Normarker inzwischen ans Herz gewachsen ist und sein Leben dir etwas bedeutet. So wie ich alles weiß, was dich bewegt!«

»Das sind leere Worte, oh allmächtiger Gott! Nichts als Schall und Rauch. Du wirst niemanden töten«, schnarrte Ash. »Du hast dazu gar nicht mehr die Kraft. Du weißt, dass ich das weiß, also spar dir deine Einschüchterungsversuche und das müßige Gefasel von göttlicher Macht und nimm dafür jetzt meine Drohung ernst. Rede! Rede jetzt! Sag mir endlich, was ich wissen will!«

Gott seufzte – tief und lang … und müde. »Nun gut, Ash Hanson, aber ich bitte dich: Lass erst die Axt sinken. Nimm sie weg von deinem empfindlichen Menschenhals, nicht dass noch eine überraschende Welle und ein Stolpern das Geschick der ganzen Welt ruinieren.«

»Und wenn ich das tue, schwörst du mir dann hoch und heilig, dass du mir die Wahrheit sagst?«, fragte Ash.

»Ja, das schwöre ich. So wahr mein Name Tagdh ist, oberster Gott allen Lichts.«

»Gut«, sagte Ash – jetzt sehr viel ruhiger – und gab dem Seewolf die Axt zurück.

»Also, leg los. Stell deine Fragen«, sagte Gott.

»Du kennst sie genau«, meinte Ash. »Wieso brauchst du ausgerechnet mich?«

»Das ist nicht so einfach zu erklären …«

»Du hast es geschworen! Wieso brauchst du mich?«

»Ich brauche dich … die Welt braucht dich, weil du der Letzte deines Blutes bist.«

»Meines Blutes? Was soll das heißen?«

»Du weißt nicht, wer deine Ahnen sind, mein Sohn. Und ich werde es dir nur erzählen, weil du so dumm und beschränkt bist, es unbedingt und um jeden Preis erfahren zu wollen.«

Ash verspürte mit einem Mal noch größeres Unbehagen als ohnehin schon. Die Stimme Gottes war unheilvoll leise geworden. Ash konnte darin sogar Bedauern hören, und er ahnte, dass er tatsächlich gerade im Begriff war, etwas zu hören, was er vielleicht wirklich nicht hören wollte. Etwas, das er nie wieder ungehört machen könnte.

Aber er war zu weit gegangen, um jetzt noch einen Rückzieher zu machen. Er wollte die Wahrheit erfahren – nicht länger im Ungewissen bleiben.

Ash schaute in die Gesichter der Seewölfe, die sich allesamt zu ihm umgedreht hatten. Die meisten von ihnen waren furchterfüllt, doch in einigen von ihnen konnte Ash deutlich lesen, dass sie ihm die Schuld gaben am jüngsten Tod zweier ihrer Kameraden – dass sie sich fragten, ob und warum sie ihm noch länger vertrauen sollten.

Er war es ihnen schuldig, in Erfahrung zu bringen, ob er auch wirklich das Richtige tat.

»Genau genommen weißt du nicht einmal, wer deine Eltern sind«, fuhr Gott fort. »Du hast sie nie kennengelernt. Du erinnerst dich nicht einmal mehr an sie.«

»Das ist wahr, ich habe sie nie gekannt, aber meine Großmutter hat mir erzählt …«

»Es spielt keine Rolle, was sie dir erzählt hat, mein Sohn«, sagte Gott abwiegelnd.

»Wieso?«

»Sie war nicht einmal deine wirkliche Großmutter. Sie war dein Kindermädchen … und lange davor das Kindermädchen deines Vaters.« Gott machte eine kurze Pause. »Bist du immer noch sicher, dass du mehr erfahren willst?«

Natürlich war Ash sich nicht sicher, dennoch sagte er: »Erzähl mir alles. Von Anfang an.«

»Ich fürchte, den Anfang muss ich bis ganz zum Schluss meiner Erzählung bewahren, damit du alles verstehst. Ich beginne daher mit dem Ende«, sagte Gott. »Dem Ende deiner Familie. Dem Ende der Dynastie der ak Meru.«

Ash war völlig fassungslos. »Ak Meru? Du meinst, wie die frühere Königslinie … oder vielmehr die grausamen Diktatoren Twyddyns?«

»Ja. Eben jene«, bestätigte Gott.

Ash spürte, dass ihm die Knie nun noch weicher wurden als eben schon bei der Offenbarung, dass seine Großmutter gar nicht seine wirkliche Großmutter war. Falls der Drache die Wahrheit sprach. Aber er hatte es ja geschworen …

»Dein Großvater war Twyddyns letzter König mit diesem Namen«, fuhr Gott fort. »An dem Tag, als er von dem Rebellen Fyngar ak Aésbrunn gestürzt und ermordet wurde, hat Lsbett, die du dein ganzes junges Leben als deine Großmutter Betti kanntest – und die damals selbst noch ein junges Mädchen war –, seinen jüngsten Sproß, den noch kein Jahr alten Säugling Nsgar, vor den Aufständischen aus dem Palast gerettet und ihn mit Hilfe eines Fischers nach Bo'Meran gebracht.

Niemand dort wusste, wer der kleine Junge war, nicht einmal Nsgar selbst. Lsbett, also Betti, hatte bei ihrer Flucht einiges Gold mitnehmen können, ausreichend, um für sich und den Jungen, den sie als ihren eigenen ausgab, nahe der Küste Bo'Merans ein kleines Hofgut mit Äckern und Fischerei kaufen zu können.

So wuchs Nsgar – unter dem neuen Namen Han'Thiass – fern der Heimat wohlbehütet auf, wurde Bauer, Fischer und Händler, und als er erwachsen war, fand er auf einer seiner Reisen in Bo'Merans Hauptstadt Neta'Vi eine Braut. Aevi, die Tochter eines vermögenden Kaufmanns, der sein Glück mit Bernstein gemacht hatte.«

Ein sehnsüchtiger Schmerz zuckte durch Ashs Brust, als er die Namen seiner Eltern hörte …

Han'Thiass und Aevi.

Großmutter hatte ihm oft von den beiden erzählt. Von der großen Hochzeit – und dem Streit, der ihr vorangegangen war – zwischen Betti und Aevis Vater Ubbe – darüber, ob sie ganz bescheiden auf dem kleinen Hofgut oder pompös in Neta'Vi abgehalten werden sollte. Schließlich hatten sich Ubbe und Aevi durchgesetzt. ›Und damit haben sie das Unheil heraufbeschworen!‹, hatte Betti Ash immer wieder gesagt. ›Weil, man darf seinen Reichtum nicht derart zur Schau stellen. Das erweckt nur Neid und ruft vor allem Räuber auf den Plan.‹

»Bettis Beweggrund, aus der Hochzeit keine große Affäre zu machen, war ein ganz anderer«, sprach Gott in Ashs Gedanken hinein. »Sie wusste, dass die Schergen des Thronräubers ak Aésbrunn die Suche nach dem jungen Nsgar nie aufgegeben hatten, und wollte es vermeiden, unnötig Aufmerksamkeit auf Han'Thiass zu lenken. Es kam, wie sie befürchtet hatte. Ob nun auf der Hochzeit – von der das ganze Land sprach – selbst oder in den Monaten danach, in denen Han'Thiass und Aevi zu jedem Fest der feinen Gesellschaft Neta'Vis geladen waren: Irgendeiner der vielen Spione der ak Aésbrunn bemerkte die Ähnlichkeit zwischen Han'Thiass und seinem ermordeten Vater, und so nahmen die Dinge ihren Lauf.

Du warst gerade geboren, als deine Eltern und auch deine Großeltern mütterlicherseits im Herrenhaus der Familie in Neta'Vi überfallen und ermordet wurden. Alles sah wie ein einfacher Raub aus – wenn auch ein ungewöhnlich brutaler –, zumal die Büttel der ak Aésbrunn die Schatzkammer des Kaufmanns bis auf den letzten Bernstein plünderten. Und wieder war es Betti, die ein junges Leben rettete – das deine. Sie flüchtete mit dir auf ihr Hofgut, raffte dort in aller Eile die wichtigsten Habseligkeiten und das Gold, das sie für einen solchen Notfall stets versteckt hielt, zusammen und ließ alles andere für immer zurück.

Sie zog weiter von der Küste weg, wo sie niemand kannte; tief in den Wald, wo du die ersten Jahre deines Lebens vor aller Welt verborgen und in völliger Isolation verbracht hast. Erst als Betti schließlich zu alt wurde für die Härten der Einsiedelei, brachte sie dich schließlich ins Kloster Sonnengarten zu Vater Baol.«

Ash war wie von Sinnen – durch die Wahrheit über seine Abstammung, den tatsächlichen Grund für die Ermordung seiner Eltern … und die Erkenntnis, dass Betti zwar nicht seine wirkliche Großmutter war, aber dennoch ihr ganzes Leben für ihn und seinen Vater geopfert hatte.

»Also bin ich für deine Mission wichtig, weil ich ein Nachfahre der ak Meru bin?«, fragte er Gott.

»Nicht nur ein Nachfahre, Ash«, antwortete Gott. »Der einzige Nachfahre. Der letzte deines Blutes. Und damit der einzige Mensch der Welt, der meinen Bruder – den Drachen Nykht – töten kann, um mir sein schwarzes Herz zu bringen, das ich für meine Heilung brauche, um das Licht der Sonne zurückzubringen.«

»Wieso ist das so? Wieso bin ich der einzige Mensch, der Nykht töten kann?«

»In deinen Adern fließt Drachenblut«, sagte Gott, so beiläufig, als sei das die normalste Sache der Welt.

»Was?«

»Als letzter Sprössling der ak Meru bist du auch der letzte Nachkomme meines Bruders selbst.«

»Wie kann ich der Nachkomme eines Drachen sein? Das ist völlig absurd!«

»Wenn Götter im Spiel sind, ist nicht das Geringste absurd!«

»Oder alles«, gab Ash lakonisch zurück. »Sprich! Wie kann das Blut des Drachen Nykht in den Adern meiner Familie fließen?«

»Er hat sie gegründet, eure Familie«, sagte Gott.

»Wie das?«

»Vor vielen Hunderten von Jahren nahm er die Gestalt eines Menschen an und wandelte durch Prtwyn. In den Urwäldern zwischen Calda und Twyddyn traf er das Kräutermädchen Breanna. Mit ihr zeugte er ein Kind. Einen Sohn mit Namen Meru. Danach zog sich Nykht wieder von der Welt der Menschen zurück, um gelangweilt in einen tiefen Schlaf zu sinken. Sein Sohn Meru aber wuchs zu einem großen Krieger heran und wurde später Stammeshäuptling. Stark war das Geschlecht, das seinen Lenden entspross, jähzornig und kämpferisch – und Generationen später eroberte und bestieg einer der Urenkel Merus, Derrych, den Thron Twyddyns. Durch das Blut des Drachen in seinen Adern war Derrych dermaßen machtbesessen und argwöhnisch, dass er alle Mitglieder seiner Familie nach Dunuum einlud zum Fest anlässlich seiner Krönung – und sie auf dem Höhepunkt der Feier allesamt von seiner Drachengarde abschlachten ließ, aus Angst, einer von ihnen könne ihm die Herrschaft streitig machen.«

Ash machte eine abwehrende Geste. Er war im Moment nicht dazu in der Lage, noch sehr viel mehr Informationen zu verkraften, und wollte, dass Gott sich auf das Allerwichtigste beschränkte. »Also gut, ich habe verstanden: Ich bin der letzte Nachfahre deines Bruders und daher der einzige Mensch, der ihn töten kann …«

»Richtig.«

»Aber von welcher Schuld hat die Stimme im Wasser gesprochen?«, fragte Ash. »Bin ich als Nachkomme des Nykht auch daran schuld, dass er die Sonne hat verschwinden lassen?«

»Ja und nein«, antwortete Gott. »In erster Linie ist das meine Schuld, da ich nicht stark genug war, Nykht zu vernichten. Den Teil deiner Schuld, von der das alte Kind der Tiefe sprach, hat der menschliche Zweig deiner Familie auf sich und damit auf dich geladen.«

»Ich verstehe nicht.«

»Ronach ak Meru, auch genannt Ronach der Dunkle – einer der Ururenkel Derrychs –, hat bei seinem Versuch, sich eine Armee von Rippern zu erschaffen, nicht nur diese Wesen wieder auf die Welt zurückgebracht, sondern dabei versehentlich auch meinen Bruder geweckt. Es dauerte viele, viele Jahre, ja Generationen, ehe Nykht danach aus seinem langen und tiefen Schlaf völlig erwachte, und als er sah, was die ak Aésbrunn und ihre Anhänger seinem Blut angetan hatten, schwor er Rache an der ganzen Menschheit und machte sich daran, die Dunkelheit über die Welt zu bringen. Ich habe versucht, ihn aufzuhalten … den Rest der Geschichte kennst du.«

»Das heißt, meine Familie ist schuld am Weltendonner und an der Rückkehr der Ripper …«

»Ja«, sagte Gott. »Und gleichzeitig bist du der Einzige, der Nykht ein für alle Mal aufhalten kann. Töte ihn, gib mir sein Herz, und ich bringe die Sonne zurück.«

Ash wusste, dass es lange dauern würde, das alles zu verdauen – falls ihm das überhaupt jemals gelingen würde –, aber mehr als je zuvor, seit er auf die Mission gegangen war, spürte er, dass ihnen die Zeit davonrannte, die Verfehlung seiner Familie wiedergutzumachen … und dass den Schwarzen Drachen zu töten, wirklich seine heilige Pflicht war.

Er gab Dulf Einhand ein Zeichen, den Männern das Weiterrudern zu befehlen.

RAYMO

Kutera

Außer Raymo, Lizia und ak Sokay saßen sechs Mann Besatzung in dem Boot, das mit einem letzten Schlag der Ruder dicht bei der hell erleuchteten Palisadenfestung über die Stranddünung hinwegglitt und knirschend auf den schwarzen Sand rutschte. Raymo sprang über den Bug hinweg auf den Strand und hielt die Fackel in die Höhe, damit man in deren Licht sein Gesicht erkennen konnte. Er wollte vermeiden, von den Einheimischen mit einem milaresischen Eroberer verwechselt zu werden.

»Ich bin es, Raymo Ten Mayne!«, rief er in Richtung der Festung. »Raymo aus Calda! Ich bin zurückgekehrt und ich habe Freunde mitgebracht.« Die Wahrheit war für den Augenblick zu kompliziert.

Gleich darauf erscholl von der Festung her der Klang großer Muschelhörner. Während Raymo Lizia aus dem Boot half, wurde das große Tor zum Land hin geöffnet, und ein Dutzend einheimischer Krieger kam zum Vorschein. Sie trugen lange Speere und Fackeln. In ihrer Mitte erkannte Raymo Trimanu, ihren Häuptling.

Raymo stieß ein freudiges Lachen aus und eilte ihm entgegen. Dabei sah er sich nach Szuma um, konnte sie aber nirgends sehen. Die Krieger ließen ihn durch, und Trimanu und Raymo umarmten einander lächelnd.

»Du bist zurück, Raymo aus Calda!«, sagte der Häuptling. »Mein Herz tanzt!«

»Ich habe geschworen, zurückzukehren, und hier bin ich.«

Als Trimanu ihn losließ, schaute er über Raymos Schulter zu Lizia und den anderen. »Wo ist meine Tochter? Wo ist Lambes? Sind sie noch auf eurem Schiff?«

Raymo sah ihn irritiert an. »Szuma? Lambes? Wieso sollten sie bei mir auf dem Schiff sein, Trimanu?«

Das Gesicht des Häuptlings verfinsterte sich auf der Stelle. »Als du nicht in der erwarteten Zeit zurückkamst, sind sie dir mit mehr als zwölf Dutzend Kriegern und Kriegerinnen nachgefahren …«

»Nachgefahren?«, stieß Raymo ungläubig hervor. »Auf die Schwarze See hinaus? Womit, um alles in der Welt?«

»Mit Flößen, die sie aus Booten und Brettern gezimmert haben«, erzählte Trimanu.

Raymo dachte an all die Stürme und Gewitter, die er und die Besatzung der fünf Schiffe auf der Fahrt hierher erlebt hatten, und nun wurde auch sein Gesicht todernst. Er merkte erst, wie fest er die Kiefer aufeinanderpresste, als ihm die Zähne weh taten. »Wir haben sie nicht gesehen, Trimanu.« Er fügte eilig hinzu: »Aber das will bei der Dunkelheit nichts heißen. Womöglich sind wir aneinander vorbeigefahren …«

Der Häuptling packte ihn an den Schultern. »Du musst dich sofort aufmachen und sie suchen, Raymo aus Calda!«

Raymo stieß ein wütendes Knurren aus.

»Was ist?«, fragte Trimanu, ehe Raymo etwas sagen konnte. »Sie sind alleine da draußen. Auf der Suche nach dir. Du musst …«

»Wir müssen reden, Trimanu. Dringend!«

Kurz darauf saßen sie im Hof der Festung an einem langen Tisch. Raymo, Trimanu, Lizia und ak Sokay. Obwohl die Tafel reich gedeckt war, aß keiner von ihnen.

»Milara weiß von den Überfällen auf ihre Festungen«, begann Raymo, der sich entschieden hatte, nicht lange um den heißen Brei herum zu reden. »Das Königreich hat sich außerdem mit Twyddyn verbündet, und während wir hier sitzen, ist eine Flotte auf dem Weg nach Kutera, um die Festungen zurückzuerobern und dein Volk erneut zu unterwerfen und auszubeuten.«

»Wie viele Schiffe und kampffähige Männer hast du mitgebracht?«, fragte Trimanu mit steinerner Miene.

»Keine«, antwortete Raymo. »Die Schiffe sind nur hier, um mich abzusetzen und sich mit frischem Proviant zu versorgen, ehe sie sich wieder auf den Weg in die Heimat begeben.« Ak Sokays wahre Pläne taten nichts zur Sache.

Trimanu ließ die Schultern sinken. »Dann haben wir keine Chance gegen die Männer aus Eisen.«

»Selbstverständlich haben wir die«, widersprach Raymo heftig. »Wir dürfen uns nicht unterkriegen lassen. Wir halten die Festungen und zerstören ihre Schiffe mit eurem Xalli.«

Trimanu schüttelte den Kopf. »Das hat als Überraschung funktioniert«, sagte er. »Ein weiteres Mal kommen wir erst gar nicht nah genug an ihre Kriegsgaleeren heran.«

»Wir müssen es versuchen, Trimanu!«

»Und wie viele unserer Männer und Frauen werden dabei den Tod finden, Raymo aus Calda?«

»Er hat recht«, schaltete ak Sokay sich ein. »Es ist klüger, der Übermacht der Truppen Milaras und Twyddyns erst gar keinen Widerstand entgegenzubringen.«

Raymo sah ihn an und unterdrückte den Impuls, ihm mit der Faust ins Gesicht zu schlagen, nur mit großer Mühe. Er bemerkte nun, dass ak Sokays Pläne, die er eben noch für sich behalten hatte, sehr wohl etwas zur Sache taten. »Du musst wissen, Trimanu, dass der Mann, der dir das gerade geraten hat, plant, die Schiffe der Männer aus Eisen auf dem Weg zurück in die Heimat zu überfallen, wenn sie voll beladen sind mit dem, was sie deinem Volk rauben.«

Raymo sah, wie sich die Hände Trimanus auf dem Tisch zu Fäusten ballten. Er funkelte ak Sokay an. »Sie erst überfallen, nachdem sie uns erniedrigt und geplündert haben? Dann bist du nicht besser als unsere Unterdrücker, ak Sokay aus Twyddyn. Du willst von unserem Leid profitieren, und deshalb rätst du mir, mich den Eindringlingen friedlich zu unterwerfen?«

»Wartet!«, rief Lizia dazwischen. »Warum schlagen wir nicht zwei Fliegen mit einer Klappe?«

Die Augen aller richteten sich neugierig auf sie.

»Es liegt doch auf der Hand«, sagte sie und wandte sich an ak Sokay. »Wir bleiben hier und helfen Raymo und Häuptling Trimanu mit unseren Schiffen bei der Verteidigung Kuteras. Im Gegenzug versorgt uns Häuptling Trimanu anschließend mit all dem, was wir sonst den Schiffen Milaras und Twyddyns geraubt hätten. Damit schaden wir Rielle und Vas'Ko ganz erheblich, helfen Kutera, frei zu bleiben, und kommen an das Vermögen, das wir für die Rebellion brauchen. Und was vielleicht noch mehr zählt: Wenn die Rebellion durch die Unterstützung Kuteras gelingt und ak Sokay und ich erst einmal auf dem Thron Twyddyns sitzen, schließen wir ein Abkommen und treiben gerechten Handel miteinander. Ohne Unterdrückung, ohne Raub.«

Raymo sah das Leuchten in Lizias Augen. Das war ein guter Plan. Ein verdammt guter sogar. Er betrachtete Trimanu und ak Sokay. Ak Sokay rieb sich nachdenklich das kantige Kinn. Dass er nicht sofort widersprochen hatte, war ein Zeichen dafür, dass er den Vorschlag zumindest für überdenkenswert hielt.

»Drei voll besetzte Festungen«, sagte Raymo. »Fünf wendige Schiffe. Trimanus Volk als Verbündete und ein unerschöpflicher Vorrat an Xalli. Das ist machbar. Mehr als nur machbar. Das ist äußerst vielversprechend. Wir können zum einen ihre Galeeren angreifen – natürlich nicht frontal, aber genug, um sie zu schwächen –, und sie können nicht ungehindert landen, um ihre Vorräte aufzufrischen. Wir zermürben sie und jedes weitere Schiff, das sie schicken.«

Trimanu wollte gerade etwas sagen, als von einem der Wachtürme der langgezogene Stoß eines Muschelhorns ertönte.

»Was bedeutet das?«, fragte Raymo, als er sah, dass das Gesicht des Häuptlings einen besorgten Ausdruck annahm.

»Es ist noch jemand gekommen«, sagte Trimanu und erhob sich.

»Die Flotte kann unmöglich schon hier sein«, stieß ak Sokay hervor. Raymo sah ihn an und erkannte, dass er eher einer Hoffnung Ausdruck verlieh als einer Gewissheit.

Trimanu schüttelte den Kopf. »Dann hätten die Wachen alle Muschelhörner geblasen.« Plötzlich erhellte sich sein Gesicht. »Vielleicht ist es Szuma!« Er eilte zum Tor und gab den Befehl, es rasch zu öffnen.

Raymo hatte kein gutes Gefühl. So sehr er sich wünschte, dass Trimanu recht hatte, so wenig glaubte er an den Zufall, dass Szuma ausgerechnet jetzt am gleichen Tag zurückkehren würde wie er.

In Begleitung eines Trupps Krieger schritten Trimanu und Raymo dicht gefolgt von Lizia und ak Sokay durch das Tor hinaus und zum Strand, wo gerade ein zweites Boot über die Brandung auf den Strand fuhr.

»Eines von unseren Schiffen?«, fragte Lizia.

»Nein«, sagte Raymo. Er hatte den Mann, der im Bug stand, auf der Stelle erkannt, und er stieß seinen Namen aus wie einen Fluch:

»Zane Arkeen!«

ASH

Hashima

Sie hatten die Nebel der Banesh'Ka'Sir in tiefem Schweigen hinter sich gelassen. Nur Gott hatte hin und wieder zu Ash gesprochen, um ihnen die Richtung zu weisen. Jetzt holte einer der Seewölfe, der im Bug neben dem Drachenkopf stand, das Senklot aus dem Wasser, maß die Leine und rief: »Drei Faden!«

»Es wird immer flacher«, sagte Dulf Einhand zu Ash in seinem gewohnt missmutigen und vor allem misstrauischen Tonfall. »Nicht mehr lange, und wir laufen auf Grund.«

»Wir kommen zum Ufer«, sagte Ash.

»Sag den Männern, sie sollen ihre Waffen bereithalten«, wies Gott ihn an.

Ash gab die Anordnung weiter.

»Wozu?«, fragte Dulf Einhand argwöhnisch.

Ja, warum?, fragte Ash Gott stumm.

»Ihr werdet sie gleich brauchen«, antwortete Gott. »Sobald ihr gelandet seid, trefft ihr hinter der ersten Düne auf einen Trupp Sklavenhändler.«

Warum legen wir dann nicht besser an einer anderen Stelle an?, wollte Ash wissen.

»Weil diese Sklavenhändler einen Gefangenen in ihrer Gewalt haben, den du brauchst, um an den Speer Lugnir zu gelangen«, erklärte Gott.

Ash gab die Information an Dulf Einhand weiter. Der nickte grimmig und zog die Axt aus seinem Gürtel. »Löscht die Fackeln und landet so leise wie möglich«, befahl er seinen Männern.

Eine Fackel nach der anderen wurde erstickt, und die Ruderer verlangsamten den Takt ihrer Schläge. Kurz darauf fuhr das Langschiff knirschend auf Sand.

Ein Normarker nach dem anderen sprang über die Reling, und zusammen zogen sie das Schiff noch höher auf den Strand.

»Du bleibst beim Boot«, sagte Ash flüsternd zu Þóra.

»Aber, Gebieter …«, wollte sie aufbegehren.

»Gott will es so«, sagte er knapp, obwohl Gott nichts dergleichen gesagt hatte. Ash wollte lediglich, dass Þóra sicher war.

Sie verneigte sich gehorsam. »Wenn es Gottes Wille ist.«

Ash erklomm an der Seite der Seewölfe die Düne, und Gott kicherte leise. »Du hättest wirklich einen guten Priester abgegeben, mein Sohn«, sagte er anerkennend. »Das simple Volk mit einer glatten Lüge einfach zum Schweigen bringen.«

Zeichnet sich ein guter Priester nicht vielmehr dadurch aus, dass er seinem Gott bedingungslos gehorcht und ihn nicht in Frage stellt?, fragte Ash. Das Gehen im Hang der Düne war anstrengend nach all den Wochen an Bord des Schiffes. Immer wieder rutschte der Sand unter seinen Füßen weg und Ash musste sich mit den Händen abstützen.

»Jetzt, da du deine Geschichte kennst und dein Schicksal, gehorchst du mir doch bedingungslos.«

Ich stelle mich deinen Anweisungen anheim, weil ich eine Schuld zu begleichen habe und du und ich das gleiche Ziel verfolgen, widersprach Ash. *Das ist nicht dasselbe. Nur weil du ein Gott bist, bist du noch lange nicht* mein *Gott.*

»Ja, du hast wirklich das Widersacherblut meines Bruders in deinen Adern«, sagte Gott amüsiert. »Ich mag das.«

Du magst das? Ich dachte, du hasst Nykht.

»Natürlich hasse ich ihn. Aber ich habe ihn einmal sehr geliebt. Liebe ihn immer noch, schließlich sind wir trotz allem Brüder. Und auch du solltest ihn lieben.«

Lieben? Für das, was er der Welt angetan hat? Niemals!

»Natürlich kannst du seine Taten hassen, aber nicht, wer er ist. Immerhin ist er der Vater deiner Väter. Ohne ihn würdest du nicht existieren.«

Du verlangst, dass ich ihn liebe, und willst zugleich, dass ich ihn töte und ihm das Herz herausschneide? Vielleicht können ja Götter so denken und fühlen. Wir Menschen nicht.

»Ein Teil von dir ist göttlich, mein Sohn.«

Und ausgerechnet das ist mein Fluch!

»Wir sind da«, unterbrach Dulf Einhand den inneren Dialog zwischen Ash und dem Drachen. Sie hatten den Kamm der Düne erreicht. Von dahinter schien das flackernde Licht von Lagerfeuern.

Ash legte sich auf den Bauch und robbte hinauf zum obersten Rand, von wo aus er auf die andere Seite spähen konnte. Das Lager der Sklavenhändler war nicht besonders groß. Ash zählte fünfzehn Zelte und ebenso viele Feuer. Über einigen der Feuer sah er Fleisch am Spieß, und als er erkannte, von welcher Art dieses Fleisch war, drehte es ihm den Magen um und er musste unwillkürlich würgen. Offenbar war Menschen*handel* nicht das Einzige, das die Hashimaner mit ihren Gefangenen anstellten.

In der Mitte der Zelte stand ein Käfig aus Treibholz, etwa zehn mal zehn Schritte groß und gerade einmal so hoch, dass ein Mann darin in gebeugter Haltung stehen konnte. Es war zu dunkel, um zu erkennen, wie viele arme Seelen dort eingesperrt waren. Der Käfig wurde von zwei dunkelhäutigen Kriegern bewacht, und auch auf den vier Seiten des Lagers standen je zwei Mann Wache.

Bewaffnet waren die Hashimaner mit dicken kurzen Speeren mit einem gekurvten Kurzschwert mit breiter Klinge als Spitze. Keine Waffe zum Werfen, aber mörderisch im Nahkampf.

»Die Zelte sind groß genug für jeweils sechs bis acht Mann«, flüsterte Dulf Einhand neben Ash.

Ash rechnete nach. »Das macht neunzig bis hundertzwanzig Gegner. Sie sind weit in der Überzahl.«

Dulf Einhand zuckte mit den Schultern. »Die meisten von ihnen schlafen und wir sind Seewölfe. Ein Kinderspiel.«

»Verlass dich auf den Alten«, sagte Gott in Ashs Kopf. »Immerhin ist das sein Handwerk, und ich kann dir versichern, er und seine Männer verstehen es nur zu gut. Aber achtet darauf, dass der Gefangene nicht verletzt wird.«

Woran erkennen wir ihn?

»Ihr findet ihn nicht in dem Käfig«, sagte Gott. »Er ist im Zelt des Anführers und wird dort gerade gefoltert, um sein Geheimnis preiszugeben. Es ist das große Zelt auf der anderen Seite des Lagers. Aber ihr müsst euch beeilen, sonst kommen wir zu spät. Ich fühle nicht mehr viel Leben in ihm.«

RAYMO

Kutera

Weit hinten am Horizont zog ein Gewittersturm auf und tauchte die See in ein gespenstisches zuckendes Licht. Die Blitze waren so grell, dass sie den Rest der Welt noch dunkler erschienen ließen. Zane Arkeens langes schneeweißes Haar wehte wild im Wind – so wie der weiße Stofffetzen, den er als Fahne an die Lanze geknotet hatte, die er in der linken Faust hielt. Die rechte hatte er um den Griff seines schweren Entersäbels gelegt. Mit der Behendigkeit einer großen Katze sprang er aus dem Bug des Bootes auf den nassen, schwarzen Sand.

Raymo zog sogleich sein Schwert und wollte auf ihn losgehen; er wollte den ehemaligen Commodore töten für das, was er ihm angetan hatte – und auch Kutera.

Harwee ak Sokay fasste ihn gerade noch rechtzeitig hart an der Schulter, hielt ihn am Umhang fest und sagte: »Nicht! Noch nicht. Er trägt die Flagge des Parlamentärs.«

»Ich bin ebenso wenig blind wie willens, den Fetzen in der Hand dieses räudigen Hunds mich davon abhalten zu lassen, ihm den Schädel einzuschlagen!«, knurrte Raymo zornig. »Nach allem, was er angerichtet hat. Ich schlitze ihn auf wie einen Hering und werfe seine Eingeweide in die See. Und dann vielleicht höre ich mir an, was er mit seinen letzten Worten zu sagen hat.«

Raymo schüttelte ak Sokays Hand ab, als Zane Arkeen zu sprechen begann: »Wenn dir das Leben Szumas lieb ist, hörst du mich besser an, Caldäer!«

Jetzt war es Häuptling Trimanu, der Raymo von der anderen Seite an der Schulter festhielt. »Was ist mit meiner Tochter? Wo ist sie? Wehe dir, du hast ihr etwas angetan, du verräterische Schlange.«

»Ja, wo ist sie?«, fragte auch Raymo. »Ich schwöre, du kannst dir die Schmerzen nicht vorstellen, die ich dir zufügen werde, falls sie durch deine Hand zu Schaden gekommen ist!«

»Szuma ist bei bester Gesundheit. Mehr oder weniger«, antwortete Zane Arkeen seelenruhig und rammte die Lanze mit der weißen Fahne in den sandigen Boden. »Aber verlass dich drauf: Wenn ich nicht in der nächsten Stunde auf mein Schiff zurückkehre, wird sich das sehr wohl ändern. Meine Männer haben diesbezüglich äußerst spezielle Anweisungen.« Er grinste wie ein Wolf.

»Warum sollten wir dir glauben, dass sie wirklich in deiner Gewalt ist?«, fragte Trimanu argwöhnisch.

»Woher sonst weiß er, dass sie nicht hier bei uns ist?« Die Schlussfolgerung war logisch. Raymo sah außerdem am selbstgefälligen Blick des früheren Commodore, dass er Szuma tatsächlich in seiner Gewalt hatte.

»Nur für den Fall, dass es noch Zweifel gibt«, sagte Zane Arkeen und gab einem seiner Männer im Boot ein Zeichen. Der warf ihm einen speckigen und nass glänzenden Lederbeutel zu. Zane Arkeen fing ihn und schnürte ihn ein wenig auf, ehe er ihn in einem weiten Bogen vor Raymos Füße schleuderte.

Alles in Raymo wehrte sich dagegen, sich zu bücken und den Sack an sich zu nehmen.

Lizia schien das zu erkennen, trat schnell zu ihm und hob ihn auf.

Nicht!, wollte Raymo sagen, doch da hatte sie den Beutel bereits weiter aufgenestelt.

»Gib ihn mir«, sagte er stattdessen und nahm ihn ihr aus der Hand, ehe sie hineingreifen und hervorholen konnte, was darin war. Raymo wusste es bereits – und nur die Sorge um Szuma hielt ihn davon ab, Zane Arkeen auf der Stelle zu töten.

Raymo fasste hinein und fühlte das krause Haar unter seinen Fingern. Er biss die Zähne fest zusammen und hielt die Luft an, dann erst zog er den Kopf aus dem Sack.

Lambes!

Das Gesicht war schmerzverzerrt, die lederne Augenklappe verrutscht, so dass Raymo direkt in die dunkle Höhle starrte. Der Hals war rissig – Zane Arkeen hatte ihm den Kopf nicht mit einem glatten Schnitt vom Rumpf getrennt; das Fleisch sah eher aus wie zersägt. Raymo konnte nur hoffen, dass es nach dem Tod seines Freundes geschehen war. Aber wie er Zane Arkeen kannte …

»Dafür zahlst du!« Die Stimme kam leise von hinter seinen zusammengebissenen Zähnen hervor, aber Raymo wusste, dass Zane Arkeen ihn hören konnte.

Zane Arkeen hob abwehrend die Hände. »Soweit ich das beurteilen kann, Caldäer, habe ich dir einen Gefallen getan. Die beiden haben es sich auf einer verlassenen Insel gemütlich gemacht, wo ich sie beim Auffrischen meiner Trinkwasservorräte entdeckt habe. Ich meine, so richtig gemütlich. Sie haben sogar ein Häuschen gebaut mit allem Drum und Dran. Nur ein Bett. Nicht zwei, verstehst du? Was soll ich sagen? Ich hab deinen Rivalen ausgeschaltet und dir deine Frau zurückgebracht.«

»Noch ist sie nicht zurück, du Hund«, erinnerte ihn Raymo. »Was willst du hier?«

Zane Arkeen deutete auf Lizia und ak Sokay. »Die beiden will ich. Ich soll sie zurückbringen zu Königin Rielle. Dafür wird sie mich zum Admiral ihrer Flotte machen. Liefert sie mir aus, und ihr bekommt Szuma heil und unversehrt zurück.«

»Das wird nicht passieren!«, rief ak Sokay.

»Ich denke nicht, dass Ihr das zu entscheiden habt, ak Sokay«, sagte Zane Arkeen und wandte sich wieder an Raymo und Trimanu. »Ich gebe euch eine Stunde Bedenkzeit. Dann kehre ich hierher zurück und will eure Antwort.«

Ehe einer von ihnen etwas sagen konnte, sprang Zane Arkeen zurück ins Boot, und seine Männer legten eilig ab.

Raymo schritt an die Stelle, an der Zane Arkeen eben noch gestanden hatte, riss die Friedensfahne aus dem Boden und schleuderte sie. Sie traf den Mann, der neben dem Weißhaarigen saß, mitten in die Brust.

Zane Arkeen lachte und stieß den Sterbenden über den Bootsrand ins Meer. »Eine Stunde, Caldäer. Eine Stunde.«

ASH

Hashima

Sie kauerten versteckt im Schatten der hohen Düne. Ohne auch nur ein Wort sprechen zu müssen, teilte Dulf Einhand seine Seewölfe mit knappen Gesten in vier gleichgroße Trupps. Den ersten davon sandte er mit Vorsprung in einem weiten Bogen zur hinteren Seite des Lagers der Sklavenhändler, ehe er den zweiten und dritten Trupp jeweils auf die linke und rechte Flanke schickte. Er selbst wartete zusammen mit Ash und der letzten Gruppe hinter dem Kamm. Ash bemerkte an der Bewegung seiner Lippen, dass der alte Normarker lautlos zählte, während er die Feuer des Lagers und die Wachposten im Auge behielt. Schließlich gab er dem eigenen Trupp mit einem Wink den Befehl, sich in Bewegung zu setzen, und signalisierte Ash, dicht hinter ihm zu bleiben.

In geduckter Haltung krochen sie den auf der Landseite nicht sehr steilen Hang hinab. Die größte Schwierigkeit bestand zunächst darin, in dem ständig wegrutschenden und knirschenden Sand das Gleichgewicht zu behalten und leise zu gehen. Ash fixierte nervös die beiden Wachen, die ihnen am nächsten waren, beobachtete jede ihrer Bewegungen, um sicherzugehen, dass sie ihr Annähern nicht bemerkten.

Zwei der Männer Dulf Einhands kurvten nach links und rechts von ihrem kleinen Trupp weg, beide hatten sie ihre kurzen Äxte gezückt. Drei, vielleicht vier Herzschläge später gab der alte Seewolf seinen verbliebenen Männern ein Zeichen, und sie sprinteten los. Die Wachen hörten sie. Der eine ging in Verteidigungsstellung, der zweite setzte ein Horn an die Lippen. Doch beide waren schon im nächsten Moment tot – die zwei Seewölfe, die vorangeschlichen waren, waren von links und rechts aus dem Dunkel zu ihnen gesprungen und hatten ihnen mit unglaublichem Geschick die kurzen, scharfen Blätter ihrer Äxte in die Kehlen gehackt.

Dulf Einhands restliche Männer eilten hinzu und erledigten den Rest mit schnellen, gut gezielten Schlägen.

Ohne lange innezuhalten, ging es gleich zügig weiter. Sie schlichen zum ersten Zelt, fünf der Seewölfe eilten hinein. Ash hörte gleich darauf Hacken und unterdrücktes Stöhnen. Schon im nächsten Moment waren die fünf wieder draußen – blutbespritzt. Dann das nächste Zelt und das übernächste. Die Wachen am Käfig in der Mitte des Lagers hatten immer noch nicht das Geringste bemerkt. Ash sah im Schein der Feuer, wie vier Mann eines anderen Trupps sich auf sie stürzten.

Einer von ihnen beeilte sich, den Gefangenen im Käfig ein Zeichen zu geben, leise zu bleiben. Doch ob nun das Zeichen missverstanden wurde – weil Seewolf und Gefangene keine gemeinsame Sprache beherrschten –, übersehen oder einfach ignoriert, war nicht zu sagen; die Gefangenen fielen in jedem Fall augenblicklich in einen Chor aus flehenden Rufen und klagenden Schreien. Und das Chaos nahm seinen Lauf:

Aus all den Zelten, deren Bewohner die Seewölfe noch nicht ausgeschaltet hatten, stürmten die dunkelhäutigen Krieger, schwerbewaffnet und mit wildem Geschrei.

»Zum Zelt des Anführers!«, rief Gott in Ashs Kopf, während um ihn herum der Kampf zu toben begann. »Schnell!«

Ash informierte Dulf Einhand. Der nickte, kommandierte zwei seiner Männer ab, sie zu flankieren, und sie eilten zu viert durch das Gemenge zum jenseitigen Teil des Lagers. Sie gaben sich keine Mühe mehr, in den Schatten zu bleiben, und obwohl er nur noch einen Arm besaß, pflügte Dulf Einhand mit schwingender Axt durch die Gegner und bahnte ihnen den Weg.

Beim Zelt des Anführers trafen sie auf den Trupp, den sie zuerst losgeschickt hatten, aber auch auf den größten Pulk der Sklavenhändler.

Normarker und Hashimaner fielen übereinander her. Gestoßene Speere, hackende Äxte, wirbelnde Schwerter. Funken stiebender Stahl, in hohen Bögen spritzendes Blut, wilde Schreie – manche aggressiv, andere schmerzerfüllt.

»Ins Zelt, mein Sohn!«, drängte Gott Ash. »Nimm Dulf Einhand mit. Und beeilt euch!«

»Dulf!«, rief Ash dem alten Seewolf zu und winkte ihm, mit ihm das Zelt zu stürmen.

Der Normarker nickte grimmig und rannte voraus. Er schlug die Plane zurück, die den Eingang bedeckte – und stoppte plötzlich mitten in der Bewegung. Ash wäre fast gegen seinen breiten Rücken gelaufen. Und als er sah, was im Innern des Zelts auf sie wartete, erstarrte auch er.

RAYMO

Kutera

Wir müssen augenblicklich zurück zu unseren Schiffen«, drängte ak Sokay Lizia. Die beiden, Raymo und Trimanu und ein Dutzend Krieger des Häuptlings standen noch am Strand, von dem Zane Arkeen gerade losgefahren war. Doch ehe ak Sokay auch nur mehr als drei Schritte auf sein Boot zu machen konnte, hatte Trimanu seinen Männern bereits den Befehl gegeben, ihn und Lizia einzukreisen und ak Sokay zu entwaffnen. Der frühere General sah, dass Gegenwehr sinnlos war, und ließ zu, dass sie ihm Schwert und Dolch abnahmen.

»Manchmal seid Ihr wirklich ein Narr!«, zischte Lizia ihm leise mit wütender Miene zu.

»Warum?«, fragte er flüsternd zurück.

»Ich kann dir sagen, warum«, sagte Raymo, der nahe genug gestanden hatte, um die beiden zu hören. »Bevor Zane Arkeen hier auftauchte, hat Häuptling Trimanu wenigstens noch in Erwägung gezogen, sich mit dir und Lizia zu verbünden. Der vorgeschlagene Pakt war ein guter: eure Hilfe im Kampf gegen die Eroberer für Saphire, Xalli und Crata Gyna – und ein friedliches Handelsabkommen für den Fall, dass Lizia und du es auf den Thron Twyddyns schafft. Jetzt hat er durch eine einzige unbedachte Geste von dir gesehen, wie wenig er sich auf dich verlassen kann – wie sehr du nur auf deinen eigenen Vorteil bedacht bist.«

Lizia nickte bestätigend.

»Raymo aus Calda hat recht«, sagte Trimanu. »Dir ist nicht zu trauen, ak Sokay.«

»Ich wollte nur zurück auf die Schiffe, um Zane Arkeen zu suchen und Szuma zu befreien«, sagte ak Sokay, aber Raymo sah, dass er log.

»Natürlich wolltest du das«, erwiderte Raymo mit einem spöttischen Lachen. »Du hast nicht die geringste Ahnung, wo Zane Arkeen sein Schiff vor Anker gelegt hat oder ob es wirklich nur ein Schiff ist, über das er verfügt. Nach dem wenigen, das wir wissen, könnte er auch mit einer ganzen Flotte hier sein.«

»Wie um alles in der Welt hat er uns hier überhaupt gefunden?«, fragte Lizia verwundert.

»Rielle hat ihre Spione überall«, antwortete ak Sokay. »Ich müsste das wissen, schließlich habe ich ihr dabei geholfen, ihr Netz von Spitzeln aufzubauen. Ich nehme an, sie ist dahintergekommen, dass Wenda Weeman uns geholfen und mit Schiffen versorgt hat. Jemand hat die Mutter der Perlen und damit uns verraten.«

»Aber selbst Wenda wusste nicht, dass wir erst einmal nach Kutera segeln«, gab Lizia zu bedenken.

»Das konnte Zane Arkeen sich selbst ausmalen«, sagte Raymo, »sobald er erst einmal auf uns angesetzt war. Ihm war klar, dass mich nichts auf der Welt davon abhalten würde, hierher zurückzukehren. Aber wie dem auch sei, was sollen wir jetzt tun?« Die letzte Frage richtete er an Szumas Vater, den Häuptling.

»Wenn ak Sokay nicht zu trauen ist«, sagte Trimanu, »und er und Lizia, so wie es aussieht, die Unterstützung dieser Wenda Weeman verloren haben, dann taugen die beiden nicht länger für ein Bündnis im bevorstehenden Kampf gegen die Männer aus Eisen. Es ist jetzt noch sehr viel unwahrscheinlicher, dass sie den Thron Twyddyns jemals besteigen und ein gerechtes Handelsabkommen mit Kutera schließen und einhalten können.

Das wiederum bedeutet: Mein Volk und ich sind nach wie vor auf uns allein gestellt, und das Klügste ist es, den Raubbau Milaras und Twyddyns ohne Gegenwehr oder Provokation zu erdulden. Und wenn das schon so sein muss und ich mit der Auslieferung von Lizia und ak Sokay meine Tochter zurückerhalte …«

»Lass mich versuchen, sie zu befreien«, sagte Raymo. »Dann können wir immer noch überlegen, ob wir das Bündnis schließen, um die Erobererflotte gemeinsam zurückzuschlagen. Ak Sokay ist nicht zu trauen, das ist wahr, aber Lizia kannst du vertrauen. Wenn sie als künftige Königin dir ihr Wort gibt, ist auch ak Sokay daran gebunden, so schwer es ihm fallen mag. Ist das nicht so, ak Sokay?«

Ak Sokay verzog das Gesicht, nickte dann aber. »Der Schwur meiner Königin ist mir Gesetz.«

»Außerdem brauchen sie diese Wenda Weeman nicht«, fuhr Raymo fort. »Im Gegenteil. Wenn sie aus dem Spiel ist, müssen Lizia und ak Sokay die Rohstoffe, die du ihnen für ihre Hilfe gibst, nicht mit ihr teilen und können die gesamte Summe in die Rebellion investieren. Damit rückt die Thronübernahme noch näher.«

Raymo war sich nicht sicher, wie viel von dem, was er da sagte, er auch für wahrscheinlich hielt. Aber er war unwillens zu akzeptieren, dass Trimanu Kuteras Schicksal aufgab und das Land und seine Zukunft kampflos an Rielle und Vas'Ko auslieferte.

»Gut gesprochen, Raymo aus Calda«, sagte Trimanu. »Aber die Risiken sind zu groß. Nicht zuletzt das, dass es dir nicht gelingt, Szuma zu befreien, oder sie bei dem Versuch stirbt. Wir beide kennen Zane Arkeen und wissen, wozu er fähig ist. Außerdem – wie du selbst gesagt hast – haben wir keine Ahnung, wo Zane Arkeens Schiff ist oder ob er nicht vielleicht mit gleich mehreren hier ist. Nein, meine Entscheidung ist gefallen: Wir tauschen Lizia und ak Sokay gegen Szuma aus.«

Er gab seinen Kriegern ein Zeichen und sie fesselten die beiden mit Stricken.

Raymo sah, dass Lizia die Gefangennahme zwar über sich ergehen ließ, ihn aber erwartungsvoll mit ihren großen hellen Augen anschaute.

»Du weißt, was ich für Szuma empfinde, Trimanu«, sagte Raymo, »aber du kannst nicht einfach ein Menschenleben gegen das andere eintauschen, ohne wenigstens nach einem anderen Weg zu suchen.«

»Ich kann durchaus«, widersprach der Häuptling. »Wenn das eine Menschenleben das meiner einzigen Tochter ist und das andere das einer völlig Fremden.«

»Das heißt, du unterwirfst dich jetzt schon dem Diktat der Eindringlinge?«

Trimanus Miene wurde weich, müde. »Ich weiß deinen Eifer zu schätzen, Raymo aus Calda, aber wie du siehst, habe ich gar keine andere Wahl.«

»Man hat immer eine andere Wahl, Trimanu.«

»Aus dir spricht die Kurzsicht der Jugend, mein Sohn.«

»Aus mir spricht die Gewissheit«, erwiderte Raymo, »dass Menschen wie Zane Arkeen, Rielle und Vas'Ko sich mit Gewalt und Erpressung immer mehr nehmen, bis nichts mehr übrig ist, wenn man ihnen nicht Einhalt gebietet – wenn man ihnen nicht die Stirn bietet. Ich habe es in Calda erlebt, und du wirst es hier in Kutera erleben. Sie werden einfach nicht aufhören, selbst wenn oder gerade weil du dich ihnen unterwirfst und keinen Widerstand leistest, verstehst du?!«

»Und stattdessen soll ich ihnen meine Tochter opfern? Ist es das, was du vorschlägst?«, fragte Trimanu.

»Niemand soll geopfert werden«, entgegnete Raymo. »Das ist doch genau das, was ich sage. Niemand. Szuma nicht, aber Lizia auch nicht. Und selbst ak Sokay dürfen wir ihnen nicht einfach so überlassen. Erlaube mir, wenigstens zu versuchen, Szuma beim Austausch zu befreien!«

»Tut mir leid«, sagte der Häuptling. »Aber das Risiko kann ich nicht eingehen … will ich nicht eingehen.«

»Trimanu! Verstehst du denn nicht? Du gehst ein noch sehr viel größeres Risiko ein, wenn du …«

Doch da hatte Szumas Vater seinen Kriegern bereits einen Wink gegeben. Vier von ihnen drangen augenblicklich auf ihn ein. Raymo griff nach seinem Schwert, ließ es dann aber wieder los. Er durfte diese Männer vom Volke Szumas nicht töten. Aber wehren musste er sich. Er ballte die Fäuste und sprang dem nächsten entgegen, um ihn mit einem gewaltigen Hieb gegen die Schläfe zu fällen wie der Blitz den Baum. Dem zweiten hieb er mit einer Drehung den Ellbogen so fest in den Bauch, dass er zusammenklappte und sich erbrach. Sofort kamen die anderen Krieger den verbleibenden beiden zur Hilfe, schlugen mit den Enden ihrer Speere auf Raymo ein.

Raymo versuchte, ihnen auszuweichen, sie abzuwehren. Sie trafen ihn auf dem Rücken, gegen die Rippen, an den Armen. Schließlich krachte ein Hieb so hart auf Raymos Nacken, dass er auf die Knie fiel. Der nächste erwischte ihn am Unterkiefer. Dann noch einer am Hinterkopf. Raymo kippte mit dem Gesicht nach unten in den Sand. Ihm wurde schwarz vor Augen – und gleich darauf hatte er das Bewusstsein verloren.

ASH

Hashima

Der nackte Junge war ganz gewiss noch nicht mehr als vielleicht neun oder zehn Sommer alt, aber er tötete mit dem hysterischen Wahnsinn einer schwerverletzten Raubkatze. Er kreischte dabei ununterbrochen so hoch, dass es Ash in den Ohren schmerzte, während er das hohle Bruchstück eines abgenagten Schenkelknochens immer und immer wieder in den Hals, den Mund und in die blutenden Augenhöhlen seines mehr als doppelt so großen Peinigers rammte, der unter ihm nur noch kraftlos auf dem mit Tierhäuten ausgelegten Boden des Zeltes zuckte und seine letzten röchelnden Atemzüge tat.

Der Junge war dermaßen ausgehungert, dass ihm die Knochen scharf durch die Haut stachen, die zwischen den zahlreichen Flecken und Spritzern frischen Blutes so schwarz glänzte wie Pech. Die Augen, die ihm aus noch dunkleren Höhlen traten, waren milchig weiß – Pupille und Augapfel – wie die Gräten eines in der Sonne verbleichten Fisches. Sein krauses Haar war trotz der Jugend ebenso weiß – wie das eines alten Mannes. Aber obwohl er blind war, fuhr sein leerer Blick herum zu Ash und Dulf Einhand, die das Zelt gerade erst betreten hatten. Ein weiterer Aufschrei, und er sprang in panischer Wildheit auf sie zu, den blutverschmierten Schenkelknochen zum Stoß in die Höhe reißend.

Dulf Einhand regte sich nicht von der Stelle, wartete, bis der Junge bei ihnen war, und schlug ihm dann mit dem Blatt seiner Axt den Knochen aus der Hand. Fast im gleichen Moment trat er dem Jungen so fest gegen die hagere Brust, dass der nach hinten zurückgeschleudert wurde und auf dem Hintern landete.

»Wir sind hier, um dich zu befreien, Knabe!«, schmetterte er ihm entgegen.

Jetzt erst sah Ash unter all dem Blut, dass auch der Junge tiefe Schnittwunden an Bauch und Schulter erlitten hatte. Das Messer, das sie ihm zugefügt hatte, lag noch in der im Todeskampf verkrampften Hand des Anführers der Sklavenhändler.

Der Junge hörte nicht auf Dulf Einhand, rappelte sich schnell auf die dürren Füße und rannte erneut kreischend auf den alten Seewolf zu, diesmal die knochengleichen Finger wie Krallen vorgestreckt. Der Normarker knallte ihm die Faust gegen den Schädel. Der Junge ging zu Boden wie ein nasser Sack und regte sich nicht mehr.

»Lebt er noch?«, fragte Ash besorgt.

Dulf Einhand fluchte, steckte die Axt zurück in den Gürtel und fasste dem bewusstlosen Jungen an die schmale Kehle. »Ja, er lebt noch.« Der Seewolf packte den Jungen mit dem Unterarm um die Taille und warf ihn sich wie ein Bündel über die Schulter.

»Wir müssen ihn so schnell wie möglich zu Þóra bringen«, sagte Ash. »Sie muss seine Wunden versorgen.« Er hielt die Plane des Eingangs für den alten Normarker auf und gemeinsam verließen sie das Zelt.

Auf dem Platz davor hatten Dulf Einhands Leute den Kampf gegen die Sklavenhändler für sich entschieden.

»Wie groß sind unsere Verluste?«, fragte er in die Runde.

»Wir haben sieben Mann verloren«, kam die Antwort.

»Ich hoffe, der Knabe ist das wert«, knurrte Dulf Einhand Ash wütend an und stapfte in Richtung ihres Schiffes. Im Gehen rief er seinen Leuten zu: »Packt alles zusammen, was von Wert ist, und bringt es zum Schiff.«

»Und lasst die Gefangenen aus dem Käfig und versorgt sie!«, rief Ash ihnen zu, ehe er dem Einarmigen zum Strand hin folgte.

Þóra kam ihnen schon auf halbem Weg entgegen.

»Der Junge ist schwer verwundet!«, rief Ash. »Du musst den Saiðaz an ihm ausüben. Ohne deine alte Küstenmagie wird er sterben.«

»Bring ihn zum Schiff«, wies Þóra Dulf Einhand an, ohne sich den Jungen anzuschauen. »Und Ihr, Gebieter, entzündet dort ein paar Fackeln und ein Feuerbecken. Ich brauche heißes Wasser und saubere Tücher. Und Algen«, fügte sie hinzu. »Am besten noch lebende, aber zur Not tun es auch abgestorbene, wenn sie noch nicht allzu sehr verrottet sind.«

Sie eilte voraus und kletterte über die Strickleiter behende auf das Drachenschiff. Ash half Dulf Einhand mit dem regungslosen Jungen hinauf an Bord und machte sich sogleich daran, Þóras Anweisungen zu befolgen. Nachdem er die Fackeln mit Hilfe seines Feuersteins und das Feuerbecken mit Hilfe der Fackeln entfacht und aus einer der Kisten unter den Ruderbänken trockene Tücher herbeigeholt hatte, begab er sich mit einem Kessel zurück hinunter auf den Strand, schöpfte Salzwasser und griff so viele halbwegs lebendig aussehende Algen zusammen, wie er in die Taschen seines Umhangs stopfen konnte.

Auf das Schiff zurückgekehrt, sah er, dass Dulf Einhand den schwarzen Jungen auf den Boden zwischen den Fackeln gelegt hatte. Jetzt, während Ash den Kessel mit dem Meerwasser auf das Feuer setzte, holte der alte Seewolf Stricke und band die kleinen Hände über dem Kopf an einer der Ruderbänke fest.

»Das ist nicht nötig«, sagte Þóra, die am Hals des Jungen nach dem Puls fühlte. »Sein Herz schlägt nur sehr schwach.«

»Glaub mir, es ist besser so«, sagte Dulf Einhand, während er auch die Beine sorgfältig fesselte. »Wenn er wach wird, wird er kämpfen wie ein waidwunder Berglöwe. Das kann ich dir garantieren. Ich habe ihn erlebt; er ist völlig außer sich vor Angst.«

Þóra nahm zwei der trockenen Tücher und warf sie in das Wasser. Ash reichte ihr die Algen. Sie legte sie in eine hölzerne Schüssel und zerrieb sie mit dem Ende ihres Messergriffs zu einem nassen Brei.

Als das Wasser zu kochen begonnen hatte, wartete sie noch ein paar Momente, um dann eines der beiden Tücher mit einem Löffel herauszuangeln. Sie ließ es über dem Kessel abtropfen und ein wenig abkühlen, ehe sie es in die Hände nahm und auswrang. Dann wusch sie damit behutsam das Blut vom geschundenen

Körper des Jungen. Erst jetzt war die Schwere seiner Schnittwunden richtig zu erkennen, und Þóra sog erschrocken die Luft zwischen den Zähnen ein. Einer der Schnitte reichte von der Schulter über die schmale Brust bis weit über den Bauch zur Hüfte.

»Ich brauche Nadel und Faden«, sagte sie. »Viel Faden.«

Ash holte die Sachen, und Þóra hielt beides mit einer Schöpfkelle in das sprudelnd kochende Wasser. Dabei begann sie leise murmelnd zu singen. Ash erkannte die fremdartigen Worte wieder. Es war derselbe Singsang wie damals, als Þóra ihn von der Vergiftung geheilt hatte, die er sich beim Überfall der Ripper auf sein Kloster zugezogen hatte.

Sie hob die Kelle wieder aus dem Wasser und fädelte mit großem Geschick ein langes Stück Faden in das Nadelöhr. Ohne mit dem Singen innezuhalten, kniete sie sich neben den Jungen und fing an, die Wunden zuzunähen. Einen sorgfältigen Stich nach dem anderen zog sie den Faden jedes Mal von neuem straff und machte einen Knoten hinter jeder Schleife, um das Fleisch besser zusammenzuhalten. Ash kniete sich ihr gegenüber und wischte mit dem Tuch immer wieder frisches Blut weg. Er war dankbar, dass der Junge noch immer nicht bei Besinnung war und die Stiche nicht spürte.

Þóra behielt recht: Sie brauchte viel Faden, um sämtliche Schnitte zu schließen. Anschließend holte sie das zweite Tuch aus dem siedenden Wasser, um den Körper des Jungen noch einmal von oben bis unten zu reinigen, ehe sie den Algenbrei mit den Händen auspresste und dick auf die Nähte auftrug. Ihr Gesang war inzwischen lauter geworden. Ash sah, dass ihr Blick einen selbstvergessenen Glanz angenommen hatte und wie sie den Kopf im Takt des unheimlichen Singsangs hin und her wiegte.

Der Junge wachte auf; es war kein langsames Auftauchen aus der Bewusstlosigkeit oder wie aus einem tiefen Schlaf. Nein, er war schlagartig hellwach, und wie Dulf Einhand es vorausgesagt hatte, war sein erster Instinkt, sich zur Wehr zu setzen. Als er merkte, dass seine Hände und Füße gefesselt waren, bäumte er sich auf und stieß einen gellenden Schrei aus. Es hörte sich an, als würde ein Tier schreien; eine Mischung aus dem Fauchen einer Katze und dem Heulen eines Wolfs.

Þóra singsangte weiter und legte ihm die Hand auf die Stirn. Er versuchte, danach zu beißen.

»Schhh!«, machte Þóra. »Du musst ruhig liegen, damit die Nähte deiner Wunden nicht wieder aufreißen.« Sie deutete auf seinen Leib, und er folgte ihrem Fingerzeig mit den blinden Augen. Er hörte auf der Stelle damit auf, zu strampeln und sich zu bäumen.

»Er kann sehen«, sagte Ash leise zu Dulf Einhand.

Der alte Seewolf schüttelte ungläubig den Kopf. »So etwas habe ich noch nie erlebt.«

Der Junge stieß eine Serie merkwürdig kehlig und klickend klingender Laute hervor.

»Verstehst du die Sprache Hashimas?«, fragte Ash Dulf Einhand.

»Ein paar Wörter«, antwortete der Normarker. »Aber das klingt nicht wie Hashimanisch.«

»Nein, die Sprache, die er spricht, ist sehr viel älter«, sagte Gottes Stimme in Ashs Kopf, »und wird nur noch von den wenigen Übrigen des Höhlenvolkes gesprochen, dem er angehört.«

Verstehst du, was er sagt?, fragte Ash.

»Ja«, sagte Gott. »Er fragt, wo er ist und wer ihr seid.«

Sag ihm, wir sind die, die das Lager angegriffen und ihn befreit haben. Und dass wir ihm nichts Böses wollen. Auch wenn ich selbst noch keine Ahnung habe, was wir überhaupt von ihm wollen. Der letzte Satz war für Gott bestimmt.

»Sag es ihm selbst«, erwiderte Gott, und plötzlich wusste Ash, was er zu sagen hatte. Er verstand nicht, wie Gott es angestellt hatte, aber die nächsten Worte, die er sagte, erklangen in der seltsamen Sprache des Jungen.

»Wir wollen dir nichts tun. Wir sind hier, um dich zu retten«, sagte er.

Der Junge starrte ihn mit seinen weißen Augen an.

»Erklär ihm, dass ihr ihn zu seinem Stamm zurückbringen werdet«, sagte Gott. Ash tat es.

»Ihr wollt ganz bestimmt nur, dass ich euch zu den geheimen Höhlen führe«, sagte der Junge. »Wie die Männer, die mich gefangen genommen und gefoltert haben.«

»Sag ihm, dass wir ihn nicht benötigen, um die Höhlen zu finden«, sagte Gott. »Ich weiß, wo sie sind.«

Wenn du weißt, wo sie sind, wozu brauchten wir dann den Jungen?, fragte Ash stumm. *Sieben der Seewölfe haben ihr Leben gelassen ...*

»Wir brauchen ihn nicht, um die Höhlen zu finden«, unterbrach Gott ihn. »Aber ganz sicher brauchen wir ihn, um lebend hinein und wieder hinaus zu gelangen.«

Was wollen wir in diesen Höhlen?

»Das, wofür du um die halbe Welt gereist bist: den Speer Lugnir«, antwortete Gott. »Der Stamm des Jungen hütet ihn.«

VERFOLGT

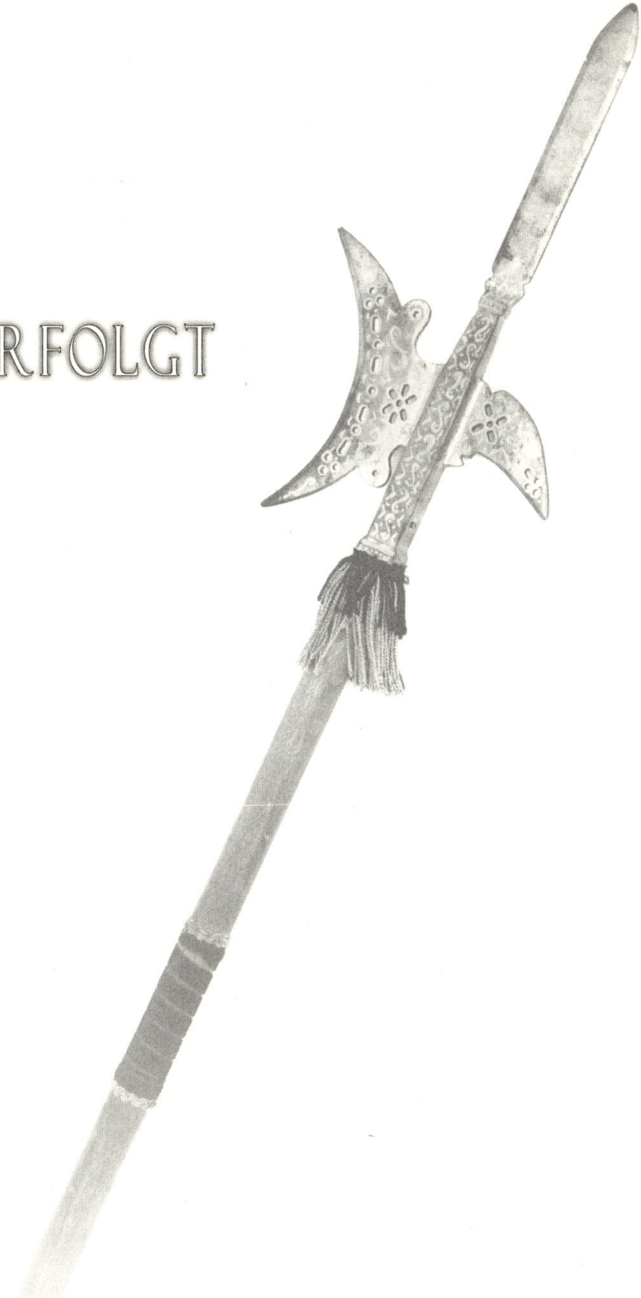

RAYMO

Kutera – Xeljasal

Da war der bittere Geschmack von Verhängnis auf Raymos geschwollener Zunge. Der stechende Gestank von Unheil in seiner von getrocknetem Blut verkrusteten Nase. Bilder von Lambes' abgesägtem Kopf – dem schmerzverzerrten, im Tode erstarrten Gesicht – hinter Raymos geschlossenen Lidern, die sich so schwer anfühlten wie verlötetes Blei. Pochender Schmerz hinter der Stirn und vor allem im Unterkiefer und in den Zähnen. Für einen langen, vernebelten Moment wünschte er sich, jetzt noch nicht aus der Bewusstlosigkeit aufzuwachen, in die ihn die Krieger Trimanus geprügelt hatten. Trotz des gnadenlosen Wummerns in seinem Schädel war ihm klar, dass das, was er am Strand zu verhindern versucht hatte, inzwischen bereits geschehen war – in der Zeit seiner Ohnmacht. Doch da war auch der Gedanke an Szuma. Er musste wissen, ob es ihr gut ging.

Er schlug unter großer Anstrengung die verklebten Augen auf – und machte sie sofort wieder zu, zum Schutz gegen das grelle Hell der Xallilampen, das den Schmerz in seinem Kopf verzehnfachte. Er lag – so viel hatte er gesehen – in einem gemauerten Raum, also nicht in der Palisadenfestung am Ufer, sondern irgendwo in der Hauptstadt Xeljasal – vermutlich im Haus Trimanus.

Er machte die Augen wieder auf, langsamer diesmal, und kämpfte blinzelnd den Schmerz und den unangenehmen Effekt der Helligkeit nieder. Die Kammer, in die man ihn gebracht hatte, war karg, die Lampen hingen an eisernen Haken an der Wand neben der geschlossenen Holztür. Das Bett unter ihm war ebenfalls gemauert und dick und weich mit Ziegenfellen bedeckt. Auf einem einsamen Tisch davor standen zwei reich verzierte Krüge und Tonbecher – und eine Platte mit frischen Crata-Gyna-Beeren und gebratenem Fisch.

Raymo richtete sich schwerfällig von seinem Lager auf, rieb sich die pulsenden Schläfen mit den Handflächen. Ihm wurde kurz schwindlig, aber er widerstand dem Drang, sich wieder hinzusetzen, und ging schlurfenden Schrittes zum Tisch. In einem der Krüge war frisches Wasser, in dem anderen vergorener Crata-Gyna-Saft. Raymo trank den Saft in großen Schlucken direkt aus dem Krug. Der starke süße Wein vertrieb den Geschmack von Verhängnis nicht, wohl aber dämpfte er den Schmerz im Schädel und in den Gliedern.

Das Essen ignorierte er – ihm war zu übel, als dass er einen festen Bissen herunterbekommen hätte. Sich reckend, um seine Muskeln wieder an die Bewegung zu gewöhnen, ging er zur Tür ... und fluchte. Sie war von außen verriegelt. Raymo trat sie auf.

In dem breiten Gang davor standen zwei kuteranische Krieger in voller Bewaffnung. Sie fixierten ihn wachsam mit den Blicken, sagten aber kein Wort und machten auch keinerlei Anstalten, sich ihm in den Weg zu stellen. Im Gegenteil – einer von ihnen deutete den Gang entlang. »Trimanu erwartet dich im Innenhof, Raymo aus Calda.«

»Ist Szuma bei ihm?«

Der Mann schüttelte den Kopf. »Nein, die Prinzessin hat sich in ihre Gemächer zurückgezogen, um ... um sich zu erholen.«

Raymo sah, dass das Gesicht des Kriegers sich traurig verfinstert hatte.

»Ich muss sie sehen!«, forderte er.

»Zuerst will der Häuptling mit dir reden.«

»Trimanu kann warten«, sagte Raymo und ließ die beiden stehen, um Szumas Gemächer aufzusuchen.

Er klopfte behutsam mit den Knöcheln seiner Finger an ihre Tür. Er wartete und klopfte dann noch einmal. Als sie immer noch nicht antwortete, ließ er sich selbst hinein.

Er schritt leise, um Szuma nicht zu wecken, falls sie schlief. Die Eingangskammer war leer, aber aus dem Schlafgemach dahinter drang Licht.

»Szuma?«, rief er leise, aber auch jetzt kam keine Antwort.

Er ging hinüber, und da war sie. Doch sie schlief nicht. Sie saß im Schneidersitz auf ihrem kleinen Bett, hatte die Arme um ihre Brust geschlungen, starrte mit geweiteten Augen ohne Fokus ins Leere und wippte schaukelnd vor und zurück.

Sie murmelte etwas, das Raymo kaum hören konnte, in ihrer Muttersprache, die er nicht verstand. Es waren immer wieder die gleichen Worte: »Sin umi. Sin umi. Sin umi.«

Ihr Anblick erfüllte Raymo mit Schrecken und Zorn. Ihr Leib und ihr Gesicht waren übersät mit Spuren schwerer Misshandlung. Ihr linkes Jochbein war dick und dunkel angelaufen, das linke Auge zugeschwollen, die Lippe aufgeplatzt. Sie hatte Schnitte an Armen und Beinen. Raymo vermutete, dass sie auch welche am Rest des Körpers hatte, den sie ausnahmsweise mit einer langen Tunika bedeckt hatte.

»Szuma«, sagte er noch einmal. Doch sie reagierte nicht auf ihn. So als wäre er gar nicht da.

»Sin umi. Sin umi. Sin umi.«

Er setzte sich vorsichtig neben sie, doch als er behutsam einen Arm um ihre Schultern legen wollte, zuckte sie panisch zusammen und rückte von ihm fort.

»Keine Angst, Szuma. Ich bin es doch nur«, sagte er. »Raymo aus Calda.«

Sie rückte noch ein Stück weiter weg von ihm, schlang die Arme noch enger um ihre Brust – wippte weiter und schaute ihn nicht einmal an. »Sin umi. Sin umi. Sin umi.«

Was hat das verfluchte Schwein dir bloß angetan?, wollte Raymo wissen, wusste aber, dass es ihr jetzt nicht helfen würde, wenn er die Frage laut aussprach – dass es sie nur in Gedanken wieder zurückbringen würde an den Ort des Grauens.

Er widerstand dem Drang, ein zweites Mal zu versuchen, sie

tröstend in den Arm zu nehmen. Er konnte sich nicht daran erinnern, wann er sich das letzte Mal so hilflos gefühlt hatte.

»Lass sie sich erst einmal ausruhen, Raymo aus Calda.« Trimanu stand in der Tür. Er war in sich zusammen gesunken, die sonst breiten Schultern hingen schwach herab. »Die Medizinfrau hat mir versichert, da ist nichts, was wir im Moment für sie tun können. Sie muss allein aus dem Tal der Schatten zurückkommen. Und das wird sie. Du kennst meine Tochter. Sie ist stark. Nichts kann sie brechen.«

Raymo war nach dem, was er gerade beobachtet hatte, nicht ganz so sicher. Er fixierte den Häuptling. »Du hast ihm das durchgehen lassen?«, fragte er und konnte nicht verhindern, dass seine Stimme einen knurrenden Unterton angenommen hatte. »Du hast nicht einmal versucht, ihn aufzuhalten und ihn dafür bezahlen zu lassen?«

Trimanu schüttelte müde den Kopf. »Ich war froh, sie lebend wiederzuhaben.«

»Und Lambes? Glaubst du nicht, es wäre deine Pflicht gewesen, ihn zu rächen? Nach allem, was er für dein Volk getan hat?«

Trimanu senkte schuldbewusst den Blick. »Du weißt, es lag nicht in meiner Macht.«

»Du hättest mir die Möglichkeit geben sollen, einen Weg zu finden«, sagte Raymo und musste sich aus Rücksicht auf Szuma zusammenreißen, es nicht zu brüllen vor Wut.

»Es gab keinen Weg«, erwiderte der Häuptling. »Dich trifft keine Schuld.«

»Vielleicht«, antwortete Raymo zweifelnd. »Aber dich, Trimanu, trifft sie auf jeden Fall. Was ist eine Herrschaft wert, wenn dein Volk sieht, dass du die Verbrechen an denen, die für es kämpfen, ungesühnt lässt? Wie lange, glaubst du, werden sie mit diesem Wissen kämpfen … oder gar bereit sein, sich zu opfern?«

»Komm nach draußen, wir müssen reden.«

»Lizia und ak Sokay?«, fragte Raymo, ohne sich von seinem Platz zu erheben, obwohl er die Antwort natürlich längst kannte.

»Sie sind auf dem Weg nach Twyddyn«, antwortete Trimanu.

Raymo sah statt des Gesichts des Häuptlings in der Erinnerung das Gesicht seines eigenen Vaters – Llugh Ten Mayne. Er sah die müde Resignation in dessen Augen, als er damals der Ehe zwischen Raymo und Kaecee ak Aeton zugestimmt hatte … und damit der Unterwerfung Caldas unter Twyddyns Oberherrschaft.

»Sin umi. Sin umi. Sin umi«, murmelte Szuma weiter.

»Was bedeutet das?«, fragte Raymo.

»Sin umi? Meine Schuld«, antwortete Trimanu.

»Nein, Szuma«, sagte Raymo. »Es ist nicht deine Schuld. Es ist ganz allein meine. Alles. Ich hätte dich nicht zurücklassen dürfen. Du bist nur losgefahren, weil ich versagt habe.«

»Komm nach draußen«, sagte Trimanu noch einmal.

Raymo nickte, bedachte Szuma mit einem letzten hilflosen Blick und folgte Trimanu aus dem Schlafgemach.

Szumas »Sin umi. Sin umi. Sin umi« folgte ihm, bis er die Tür hinter sich geschlossen hatte.

Im Innenhof des großen Hauses setzte Trimanu sich an den gemauerten Brunnen. »Was sollen wir tun, Raymo aus Calda?«

»Das fragst du mich jetzt, Trimanu? Nachdem du mich hast niederknüppeln lassen? Spielt es denn eine Rolle, was ich zu sagen habe? Du willst dich und dein Volk kampflos unterwerfen, in der irrigen Annahme, deine Leute damit zu retten. Aber du kannst sie nicht retten, indem du einfach aufgibst. Das, was Zane Arkeen Szuma angetan hat, werden die Männer aus Eisen all euren Töchtern und Söhnen antun. Und deren Töchtern und Söhnen.«

»Das weiß ich«, gab Trimanu gereizt zurück. »Vielleicht hast du es vergessen, aber sie haben es uns schon einmal angetan, lange ehe du das erste Mal einen Fuß in unser Land getan hast.«

»Und du hast es zugelassen.«

Trimanu ließ den Kopf hängen und nickte. »Dieses Mal werden wir kämpfen. Wie du es von Anfang an gesagt hast.«

»Jetzt?«, fragte Raymo. »Nachdem du gerade Lizia und ak Sokay ausgeliefert hast?«

»Da sind immer noch eure fünf Schiffe«, sagte der Häuptling.

»Vielleicht«, sagte Raymo. »Aber die Vorzeichen sind nicht länger dieselben.«

»Was meinst du?«

»Es liegt auf der Hand, Trimanu. Lizia und ak Sokay hätten uns zunächst hier in Kutera im Kampf beigestanden und anschließend mit deinen Rohstoffen in Twyddyn die Rebellion organisiert. Auch wenn ich sicher war, dass sie damit auf Dauer keinen Erfolg gehabt hätten, hätten sie zumindest eine Zeitlang das Kräftegleichgewicht erheblich zu unseren Gunsten gestört. Jetzt, da Rielle sie wieder in die Hände bekommt, können sie und Vas'Ko sich ungestört durch innere Unruhen auf Kutera konzentrieren. Das heißt, jeder Welle der Eroberer, die wir zurückschlagen, wird eine weitere folgen. Zumal sie schon jetzt – dank der Informationen, die Zane Arkeen ihnen bei seiner Rückkehr liefern wird – mit unserem Widerstand rechnen und in der Folge mit sehr viel stärkeren Verbänden angreifen werden.«

»Also sind wir verloren?«

»Nein«, sagte Raymo. »Verloren sind wir nicht. Wir müssen nur den ursprünglichen Plan ändern …«

»Du meinst, es besteht doch noch Hoffnung?«

Raymo schüttelte den Kopf. »Für Hoffnung haben wir keine Zeit …«

LIZIA

Die Schwarze See

Die Trommeln aus den unteren Ruderdecks der Kriegsgaleere und die Donner des noch weit vor ihnen liegenden Sturms schlugen um die Wette und brachten die Planken des Schiffes zum Erbeben. Noch lauter aber schlug Lizias verzweifeltes Herz. Sie stand – eng flankiert von zwei voll bewaffneten Soldaten Zane Arkeens – auf dem Oberdeck, die Hände auf den Rücken gefesselt und mit einem Strick verbunden, der ihr von hinten stramm um den Hals lief, so dass ihr sowohl das Atmen als auch das Schlucken schwerfiel. Sie wagte es nicht, die Augen zu schließen vor dem Grauen, das sich jetzt gerade vor ihr abspielte. Zane Arkeen hatte ihr angedroht, für jedes Mal, dass sie die Lider länger als nur zum Blinzeln schloss, ak Sokay einen Finger abzuschneiden.

Ak Sokay war an den mittleren der drei Maste der gewaltigen Galeere gefesselt – das Gesicht zum glatt geschliffenen Holz hin. Zane Arkeen hatte ihm sämtliche Kleidung vom Leib reißen lassen und stand nun im Abstand der Länge seiner schweren Lederpeitsche hinter ak Sokay. Der Commodore hatte bereits zehn Mal hart zugeschlagen – ak Sokays nackter Rücken war übersät mit aufgeplatzten, blutigen Striemen.

»Königin Rielle hat mir die Erlaubnis erteilt, dich nach eigenem Ermessen zu strafen für deinen Verrat«, rief Zane Arkeen zwischen den Schlägen, die er weit ausholte und fast schon dämonisch präzise zielte. »Für deinen feigen Verrat an ihr … aber nicht zu vergessen auch für den Verrat, den du an mir begangen hast, als du Hund mich mit einer Flotte völlig unzulänglicher Schiffe in den Hinterhalt der Milaresen geschickt hast, um dein Bündnis mit ihnen zu besiegeln! Du warst nicht nur bereit, mich und meine Männer zu opfern – du hattest sogar den festen Vorsatz dazu. Du hast nicht nur gewusst und in Kauf genommen, dass wir untergehen werden – es war Teil deines gottverdammten Plans! Es war vorsätzlicher, vielfacher Mord. Und dafür zahlst du jetzt, darauf kannst du dich verlassen. Du zahlst für die gesamte Dauer der Reise. Dass ich dich letzten Endes lebend bei Rielle in Twyddyn abliefern soll, zwingt mich glücklicherweise dazu, meine Rache an dir auszukosten, statt meiner Wut freien Lauf zu lassen. Weniger glücklicherweise für dich.«

Zane Arkeen schlug so lange zu, bis ak Sokay das Bewusstsein verlor und in seinen Fesseln zusammensackte.

Lizia sah deutlich die Enttäuschung im Gesicht des Commodores – wohl auch darüber, dass ak Sokay während der ganzen barbarischen Folter nicht einen einzigen Laut von sich gegeben hatte.

»Kommen wir nun zu Euch, werte Dame«, sagte Zane Arkeen mit ekelhaft gierigem Blick und gebleckten Zähnen zu ihr – und im ersten Moment zitterten Lizia die Beine bei dem Gedanken, dass er jetzt auch ihr vor versammelter Mannschaft die Kleider vom Leiben reißen lassen und sie auspeitschen würde.

Die beiden Wachen hielten sie auf den Füßen, und Zane Arkeen befahl ihnen: »Bringt sie in meine Kabine.«

Er ging voraus und rief nach hinten weg zu den Wachposten an ak Sokays Seite: »Reibt die Wunden des Verräters mit Salzwasser ein. Aber gründlich. Wir wollen ja nicht, dass sie sich entzünden und uns der edle ak Sokay doch noch zu früh verreckt. Die Königin will schließlich auch noch ihren höchsteigenen Spaß mit ihm.«

Sie betraten die Kabine.

Es roch scharf nach Schweiß, muffigen Polstern und frischem Holz. Und nach Brandy – besonders nach Brandy. Da war außerdem noch ein anderes Aroma, das Lizia nicht zuordnen konnte; süß, aber auch ein wenig faulig.

Zane Arkeen gab den beiden Soldaten per Wink den Befehl, Lizia auf den Stuhl am Kartentisch zu setzen. Die angewinkelten Arme zwischen Rücken und Lehne schmerzten vom Druck der groben Stricke.

»Lasst uns allein«, ordnete Zane Arkeen an, und die beiden Soldaten gingen. Er zog seine ledernen Stulpenhandschuhe aus, nahm den Stöpsel von einer Kristallkaraffe und goss sich ein mehr als großzügiges Glas ein, ohne seinen lauernden Blick von Lizia zu wenden.

»Zur Feier des Tages«, sagte er, wie um sich für den Trunk zu rechtfertigen. Er leerte das Glas lautstark schluckend mit einem gierigen Zug – als wäre das Auspeitschen ak Sokays eine große Anstrengung gewesen – und wischte sich den Mund mit dem Handrücken ab.

»Ich würde Euch ja auch etwas anbieten, aber das ist keine Vergnügungsfahrt. Zumindest nicht für Euch, Euer Hoheit.« Er trat an sie heran und hob ihr Kinn mit den Fingern an. Seine Hand stank noch nach dem Leder des Handschuhs und erinnerte Lizia an die Maske, die sie im Gefängnisturm getragen hatte. »Allerdings braucht Ihr keine Angst zu haben. Wenigstens nicht vor mir. Eure Schwester hat ausdrücklich angewiesen, Euch nicht ein einziges Haar zu krümmen.«

Lizia war gleichzeitig erleichtert und verwirrt. »Woher wisst Ihr, wer ich bin?«

Er zuckte mit den breiten Schultern und ließ ihr Gesicht los. »Königin Rielle macht nicht länger ein Geheimnis daraus, wer Ihr in Wirklichkeit seid, Liziana. Sie hat eingesehen, dass das inzwischen müßig ist. Zu viele wissen es bereits.« Er deutete auf ein Regal in der Wand. »Schließlich wusste sie es ja auch.«

Lizia folgte seinem Fingerzeig und entdeckte das große Glas. Lizia zuckte zusammen, als sie erkannte, was es war, das sie da erblickte – auch wenn die Perücke fehlte und das wenige echte Haar dünn und grau war. Es war der Kopf Wenda Weemans!

Eingelegt in Honig.

»Bemerkenswert, dass sie ausgerechnet von ihrem eigenen Sohn verraten wurde«, sagte Zane Arkeen. »Ich nehme an, Urtis hatte die Schnauze voll davon, immer nur auf den kalten Straßen zu arbeiten, während seine Frau Mutter es sich im warmen Palast gemütlich gemacht hat. Urtis ist jetzt der Herr der Perlen.« Er nahm das Glas aus dem Regal und hielt es sich so dicht vor das Gesicht, als würde er die im Honig offen stehenden Lippen Wenda Weemans küssen wollen. »Und anders als seine Mutter hier ist er auch ohne Adelstitel mehr als zufrieden damit, einer der reichsten Männer Twyddyns zu sein.«

Lizia wusste, dass sie Mitleid mit der alten Frau hätte empfinden müssen – wenigstens für die Tatsache, dass sie von ihrem eigenen Fleisch und Blut verraten worden war … und für die Art und Weise, wie sie jetzt nach ihrem Tod dermaßen abartig zur Schau gestellt wurde – doch da war kein Mitgefühl für Wenda

Weeman, da war nur Genugtuung. Sie merkte erst, dass sie lächelte, als Zane Arkeen sie überrascht ansah.

»Sieht ganz so aus«, sagte er und hielt jetzt das Glas dicht vor Lizia hin, »als hättet Ihr Grund, Euch ebenso über ihren Abgang zu freuen wie ich. Dabei dachte ich, sie war Eure Verbündete.«

»Eher eine meiner früheren Sklavenhalterinnen und später dann hat sie mich und ak Sokay in das Bündnis gepresst. Nein, ich bedaure ihren Tod nicht. Ganz im Gegenteil.«

Er grinste. Es erinnerte sie an einen Wolf. »Dann lasst mich Euch sagen: Ich hatte höchstpersönlich das Vergnügen, ihrem maßlosen Leben auf Kosten anderer ein Ende zu bereiten.«

»Ich hoffe, Ihr habt Euch dafür ausgiebig Zeit gelassen«, sagte Lizia und erntete dafür von Zane Arkeen ein anerkennendes Lächeln.

»Oh ja, das habe ich«, antwortete er. »Sehr viel Zeit. Besonders mit dem Hals. Und, könnt Ihr es glauben? Selbst geschrien und gefleht hat sie in der dritten Person.« Er verzerrte das Gesicht und äffte Wenda Weemans grelle Stimme nach. »›Tut Wenda Weeman nicht weh! Habt Erbarmen mit der armen Wenda Weeman!‹ Und die eitle Kuh hat bis zu ihrem letzten Moment die Perücke festgehalten und auf den Kopf gepresst – bis sie keine Kraft mehr in den zuckenden Fingern hatte.«

So wenig Mitleid Lizia für Wenda Weeman empfand, so groß war ihre Abscheu für ihren Scharfrichter. Raymo hatte von diesem Zane Arkeen erzählt, aber der Mann, der jetzt vor ihr stand, war noch um ein Vielfaches schlimmer als die Beschreibungen. Dennoch überlegte sie, wie es ihr wohl gelingen mochte, ihn auf ihre Seite zu ziehen … ihn zum Verbündeten zu machen gegen ihre Schwester Rielle. Aber selbst wenn sie ihm mehr hätte bieten können als die Admiralität der Flotte Twyddyns, sein Hass auf ak Sokay war einfach zu groß, als dass aus den beiden jemals Verbündete werden konnten. Sie verwarf den Gedanken wieder.

Aber irgendetwas musste sie tun. Sie würde auf keinen Fall zulassen, dass sie Rielle wieder in die Hände fiel.

RAYMO

Kutera – Xeljasal

Raymo hatte die Mannschaften der fünf Schiffe Wenda Weemans zu einem Fest im Herzen der Stadt eingeladen. Der Plan, den er ins Auge gefasst hatte, war riskant – um es einmal milde auszudrücken –, aber es war der einzige, den er nach reiflicher Überlegung mit den ihm zur Verfügung stehenden Mitteln hatte schmieden können. Und wenn er aufging, war es nicht einmal ein schlechter Plan. Wie Lambes und auch ak Sokay öfter erwähnt hatten, war das Schmieden von Plänen nie Raymos Stärke gewesen; es entsprach einfach nicht seiner Natur, so weit vorauszudenken. Aber ihm war klar geworden, dass es nicht mehr anders ging. Dass er keine Wahl hatte … dass zu viel auf dem Spiel stand, als dass er es sich erlauben konnte, nur noch von heute auf morgen zu leben. Er fühlte die Last, dass mittlerweile das Schicksal so vieler auf seinen Schultern ruhte, aber da war nichts, was er dagegen tun konnte – außer sie zu tragen … und ihr gerecht zu werden.

Auf Raymos Bitte hin hatte Trimanu auf dem Marktplatz großzügig aufgefahren, was die Küchen und Keller Xeljasals zu bieten hatten: ganze Batterien gegrillter Waldhühner, Schlangenragout, geschmortes Zicklein in süßer Sauce, gebratenen, gekochten und geräucherten Fisch – und sogar roh in Essig eingelegten, wie die Leute an der Küste östlich von Dunuum ihn mochten. Es gab Käse und Marmelade – und Saft und Wein aus Crata Gyna. Besonders Wein.

Viel Wein.

Der Wein war Teil des Plans.

Überall brannten Feuerschalen mit Xalli, die den großen Platz fast taghell erleuchteten.

Und natürlich gab es Musik und Tanz. Keiner von den Männern aus Twyddyn hatte in den Jahren seit dem katastrophalen Weltendonner einen solchen Überfluss erlebt – und garantiert auch nur wenige in den Zeiten davor.

Raymo sah die verwunderte Begeisterung in den Blicken der Seeleute – so wie er es sich erhofft hatte. Und ein jeder von ihnen blinzelte hin und wieder neugierig und argwöhnisch auf einen kleinen Berg im Zentrum des Platzes, der mit Planen abgedeckt war.

Auf seiner Überfahrt von Twyddyn hierher hatte Raymo die Männer kaum wahrgenommen. Schließlich war er nur Passagier gewesen, ohne Interesse an den Männern. Jetzt hatte sich das geändert, und er nahm sie genau in Augenschein.

Allesamt waren sie Schurken und Halunken erster Güte; Halsabschneider im wahrsten Sinne des Wortes. Wenda Weeman und ihr Sohn Urtis hatten sich aus dem Angebot an Männern, die dieser Tage auf der Suche nach jeder möglichen und unmöglichen Arbeit zur Verfügung standen, die Rauhsten unter den Rauhen ausgesucht; die Fittesten und die Härtesten. Mit Sicherheit aber die Skrupellosesten. Und die Wildesten. Entsprechend feierten sie auch.

Raymo selbst hielt sich mit dem Wein zurück und beobachtete nur. Von Trimanus Leuten feierten gerade so viele mit, dass noch genügend Männer und Frauen unter Waffen nüchtern und verborgen in den Schatten blieben, um eingreifen zu können, falls die Sache in die falsche Richtung kippen sollte.

Schließlich hielt Raymo den richtigen Moment für gekommen. Die Männer der Crews hatten genug getrunken, um berauscht zu sein, aber noch nicht so viel, dass sie nicht mehr wahrnahmen, was um sie herum geschah. Er gab Dasha einen knappen Wink.

Dasha tat noch einen tiefen Schluck aus ihrem Tonbecher, als müsse sie sich Mut antrinken, erhob sich von ihrem Sitz auf der Holzbank und schritt in die Mitte des Platzes, genau vor den mit Planen abgedeckten Haufen. Auf ihr Zeichen hin verstummte die Musik und die Tänzerinnen und Tänzer zogen sich zurück.

Dasha stand aufrecht da und schaute schweigend in die Runde. Nach und nach wurde es um sie herum immer ruhiger. Erst als die Neugier die Crews leise genug hatte werden lassen, erhob sie das Wort.

»Männer!«, begann sie – laut und klar. »Viele von euch kennen mich. Und die, die mich nicht persönlich kennen, haben doch ganz bestimmt schon einmal von mir gehört. Ich bin Dasha, die Zofe unserer aller Herrin Wenda Weeman.«

Raymo sah, wie die Männer in der Pause, die Dasha ganz bewusst machte, reihum nickten. Sie wussten, welche besondere Position Dasha im Palast der Perlen innehielt.

»Wie euch gewiss allen bekannt ist«, fuhr Dasha fort, »genieße ich seit Jahren Wenda Weemans absolutes Vertrauen.«

Sie wartete, bis die Männer erneut nickten. Dann: »Warum spreche ich heute Nacht zu euch? Die Antwort ist einfach – und erschreckend zugleich: Wie wir gerade vor wenigen Stunden voller Entsetzen in Erfahrung bringen mussten, steht zu befürchten, dass unserer Herrin zu Hause in Twyddyn etwas zugestoßen ist.«

Es folgte von allen Bänken ein Aufschrei verunsicherter Empörung.

Dasha breitete die Arme aus.

»Habt keine Sorge, Männer! Ich verspreche euch, wir werden uns umgehend darum kümmern. So, wie wir uns auch um euch alle kümmern werden. Keiner von euch muss befürchten, seinen Posten oder seinen Lebensunterhalt zu verlieren.«

Die Männer wurden wieder leiser.

»Ihr alle kennt unseren ursprünglichen Plan«, rief Dasha in die Runde. »Er lautete, die Transportschiffe der Eroberungsflotte Milaras und Twyddyns auf ihrem Rückweg von hier zu überfallen und sie auszurauben. Dieser Plan hat sich geändert. Erlaubt mir an dieser Stelle, das Wort zu übergeben an Raymo Ten Mayne!«

Dasha deutete mit einladender Geste auf Raymo.

Raymo stand von seinem Sitz auf und begab sich gemessenen Schrittes zu ihr nach vorn zu dem mit Planen abgedeckten Haufen. Dasha wollte zu ihrem Platz zurück, doch Raymo raunte ihr zu: »Bleib hier. Sie sollen sehen, dass wir in der Sache Seite an Seite stehen.«

Dann erhob er den Blick und die Stimme zu den Mannschaften: »Ja, ihr habt richtig gehört: Wenda Weeman wurde verraten. An Königin Rielle. Von wem sie verraten wurde, wissen wir zu diesem Zeitpunkt noch nicht, aber im Augenblick müssen wir davon ausgehen, dass die Herrin der Perlen nicht mehr am Leben ist.

Der Mann, dessen Befehl sie euch unterstellt hat – Harwee ak Sokay –, wurde von Rielles Schergen heimtückisch gefangengenommen und befindet sich, während wir hier sitzen, auf dem Rückweg nach Twyddyn. Zusammen mit der jungen Frau, die in seiner Begleitung war. Bisher wusste keiner von euch – und es durfte auch keiner wissen –, wer sie in Wirklichkeit ist. Diese junge Frau ist Lizia … Liziana ak Aésbrunn.«

Ein Raunen ging durch die Männer.

»Korrekt«, sagte Raymo. »Lizia ist die lange für tot gehaltene jüngere Schwester der Königin. Lizia und Harwee ak Sokay hatten gemeinsam mit eurer Herrin Wenda Weeman vor, die Tyrannin Rielle vom Thron Twyddyns zu stürzen.

Ich nehme jedoch stark an, diese politischen Hintergründe sind für die meisten von euch nicht von Belang. Oder zumindest glaubt ihr das. Denn was durchaus für jeden Einzelnen von euch von Belang sein sollte, ist die Tatsache, dass ihr jetzt allesamt in Twyddyn Geächtete und Verräter seid. Gut, damit hat sich im Grunde genommen für euch auch nicht viel geändert, denn Geächtete wart ihr auch schon zuvor, und das Schwert des Scharfrichters hat zu allen Zeiten an jeder Ecke auf euren Hals gewartet.

Jetzt aber steht ihr nicht länger unter dem Schutz Wenda Weemans. Jetzt seid ihr auf euch allein gestellt. Es gibt niemanden mehr, der euch mit Aufträgen versorgt, und auch niemanden mehr, der eure Schmuggelware oder das Diebesgut auf den Markt bringt. Was nutzen euch da noch die fünf Schiffe – wenn ihr keinen Absatz mehr für eure Beute finden könnt und keinen Ort mehr euer Zuhause nennen könnt?

Aber – wie Dasha eingehend schon sagte – wir werden uns darum kümmern. Um euch alle. Wir haben einen Plan, und wir haben ein Angebot. Zuerst zum Angebot!«

Raymo machte ein Zeichen, und gleich darauf zogen sechs von Trimanus Kriegern die Planen von dem Haufen, vor dem er stand. Um ihn herum erschollen Ausrufe des Staunens – vermischt mit Bekundungen ungebremster Gier. Denn der Haufen bestand aus Truhen voller Gold, Silber, Perlen und Saphiren. Außerdem gab es Ballen mit kostbar gewebten Stoffen, gegerbte Felle und Leder, Keramiken und Schmuck aus feinstem Perlmutt.

Raymo wartete ein paar Herzschläge lang, bis jeder der Männer den Reichtum, den er da sah, verarbeitet hatte.

»Ein schöner Anblick, nicht wahr?«, sagte er dann. »Noch schöner aber ist: Die Hälfte davon soll euch gehören!«

Die Meute brach in Jubel aus.

Raymo hob beschwichtigend die Hand. »Sie soll euch gehören – unter einer Bedingung: Ihr unterstellt euch allesamt meinem Kommando und helft mir dabei, die Schergen Rielles zu jagen und Harwee ak Sokay und Liziana ak Aésbrunn zu befreien, damit sie ihre Rebellion gegen Rielle fortsetzen können … und somit tragt ihr auch dazu bei, Wenda Weeman zu rächen. Dafür ist die andere Hälfte des Schatzes gedacht: Sie wird ak Sokay und Lizia in ihrem Kampf unterstützen – ihnen dabei helfen, die Tyrannin zu stürzen. Auf dass ihr alle in Twyddyn wieder ein Zuhause findet, in dem ihr das Leben und euren neu erworbenen Reichtum auch genießen könnt!«

Raymo ließ das Gesagte sacken und sah in den Gesichtern der Männer Begeisterung und Zustimmung. Gut, damit war ein Teil des Plans schon einmal geglückt.

»Wir haben aber noch ein zusätzliches Angebot für euch«, rief er dann und pausierte ein weiteres Mal, bis die Menge nach einer Weile wieder ruhiger wurde. »Nachdem wir Lizia und ak Sokay befreit haben, werde ich die beiden weiterschicken nach Twyddyn – zusammen mit jedem von euch, der sie dorthin begleiten will. Mit dem Rest der Schiffe werde ich hierher nach Kutera zurückkehren – mit all jenen von euch, die *mich* begleiten wollen. Denn das ist das Angebot, dass Häuptling Trimanu und ich euch machen:

Kämpft Seite an Seite mit uns zusammen hier in Kutera gegen die Eindringlinge aus Milara und Twyddyn! Helft uns dabei, die Eroberer mit aller Macht zurückzuschlagen. Sie so lange immer wieder zurückzuschlagen, bis sie es endlich aufgeben, dieses Paradies zerstören zu wollen. Sie so lange zurückzuschlagen, bis sie es sich schließlich aufgrund ihrer Verluste gar nicht mehr leisten können, sich mit uns anzulegen.

Ihr fragt euch natürlich, warum um alles in der Welt ihr das tun solltet. Warum ihr das Risiko dieses Kampfes eingehen sollt und was für euch dabei drin ist. Ich sage euch, was für euch dabei drin ist: ein vollkommen neues Zuhause. Eine neue Heimat. In einem Land – ganz anders als Twyddyn – ohne Hunger und Tyrannei. Eine Heimat ohne die unterdrückende Politik einer verkommenen Aristokratie, die schon so lange an der Macht ist, dass der kleine Mann nicht einmal mehr die Luft hat, frei zu atmen, geschweige denn, es trotz Fleiß und harter Arbeit zu etwas zu bringen.«

Raymo machte ein zweites Zeichen, und daraufhin wurden um den Platz herum in den Hängen des Vulkantrichters, in dem die Stadt erbaut worden war, zahlreiche weitere Feuer entzündet.

»Schaut euch um«, rief Raymo einladend. »Denn das könnte es sein, euer neues Zuhause. Seht all diese wunderbaren Häuser und Gärten! Jeder von euch, der mit mir zusammen hierher zurückkehrt und uns dabei hilft, die Eindringlinge zu bekämpfen, erhält von Häuptling Trimanu eines dieser Häuser für sich. Aber nicht nur das. Er erhält noch einmal so viele Schätze wie all jene, die nach der Befreiung Lizias und ak Sokays nach Twyddyn zurückkehren. Ihr werdet dank der Crata Gyna nie wieder hungern, und das Xalli wird dafür sorgen, dass ihr auch nie wieder friert, ganz egal, wie kalt die Welt noch wird! Endlich habt ihr einen wahren Grund, zu kämpfen! Eure Freiheit! Ein Zuhause, in dem es sich zu leben lohnt! Eine Zukunft!«

Raymos Plan ging auf. Gehofft hatte er darauf, aber er hatte durchaus mit Argwohn und vor allem mit massivem Widerstand gerechnet, weil Argwohn und Widerstand Halunken und Halsabschneidern einfach im Blut liegen. So wie sie ihm selbst im Blut lagen. Er hatte sogar damit gerechnet, dass ihm die Unterkapitäne der Schiffe das Kommando streitig machen würden … dass er möglicherweise gar zum Zweikampf gegen jeden einzelnen von ihnen antreten musste, um seine Fähigkeiten als Kämpfer und Anführer unter Beweis zu stellen. Das war keinesfalls eine Seltenheit bei der Übernahme der Gewalt über ein Schiff. Womit er aber auf gar keinen Fall gerechnet hatte, war das beinahe schon dankbare Einvernehmen, mit dem die Crews aller fünf der Schiffe seinen Vorschlag begrüßten. So etwas hatte er bei einer Ansammlung so vieler rauher Kerle noch nie erlebt. In seiner Heimat, dem Hochland Caldas, hatte es niemals auch nur ein Treffen der Klans gegeben, bei dem es selbst wegen der unwichtigsten Dinge nicht zu Auseinandersetzungen und gar offenen und nicht selten blutigen Streitigkeiten und Kämpfen gekommen war. Aber die weltweite Bedrohung durch das immer schlechter werdende Klima hatte offenbar etwas in den Menschen geändert, denn schon gleich nach Raymos Ansprache stellten die Besatzungen wie ein Mann das Trinken ein, um fit zu sein für den kommenden Tag.

Raymo folgte Dashas Rat und ließ gleich noch am Abend einen kleinen Teil der Schätze als Vorabgeschenke unter den Männern verteilen. Edelsteine, Gold, Silber. Alles, was mal eben schon in zwei Hosentaschen passte. Damit hatte jeder von ihnen bereits jetzt mehr Reichtum in den Händen als jemals zuvor im Leben.

Nun war der Morgen gekommen und es galt, die Jagd auf Zane Arkeen in aller Eile, aber dennoch gründlich vorzubereiten. Raymo stellte sämtliche Zimmermänner der fünf Crews ab, um zusammen mit den geschickten Holzhandwerkern aus Trimanus Stamm transportable Speerkatapulte für die Schiffe und die Munition dafür herzustellen. Weitere Mannschaften wurden damit beauftragt, gemeinsam mit den Kuteranern Xalli zu sammeln und es auf die Schiffe zu bringen. Die Schätze und reichlich Proviant und Trinkwasser wurden an Bord gebracht.

Raymo hatte eine so gute und reibungslose Zusammenarbeit schon lange nicht mehr erlebt, und er wusste: Die Schätze waren nur ein kleiner Teil der Motivation der Männer; der viel größere war die Chance auf ein neues Zuhause … auf den Besitz eines eigenen Heims in einem Land ohne Hunger.

Trimanu stand neben ihm auf der Plattform eines der Wachtürme der Festung, schaute auf den geschäftigen Strand herab und nickte zufrieden. »Du hast es geschafft, Raymo aus Calda.«

»Geschafft ist es erst«, sagte Raymo ernst, »wenn wir Lizia und ak Sokay befreit haben und anschließend hierher zurückkehren, um euch bei der Abwehr der Eroberer zu helfen.«

»Was meinst du, mit wie vielen Schiffen kehrst du zurück?«

Statt Raymo antwortete Dasha, die gerade auf die Plattform trat. »Ich denke, mit allen außer dem, das Lizia und ak Sokay zusammen mit ihrem Teil der Schätze nach Twyddyn bringt. Und ich glaube, selbst das wird hierher nach Kutera zurückkehren, sobald die Mannschaft ihre Fracht dort sicher abgeliefert hat.«

»Meinst du?«, fragte Raymo.

»Ja«, sagte sie. »Ich habe mich umgehört. Es gibt nicht einen Mann, der nicht hierher zurückkehren will. Das Leben, das ihr ihnen hier anbietet, ist das, von dem sie alle schon immer geträumt haben. Und jetzt, in der ewigen Dunkelheit ist es – nicht zuletzt dank des Xalli – noch sehr viel verlockender.«

»Auch wenn sie wissen, dass sie dafür hart gegen die Eroberer kämpfen müssen?«, hakte Trimanu nach.

»Die Männer kämpfen schon ihr ganzes Leben«, antwortete Dasha. »Und die meiste Zeit für nicht mehr als die nächste Mahlzeit, den nächsten Krug Wein und die nächste Hure.«

Sie wandte sich zum Land und machte eine ausholende Geste. »Das hier ist etwas ganz anderes. Etwas so viel Größeres. Auch ich werde hierher zurückkehren.« Nach einer kleinen Pause fügte sie hinzu: »Wenn ihr mich haben wollt, obwohl ich zum offenen Kampf Mann gegen Mann, Schwert gegen Speer, nichts tauge.«

»Du hast dir deinen Platz jetzt schon verdient, Dasha aus Twyddyn«, sagte Trimanu, durchaus ein wenig feierlich. »Ohne dich hätten die Männer Raymo womöglich gar nicht erst zugehört. Ich persönlich werde dir dafür ein ganz besonders schönes Haus aussuchen. Nie wieder wirst du einem Mann oder einer Frau gegen Bezahlung dienlich sein müssen.«

Zum ersten Mal, seit er sie kannte, sah Raymo Dasha völlig frei und unverfälscht lächeln.

»Wenn du es willst, kannst du auch gleich hier bleiben«, schlug Raymo vor.

Sie sah ihn dankbar an, schüttelte aber den Kopf. »So verlockend das Angebot auch ist, ich will ein Auge auf die Männer behalten. Sie vertrauen mir. Außerdem will ich mich von Lizia verabschieden. Ihr ein einziges Mal – wenn auch nur kurz – gegenüberstehen, ohne dass ich ihre Wärterin bin oder sie meine Königin. Ich will, dass sie weiß, dass das, was ich für sie empfinde, echt ist – und ich will ihr erklären, warum ich mich dennoch dafür entscheide, nicht mit ihr nach Twyddyn zurückzukehren.«

Raymo hörte Schritte hinter sich und drehte sich um.

Vor ihm stand Szuma mit leerem Gesicht und traurigen, dunkel umrandeten Augen. Er hatte sie vor dem Fest und auch danach noch einmal besucht, aber sie hatte – wie beim ersten Mal – überhaupt nicht auf ihn reagiert. Auch jetzt sah sie ihn nicht an, sondern blickte über die fünf Schiffe hinaus auf die Schwarze See.

»Ich komme mit euch«, sagte sie knapp, noch immer ohne Raymo anzusehen.

»Szuma«, sagte Raymo. »In deinem Zustand?«

Trimanu stimmte ein. »Ruh dich aus, Kind. Komm erst einmal wieder zu Kräften.«

»Ich komme mit«, wiederholte Szuma unbeirrt. »Zane Arkeen gehört mir! Mir ganz allein!« Damit machte sie kehrt und schritt davon.

Raymo verstand ihren Wunsch nur allzu gut, aber er war nicht sicher, ob er ihn ihr auch erfüllen können würde, wenn der Moment gekommen war. Sein eigener Hass auf Zane Arkeen war einfach zu groß, dafür, was er seiner geliebten Szuma angetan hatte.

ASH

Hashima

Vom offenen Meer her kommend pflügte das Drachenschiff den wütenden Wellen der breiten Flussmündung entgegen. Der Ritt über die hungrigen Strudel und die grauschwarz schäumenden Wogen war rauh. Jedes Mal, wenn das Schiff mit dem Bug auf die Wasseroberfläche zurückbretterte, hörte es sich so an, als würden die Planken unter dem Aufprall bersten. Die Ruder schlugen in dem Auf und Ab öfter unnütz in die Luft, als sie das Wasser trafen. Die Männer hatten sich mit Stricken um die Schenkel an den Bänken festgebunden, um nicht von ihren Plätzen oder schlimmstenfalls von Bord geschleudert zu werden. Ash und die Seewölfe waren vom bis auf den letzten Mann zerstörten Lager der Sklavenhändler aus nach Süden gefahren, immer an der sandigen Küste entlang. Einige der befreiten Sklaven hatten sich angeboten, ja sie sogar angefleht, sich ihnen anschließen zu dürfen, aber davon hatte Dulf Einhand nichts wissen wollen – er vertraute auf dieser gefährlichen Mission ausschließlich seinen Männern. Zwei Tage waren sie nun schon unterwegs, nach der Rettung des blinden Jungen, von dem Ash inzwischen wusste, dass sein Name Sarr'Do'Kai war, und der nach wie vor keinen Hehl daraus machte, dass er Ash und den Normarkern misstraute.

»Zug!«, rief Dulf Einhand mit schmetternder Stimme seinen Ruderern vom Steuer aus zu. »Zug, ihr Hunde! Ich will auf dem Fluss sein, ehe mir das Alter noch den anderen Arm abfaulen lässt. Zeigt dieser verfluchten Wasserschlange, aus welchem Holz wir Männer der Normark geschnitzt sind. Zeigt ihr, wer hier der Herr ist. Zug, hab ich gesagt, also zieht, ihr nichtsnutziges Gesinde, oder die Blitze unseres Gottes Tagdh mögen euch beim Kacken treffen!«

Die Männer zogen so hart an den Riemen, dass ihnen die Adern dick an Armen und Hals hervortraten. Ash hörte, wie sie angestrengt ächzten und von hinter zum Bersten fest zusammengebissenen Zähnen hervor im kehligen Dialekt der Normarker fluchten. Der Schweiß lief ihnen in Bächen über die Gesichter, nur um jedes Mal sogleich wieder von der spritzenden salzigen Gischt abgewaschen zu werden. Und obwohl es so schien, als würden sie für jede Schiffslänge, die sie der Gegenströmung voller Zorn abrangen, gleich darauf wieder zwei zurückgeworfen, kamen sie ihrem Ziel, dem Fluss, doch allmählich näher.

Sarr'Do'Kai stand neben Ash und Þóra im auf und ab springenden Bug des Langschiffes und hielt sich wie die beiden an den Sicherungsschlingen fest, die am aufragenden Hals des Drachenkopfs angebracht waren. Der Blick seiner blinden Augen war leer, aber auf seinem Gesicht konnte Ash erkennen, wie fasziniert er war.

»Du bist noch nie auf dem Meer gewesen, nicht wahr?«

Der Junge schüttelte den Kopf. Das Wasser sprühte aus seinen weißen Krauslocken. »Ehe die Sklavenhändler mich raubten, bin ich noch nirgends gewesen außerhalb unserer Höhlen.«

»Sie haben die Höhlen überfallen?«

»Nein«, sagte der Junge. »Die Wege in die Höhlen sind ein gut gehütetes Geheimnis, und die wenigen Eingänge, die es gibt, sind gut bewacht. Es ist außerhalb der Höhlen geschehen. Mein Großvater hatte mich nach draußen mitgenommen … zum ersten Mal … in das, was wir früher einmal die *Welt des Lichts* nannten. Wir waren in der Steppe auf der Suche nach heilenden Wurzeln für unseren Stamm. Mein Großvater ist … war … der Schamane unseres Volkes. Wir waren drei Tagesreisen von den Höhlen entfernt, als sie uns überfielen …«

Ash sah, dass die bleichen Augen des Jungen nass wurden und er sich beeilte, die Tränen wegzublinzeln.

Þóra, die dank Gottes Hilfe mittlerweile ebenfalls seine Sprache verstand, legte ihm tröstend die Hand auf die magere Schulter. Ihr Saiðaz hatte Wirkung gezeigt, und die schweren Wunden, die der Anführer der Sklavenhändler dem Jungen zugefügt hatten, begannen bereits zu verheilen. Vielleicht war Þóra deshalb die Einzige, deren Berührung der Junge zuließ, ohne erschreckt zusammenzuzucken.

»Wir bringen dich nach Hause, Sarr'Do'Kai«, sagte sie sanft. »Dort bist du sicher. Deine Eltern werden sich freuen zu erfahren, dass wenigstens du noch am Leben bist.«

Der Junge nickte traurig und zog den gefetteten Umhang aus Seehundleder, den sie ihm gegeben hatte, enger um sich, zum Schutz gegen die Wellen, die ihnen am Drachenkopf des Schiffes vorbei jetzt immer heftiger entgegenklatschten.

»Es war wirklich unser Gott, der euch zu meiner Rettung geschickt hat?«, fragte er in Richtung Ash.

»Ja«, antwortete Ash. »Um die halbe uns bekannte Welt hat Tagdh uns gesandt. Vom Eismeer hoch im Norden bis hierher nach Hashima. Wir sind gekommen, den Lugnir zu holen.«

»Wir werden sehen«, sagte Sarr'Do'Kai – wenig überzeugt.

»Woher sonst sollten wir den Weg kennen?«, fragte Ash. »Du musst zugeben, wir haben dich nicht ein einziges Mal danach gefragt und fahren dennoch geradewegs auf dein Zuhause zu.«

»Sag ihm, du als mein Auserwählter weißt auch von den Prüfungen«, sagte Gott leise in Ashs Kopf.

Welche Prüfungen?, fragte Ash.

»Sag es ihm einfach.«

Ash sagte es dem Jungen.

»Du weißt davon?«, fragte der – verwundert.

»Ja«, sagte Ash, obwohl er nach wie vor nicht den blassesten Schimmer hatte.

Gleich darauf nahm das Gesicht des Jungen wieder traurige Züge an. »Unser Stamm besitzt den Speer seit Tausenden von Jahren …«

»Ihr besitzt ihn nicht«, sprach Ash die Worte nach, die Gott ihm jetzt eingab. »Ihr habt ihn gehütet. Für genau diesen Tag, der nun bald gekommen sein wird.«

»Was geschieht danach?«, wollte der Junge wissen. »Mit uns, meine ich … wenn du wirklich der bist, der du behauptest, und den Speer mit dir nimmst?«

»Gott wird die Verdienste eures Volkes nie vergessen«, echote Ash die Stimme in seinem Kopf. »Endlich könnt ihr außerdem die Höhlen für immer verlassen und in einer Welt voller Licht leben, das er uns allen zurückbringen wird.«

Sarr'Do'Kai machte nicht den Eindruck, dass ihn das beruhigte … oder dass die Höhlen zu verlassen für ihn etwas war, wonach er sich sehnte. Kein Wunder, wenn man bedachte, was ihm das einzige Mal, das er sie bisher verlassen hatte, widerfahren war.

»Zug!«, rief Dulf Einhand aus dem Heck unaufhörlich. Seine Stimme war inzwischen heiser und er hatte die Steuerstange einem seiner Männer übergeben. Zur Unterstützung seiner anspornenden Rufe schlug er jetzt dafür im Takt mit der Rückseite seiner Axt auf das Holz des Rumpfs. »Zug, ihr Memmen!«

Noch eine kleine Ewigkeit, während der Ash in den Augen der Seewölfe deutlich lesen konnte, dass sie nur deshalb nicht aufgaben, weil sonst der ganze bisherige Kampf vergebens gewesen sein würde, bockte das Schiff über die Wellen …

Dann aber – mit einem letzten Sprung über die letzte hohe Welle – war es endlich geschafft, und sie hatten das ruhigere Wasser erreicht. Sie waren jetzt auf dem Fluss.

»Wurde auch Zeit, ihr Lumpen!«, rief Dulf Einhand. Trotz seiner Ruppigkeit sah Ash, dass er stolz war auf die unglaubliche Leistung seiner Männer.

Sie ruderten noch so lange weiter, bis die Strömung merklich nachgelassen hatte, dann landeten sie das Schiff am südlichen Ufer, um sich für ein paar Stunden von den Strapazen zu erholen.

»Alle Mann bleiben im Boot«, rief Dulf Einhand. »Und haltet für alle Fälle die Waffen bereit. Wenn ihr schiffen müsst oder kacken, macht es wie auf See: übers Heck ins Wasser.«

»Þóra und ich werden Wache halten«, bot Ash Dulf Einhand an, nachdem sie alle etwas gegessen und getrunken hatten. »Damit deine Männer ausruhen können. Auch du.«

»Was muss ich ausruhen?«, fragte der alte Seewolf grantig. »Hab' ich vielleicht auch gerudert?« Aber Ash sah ihm die Erschöpfung deutlich an. Die Ränder um seine faltigen Augen waren dunkel, und er stand gebeugter als sonst.

»Es ist Gottes Wille, dass auch du dir eine Mütze Schlaf holst«, beharrte Ash, obwohl Gott nichts dergleichen gesagt hatte.

»Gottes Wille«, äffte Dulf Einhand grantig. »Na gut, wenn Gott es so will, dann muss ich ja wohl tun, was er verlangt. Aber wenn ihr irgendetwas Verdächtiges seht, weckt ihr mich sofort. Ich traue diesem ungastlichen Land nicht.« Er wankte müde hinter zum Heck und legte sich auf den Schlafplatz des Kapitäns, einen kleinen Haufen von Eiswolffellen. Er schloss die Augen, und schon drei, vielleicht vier Atemzüge später war er eingeschlafen und schnarchte wie ein Bär.

»Leg du dich auch hin«, sagte Ash zu Sarr'Do'Kai. Anders als der alte Normarker widersprach der junge Hashimaner nicht, sondern suchte sich wortlos einen Platz beim Bug, und damit so weit von den anderen weg, wie er in der Enge des Schiffes nur konnte. Auch er war gleich darauf eingeschlafen. Sein sonst so ernstes Kindergesicht wurde weich und verletzlich.

Ash setzte sich nicht weit davon auf den Bootsrand, lehnte den Kopf an den Hals des Drachen.

Dunkel und bedrohlich lag das Ufer jenseits des Scheins der Fackeln. Soweit Ash es erkennen konnte, war das Unterholz völlig verdorrt. Aber hin und wieder verriet ein Rascheln, dass es durchaus Leben darin gab. Ash hatte keine Sorge, dass es Menschen sein könnten – die ihnen möglicherweise auch noch feindlich gesonnen waren – Gott hätte ihn sonst ganz sicher gewarnt. Dennoch war es unheimlich, etwas so nah durch das Gestrüpp schleichen zu hören, ohne auch nur ansatzweise erkennen zu können, was es war. Jetzt erst wurde es Ash bewusst, wie selten es grundsätzlich geworden war in der Zeit seit dem Weltendonner, dass man überhaupt Tiere sah oder hörte. Es wurden von Tag zu Tag weniger.

Þóra schien gerade ganz genau dasselbe zu denken, denn sie sagte: »Es wird Zeit, dass das Licht der Sonne zurückkehrt, sonst ist bald nicht mehr viel Leben da, das gerettet werden kann.«

Ash nickte. Er sah, dass sie in ihren noch immer nassen Sachen vor Kälte zitterte, und legte seinen Arm zusammen mit einem Teil seines Umhangs um ihre Schultern, um sie wenigstens ein bisschen zu wärmen. Sie schmiegte sich an ihn.

»Wir werden es schaffen, nicht wahr?«, fragte sie leise. Es war das erste Mal, seit sie einander in ihrem Fischerdorf an der Küste Bo'Merans begegnet waren, dass Ash sie zweifelnd erlebte.

»Ja, das werden wir«, sagte er zuversichtlich. Nicht auszudenken, dass, wenn sie aufgaben, alles Bisherige völlig umsonst gewesen sein würde. »Schau, wie weit wir schon gekommen sind.«

Aber ihm war klar: Das war nicht der Hauptgrund, warum er Þóra versicherte, dass sie es schaffen würden. Inzwischen – seit Gott ihm die Geschichte seiner Familie und seine Rolle bei der Mission offenbart hatte – glaubte er fest daran, dass ihre Reise von Erfolg gekrönt sein würde. Dass es tatsächlich sein Schicksal war.

Er würde die Prüfungen in den geheimen Höhlen bestehen und den Speer für sich gewinnen, um damit den Schwarzen Drachen zu töten. Er würde ihm das verfluchte Herz herausschneiden und es Tagdh bringen, damit er wieder zu Kräften kam. Dann wäre seine Schuld – die Schuld seiner Familie – getilgt.

Er merkte selbst, wie irrsinnig es war, daran zu glauben – doch das änderte nichts an der Tatsache, dass er es tat. Es war seine Pflicht, und er würde sie erfüllen.

Und die Ripper, diese Monster, die sein Kloster überfallen und all seine Brüder abgeschlachtet hatten, würden vom wiederkehrenden Licht der Sonne wieder vertrieben werden, zurück ins Reich der Dunkelheit … zurück in das Vergessen, dem sie durch das unheilige Ritual eines seiner machtbesessenen Vorfahren entkommen waren.

»Der Junge hat eine wichtige Frage gestellt«, sagte Þóra in seine Gedanken hinein. »Was wird aus uns, wenn unsere Aufgabe erst einmal erfüllt ist … wenn die Sonne wieder scheint?«

»Wie meinst du das?«

»Ich meine aus uns, aus Euch und mir, mein Gebieter …« Es schwang etwas Zaghaftes, etwas Zerbrechliches in dieser Frage.

Ash antwortete wahrheitsgemäß. »Darüber habe ich noch gar nicht nachgedacht.«

»Dann lasst uns darüber nachdenken, Herr«, bat sie. »Lasst uns zusammen darüber nachdenken.«

»Jetzt?«

»Warum nicht? Es gibt nie eine bessere Zeit, über die Dinge nachzudenken, als das Jetzt.«

Ash musste unwillkürlich schmunzeln.

»Was ist?«, fragte Þóra verunsichert. »Habe ich etwas Falsches gesagt? Etwas Dummes?«

»Nein. Nichts«, sagte er schnell. »Ich musste bei deinen Worten nur gerade an Vater Baol denken, den Abt meines Klosters. Der sagte stets: ›Am besten denkt man über die Dinge nach, nachdem man einmal darüber geschlafen hat …‹«

Þóra rückte ein wenig von ihm weg. »Verzeiht, ich wollte Euch nicht drängen … Es steht mir nicht zu …«

Ash zog sie wieder näher zu sich, schlang nun auch seinen zweiten Arm um sie. »Nein, so war das nicht gemeint, Þóra«, sagte er sanft. »Ehrenwort. Es war nur eine kurze Erinnerung, hervorgerufen durch das, was du gesagt hast. Also komm, lass uns nachdenken. Was ist denn dein Plan? Was würdest du dir wünschen?«

»Ich würde Euch gerne weiterdienen«, flüsterte sie mit belegter Stimme. »Bis ans Ende aller Tage, mein Gebieter …«

»Würdest du dann endlich aufhören, mich ›Gebieter‹ zu nennen?«, fragte er. »Oder ›Herr‹?«

»Aber das ist es, was Ihr seid«, entgegnete sie. »Mein Herr und Gebieter. Und das werdet Ihr auch für immer bleiben.«

»Vielleicht sollten wir erst einmal Gott fragen, was seine Pläne für uns sind.«

»Weicht Ihr mir aus?«

»Nein. Ganz und gar nicht. Ich meine es ernst. Wir wissen ja noch gar nicht, was er vorhat.«

»Nichts, mein Sohn«, sagte Gott, so dass sie beide es hören konnten. Er klang müde – schläfrig. »Nicht das Geringste. Glaubt mir, sobald ich erst einmal endlich meine alten Kräfte wiederhabe, steht es euch beiden Turteltäubchen frei, zu tun und zu lassen, was immer ihr wollt. Ihr seid für mich dann nicht mehr von Interesse.«

»Das ist doch mal eine gute Nachricht«, sagte Ash. »Hörst du, Þóra, wenn alles vorüber ist, bin ich nicht mehr der Auserwählte und somit auch nicht mehr dein ›Gebieter‹.«

»Wie ich schon sagte, Ihr werdet es immer sein«, beharrte sie – stoisch, aber zärtlich. »Also lasst uns nachdenken: Was haltet Ihr von einem kleinen Häuschen an der Küste meiner Heimat? Ich kann für uns fischen gehen, wie ich es früher getan habe …«

»Ein schöner Gedanke«, unterbrach er sie lächelnd. »Aber was wäre meine Aufgabe? Ein Mensch braucht eine Aufgabe, sonst geht er ein. Ordensbruder kann ich nicht mehr sein … Gottes Auserwählter bin ich dann auch nicht mehr … Also, was könnte ich tun in dem kleinen Häuschen an der Küste Bo'Merans?«

»Ihr könntet mir helfen beim Knüpfen und Flicken der Netze. Und auch beim Räuchern und Verkaufen der Fische, die ich fange … Ihr könntet Euch um unsere Kinder kümmern … Ihr könntet ihnen und all den anderen Kindern der Umgebung von unseren Abenteuern erzählen … und von unserem Gott – und wie Ihr ihm dabei geholfen habt, die Sonne zurückzubringen. Kinder lieben solche Geschichten, müsst Ihr wissen, und unsere ist es allemal wert, für spätere Generationen aufbewahrt zu werden. Vielleicht könntet Ihr sie sogar niederschreiben …«

Kinder. Ash fiel auf, dass er noch nie in seinem Leben darüber nachgedacht hatte, Kinder in die Welt zu setzen. Als Ordensbruder des Gottes Svanto waren das Zusammensein mit einer Frau und Kinder niemals überhaupt nur in Frage gekommen. Und jetzt? Hatte er überhaupt das Recht dazu, das Blut des Drachen in seinen Adern weiter zu vererben? Nach allem, was er wusste, würde er damit einen Hang zur Grausamkeit weitergeben – auch wenn er selbst ihn nicht in sich trug, wie er fand. Noch bedenklicher aber war, dass seine Kinder und Erben einen Anspruch auf den Thron Twyddyns hätten, und damit – wie schon sein Vater – zur Zielscheibe würden für die Häscher der jetzt auf dem Thron sitzenden Dynastie der ak Aésbrunn, wenn diese jemals von ihrer Existenz erführen.

In diesem Augenblick wurde ihm bewusst, dass auch er selbst eine solche Zielscheibe war … dass niemand jemals erfahren durfte, wer er in Wirklichkeit war … dass er die Geschichte ihres ›Abenteuers‹, wie Þóra es genannt hatte, niemals würde erzählen dürfen.

Er fühlte, dass jetzt der falsche Moment war, all diese Gedanken und Bedenken mit Þóra zu teilen – dass er damit ihre Gefühle verletzen würde. Daher antwortete er behutsam mit: »Das ist eine schöne Idee, Þóra. Lass sie uns vertiefen, wenn wir all das hinter uns haben.«

Er spürte deutlich, dass sie bemerkte, dass er ihr jetzt tatsächlich auswich, und er war ihr dankbar, dass sie nichts weiter dazu sagte, sondern an seiner Brust nickte.

So standen sie eine Weile engumschlungen im Bug des Drachenschiffs und schauten gemeinsam in die Dunkelheit … die des Ufers und die ihrer Zukunft …

Plötzlich hörte Ash etwas hinter sich. Ein Plätschern, ein Schaben. Es kam vom Heck. Er fuhr herum, erkannte einen Schatten, der am äußeren Rand des Fackelscheins über die Bordswand kam, keine drei Fuß von dort entfernt, wo Dulf Einhand schlief.

Es war ein kleiner agiler Schatten, nicht sehr viel größer als der eines Kindes in Sarr'Do'Kais Alter, doch Ash sah in einer der Hände etwas aufblitzen. Ein Dolch!

»Einhand!«, rief Ash alarmiert, so laut er nur konnte über das Deck hinweg, riss eine der Fackeln aus der Halterung neben sich und lief damit nach hinten los.

Der alte Normarker war sofort wach und rollte sich mit unglaublicher Behendigkeit von seinem Felllager zur Seite weg. Gerade noch rechtzeitig, ehe der vom Bootsrand herabspringende Schatten genau dort den Dolch hinrammte.

Jetzt sah Ash den Angreifer deutlicher. Er war tatsächlich nicht viel größer als ein Kind, doch sein Körperbau und auch sein Gesicht waren die eines erwachsenen Mannes. Seine vom Fluss des Wassers nasse Haut war ebenso tiefschwarz wie die Sarr'Do'Kais, aber am ganzen nackten Leib war sie übersät mit Narben, die in seltsamen Mustern angebracht waren. Sein Kopf war glatt rasiert. Er hatte den Mund zu einem aggressiven Fauchen aufgerissen, und Ash konnte erkennen, dass all seine Zähne nadelspitz waren.

Für einen Augenblick vermutete Ash, es mit einem winzigen Ripper zu tun zu haben, aber nein, es war eindeutig ein Mensch.

Wie es seine Gewohnheit war, hatte Dulf Einhand mit der Axt in der Faust geschlafen und schlug noch im Liegen nach oben hin zu. Er traf den Angreifer, der im Begriff war, sich auf ihn zu stürzen, in den Unterbauch. Noch im gleichen Moment waren auch schon zwei seiner Seewölfe mit ihren Äxten heran und hackten den Zwergenhaften in wenigen Augenblicken zu Tode.

Ash, der das Heck jetzt fast erreicht hatte, sah, dass bereits weitere kleinwüchsige Schatten über die Bordwand geklettert kamen. Vier von ihnen stürzten sich – kreischend wie Tiere – auf die beiden Seewölfe, die Dulf Einhand zu Hilfe gekommen waren, und stachen sie mit ihren spitzen Dolchen nieder.

Noch mehr der Gestalten kamen aus dem Fluss herauf. Dulf Einhands Männer drängten hinzu, schirmten ihren Anführer mit Schilden ab und hieben mit ihren Äxten auf die Eindringlinge ein. Zwei weitere Normarker fielen dem Angriff zum Opfer, aber den anderen gelang es, die Kleinwüchsigen zurückzudrängen.

Dulf Einhand riss Ash die Fackel aus der Hand und leuchtete über den Rand des Hecks hinaus aufs Wasser.

»Verflucht!«, stieß er entgeistert hervor. Ash sah sofort, was er meinte. Im Wasser waren Dutzende kahlrasierter Köpfe im begrenzten Schein der Fackel zu sehen. Und es kamen immer mehr.

»Wir müssen sofort hier weg!«, rief Dulf Einhand. »Sechs von euch ans Heck – zur Abwehr. Der Rest an die Ruder! Schnell!«

Auch Ash sprang auf eine der Ruderbänke, griff sich einen der Riemen und begann sofort zu pullen. Weiter vorn sah er Þóra und Sarr'Do'Kai, die es ihm gleichtaten. Doch der Bug des Schiffs lag auf Land, weshalb es sich trotz ihrer Anstrengungen nicht sogleich rührte.

»Zug, ihr Memmen!«, rief Dulf Einhand, der sich zwischen die sechs Verteidiger stellte, damit sie etwas sehen konnten, und mit der Fackel gegen jeden Schatten stieß, der in seiner Reichweite an Bord klettern wollte. »Zug! Oder wir werden hier alle verrecken!«

Ash und die Männer legten sich ins Zeug, während die Kameraden hinter ihnen nach allem hackten, was die Bordwand emporgeklettert kam. Endlich ruckte das Schiff vom Ufer frei, und gleich darauf setzte es sich langsam in Bewegung.

»Zwei von euch auf jeder Seite zur Verstärkung der Abwehr!«, rief Dulf Einhand den Männern auf den Bänken zu. Jetzt, da das Rudern leichter wurde, war es wichtig, das Schiff so lange zu sichern, bis es ausreichend Fahrt aufgenommen hatte.

Ash hörte, wie sie mit dem Rumpf gegen und auf die Körper im Wasser trafen. Aber noch immer gelang es einigen der Angreifer, die schlüpfrigen Wände zu erklimmen, nur um gleich darauf dem Tod aus Axtstahl zu begegnen und zurück in den Fluss geschleudert zu werden.

»Zug, ihr Hunde!«, brüllte Dulf Einhand, steckte die Fackel in eine der Halterungen und sprang hinüber zum Steuerruder. »Auf mein Kommando hin Seitenwechsel. Drei … zwei … eins … Jetzt!«

Ash und die Seewölfe sprangen auf und setzten sich nun richtig herum auf die Ruderbänke, um sofort damit zu beginnen, in die andere Richtung zu pullen. Das war der nächste kritische Moment. Der Moment, in dem das Schiff zum Stillstand kam, während es von der Rückwärtsfahrt zur Fahrt nach vorn wechselte. Es schienen Ash die längsten Augenblicke seines Lebens.

Immer mehr der Zwergenwüchsigen erklommen das Schiff, nun von allen Seiten. Die Verteidiger konnten nicht länger auf ihren Positionen bleiben und mussten hin und her springen, um die Attacken abzuwehren.

Da sah Ash, wie zwei der Angreifer sich auf Sarr'Do'Kai stürzten.

»Nein!«, schrie Ash, sprang von seinem Platz auf und rannte nach vorn. Doch Þóra war schneller. Noch während sie von ihrer Bank hoch und auf einen der beiden Zwergenwüchsigen zuhechtete, riss sie ihr Messer aus dem Gürtel und rammte es mit einem wilden Schrei tief in den unteren Teil seines Rückens. Der Zweite ließ von seinem Angriff auf Sarr'Do'Kai ab, warf sich auf Þóra … und stieß ihr den Dolch in den Bauch.

»Nein!«, schrie Ash ein zweites Mal. Jetzt war er heran, packte den kleinen Mann, riss ihn von Þóra fort und stieß ihn mit einem wütenden Ruck über Bord zurück in den Fluss.

Ash sah, dass der Angreifer, den Þóra in den Rücken gestochen hatte, auf dem Bauch rutschend auf sie zurobbte, rang ihm den Dolch aus der Hand und stieß ihn dem Mann in den Hals … in den Rücken … in den Nacken – so lange, bis er sich nicht mehr regte. Dann fiel er neben Þóra auf die Knie, riss sie in seine Arme.

Þóra öffnete unter großer Anstrengung die flatternden Lider, und als sie Ash erkannte, lächelte sie – müde, aber selig. Aus dem Mundwinkel sickerte ein kleiner Bach dunkles Blut über ihr Kinn. Sie bewegte die Lippen. »Mein Gebieter!«, sagte sie, dann sackte sie in sich zusammen und rührte sich nicht mehr.

RAYMO

Die Schwarze See

Der Wind stand günstig. Volles Tuch an allen Masten. Die kleine Flotte jagte durch die Dunkelheit, lautlos und tödlich wie ein Rudel hungriger Haie. An den Decks brannten nur die allernötigsten Lichter. Raymo hatte dichte Anordnung befohlen – Rumpf so nah bei Rumpf, wie es das Segeln zuließ –, damit Befehle durch Rufe schneller von Bord zu Bord weitergegeben werden konnten.

Auf jedem der fünf Schiffe fuhren zusätzlich zu den Crews aus Twyddyn nun auch drei Dutzend Männer und Frauen aus Kutera mit. Raymo hatte sie mitgenommen, um sie das Segelhandwerk zu lehren und das Kämpfen auf See. Wenn Kutera überleben wollte, mussten sie die Flotten der Eroberer so lange zurückschlagen, bis keine mehr kommen würden. Dazu mussten sie auf Dauer zusätzliche Schiffe bauen und sie beherrschen. Szuma wusste das und zeichnete sich durch besonders ehrgeiziges, ja fast schon verbissenes Lernen aus – und trieb auch ihre Leute unermüdlich dazu an. Doch abgesehen davon blieb sie Raymo gegenüber distanziert, verschlossen. Er hatte ihr seine Kabine überlassen und schlief bei der Mannschaft unter Deck.

Jedes Mal bei Wachablösung brachte er ihr etwas zu essen, und sie saßen schweigend beisammen. Er verließ sich darauf, dass sie wieder mit ihm reden würde, wenn sie erst einmal soweit war, aber die Finsternis in ihrem Gesicht zu sehen und daran zu denken, was sie verursacht hatte, schnürte ihm vor Wut auf Zane Arkeen die Kehle zu.

Ganz anders als Szuma war Dasha so heiter und frohgelaunt, wie Raymo sie noch nie erlebt hatte.

Sie war durch die Aussicht auf ein neues Leben wie ausgewechselt. Nichts an ihr erinnerte mehr an die lasziv kühle Zofe aus dem Palast der Perlen.

Sie hatte aufgehört, sich den Schädel kahl zu rasieren, und erste kleine Stoppel wuchsen auf ihrer Glatze, begannen bereits, die Tätowierungen zu verdecken. Auch war sie jetzt gänzlich anders gekleidet. Sie trug feste Hosen und eine kurze Jacke aus schwarzem Schlangenleder, Stulpenstiefel aus dem gleichen Material und unter der Jacke eine sandfarbene Tunika aus grob gewebtem Stoff.

Raymo hatte ihr von einem der Schmiede an Bord zwei kurze Sichelschwerter anfertigen lassen; die gekurvten Schneiden waren stark genug zur erfolgreichen Abwehr von größeren Schwertern und Beilen, und sie waren gleichzeitig ausreichend leicht, damit Dasha damit auch zuhauen und stechen konnte. Sie trainierte mehrmals täglich hart und ausdauernd damit – manchmal auch mit Raymo selbst –, und es stellte sich schnell heraus, dass sie ganz und gar nicht so nutzlos war, wie sie anfangs befürchtet hatte. Sie konnte durchaus kämpfen, und Raymo erkannte an der Art, wie sie sich dabei bewegte, das Straßenmädchen wieder, das sie einmal gewesen war und das früh hatte lernen müssen, um ihr Überleben zu kämpfen. Aber auch Pfeil und Bogen konnte sie schon bald – wenn auch nicht meisterhaft, dann doch ganz passabel – handhaben.

Nacht für Nacht schlich Dasha sich leise und wortlos in Raymos Koje, und sie stillten gegenseitig ihre Lust – hart, hungrig, ehrlich, unverblümt –, jeder von ihnen sehr wohl wissend, dass diese Lust jeweils einer anderen galt. Danach schliefen sie engumschlungen tief und fest bis zur nächsten Wachablösung.

Heute – Dasha hockte gerade kauernd auf Raymos Schoß und zuckte mit gierigem Takt ihr Becken in schnellen feuchten Stößen auf und ab, während sie ihre verschwitzte Brust auf die seine presste und sich mit den Zähnen in seinem Hals verbiss – wurde ihre heftige Begegnung jäh unterbrochen … von einem unterdrückten Ruf von der Treppe des Mannschaftsdecks. »Lichter am Horizont!«

»Gebt Befehl, all unsere Lampen sofort zu löschen!« Raymo war mit einem Satz auf den Beinen und zog sich in aller Eile Hose und Jacke an. Er rannte barfuß – die Stiefel in der Hand – die Treppe hinauf auf das dunkle Deck und sofort zum Bug. Seine Galeone war das vorderste der Schiffe. Schon im ersten Moment, als er die Schiffe sah, wusste er, dass er nicht Zane Arkeen vor sich hatte.

»Zu viele!«, sagte er – während er sich die Stiefel anzog – zu Dasha und Szuma, die an seine Seite geeilt kamen. Von Szuma wusste er inzwischen, dass Zane Arkeen mit nur einer Kriegsgaleere unterwegs war. »Ich zähle mindestens sieben Schiffe, und so wie es aussieht, fahren sie nicht in die gleiche Richtung wie wir, sondern kommen uns entgegen. Es ist die Flotte der Eroberer.«

»Wir müssen ihnen ausweichen«, sagte Szuma.

»Und sie ungehindert nach Kutera durchkommen lassen?«, fragte Raymo, der sich wunderte, dass ausgerechnet sie das vorgeschlagen hatte. »Niemals, Szuma!«

»Es sind einfach zu viele, Raymo«, sagte Szuma. »Einen offenen Kampf Schiff gegen Schiff würden wir verlieren. Und wir dürfen Zane Arkeen nicht entwischen lassen.«

»Keine Angst«, sagte Raymo. »Der Hund wird uns nicht entwischen. Trotzdem müssen wir die Flotte wenigstens bremsen und so stark beschädigen, wie wir nur können.«

»Wie willst du das anstellen ohne Kampf?«, fragte Dasha.

»Ja, wie soll das gehen?«, fragte auch Szuma.

»Ihr werdet sehn!« Er gab seine Befehle an die Mannschaft der Galeone und an die anderen vier Schiffe.

Die Kriegsgaleeren der Milaresen fuhren wie Raymos kleine Flotte im Pulk. Wie es sich beim Näherkommen herausgestellt hatte, waren es nicht nur sieben, sondern sogar neun der riesigen Schiffe. Drei in der Mitte und drei an beiden Seiten. Sie ruderten mit allen Riemen.

Raymo und seine Flotte hatten den Wind im Rücken. Also hatten die Milaresen Gegenwind. Das begünstigte sein Vorhaben. Er ließ seine Schiffe hintereinander auf die Gegner zufahren, wie Perlen auf einer Schnur. Die zweite Galeone voran, gefolgt von den drei kleineren Schiffen. Er selbst bildete mit seiner Galeone die Nachhut.

Jedes der Schiffe hatte einen klaren Einsatzbefehl. Raymo sah ihre schwarzen Umrisse im flackernden Licht, das die zahlreichen Fackeln und Feuerkörbe der herannahenden Kriegsgaleeren der Milaresen spendeten. Die Milaresen hingegen konnten seine Flotte in der Dunkelheit unmöglich erkennen.

Raymo sah von seinem Platz im Bug aus, wie die erste Galeone leicht nach Steuerbord abfiel, kurz ehe sie die Flotte der Milaresen erreichte und gesehen werden konnte. Gleich darauf lenkte die erste der drei kleineren Karavellen nach Backbord, die zweite dann wieder Steuerbord und die dritte wieder nach links.

Raymo begann zu zählen. Gleich würde es losgehen. Die Männer an den vier Speerkatapulten waren bereit. Die Speere mit den Ziegenlederbeuteln voller Xalli lagen in den Schienen, die Sehnen waren gespannt.

Am Heck standen zwei Dutzend Männer und Frauen mit der Hälfte ihres gesamten Xallivorrats.

Dann war es soweit!

Raymo sah, wie auf jeweils zwei der äußeren drei Galeeren links und rechts Feuer in die Höhe schlug. Je zwei seiner Schiffe hatten je zwei der feindlichen Schiffe mit Hilfe ihrer Ballistas mit Xalli beschossen, das sich sofort an den an Bord der Milaresen befindlichen Fackeln und Feuerbecken entzündete.

Raymo gab das verabredete Zeichen zum Heck hin. Sofort wurde damit begonnen, das Xalli aus den Fässern, Krügen und

Schläuchen hinter der Galeone in die See zu gießen. Gleich darauf gab Raymo den Mannschaften an den Speerkatapulten das Zeichen zum Feuern.

Die vier riesigen Speere flogen in hohem Bogen auf die vordere der drei mittleren Galeeren zu. Raymo wartete gerade lange genug, um zu sehen, dass sie getroffen hatten und das Xalli Feuer fing, ehe er mit einer stummen Geste rasches Abdrehen nach Steuerbord befahl.

Sie kurvten vor der milaresischen Flotte ab, die panisch ihre Formation auflöste, damit keines der zu brennen beginnenden Schiffe ein anderes mit seinen Flammen ansteckte. Genau damit hatte Raymo gerechnet. Auch damit, dass die Besatzungen der Galeeren sich nun beeilen würden, alles, was zu stark Feuer gefangen hatte, über Bord zu werfen. Alles lief wie geplant. Denn da die Galeeren mittlerweile dort angelangt waren, wo Raymo das Xalli ins Meer gegossen hatten, warfen die Feinde die Brände genau dort hinein. Und jetzt brach das Chaos erst richtig los.

Es gab einen explosionsartigen Knall, als das Xalli auf der Wasseroberfläche sich entzündete und die Flammen sich über die Wellen hinweg von einer der Galeeren zu der nächsten fraßen und an ihren mit Xalli bespritzten Rümpfen emporleckten.

Während seine eigene Galeone das Ende der Kurve um die Milaresen herum und zurück in ihre ursprüngliche Richtung beschrieb, beobachte Raymo das Inferno zunächst über die Backbordseite, dann über das Heck.

»Denkst du, wir haben sie damit vernichtet?«, fragte Szuma hoffnungsvoll. Er sah, wie das Feuer der brennenden Schiffe in ihren dunklen Augen leuchtete.

Raymo schüttelte den Kopf. »Vernichtet nicht. Aber zweifelsohne haben wir sie schwer beschädigt.«

»Was werden sie jetzt tun?«, fragte Dasha.

»In der Hauptsache werden sie sich wundern, wer oder was sie da gerade angegriffen hat«, antwortete Raymo. »Da sie ein Bündnis mit Twyddyn eingegangen sind, können die es unmöglich gewesen sein. Von den Kuteranern wissen sie, dass sie nicht über Schiffe verfügen, die sie so weit draußen auf See angreifen können.«

Dasha meinte: »Soweit wir es beurteilen können, wissen sie dank des Verrats an Wenda Weeman von ak Sokays Mission.«

»Sie können nur wissen, dass ak Sokay ihre Transportschiffe auf dem Rückweg zu überfallen plante«, widersprach Raymo. »Da er es auf ihre Beute abgesehen hat, hätte er kein Motiv, sie schon auf der Hinreise zu attackieren. Nein, sie müssen denken, dass eine dritte Partei ins Spiel gekommen ist, ohne zu wissen, wer das sein könnte. Also, wenn sie klug sind, kehren sie nach dem Löschen der Brände nach Milara zurück und holen Verstärkung. Wenn nicht, brauchen sie jetzt auf jeden Fall einige Tage für die Reparaturen der Schiffe, die überhaupt noch zu retten sind, und werden dann sehr viel vorsichtiger und langsamer fahren. Das bedeutet, wir haben Trimanu und seinen Leuten etwas Zeit verschafft.«

Szuma nickte finster. »Dann lass uns weitersegeln. Je schneller wir Zane Arkeen eingeholt und mit ihm abgerechnet haben, desto schneller können wir zurück und meinem Vater beistehen.«

ASH

Hashima

Die Seewölfe hatten die Blätter der Ruder mit Lumpen umwickelt, um so leise wie möglich voranzukommen und nicht noch mehr mögliche Angreifer auf sich aufmerksam zu machen. Auch hatten sie sämtliche Fackeln an Bord gelöscht. Einzig eine kleine Kerze brannte, geschützt von einer oben und unten offenen Glaskugel – dicht am Rand der Backbordwand, damit man die Flamme vom Flussufer aus nicht sehen konnte. In ihrem schwachen Schein lag Þóra. Sie atmete kaum noch.

Ash kauerte neben ihr und wischte ihr mit einem feuchten Tuch den Schweiß von der kalten Stirn. Er hatte die Wunde in ihrem Bauch gründlich mit Salzwasser und Branntwein gereinigt und fest verbunden. Sie hatte endlich aufgehört zu bluten. Ash war nicht sicher, ob das bedeutete, dass sie heilte, oder ob es daran lag, dass sie schon zu viel Blut verloren hatte und einfach keines mehr in ihr war. Trotz der lang anhaltenden Abwesenheit der Sonne hatte er noch nie einen lebenden Menschen gesehen, der so blass war wie sie jetzt. Selbst ihre Lippen waren beinahe weiß.

Tu etwas!, forderte er von Gott. *Mach, dass sie lebt!*

»Ich bin zu schwach im Moment«, antwortete Gott. »Ich kann ihr nicht helfen.«

Du schuldest es ihr, sagte Ash stumm. *Du schuldest es* mir*! Du hättest uns vor dem Angriff warnen müssen!*

»Ich habe geschlafen«, gab Gott zurück. »Mich ausgeruht. Du weißt, ich verliere mehr und mehr an Kraft. Ich brauche das Herz meines Bruders, und ich brauche es dringend.«

Und du wirst es bekommen, gelobte Ash. *Doch jetzt hilf zuerst ihr. Hilf Þóra! Ich brauche sie.*

»Wozu?«, fragte Gott – beinahe gleichgültig.

So richtig bewusst geworden war es Ash erst in den vergangenen Stunden seit dem Überfall der zwergenwüchsigen Eingeborenen. *Aus vielen Gründen,* sagte er. *Erinnere dich daran, dass sie es war, die mir das Leben gerettet hat, als mir beinahe der Arm abgefallen wäre. Dann habe ich vieles von dem, was ich getan habe, zunächst nur getan, um Sühne zu tun für den Tod ihrer Schwester. Zudem hat sie mir Wärme gespendet in kalten Nächten und an dich und mich geglaubt, als ich selbst keinen Glauben mehr hatte. Am meisten aber, Gott, gibt sie – und nicht du – mir einen Grund, der Welt das Licht zurückzubringen ... und danach zusammen mit ihr ein neues Leben zu beginnen.*

»Du schuldest es der Welt«, sagte Gott. »Hast du das vergessen?«

Nein, das habe ich nicht vergessen, erwiderte Ash. *Aber jetzt in diesem Augenblick ist mir das völlig egal, verstehst du? Es war nicht ich, der deinen Bruder geweckt hat. Nicht ich, der die Ripper zurückgebracht hat. Es war irgendeiner meiner Vorfahren. Ich schulde ihm nichts, ich schulde der Welt nichts, und ich schulde dir nichts. Aber Þóra, ihr schulde ich alles. Und wenn sie jetzt stirbt, kann ich gleich mit sterben, weil mich das Schicksal der Welt und auch das deine dann einfach nicht mehr interessieren. Verstehst du das, Gott?*

»Du spielst ein gewagtes Spiel, mein Sohn.«

Glaub mir, ich spiele überhaupt kein Spiel, widersprach er. *Es ist mir bitterer Ernst.*

»Also gut«, sagte Gott. »Ich will sehen, was ich tun kann. Aber ich brauche deine Hilfe.«

Sag, was ich tun soll.

»Leg deine Linke auf die Wunde und die Rechte auf dein eigenes Herz«, wies Gott ihn an.

Ash tat es.

Was jetzt?

»Nun schließ die Augen und sprich mir nach«, sagte Gott. »Aber mach dich darauf gefasst, dass du Schmerzen empfinden wirst. Große Schmerzen. Doch ganz gleich, wie groß sie auch werden mögen, du darfst das Ritual nicht unterbrechen. Auf keinen Fall.«

Wieso werde ich Schmerzen empfinden?, verlangte Ash zu erfahren.

»Weil du ihr einen Teil deiner Lebenskraft geben wirst. Die Kraft der Drachen, die ich dir im Moment nicht geben kann, sie steckt auch in dir, wie du weißt, und unter meiner Anleitung wirst du sie jetzt zur Heilung verwenden. Also, bist du bereit?«

Ich bin bereit, antwortete Ash und schloss die Augen.

Gott gab ihm die Worte in der fremdartigen Sprache des Saiðaz vor, und Ash sprach sie leise murmelnd nach:

»Wy sa'ave hsobe.
Pou odhtren klepy le.
Dre'aroc kuu ndray.«

Gleich darauf spürte Ash den ersten scharfen Stich tief in seinem Herzen. Sein ganzer Leib verkrampfte und er biss die Zähne hart aufeinander. Gleichzeitig fühlte er, dass etwas wie kribbelnde Wärme von seiner Brust über die Hand in seinen Arm über die Schultern und in die Hand auf Þóras Wunde überging.

»Du musst weitersprechen«, warnte Gott.

»Ye'Sesh dibmon anbro.
Ssekor larp mah'ham.
Ki'sa me lam.«

Ein zweiter Stich fuhr Ash in die Brust. Es war, als würde ein Adler eine Klaue in sein Herz schlagen und immer fester erbarmungslos zugreifen, daran zerren, um es ihm aus den Rippen zu reißen.

Er konnte die Augen nicht länger geschlossen halten und sah, dass zugleich auch Þóra die ihren schwach aufschlug.

»Weiter!«, drängte Gott.

Ash schnappte nach Luft und konzentrierte sich auf jedes einzelne Wort, das Gott ihm vorgab.

»Thou Lthat porr yero.
Tall'ju slan grynom.
A'Sha'A'karru.
Quset apnir may'la'rus.«

Þóra schnappte nach Luft, als würde sie aus dem Wasser auftauchen. Ihre Augen weiteten sich. Sie starrte Ash an.

»Nicht«, stieß sie matt hervor, fasste fahrig nach Ashs Hand an ihrer Wunde, versuchte, sie wegzuziehen. Doch sie war dazu nicht stark genug. »Das dürft Ihr nicht tun, Gebieter.«

Der Schmerz in Ashs Brust war jetzt so groß, dass er glaubte, das Herz müsse ihm explodieren. Sein verkrampfter Körper hatte so heftig zu zittern begonnen, dass seine Zähne klapperten, und ihm war der Schweiß ausgebrochen.

»Nicht aufhören!«, rief Gott in seinem Schädel. »Noch einmal! Ganz von vorn!«

»Wy sa'ave hsobe.
Pou odhtren klepy le.
Dre'aroc kuu ndray.
Ye'Sesh dibmon anbro.
Ssekor larp mah'ham.
Ki'sa me lam.
Thou Lthat porr yero.
Tall'ju slan grynom.
A'Sha'A'karru.
Quset apnir may'la'rus.«

Die Glaskugel über der Kerze zerplatzte, die Kerze erlosch. Gleichzeitig sah Ash in der Dunkelheit, wie schwachblaue Blitze über seine Arme in Þóras Bauch wanderten. Sie knisterten und tauchten Þóra von innen heraus in pulsendes Licht.

Der Schmerz war jetzt so stark, dass es Ash schwarz vor Augen wurde. Er blinzelte durch die Finsternis und erkannte, dass Þóras Lippen wieder dunkler geworden waren, ihr Blick klarer.

Dann brach er zusammen.

Als Ash wie nach einem langen, traumlosen Schlaf erwachte, lag er in Þóras Armen. Sie war wieder völlig bei Kräften und flößte ihm gerade mit einer Kelle aus gedengeltem Kupfer kalte Fischbrühe ein.

»Trinkt, mein Gebieter«, sagte sie leise. »Aber vorsichtig. Verschluckt Euch nicht.«

Ash trank, schmeckte die Würze und das Salz, fühlte, wie ihm der Sud zumindest etwas seiner verloren gegangenen Kraft zurückbrachte.

Þóra legte die Kelle beiseite, als er sie geleert hatte, und streichelte ihm mit den Fingern liebevoll über die bartkratzige Wange. »Das hättet Ihr nicht tun dürfen, Herr«, sagte sie, aber ihr Blick war voller Dankbarkeit. »Ihr habt Euer Leben in Gefahr gebracht, für mich. Hätten wir Euch verloren, hätten wir alles verloren.«

Er lächelte matt und griff erschöpft nach ihrer Hand, küsste sie mit schwachen, leise zitternden Lippen. »Nein, alles verloren hätte ich nur dann, wenn ich dich verloren hätte, Þóra.«

Sie legte ihre Stirn auf die seine.

Ihm fiel jetzt erst auf, dass die Fackeln an Bord wieder brannten. »Wie lange war ich weg?«

»Eine ganze Weile«, sagte sie. »Bestimmt eine halbe Wache lang. Wir müssten gleich da sein.«

Ash schaute auf – und sah fast senkrecht steile Sandsteinklippen zu beiden Seiten des Drachenschiffs aufragen. Sie leuchteten rötlich im Schein der Fackeln. Der Fluss war inzwischen sehr viel enger geworden.

Dulf Einhand trat zu ihnen. »Laut Gott müssten wir demnächst auf eine Grotte stoßen, hat uns Þóra gesagt. Angeblich ist sie groß genug für das Schiff.«

Ash rappelte sich mit Þóras Hilfe auf und sah sich um. Er bemerkte die Lücken auf den Ruderbänken.

»Wie viele?«, fragte er.

»Die Attacke der Zwergenwüchsigen hat uns weitere vier Männer gekostet«, antwortete Dulf Einhand mit leiser, dunkler Stimme. »Und dass das klar ist: Viel mehr dürfen wir nicht verlieren, wenn wir noch eine Chance haben wollen, nach Gutney zurückzukehren.«

Dulf Einhand ging vor zum Bug. Ash, Þóra und Sarr'Do'Kai, der die ganze Zeit schweigend neben Þóra gesessen hatte, folgten ihm. Sie hielten angestrengt Ausschau.

»Der Eingang zur Grotte soll auf der Nordseite sein«, sagte der alte Seewolf. »Also links.«

Für eine kleine Weile länger war nichts zu erkennen außer einer glatten steilen Sandsteinwand. Dann aber schließlich rief Sarr'Do'Kai: »Dort! Dort hinter dem Vorsprung!«

Und tatsächlich, gleich darauf sah auch Ash den dunklen Fleck in der Klippe.

Der Eingang zur Grotte!

»Backbord: rudern einstellen!«, rief Dulf Einhand, als sie die Position des Höhlenmauls, das nicht sehr viel größer war als ihr Boot, passiert hatten, und seine Stimme hallte laut von den Wänden wider. Das Schiff begann, sich nach links zu drehen, und als es mit dem Bug genau auf die Öffnung zeigte, befahl der alte Seewolf den Männern an Backbord, das Rudern wieder aufzunehmen. »Aber langsam jetzt, damit wir uns nicht noch so kurz vor dem Ziel die Nase am Felsen einrennen!«

Es war, als würden sie in das weit offen stehende Maul eines hungrigen Riesen hineinfahren. Sofort änderte sich der Hall in der Luft, das leise Rauschen des Flusses verstummte. Die Fackeln des Schiffes tauchten die Wände und die hohe gewölbte Decke in ein rötlich warmes Licht. Überall im Gestein funkelte es.

»Quarzkristalle«, vermutete Ash.

Dulf Einhand lachte rauh. »Siehst du die farbigen Feuer im Kern des Funkelns? Das sind Diamanten, mein lieber Auserwählter. Und soweit ich das von hier unten aus beurteilen kann, jeder so groß wie ein Auge.«

»Wir sollten anhalten und versuchen, uns ein paar davon einzusammeln«, kam ein Ruf von den Ruderbänken.

»Ja, anhalten!«, rief ein Zweiter. »Wir wären binnen weniger als nur einer Stunde reiche Männer!«

»Ach!«, machte Dulf Einhand. »Und was würdet ihr euch von dem Reichtum kaufen, nächstes Jahr, wenn es noch weniger zu essen gibt? Oder übernächstes, wenn selbst die Meere zufrieren, die Fische und Krebse krepieren und mit ihnen alles Getier, das von ihnen lebt? Nein, ihr Hunde, wir fahren weiter. Die Zeit drängt.«

Die Männer auf den Bänken stießen Laute des Unmuts und des Protests aus.

»Keine Sorge!«, rief Dulf Einhand beschwichtigend. »Wir wissen ja jetzt, wo die Grotte liegt. Wenn Gott erst wieder erstarkt ist und das Licht zurückgebracht hat, kommen wir hierher zurück und holen sie uns. Ihr könnt euch drauf verlassen!«

Das stimmte die Männer milder.

Statt enger wurde der ruhige Wasserlauf, durch den sie fuhren, immer weiter, bis er schließlich einen riesigen See formte, dessen Ende Ash nicht mehr sehen konnte. Hin und wieder entdeckte er im Schein der Fackeln große blassweiße Schatten lautlos durch das dunkle Wasser schlängeln. Aale oder Muränen, so lang wie zwei bis drei Männer. Auch wurde es allmählich immer wärmer.

Ein plötzliches Geräusch ließ Ash erschrocken aufschauen. Etwa einen Schritt von seiner rechten Hand entfernt zitterte ein langer Pfeil im Drachenkopf des Bugs.

»In Deckung!«, rief Dulf Einhand fast zeitgleich donnernd. »Schilde hoch!«

Keinen Moment zu früh! Weitere Pfeile prasselten auf sie hernieder, trafen auf Schilde und in die Steuerbordwand.

»Wir kommen in Frieden!«, rief Ash in der Sprache Sarr'Do'Kais und winkte den Jungen zu sich heran.

Sarr'Do'Kai kam zu ihm gelaufen und kletterte neben ihm nach oben auf den Rand der Bugwand, hielt sich am Drachenkopf fest. »Ich bin es, Sarr'Do'Kai!«, rief er ins Dunkel zu ihrer Rechten. »Sohn des Durr'Sa, Enkel des N'Ki'Du! Die Fremden, die bei mir sind, haben mich gerettet aus den Händen der Männer mit den Peitschen! Einer von ihnen ist der Verheißene. Er ist gekommen, die Prüfungen zu bestehen und den Lugnir mit sich zu nehmen!«

Augenblicklich hörte der Pfeilhagel auf. Etwa vier Schifflängen rechts vor ihnen wurden Fackeln entzündet. In deren Licht erkannte Ash Dutzende von Gestalten.

Sie waren so dunkel wie Sarr'Do'Kai und trugen allesamt lange, helle Gewänder, die ihnen bis zu den nackten Füßen reichten. Soweit Ash erkennen konnte, waren es fünf oder sechs Dutzend – mehr als die Hälfte von ihnen hielten Bögen in der Hand, die beinahe so hoch waren wie sie selbst; die langen Pfeile auf den Sehnen zielten auf das Drachenschiff.

Ash sah ihre Augen. Wie die des Jungen waren sie milchigweiß. So wie auch das Haar eines jeden weiß war. Aus der Menge trat ein Mann nach vorn. Sein Gebaren war herrschaftlich. Statt eines Bogens hielt er in der rechten einen langen, knolligen Stab.

»Wir glaubten dich verloren, mein Sohn«, sagte er zu Sarr'Do'Kai, »als wir die zerstümmelten Leichen deines Großvaters und eurer Begleiter in der Steppe fanden.«

»Ich war verloren, Vater«, antwortete der Junge. »Wenn die Fremden nicht gekommen wären …«

»Sie kommen in Frieden?«

»Sie waren gut zu mir«, antwortete Sarr'Do'Kai. »Sie haben meine Wunden versorgt. Er hier trägt den Namen Ash Hanson. Sie behaupten, er sei der Auserwählte.«

Sarr'Do'Kais Vater nickte nachdenklich. »Gut. Wenn das so ist, mögen sie anlegen. Aber nur der, der glaubt, der Auserwählte zu sein, darf von Bord. Die anderen bleiben, wo sie sind, und werden von uns mit Frischwasser und Proviant versorgt.«

Ash übersetzte zur Mannschaft hin und sah sogleich am Gesicht Dulf Einhands, dass ihm der Vorschlag des Hashimaners ganz und gar nicht behagte.

»Ihre Heimat, ihre Regeln«, sagte er.

»Deswegen muss es mir noch lange nicht gefallen«, erwiderte der alte Seewolf. »Wenn du in zwei Stunden nicht zurück bist, kommen wir dich suchen.«

»Wenn er in zwei Stunden nicht zurück ist«, sagte Sarr'Do'Kais Vater in der Sprache Bo'Merans, »wird er nie wieder zurückkehren, Normarker, und wir werden euch alle töten.«

LIZIA

Die Schwarze See

Lizia hing über dem Bottich, an dem sie sich normalerweise wusch, und kotzte lautstark gallebitteres Wasser. Mehr als das war nicht mehr in ihrem längst verkrampften Bauch. Der mörderische Gewittersturm hielt nun schon seit Stunden an, und er war tausendmal schlimmer als alle Stürme, die sie auf der Hinfahrt erlebt hatte. Obwohl die Kriegsgaleere um einiges größer war als die Galeone, auf der sie mit Raymo und ak Sokay gefahren war, warf das heftige Wetter sie auf den haushohen Wellen hin und her und auf und ab wie eine Nussschale. Das Schiff neigte sich gerade so stark zur Seite, dass Lizia mitsamt dem Bottich quer über den Boden der Kabine rutschte und gegen die Wand knallte, wo der Bottich umstürzte und sein Inhalt sich über sie ergoss. Sie fluchte und trat den Eimer beiseite, rappelte sich auf, nur um vom nächsten Neigen des Schiffes in die andere Richtung wieder von den Füßen geschleudert zu werden und gegen das Bett zu rutschen.

Plötzlich tat es über ihr einen Schlag, gleich darauf dicht neben ihr. Etwas Scharfes traf sie schmerzhaft im Gesicht. Ein Splitter – von dem Ding, das gerade durch die Decke und neben ihr auf den Boden geknallt war. Ein Hagelkorn – so groß wie eine Männerfaust!

Geistesgegenwärtig und so schnell sie konnte, krabbelte Lizia auf allen vieren unter die fest montierte Tischplatte. Schon schlugen die nächsten Brocken wie Geschosse durch die Decke, platzten auf dem Boden auf, splitterten in alle Richtungen. Wieder wurde Lizia getroffen, diesmal am Bein. Sie schrie auf vor Schmerz, griff eilig eines der Felle vom Bett und bauschte es schützend vor sich, während sie sich mit dem anderen Arm am Eichenfuß des Tisches festklammerte.

Von draußen vom Deck drangen über den tosenden Sturm hinweg zahlreiche Schreie zu ihr in die Kabine. Sie hörte deutlich: Mehr als einer von ihnen war ein Todesschrei.

»Geht in Deckung, ihr verdammten Narren!«, hörte sie Zane Arkeen brüllen, und im nächsten Moment kam er in die Kabine gestürmt, seine Silhouette schwarz im grellen Licht der hinter ihm über den Himmel zuckenden Blitze.

»Gut!«, rief er erleichtert, als er Lizia unter dem Tisch entdeckte. »Ihr lebt noch.«

Er war von Kopf bis Fuß klatschnass. Seine langen weißen Haare und die Kleidung klebten triefend an ihm. Er stellte sich in die schützende Deckung des beindicken Türbalkens und schrie nach draußen gewandt: »Bindet ak Sokay los und bringt ihn hier herein! Schützt euch mit Schilden, ihr Idioten!«

Er drehte sich wieder zu Lizia. »Hat man schon mal so ein verfluchtes Wetter gesehen?! Glaubt mir, Euer Hoheit, ich bin in meinem Leben schon durch viele Stürme gefahren, aber so etwas habe ich noch nicht erlebt! Das Wetter wird zunehmend schlimmer, je länger die Dunkelheit anhält. Schaut Euch diese gottverdammten Hagelkörner an … Ach was, Körner, was rede ich da? Das sind verfickte Kugeln! Sie haben unser gesamtes Tuch zerfetzt, ehe wir auch nur die Chance hatten, es einzuholen. Bis wir es geflickt haben, wird es Tage dauern. So lange können wir nur rudern. Kostet uns wertvolle Zeit, verfluchte Scheiße!«

Lizia bemühte sich, ihn in ihrem Gesicht nicht lesen zu lassen, dass sie das für äußerst gute Nachrichten hielt. Je langsamer sie fuhren, desto größer war die Chance, dass Raymo sie einholen würde … falls er überhaupt auf dem Weg zu ihnen war; Lizia war sich nicht sicher. Es war ebenso gut möglich, ja vielleicht sogar viel wahrscheinlicher, dass er zusammen mit seiner Szuma in Kutera geblieben war. Sie würde das nur zu gut verstehen – aber gleichzeitig hoffte sie …

Da ist sie schon wieder, diese dreimal verfluchte Hoffnung!, schalt ihre innere Stimme.

Doch sie erinnerte sich: *Was Raymo angeht, ist es keine Hoffnung, sondern Zuversicht.* Etwas in ihr sagte ihr – trotz aller Unwahrscheinlichkeit –, dass er sie auch dieses Mal nicht im Stich lassen würde. Er würde ganz gewiss kommen und sie retten.

»Das könnt Ihr vergessen, Prinzessin«, sagte Zane Arkeen mit einem rauhen Lachen. »Der Caldäer ist jetzt da, wo er die ganze Zeit hinwollte. Mit der Frau, die er liebt.«

Offenbar hatte Lizias Gesichtsausdruck sie doch verraten. Zwei Männer – geschützt von zwei anderen mit schweren Schilden – brachten ak Sokay herein. Wie ein lebloser Sack hing er nackt zwischen ihnen, die Füße reglos hinter sich her schleifend.

»Packt ihn zu der Prinzessin unter den Tisch!«, befahl Zane Arkeen. »Und bringt mehr Schilde!«

Sie schleppten ak Sokay zu Lizia und warfen ihn achtlos zu ihr unter die massive Tischplatte. Lizia fühlte an seinem Hals nach dem Puls. Sie musste ihn suchen, und als sie ihn fand, war er so schwach, dass es ein paar Momente dauerte, bis sie sicher war, dass er noch lebte. Sein nasser Rücken war übersät von den Spuren der Peitsche – inzwischen vernarbtes Gewebe und ganz frische Wunden.

Zane Arkeens Männer bauten die herbeigebrachten Schilde vor dem Tisch auf.

In der Dunkelheit dahinter nahm Lizia ak Sokay in die Arme und flüsterte: »Haltet durch, Harwee. Haltet durch. Wir werden das hier überstehen.«

Als hätten ihre Worte ihm Kraft gegeben, öffnete er unter großer Anstrengung die Augen. Sein Blick war zunächst wie ins Leere gerichtet, erst als er ihn auf ihr Gesicht lenkte, kam eine Spur Klarheit hinein. Er lächelte. »Ja, wir werden das überstehen, meine Königin«, sagte er mit brüchig leiser Stimme.

Sie streichelte ihm das von Schweiß und Dreck und Wasser verklebte Haar aus dem Gesicht, küsste ihn auf die Stirn und wiegte ihn sanft. Seine geschundene Miene wurde friedlich weich und die Augen fielen ihm wieder zu. Gleich darauf war er eingeschlafen.

Zane Arkeen ließ ak Sokay bei Lizia in der Kabine, selbst als der Sturm so abrupt aufhörte, wie er angefangen hatte. Die Mannschaft hatte draußen mit Aufräumarbeiten alle Hände voll zu tun. Ak Sokay wäre ihnen dabei nur im Weg.

Während die Zimmerleute ihre Decke reparierten, räumte Lizia die Unordnung in der Kabine auf, und als man ihr einen Krug frisches Wasser und ein Tablett mit Essen brachte, half ihr einer der Seeleute, ak Sokay auf das Bett zu legen.

»Nicht einmal seinen schlimmsten Feind sollte man so behandeln«, murmelte er so leise, dass nur Lizia ihn hören konnte. »Hinrichten für seinen Verrat, das ist eine Sache. Völlig gerechtfertigt, wenn man mich fragt. Aber ihn schlimmer zu quälen als jedes Vieh …«

Lizia lächelte ihm dankbar zu und begann anschließend damit, ak Sokay gründlich zu waschen.

Er sah furchterregend schwach aus und zuckte jedes Mal zusammen, wenn sie mit dem nassen, aber rauhen Lappen die frischen Peitschenstriemen auf seinem Rücken berührte. Doch er biss tapfer die Zähne zusammen und stieß nicht einen Laut des Schmerzes aus.

Danach gab sie ihm mit einem Becher Wasser zu trinken, pulte, als er leer war, sorgfältig Räucherfisch von den Gräten und gab ak Sokay das salzige Fleisch mit den Fingern zu essen. Er schlang es gierig herunter, sie bei jedem Bissen dankbar anblickend.

»Ihr werdet eine gute Königin«, flüsterte er. »So gütig, wie es Euer Großvater einstmals war.«

»Ich bin schon froh, wenn wir das hier lebend überstehen, Harwee, ohne im Anschluss wieder in die Hände meiner Schwester zu fallen«, gab sie leise zurück.

»So bescheiden dürft Ihr nicht denken, Liziana«, sagte ak Sokay ernst. »Überleben allein genügt nicht. Darf Euch nicht genügen. Es ist Euer und auch mein Schicksal, über Twyddyn und sein Volk zu herrschen … es ein für alle Mal von der Tyrannin zu befreien. So wie es damals das Schicksal Eures Großvaters und meines Vaters war, es von den grausamen Despoten der ak Meru zu befreien. Und niemand – nicht Zane Arkeen noch Eure Schwester Rielle – wird uns davon abhalten.«

Lizia kam nicht umhin, sich eingestehen zu müssen, dass die Beherztheit, die in seinem sonst mehr erschöpften Blick flammte, sie zutiefst beeindruckte. Selbst in diesem schon fast gebrochenen Zustand gab er sein Ziel nicht auf … seinen Traum.

War das Wahnsinn oder Entschlossenheit? Oder beides? Auf jeden Fall machte es ihr Mut.

Sie wollte ihm noch mehr von dem geräucherten Fisch geben, doch er schüttelte abwehrend den Kopf. »Ihr müsst ebenfalls etwas essen, Liziana. Sorgt unbedingt dafür, dass auch Ihr bei Kräften bleibt. Und vor allem merkt Euch: Seid allzeit bereit – ganz gleich, welche Gelegenheit zur Flucht sich uns oder auch Euch allein bieten mag.«

»Nehmt es, Harwee«, sagte sie. »Ihr braucht das Essen sehr viel dringender als ich.«

Doch er blieb standhaft, und schließlich leerte sie den Holzteller selbst. Ihr von der Übelkeit strapazierter Magen war noch immer gereizt, aber es gelang ihr, den Fisch drinzubehalten. Sie trank das letzte Wasser aus. Anschließend, als auch die Zimmerleute nach getaner Arbeit ihre Kabine verlassen hatten, deckte sie ak Sokay mit den Fellen zu, legte sich hinter ihn und schlang einen Arm um ihn.

»Ruht Euch jetzt erst noch einmal aus«, flüsterte sie ihm ins Ohr und schmiegte sich an ihn.

Nach einer kurzen Weile atmete er tief und regelmäßig. Lizia schloss ebenfalls die Augen und schlief ein.

Sie wurde von einem lauten Poltern geweckt und schreckte aus dem Schlaf hoch.

»Lange genug ausgeruht!«, sagte Zane Arkeen, der vor ihnen stand. Er hatte gegen das Bett getreten. Hinter ihm standen zwei seiner Soldaten. »Es geht wieder an den Mast, ak Sokay.«

»Habt Erbarmen, Commodore«, flehte Lizia und hielt ak Sokay fest, während die beiden Soldaten kamen und an ihm zerrten. »Habt Ihr ihn nicht schon genug gequält?«

»Euer Hoheit, ihr habt scheinbar schon vergessen, was er mir und meinen Männern angetan hat«, knurrte Zane Arkeen unerbittlich. »Wie viele der mir anvertrauten Männer durch seinen feigen Verrat den Tod gefunden haben. Da ist keine Qual genug!«

Lizia hatte nicht genug Kraft, ak Sokay auf dem Bett zu halten. Die Männer zogen ihn hoch und schleppten ihn zur Tür.

Sie lief ihnen nach. Auf der Schwelle zum Deck hielt sie erschrocken inne. Es war unglaublich, was der Sturm mit dem Schiff angerichtet hatte. Trotz der Aufräumarbeiten und den in vollem Gang befindlichen Reparaturen sah die Galeere aus wie ein Schlachtfeld. Der vordere Mast war in der Mitte geborsten und hing mitsamt der zerissenen Takelage quer über dem Deck. Was von den Segeln der anderen beiden Masten übrig war, war inzwischen eingeholt und wurde geflickt. Die Planken waren an vielen Stellen vom Hageleinschlag aufgebrochen. Auch die Reling war an mehreren Stellen in Stücke gehauen.

Überall sah Lizia Reste von Blut in den Maserungen des Holzes.

Zane Arkeen und seine Soldaten brachten ak Sokay zum Mittelmast. Lizia rannte hinterher, fasste den Commodore an der Schulter. »Ich flehe Euch noch einmal an, Arkeen: Habt doch bitte Erbarmen! Königin Rielle wird in Twyddyn schon noch hart genug mit ihm ins Gericht gehen. Habt Ihr denn kein Herz?«

Zane Arkeen drehte sich ruckartig um und wischte ihr mit dem Handrücken fest gegen das Jochbein. Lizia wurde durch die Wucht umgestoßen und fiel aufs Deck. Ihre Wange brannte.

»Genug!«, brüllte Zane Arkeen sie an – und dann zu seinen Männern: »Bringt sie wieder zurück in ihre Kabine!«

Doch ehe weitere Soldaten bei ihr waren –

Etwas kam herangeflogen! Lizia hörte einen Schlag und gleich darauf ein quatschendes, spritzendes Geräusch. Ehe sie registrierte, was es war, wiederholte es sich – drei, vier, fünf Mal. Es waren riesige Speere, die im Bogen auf das Deck der Galeere trafen. Ledersäcke waren an sie gebunden, die beim Aufprall platzten und aus denen sich eine dunkle Flüssigkeit über das Holz verteilte.

»Der Caldäer! Er hat uns eingeholt«, rief Zane Arkeen schockiert. »Alle Feuer aus! Sofort!«

Doch ein Teil der Flüssigkeit hatte bereits Feuer gefangen. »Deckmannschaft: Alle Mann ans Löschen!«, befahl der Commodore. Lizia hörte eine Spur panisches Entsetzen in seiner Stimme. »Der Rest von euch an die Riemen! Volle Kraft voraus.« Zum Mann am Steuer rief er: »Sofort Kurs gegen den Wind setzen! Direkt gegen den Wind. Nur dann sind wir schneller als sie mit ihren Segeln.«

Um Lizia herum brach das Chaos aus. Überall schlugen mehr und mehr Flammen in die Höhe, leckten über die Planken und an den Masten in die Höhe.

Lizia sah sich um, in die Richtung, aus der die Speere gekommen waren. Doch in der Dunkelheit auf See war trotz des Brands auf Deck der Galeere nichts zu erkennen.

Seid allzeit bereit – ganz gleich, welche Gelegenheit zur Flucht sich bieten mag. Ak Sokays Worte von vorhin in der Kabine echoten durch Lizias Kopf. Sie wusste, es war ein verflucht gewagtes Spiel, aber es *war* eine Gelegenheit. Vielleicht die einzige, die sich jemals bieten würde.

Alleine könnte es mir gelingen, sagte eine innere Stimme.

Kommt nicht in Frage, widersprach eine andere.

Sie hatte sich entschieden! Sie sprang mit zwei schnellen Sätzen zu ak Sokay, fasste ihn bei der Hand.

»Kommt!«, rief sie und rannte los. Ak Sokay verstand im ersten Moment nicht, blieb stehen und hätte sie beinahe von den Füßen gerissen.

»Wir müssen von Bord, Harwee!« Sie fasste ihn fester und rannte erneut los. Diesmal hatte er begriffen und rannte hinter ihr her.

»Haltet sie auf!«, brüllte Zane Arkeen, der inzwischen zu weit weg war, um sich ihnen in den Weg zu stellen. Aber auch die meisten seiner Soldaten waren im Moment auf das Löschen des Feuers konzentriert und darauf, selbst den überall um sie herum aufschießenden Flammen auszuweichen. Einer aber stellte sich Lizia in den Weg.

Ak Sokay kämpfte sich mit einem schmerzerfüllten Aufschrei an Lizia vorbei und warf sich mit seinem ganzen Gewicht auf den Mann, riss ihn von den Beinen und schlug ihm die Fäuste ins Gesicht. Lizia rang dem strampelnden Mann die Lanze aus der Hand und stach sie an ak Sokays nacktem Rücken vorbei dem Soldaten in den Unterleib.

Noch ehe er tot war, half Lizia ak Sokay zurück auf die Beine, zerrte ihn zur zersplitterten Reling … und sprang.

ASH

Hashima – Die geheimen Höhlen

Sarr'Do'Kais Vater Durr'Sa und vier weitere der Männer und Frauen mit den weißen Augen führten Ash in einer feierlichen Prozession durch ein weitläufiges Labyrinth enger Tunnel und in den nackten Sandstein gehauener Treppen. Zu seiner Überraschung hatten sie sich nicht einmal die Mühe gemacht, ihm die Augen zu verbinden. Er wusste jedoch bald, warum, denn schon nach ein paar hundert Schritten hatte er bereits völlig die Orientierung verloren.

»Ich bin dir zu allergrößtem Dank verpflichtet, Fremder aus dem hohen Norden, dafür, dass du meinen Sohn aus den Fängen der Menschenhändler gerettet und ihn zu uns hierher zurückgebracht hast«, sagte Durr'Sa, der neben Ash ging. »Doch ich muss ausdrücklich darauf hinweisen, dass mich dieser Akt der Gnade deinerseits in keiner Weise voreingenommen sein lassen darf; ich hoffe, du verstehst das.«

»Natürlich verstehe ich das«, antwortete Ash. »Voll und ganz. Dein Volk hütet den Speer schließlich seit Jahrtausenden. Gut versteckt und fernab von der Welt. Eure Mission ist größer als ein einziges Schicksal, auch wenn es das deines eigenen Sohnes ist.«

Durr'Sa nickte bedächtig, wie in sich gekehrt. »Wir wussten, dass die Zeit nah ist … dass irgendwann demnächst jemand zu uns kommen würde, um den Speer für sich zu fordern. Die anhaltende Dunkelheit ist Teil der Prophezeiung.«

Er klang traurig. Doch mehr noch als das Dunkel in der Welt war es wohl die Ahnung, dass sich für sein Volk jetzt alles ändern würde, wenn Ash sich als der Auserwählte erwies und den Speer Lugnir mit sich nahm.

Obwohl er sich dagegen wehrte, hatte Ash ein schlechtes Gewissen. Er würde ihnen nicht nur den Speer nehmen, er würde ihnen zusammen mit ihm den Grund für ihre Existenz nehmen.

»Es tut mir leid«, sagte er unvermittelt.

Durr'Sas Mundwinkel formten ein zaghaftes, ein melancholisches Lächeln. »Das muss es nicht. Das darf es nicht. Denn wenn du wirklich der Auserwählte bist, ist es mehr als dein Recht. Es ist sogar deine heilige Pflicht, zu tun, was getan werden muss.«

»Gott wird nicht müde, mich daran immer wieder zu erinnern«, sagte Ash.

»Das stelle ich mir alles andere als leicht vor«, meinte Durr'Sa. »Das Schicksal der ganzen Welt liegt in deinen Händen … oder vielmehr auf deinen Schultern. Und gerade weil das so ist, mach dir bitte nicht auch noch um uns Gedanken. Wir werden einen neuen Weg finden.«

»Du erinnerst mich an einen Mann, den ich einmal kannte«, sagte Ash. »An Vater Baol.«

»Dein Vater?«

»Nein. Der Vorsteher meines … früheren … Ordens. Er sagte auch immer, ich mache mir zu viele Gedanken. Würde mir die Probleme der ganzen Welt auflasten.«

»Nun, jetzt wenigstens scheint es soweit, dass es in deiner Macht steht, zumindest ihr zurzeit größtes Problem zu lösen«, sagte Durr'Sa. »Wenn du wirklich der Auserwählte bist.«

»Wenn ich wirklich der Auserwählte bin«, echote Ash.

Plötzlich schmunzelte Durr'Sa. »Vielleicht ist es für mein Volk sogar ein Privileg, in diesen ganz besonderen Zeiten zu leben.«

»Wieso?«

»Ach, weißt du, alle Generationen vor uns – seit Anbeginn der Zeit – hatten gar keine andere Wahl, als in diesen Höhlen zu leben. Ihr Schicksal war ihnen vorgegeben. Kein Abweichen vom Pfad; kein links, kein rechts.

Doch jetzt wird es möglicherweise anders. Jetzt erhalten wir die Chance, uns ein neues Schicksal zu suchen … oder auch keines. Die Vorstellung eines Lebens ohne Schicksal – ohne Bestimmung oder Aufgabe – hat ihre Schrecken, aber sie hat durchaus auch ihre Reize.

Die Männer und Frauen vor mir mussten sich stets nur um eine weit entfernte Zukunft kümmern, eine Zukunft, die weit größer war als sie. Wir hingegen müssen uns womöglich morgen schon um die Zukunft eines jeden neuen Tages Sorgen machen.« Jetzt kicherte Durr'Sa sogar. »Ich glaube, das könnte mir gefallen.«

Ash dachte erst, Sarr'Do'Kais Vater hätte das ironisch gemeint, dann aber sah er im offenen Gesicht des Mannes, dass es ihm bei aller Heiterkeit tatsächlich ernst war … dass der Gedanke, sich jeden Tag aufs Neue um den kommenden Tag sorgen zu müssen – etwas, das die meisten Menschen, die Ash kannte, ängstigte –, ihn tatsächlich amüsierte … ihn gewissermaßen sogar mit beinahe schon kindlicher Vorfreude erfüllte.

Jetzt lächelte auch Ash. »Es muss mir also wirklich nicht leid tun, hierhergekommen zu sein?«

»Nein, das muss es nicht.«

Sie stiegen eine Treppe empor, die an ihrem Ende zu einer schmalen Brücke wurde. Kein Geländer. Links und rechts davon war nichts als dunkle Tiefe. Ash fühlte, wie sich etwas in seinem Bauch verkrampfte, als er auf sie hinaustrat. Die Höhe des Abgrunds im Innern des Vulkans auf Gutney, wo der Drache begraben lag, hatte ihm nichts ausgemacht. Dort hatte er den Boden sehen können; und obwohl der aus brennender und brodelnder Lava bestand, war er auf seltsame Weise sehr viel weniger furchteinflößend als diese völlig schwarze Tiefe.

»Wir sind gleich da«, sagte Durr'Sa beruhigend. Er musste an Ashs Gesicht gesehen haben, dass die Bodenlosigkeit ihn beunruhigte.

Die Brücke beschrieb einen hohen Bogen und wurde immer schmaler. Auf dem Zenit blieben die vier Begleiter zurück. Nur Ash und Durr'Sa gingen weiter.

Jetzt, da die Brücke wieder abschüssig wurde, wurde es Ash noch mulmiger. Er spürte, dass er sich zunehmend versteifte, aus Angst, auf dem Sandstein auszurutschen und in diese hungrig wirkende Tiefe zu stürzen. Zugleich kam ihm seine Furcht albern vor, ausgerechnet jetzt, so kurz vor dem Ziel und nach all dem, was er bereits durchgemacht hatte. Dennoch musste er sich zu jedem Schritt zwingen.

Die Brücke führte frontal zu einer weiteren Felswand, glatt und hoch – und in der Breite der Brücke gespalten, als hätte ein Riese sein gewaltiges Schwert in einem unglaublich präzisen Schnitt hindurchgeschlagen. Der Bogen der Brücke endete mitten in der Luft – gut vier Schritte von der Wand und dem Spalt entfernt.

Durr'Sa sprang ohne zu zögern ohne Anlauf in einem weiten Satz auf die andere Seite, landete weiter unten auf dem Boden des Spalts und drehte sich erwartungsvoll zu Ash um.

Ash nahm seine Angst und tat mit ihr das Einzige, was zu tun jetzt noch Sinn ergab: Er schluckte sie herunter – und sprang!

Er landete vor Durr'Sa auf der Kante und rutschte aus. Er wollte nach Durr'Sa greifen, um sich zu halten, doch Durr'Sa machte einen schnellen Schritt zurück.

Ash wirbelte mit den Armen, kämpfte verzweifelt um Balance – und fand sie gerade noch rechtzeitig. Er machte einen schnellen Schritt nach vorne und war in Sicherheit.

Durr'Sa lächelte erleichtert und klopfte ihm auf die Schulter. »Du weißt, dass ich dir nicht helfen darf.«

Ashs Herz raste wie wild und er schnaufte wie ein Pferd nach einem harten Galopp. Das Blut pochte ihm in Hals und Schläfen. Die Muskeln seiner Kiefer waren dermaßen stark angespannt, dass er sich zwingen musste, sie zu öffen.

»Ich weiß«, sagte er, als er wieder einigermaßen zu Atem gekommen war. »Gehen wir weiter.«

Der Spalt führte schnurgerade und eng durch den Fels. Die Wände waren tatsächlich so glatt, dass Ash sich fragte, was ihn wohl tatsächlich in den Berg hineingeschnitten haben mochte. Im Schein der Fackeln entdeckte er Diamanten, wie sie sie auch im Eingang der Grotte gesehen hatten – auch sie waren ebenso glatt geschnitten wie die Wand, in der sie steckten. Ash konnte sich kein menschliches Werkzeug vorstellen, das das zustande hätte bringen können.

Am Ende öffnete sich der Spalt in eine etwa zwanzig Schritt weite, kreisrunde Kuppel. Auch hier waren die Wände geschliffen glatt. Doch das nahm Ash nur nebenbei wahr. Da war etwas, das seine Aufmerksamkeit sehr, sehr viel mehr auf sich zog: Der Boden der Höhle war übersät mit Knochen! Es waren menschliche Knochen. Schädel, Gerippe, Schenkel, Arme, Hände und Füße.

Schon auf den ersten Blick sah Ash, dass die Knochen unterschiedlich alt waren. Manche waren weißgrau, andere bereits glänzend rötlich-schwarz; versteinert und mit dem Boden unter ihnen verwachsen.

»Wie du siehst«, sagte Durr'Sa, »waren schon andere vor dir hier. Jeder Zweite von ihnen hat geglaubt – oder zumindest behauptet –, der Auserwählte zu sein.«

»Jeder Zweite?«

Durr'Sa nickte. »Die andere Hälfte der Skelette stammt von früheren Anführern meines Stammes, die die Betrüger oder Wahnsinnigen bis hierher gebracht haben.«

»Was ist mit ihnen passiert?«

Durr'Sa zuckte mit den Schultern. »Wer kann das wissen? Wahrscheinlich sind manche von ihnen einfach verhungert. Andere haben sich wahrscheinlich gegenseitig getötet.«

»Ich verstehe nicht …«, gab Ash zu.

»Du erinnerst dich an die Brücke und den Sprung?«, fragte Durr'Sa.

»Wie könnte ich sie jemals vergessen?«

»Der Sprung ist nur von oben nach unten durchführbar«, erklärte der Hüter. »Kein Mensch schafft ihn von unten nach oben. Das hier ist das Ende des Wegs. Der Ort der Prüfung. Bestehst du, wird es einen anderen Weg hier heraus geben. So sagt man zumindest.«

»Du bist dir nicht sicher?« Ash konnte es nicht fassen.

»Keiner hat jemals die Prüfung bestanden.«

»Und trotzdem hast du mich bis hierher begleitet? Auf die Gefahr hin, dass es auch für dich kein Zurück gibt?«

»Das ist meine heilige Aufgabe«, sagte Durr'Sa. »So wie es die heilige Aufgabe meiner Vorfahren war. Seit Menschengedenken. Wie es die meines Sohnes sein wird, falls du nicht der Auserwählte bist.«

»Aber wenn du nicht mit absoluter Sicherheit weißt, ob es einen Weg hier heraus gibt, weißt du ebenso wenig sicher, dass der Speer überhaupt existiert …«

»Warum sollte er nicht existieren? Es ist überliefert. Außerdem sind wir nur hier, weil es ihn gibt.«

»Überliefert?«, fragte Ash. »Und außer einer Überlieferung hast du keinen Beweis für seine Existenz?«

Durr'Sa lächelte. »Ich glaube daran, dass es ihn gibt.«

»Du glaubst?«

»Ja. Ich glaube. Ich brauche keinen Beweis.«

»Siehst du, mein Sohn?« Es war das erste Mal seit langem, dass Gott in Ashs Kopf wieder zu ihm sprach. »Davon rede ich die ganze Zeit. Es ist der Glaube, der zählt.«

Ash ignorierte ihn. Sein erster Instinkt war es, wieder zu zweifeln. Aber er wusste auch, dass er mittlerweile an einem Punkt angelangt war, an dem es überhaupt keine Rolle mehr spielte, ob er nun zweifelte oder ob er zu glauben willens war. »Nun gut. Was ist die erste Prüfung?«

»Folge mir«, sagte Durr'Sa und führte ihn durch die See der Knochen auf die rückliegende Seite der Kuppel.

Als das Licht der Fackel an der Wand heller wurde, sah Ash Zeichnungen und Symbole im Stein, genauso klar daraus geschnitten wie der Spalt, der hierher geführt hatte und die Kuppel selbst, doch sehr, sehr viel kleiner und filigraner. Ash konnte trotz der scharfen Kanten an der Verfärbung des Steins erkennen, dass die Zeichen uralt sein mussten. Jedes davon war etwa so groß wie Ashs Handfläche. Sie waren in einer doppelten Spirale angeordnet und zeigten …

Ash war sich nicht sicher, was sie zeigten.

»Es ist die Geschichte der Entstehung des Speeres«, sagte der Hüter und deutete auf die beiden Symbole an den äußeren, gegenüberliegenden Enden der beiden Spiralen. »Das sind die beiden Drachen, die Brüder Tagdh und Nykht, als sie noch jung waren. Sie waren einmal mehr als Brüder, sie waren die besten Freunde, und im spielerischen Wettstreit brachten sie der Welt Tag und Nacht, Licht und Dunkelheit.«

Ash erkannte, dass zwei weitere Symbole, auf die Durr'Sa zeigte, die Sonne und ein schwarzer Mond waren.

»Das ewige Gleichgewicht«, sagte Durr'Sa. »Bleibt es – wie jetzt – zu lange dunkel, stirbt die Welt. Aber auch wenn nur noch die Sonne scheinen würde, würde die Welt zugrunde gehen. Sie würde verbrennen. Das wussten die beiden Brüder, als sie noch Freunde waren, und um Sorge dafür zu tragen, dass keiner von ihnen jemals mächtiger werden kann als der andere, haben sie gemeinsam den Speer Lugnir erschaffen, damit der Unterlegene durch die Hand eines Champions das Gleichgewicht wiederherstellen könnte, sollte das einmal erforderlich sein …«

»Eines Champions?«, fragte Ash verwundert.

»Ja«, sagte Durr'Sa. »Beide, Tagdh und Nykht, haben menschliche Nachfahren. Blutlinien. Champions. Du musst der von Tagdh sein, da du gekommen bist, das Ewige Dunkel zu bekämpfen.«

Hier stimmt etwas nicht, sagte Ash stumm zu Gott. *Als Nachkomme Nykhts bin ich nicht dein Champion, sondern der seine. Und du hast mir nie erzählt, dass du auch Nachkommen hast.*

Der Drache seufzte – lange und traurig. »Es ist alles meine Schuld«, sagte er leise. »Ich habe keine menschlichen Nachkommen, mein Sohn. Nicht mehr. Schon lange nicht mehr. Und als der letzte von ihnen vor Jahrhunderten starb, ohne je seinem Schicksal begegnen zu müssen, sah ich keinen Anlass, eine neue Blutlinie zu zeugen, da mein Bruder Nykht seit vielen Generationen schlief und ich nicht daran glaubte, dass er jemals wieder erwachen oder sich für eure Welt interessieren würde. Der von uns einstmals angestoßene Wechsel von Tag und Nacht lief von ganz allein. Ich hielt es nicht mehr für notwendig …«

»Was ist?«, fragte Durr'Sa, der nichts davon gehört hatte, besorgt. »Du wirkst abwesend.«

»Wenn ich das richtig verstehe, dann dient dein Volk mit dem Hüten des Speers beiden Göttern?«, fragte Ash.

»Ja«, sagte Durr'Sa.

»Was, wenn ich nicht der Champion des Tagdh wäre, sondern der des Nykht?«

»Für uns spielt das keine Rolle«, antwortete Durr'Sa gleichgültig. »Wir sind hier, um den Speer an den zu übergeben, der ihn holen kommt. Und laut der Prophezeiung kommt der, der ihn wirklich braucht.«

»Ich verstehe nicht …« Ash hatte das mehr vor sich hin gesagt – nicht zu Durr'Sa und auch nicht zu dem Gott in seinem Kopf.

»Du musst nicht verstehen«, sagte Durr'Sa. »Es reicht völlig aus, dass du glaubst. Die Prophezeiung sagt, dass, wer immer den Speer holen kommt, das Gleichgewicht wiederherstellen wird. Das ist alles, was zählt.«

»Ja, mein Sohn«, sagte Gott. »Das ist alles, was zählt.«

»Was soll ich jetzt tun?«, fragte Ash den Hüter.

»Das weiß nur der Auserwählte«, antwortete der.

»Zieh dein Messer«, sagte Gott.

Ash zog sein Messer. Durr'Sa tat besorgt einen Schritt zurück.

»Sag ihm, er muss keine Angst haben«, meinte Gott. Ash tat es. Durr'Sa entspannte sich. Gott sprach weiter: »Und jetzt schneide dir in die Handfläche.«

Ash gehorchte erneut. Blut begann zu fließen.

»Das Drachenblut in deinen Adern wird dir den Weg weisen«, sagte Gott. »Verteile es auf den Symbolen für meinen Bruder und mich.«

Ash rieb mit der blutigen Hand über den einen Drachen, dann über den anderen. Obwohl es jeweils nur ein paar Tropfen waren, begann das Blut, die beiden Drachen auszufüllen wie flüssiger Teig eine Backform. Gleich darauf fingen die beiden Figuren an, sich zu bewegen und im Kreis um die doppelte Spirale herumzufliegen. Das Blut floss in die Spiralen über, und auch sie begannen, sich zu drehen.

Durr'Sa trat mit einem Ruf des Erstaunens einen Schritt zurück. Erleichterung war in seinem Gesicht zu lesen. »Du bist wirklich der Auserwählte.«

Die drehenden Spiralen wurden größer … und schneller. Ash wurde schwindlig, und er wandte die Augen ab. Plötzlich hatte er das Gefühl, dass ihn etwas packte – irgendwie mitten in der Brust. Er spürte, wie er gezogen wurde … von der Spirale … zur Spirale hin … in die Spirale!

Er sah, dass, was auch immer es war, das ihn da packte, Durr'Sa scheinbar nicht berührte, und erkannte den erschrockenen Blick in den weißen Augen des Hüters. Ash begriff: Die Kraft, die ihn erfasst hatte, würde ihn von hier wegbringen … und Durr'Sa zurücklassen! Ash wehrte sich gegen den Zug in seiner Brust, stemmte sich dagegen.

»Du kannst ihn nicht mitnehmen!«, sagte Gott in seinem Kopf.

Ich werde ihn nicht hier zurücklassen!

»Er hat nicht das Blut des Drachen, mein Sohn! Es gibt keinen anderen Weg!«

Es gibt immer einen anderen Weg!

Ash reagierte blitzschnell. Er fasste mit seiner verletzten Hand in Durr'Sas Gesicht, verrieb das Blut auf seiner Wange und seiner Stirn. Dann fasste er ihn am Arm.

Die Spirale riss an ihm – wie ein Strudel. Sie saugte ihn ein. Ein Meer voller Lichter, hell und schwarz, blendete ihn. Er konnte nichts mehr sehen, nichts mehr fühlen – außer Durr'Sas Arm in seiner Hand … und der anderen Hand des Stammesführers, die jetzt seinen Arm gepackt hatte. Er hatte das Gefühl, den Boden unter den Füßen verloren zu haben, aber er war sich nicht sicher, ob er stürzte oder nach oben flog oder geradeaus.

Dann plötzlich kehrte die Welt zurück. Er stand wieder auf den Beinen, wenn auch wacklig. Die blendenden Lichter verschwanden, aber es war immer noch unglaublich hell, und das Erste, das er sah, war Durr'Sa, der neben ihm stand – und ihm immer wieder die blutige Hand küsste.

»Danke, Auserwählter«, sagte der Hüter. »Danke!«

»Bedank dich nicht zu früh«, sagte Ash und sah sich um. »Wollen wir doch erst einmal schauen, wo wir hier sind.« Allmählich kehrte die Sicht zurück, und Ash erkannte, dass sie auf einer kreisrunden Plattform standen. Sie war mit Schnee bedeckt, aber mit Schnee, wie Ash ihn schon seit Jahren nicht mehr gesehen hatte. Er war blütenweiß und funkelte in dem sie umgebenden Licht. Rund um die Plattform waberte ein Meer dunkelgrauer Wolken. Und dann, als ihm bewusst wurde, woher das Licht, das sie umgab, kommen musste, wandte er den Blick nach oben.

Die Sonne!

Ganz genau so, wie er sich an sie erinnerte. So wie er sie das letzte Mal gesehen hatte. Rein und grell. Weißgolden strahlend. Er hielt die Hand schützend über die Augen, weil er noch nicht wegsehen wollte, ganz gleich, wie stark sie ihn blendete. Er fühlte, wie ihm Tränen über die Wangen liefen. Sie rührten nicht von der Helligkeit, es waren Tränen überwältigenden Glücks.

»Wir sind irgendwo auf der Spitze eines Bergs«, sagte er. »Über den Wolken aus Asche!«

»Schau hier!«, rief Durr'Sa.

In der Mitte der Plattform stand mit einem Mal eine spiegelglatte Säule aus Eis. Ash konnte nicht sagen, ob sie mit einem Mal aufgetaucht war oder ob er sie erst jetzt entdeckt hatte. Sie war in etwa so breit wie ein Mann, aber doppelt so hoch. Das Licht, das aus ihr strahlte, war mehr als nur der Widerschein der Sonne.

Ash ging auf sie zu. Der jungfräuliche Schnee knirschte unter den Sohlen seiner Stiefel.

Die Säule machte ein Geräusch. Es war wie ein leises Singen, aber nicht von einer menschlichen Stimme. Es war sphärisch, ein Sirren und ein Klingen, ein Flüstern ohne Sprache.

Als Ash näher kam, sah er, dass die Säule nicht, wie er zuerst geglaubt hatte, aus Eis bestand, sondern aus einem glasklaren Kristall – und was darin leuchtete, war der Speer.

Lugnir!

Sein Schaft war schwarz. Nicht aus Holz, sondern aus einem Metall, wie Ash es noch nie gesehen hatte. Er war mit Zeichen verziert, ähnlich denen der Spirale in der Höhle. Sie leuchteten von innen. Es war schwarzes Licht. Die Spitze aber funkelte so grell wie die Sonne, und wieder hielt Ash die Hand zum Schutz vor die Augen. Durch die Schlitze zwischen den Fingern hindurch sah er, dass die Spitze ähnlich wie eine lange, gerade Feder geformt war, oder wie ein langgestrecktes Lindenblatt. Und sie war aus Diamant. Ein einziger, riesiger Diamant, in dem das Licht der Sonne brannte.

Durr'Sa war vor Ehrfurcht auf die Knie gefallen. »An ihn zu gelangen ist die zweite und letzte Prüfung.«

»Ruf ihn einfach«, sagte Gott in Ashs Kopf.

Was?

»Ruf ihn bei seinem Namen. Lugnir.«

»Lugnir«, sagte Ash. Nichts passierte.

»Lauter!«, sagte Gott. »Kommandiere ihn. Zeige ihm, dass du jetzt sein rechtmäßiger Herr bist.«

»Lugnir!«, rief Ash und streckte die Hand aus.

Der Singsang aus dem Herzen der Säule wurde lauter, und plötzlich tat es einen Schlag. Ash schloss vor Schreck kurz die Augen. Als er sie wieder öffnete, sah er, dass der Kristall einen langen Riss aufwies.

»Noch einmal!«, sagte Gott.

»Lugnir!« Das sphärische Singen wurde noch lauter – Ash spürte es in seiner Brust vibrieren. »Lugnir!«

Es krachte ein zweites Mal – lauter als zuvor. Der Kristall zersplitterte. Die Scherben wurden etwa einen Fuß weit in alle Richtungen davongeschleudert und hingen dann schwerelos in der Luft. In ihrer Mitte schwebte der Speer für einen Moment bewegungslos, dann bewegte er sich auf Ashs Hand zu.

Als sich das Metall in seine Handfläche schmiegte, fühlte es sich an, als würde ein Blitz Ash treffen; jedoch kein zerstörerischer, schmerzhafter Blitz, sondern Leben und Kraft pur. Sie fuhren in ihn und erfüllten ihn, während um ihn herum ein ohrenbetäubendes Donnergrollen durch die Wolken fuhr. Ash hatte das Gefühl, dass ihn die Energie von innen heraus sprengen musste, und fühlte, wie er in die Luft gehoben wurde, wo er schwebte, während die uralte Waffe ihn begrüßte wie einen lange vergessenen Freund.

Ash sah, dass Durr'Sa sich von den Knien auf den Boden geworfen hatte, in einer Geste tiefster Demut und Unwürdigkeit.

»Hab keine Furcht, Durr'Sa!«, rief Ash, der nun selbst keine mehr empfand. Seine Stimme war wie der Donner um ihn herum, und jetzt spürte er das Blut Gottes in seinen Adern.

Langsam sank er wieder zu Boden, beugte sich herab und half dem Hüter zurück auf die Füße.

Ash sah sich noch einmal um. Die schwebenden Brocken der geborstenen Säule fielen herab und blieben glänzend im Schnee liegen. Er schaute ohne zu blinzeln in die Sonne – es machte seinen Augen nun nichts mehr aus.

Wie schön!, dachte er und spürte die Wärme ihrer Strahlen auf seinem Gesicht. Der Speer in seiner Rechten war federleicht. Er war jetzt leiser, aber Ash fühlte das Vibrieren in seiner Faust.

Wie kommen wir nun zu Þóra und den Seewölfen zurück in die Geheimen Höhlen?, fragte er Gott.

»Denke an mich«, antwortete Gott, »und sende mir einen Teil der Kraft des Speers.«

Wie?

»Mit den Worten, mit denen du Þóra geheilt hast.«

Wy sa'ave hsobe.
Pou odhtren klepy le.
Dre'aroc kuu ndray.
Ye'Sesh dibmon anbro.
Ssekor larp mah'ham.
Ki'sa me lam.
Thou Lthat porr yero.
Tall'ju slan grynom.
A'Sha'A'karru.
Quset apnir may'la'rus.

Ash spürte denselben heftigen Schmerz in seiner Brust, den er bei der Heilung Þóras erlitten hatte. Doch anders als zuvor wurde der Schmerz von der Kraft des Speers sofort wieder gelindert. Ash spürte, wie ein Teil der Energie zusammen mit einem Teil seines Bewusstseins auf Reisen ging – über die Wolkendecke hinweg nach Nordwesten, in einer Geschwindigkeit, die ihm den Atem raubte, obwohl sein Körper an Ort und Stelle verblieb.

In Sekundenschnelle war er über Gutney angelangt und schoss durch die dichten Wolken herab nach unten. Er brach durch die Decke und sah den riesigen Vulkan von oben, tauchte in seinen geborstenen Kegel und in den Tunnel, in dem der Drache lag – an den Männern, Frauen und Kindern vorüber, die noch immer damit beschäftigt waren, das Geröll von ihm zu räumen.

»Aaaaah!« Gott stieß einen wohligen Laut aus, als die Kraft des Speers in ihn drang. Er erbebte. »Schließ deine Augen, mein Sohn.«

Sicherheitshalber fasste Ash Durr'Sa erneut beim Arm, ehe er den Befehl befolgte. Er fühlte, wie er wieder mitten in der Brust gepackt und hinfort gerissen wurde …

… und als er die Augen wieder öffnete, stand er neben dem Drachenschiff … neben Dulf Einhand, der vor Schreck einen Satz zur Seite machte und sofort seine Axt zog, ehe er Ash erkannte und sich wieder entspannte. Auch Þóra war da. Als sie den Speer in seiner Hand sah, fiel sie auf die Knie und senkte die Stirn auf den nackten Fels der Grotte.

»Vater!«, rief Sarr'Do'Kai mit vor Erleichterung erstickter Stimme und schlang die Arme um Durr'Sa.

Durr'Sa lachte. »Jetzt müssen wir uns ein neues Leben suchen, mein Junge. Ein Leben im Licht, das bald wieder zur Welt zurückkehren wird.«

RAYMO

Die Schwarze See

Das war Lizia!«, rief Raymo. »Sie ist gerade von Bord der Galeere Zane Arkeens gesprungen! Zusammen mit – wenn ich richtig gesehen habe – einem splitterfasernackten ak Sokay!«

Raymo stand am Bug seiner Galeone neben den Speerkatapulten, die gerade frisch gespannt und geladen wurden, und deutete in Richtung des brennenden Kriegsschiffs, das mit Hilfe der Ruder eine enggezogene Kurve in den Gegenwind hineinfuhr.

»Bist du sicher?«, fragte Dasha und lief vor an die Reling, um auf das Wasser hinabzuschauen.

»Absolut«, sagte Raymo, trat neben sie und zeigte mit dem Finger auf die beiden dunklen Flecke. »Sieh, da vorne im Schein der Flammen schwimmen sie. Fast genau auf uns zu.« Er wandte sich an die Männer an den Ballistas: »Jetzt, da sie von Bord sind, feuert alles, was ihr habt! Schickt die verdammte Galeere und den Commodore zur Hölle!«

»Nein!«, rief Szuma. »Keinen einzigen Schuss mehr! Ich will den Hund lebend! So leicht kommt er mir nicht davon!«

Die Männer an den Katapulten zögerten – unschlüssig.

»Unmöglich«, sagte Raymo. »Siehst du das? Sie fahren gegen den Wind. Unter vollen Rudern. So schnell wie die Galeere kurvt, sind die Ruder doppelt besetzt. Also, jeder Mann, der nicht mit Löschen beschäftigt ist, rudert. Ohne die Möglichkeit eines Schichtwechsels kann er das Tempo nicht lange aufrechterhalten, aber ganz gewiss lange genug, um uns abzuhängen. Mit unseren Segeln holen wir sie bei Gegenwind unmöglich ein. Der einzige Weg, Zane Arkeen zu stoppen, ist, ihn zu versenken! Jetzt und hier!«

»Nein!«, sagte Szuma noch einmal, unerbittlich. »Wir können die Jagd auf ihn fortsetzen. Wir haben ihn einmal gefunden, wir werden ihn wieder finden!«

»Ziemlich unwahrscheinlich«, entgegnete Raymo. »Jetzt, da er weiß, dass wir so dicht sind, wird er ohne Beleuchtung und sicherlich keinen direkten Kurs mehr fahren. Außerdem müssen wir damit rechnen, dass er den Spieß umdreht, wenn er sich erst einmal von dem Feuer erholt, und dann Jagd auf uns macht. Schließlich sind Lizia und ak Sokay sein Preis für die Begnadigung und die Admiralität. Und jetzt, da wir unsere Xallivorräte dank der Begegnung mit der milaresischen Flotte nahezu aufgebraucht haben, hat er mit seinem größeren und vom Wind unabhängigen Schiff gar nicht einmal so schlechte Chancen.«

Es tat ihm weh zu sehen, wie Szuma resigniert den Blick senkte – nicht ohne ihn zuvor noch einmal zornig angefunkelt zu haben.

»Feuer frei!«, befahl er.

Die Männer an den Katapulten gehorchten, und ein mit Xallischläuchen bestückter Speer nach dem anderen segelte im hohen Bogen von Raymos Galeone und den anderen vier Schiffen über die Schwarze See hinweg an Bord der Galeere.

»Lasst Boote ins Wasser und macht euch auf die Suche nach Lizia und ak Sokay!«, ordnete Raymo gleich darauf drängend an. »Und beeilt euch, sonst erfrieren sie.«

Er sah mit finsterer Miene zu der sich rasch entfernenden, aber immer stärker brennenden Galeere hinüber. Man konnte das Prasseln des Feuers bis hierher hören.

»Es tut mir leid, Szuma«, sagte er zu seiner Prinzessin. »Aber ich konnte nicht riskieren, dass er uns entkommt.«

Szuma antwortete nicht. Mit vor Wut mahlenden Kiefern hielt sie den Blick lange wie gebannt auf das davonfahrende und lichterloh in Flammen stehende Schiff gerichtet, so als könne sie es allein mit der Macht ihrer Gedanken aufhalten. Dann drehte sie sich wortlos um und ging mit langsamen Schritten in ihre Kabine.

Raymo überlegte, ihr nachzugehen, widerstand dem Impuls jedoch. An ihrer Stelle hätte er jetzt auch lieber allein sein wollen. Er teilte ihren Zorn, Zane Arkeen nicht lebend in die Hände bekommen zu haben und ihn dafür bezahlen zu lassen, was er Szuma und Lambes angetan hatte. Aber der Gegenwind war einfach zu stark, und mit Kreuzen hätten die Segler die Rudergaleere niemals eingeholt.

Er schaute hinunter auf das Wasser, wo drei Langboote mit Xallilampen zu der Stelle unterwegs waren, an der er Lizia und ak Sokay das letzte Mal gesehen hatte.

Was für ein Teufelsweib!, dachte er voller Bewunderung. Und was für ein Unterschied zu dem verzweifelten Mädchen, das er auf seinem Weg weg von Calda aus dem zugefrorenen See gefischt hatte. Er musste trotz seiner dunklen Laune schmunzeln, als er sich daran erinnerte, wie sie ihm danach vorgeworfen hatte, dass er fortan für ihr Leben verantwortlich sei … und wie oft diese Worte sich nun schon bewahrheitet hatten.

Wie eine Prophezeiung, sinnierte er, *oder auch wie ein Fluch.* Wer hätte damals schon denken können, wie eng ihre Leben einmal miteinander verwoben sein würden; ja, dass er sie jetzt sogar brauchte, damit sie in Twyddyn einen Kampf führte, der den seinen in Kutera erleichtern oder auf Dauer gar erst ermöglichen würde. Für den Erfolg seines Widerstands in Kutera brauchte er ihre Rebellion in Twyddyn.

»Sie haben sie!«, rief Dasha. »Schau!«

Raymo sah es. Das erste Boot hievte gerade den völlig erschöpften ak Sokay und dann Lizia an Bord.

»Ich setze heißes Wasser auf«, sagte Dasha und eilte davon.

»Bereitmachen, die Boote aus dem Wasser zu holen«, befahl Raymo, und die Männer rannten zu den Flaschenzügen. Er selbst behielt derweil die Galeere im Auge, die für ihren Zustand noch erstaunlich weit gekommen war. Doch jetzt war sie endlich im Begriff zu sinken. Die Flammen schlugen weiterhin in die Höhe und inzwischen auch aus den Luken der unteren Decks. Selbst die Ruder hatten jetzt Feuer gefangen. Das Schiff, sein Kapitän und die Mannschaft waren den schlingenden Tiefen der See auf Gedeih und Verderb ausgeliefert.

Das erste der drei Boote kam an der Steuerbordreling in Sicht. Darin stand Lizia, am ganzen nassen Leib zitternd vor Kälte. Raymo eilte hinüber und half ihr an Bord, nahm seinen Umhang ab und wickelte sie darin ein. Er rief seinen Männern zu: »Bringt Decken für die beiden!«

Lizia umarmte ihn. »Ich wusste, dass du kommen und uns raushauen würdest.« Sie drückte ihr Gesicht an seine Brust.

Es störte ihn nicht, dass sie ihn dabei mit ihrer in der See getränkten Kleidung nass machte. »So so, du wusstest es«, sagte er mit einem Lachen. »Wie konntest du das bloß wissen? Ich wusste es ja selbst nicht.«

»Du kannst einfach nicht anders, Raymo«, sagte sie. »Es ist deine Natur.«

Ak Sokay sah elend aus und zitterte erbärmlich – ganz gleich, wie stark er sich bemühte, sich nicht anmerken zu lassen, wie sehr er fror. Er schaute Raymo in die Augen, und Raymo erkannte tiefe, ehrlich empfundene Dankbarkeit. »Du bist irre, Caldäer!«

Raymo lachte ein zweites Mal. »Ja, das bin ich wohl.«

LIZIA

Die Schwarze See

Sie hatten Lizia und ak Sokay in Szumas Kabine gebracht. Dasha und die Tochter Trimanus hatten ihr ein Bad bereitet, aber Lizia hatte darauf bestanden, dass ak Sokay vor ihr an der Reihe war. Zu dritt wuschen und rasierten sie ihn, schnitten sein Haar und rieben seine Wunden und Narben mit Lebertran ein. Im Anschluss daran halfen sie ihm dabei, die Kleidung anzulegen, die Raymo besorgt hatte. Als das frische Wasser für Lizias Bad fertig war, verließ er die Kabine. Lizia fiel auf, dass er schon wieder um einiges aufrechter ging. Sie selbst fühlte sich wie gerädert, aber das heiße Bad tat auch ihr gut und vertrieb die Eiseskälte der Schwarzen See aus ihren Knochen und Gliedern. Sie war gespannt auf Neuigkeiten – so wie auch ak Sokay hatte wissen wollen, was in der Zeit ihrer Gefangenschaft an Bord von Zane Arkeens Schiff geschehen war –, aber Dasha hatte gleich von Anfang an klargestellt, dass sie alles umgehend von Raymo erfahren würden, sobald sie erst einmal gebadet waren und trockene Kleidung am Leib trugen. Lizia hatte noch zweimal nachgebohrt, doch Dasha war eisern geblieben – und seltsam distanziert.

Lizia hatte ohnehin das Gefühl, dass irgendetwas völlig anders war an Dasha. Da war mehr, als dass sie jetzt festere, mit Metallschuppen verstärkte Lederkleidung und Schwerter am Gürtel trug und ihre sonst so akribisch gepflegte Glatze wohl schon seit einigen Tagen nicht mehr rasiert hatte – aber Lizia konnte es nicht greifen.

Als sie angezogen war, begleiteten Dasha und Szuma sie nach draußen an Deck, wo ak Sokay auf sie wartete.

»Raymo hat das Essen im Laderaum anrichten lassen«, sagte Dasha. »Bitte folgt mir.«

Sie gingen nach unten, über das Mannschaftsdeck nach hinten in den Laderaum. Er war mit Xallilampen hell erleuchtet. Der Tisch war überraschenderweise nicht reich gedeckt. Lizia hatte zum Anlass ihrer geglückten Befreiung eine kleine Feier erwartet. Doch auf dem Tisch stand lediglich Besteck und Geschirr für zwei Personen, davor eine Platte mit kaltem Braten und Ziegenkäse und eine Schale eingekochte Crata Gyna. Ein Krug Wein, ein Krug Wasser, das war alles. Auch standen an dem Tisch nur zwei Stühle.

Ehe Lizia etwas dazu sagen konnte, drehte Raymo sich zu ihnen um. »Bitte nehmt Platz«, sagte er ernst.

Lizia und ak Sokay setzten sich. Jetzt erst fiel Lizia auf, dass Raymo vor einem großen, mit für einen Laderaum ungewöhnlich sauberen Planen abgedeckten Haufen stand. Neben dem Haufen lagen auf einem zweiten Tisch außerdem ein Rolle Pergament, eine Feder und ein Fässchen Tinte.

»Verzeiht meine Ungastlichkeit«, sagte Raymo, »aber die Zeit drängt. Bitte greift zu.«

Lizia hatte einen Bärenhunger, und sie ahnte, dass ak Sokay nach der langen Zeit am Mast noch sehr viel ausgehungerter sein musste als sie. Dennoch rührte keiner der beiden etwas von den Speisen an.

»Sag uns zunächst, was du uns zu sagen hast«, forderte ak Sokay.

»Ja«, stimmte Lizia zu.

»Ganz wie ihr wollt«, sagte Raymo und nickte Dasha und Szuma zu. Die beiden kamen zu ihm und zogen die Planen von dem Haufen.

Lizia verschlug es den Atem. Da standen Truhen voller Saphire und anderen Edelsteinen, die im Licht der Xallilampen so hell funkelten, dass es sie blendete. Da waren Gold, Silber, Perlen und Schmuck aus Perlmutt und Ballen feinster Stoffe.

»Für eure Rebellion«, sagte Raymo. »Von Trimanu, Szuma und ihrem Volk.«

Ak Sokay zog argwöhnisch eine Augenbraue nach oben. Als einstmals reicher Arl war er entweder sehr viel schwerer zu beeindrucken als Lizia, die merkte, dass ihr der Mund offen stand, oder er verbarg es nur besser. »Einfach so?«, fragte er.

»Nein«, sagte Raymo. »Natürlich nicht einfach so, ak Sokay.« Er ging zu dem zweiten Tisch und nahm die Pergamentrolle auf. »Ihr beide schließt durch eure Unterschriften einen Vertrag über ewigen Frieden mit Kutera, für den Fall, dass ihr – oder einer von euch – den Thron Twyddyns besteigt. Ihr erkennt Kutera als souveräne Nation an und verpflichtet euch außerdem, Kutera bei kriegerischen Konflikten mit anderen Nationen – wie beispielsweise, aber nicht ausschließlich, Milara – militärisch zur Seite zu stehen. Darüber hinaus versprecht ihr gerechten Handel. Darüber hinaus verspricht Trimanu im Namen seines Volkes Twyddyn Exklusivität bei eben jenem Handel und die Bekämpfung Milaras in Kutera.«

Raymo öffnete die Rolle, es waren zwei Pergamente.

»Die beiden sind identisch«, sagte Raymo, »und bereits von Trimanu unterschrieben.«

Dasha brachte Feder und Tinte von dem anderen Tisch.

Ak Sokay nahm die Feder entgegen, tauchte sie ein, doch dann zögerte er. Er drehte sich zu Lizia um. »Ist das Abkommen auch in Eurem Interesse, Liziana?«

Sie war überrascht, dass er sie fragte. Es war ein Zeichen großen Respekts. Sie nickte. »Absolut. Es ist äußerst großzügig. Ganz zu schweigen von unserer Errettung.«

Ak Sokay überflog die Dokumente und unterzeichnete. »Bitte, Prinzessin Szuma, richtet Eurem Vater unseren zutiefst empfunden Dank aus und versichert ihm, dass wir alles in unserer Macht Stehende tun werden, Twyddyns und Milaras Position zu schwächen und Rielle vom Thron zu stürzen.«

Szuma verbeugte sich knapp. »Er wird sich über Euren Dank ebenso freuen wie über Euer Versprechen, ak Sokay aus Twyddyn. Aber Ihr müsst Raymo bitten, ihm diese Nachricht an meiner Stelle zu überbringen. Ich selbst werde Euch und Lizia begleiten.«

Lizia sah an Raymos Gesicht, dass das eine Nachricht war, die ihn überraschte – und alles andere als freudig stimmte.

»Szuma«, sagte er. »Was soll das heißen, du willst die beiden begleiten?«

»Ich gehe mit ihnen nach Twyddyn«, antwortete sie. »Und dort werde ich Nachforschungen anstellen – bis ich absolut sicher bin, dass Zane Arkeen tatsächlich tot ist.«

»Er ist tot!«

»Keiner von uns hat seine Leiche gesehen.«

»Selbst wenn er es auf ein Boot geschafft haben mag«, sagte Raymo, »und selbst wenn es ihm noch gelungen sein sollte, Trinkwasser und Proviant auf dieses Boot zu bringen … Wir sind mitten in der Schwarzen See. Hunderte von Meilen vom nächsten Land entfernt. Das schafft niemand!«

»Ich will mich vergewissern. Versuch nicht, mich umzustimmen, Raymo. Meine Entscheidung steht fest. Ich kehre erst wieder in die Heimat zurück, wenn ich seinen Tod bestätigt sehe oder ihn herbeigeführt habe. Das habe ich mir vor unserer Abfahrt geschworen, und ich werde diesen Schwur erfüllen.«

»Es ist ein dummer Schwur«, rief Raymo aufgebracht. »Nehmen wir doch wirklich einmal an, er lebt noch und er schafft es ans nächste Festland. Ohne Lizia und ak Sokay in seinem Gewahrsam kann er sich bei Rielle nicht blicken lassen. Er würde also nicht nach Twyddyn zurückkehren – und nach Milara ganz gewiss auch nicht. Also könnte er überall sein, in der Normark, auf Gutney, Bo'Meran – oder sogar in Hashima ... oder in Nai'Ci, am anderen Ende der Welt.«

»Wenn er lebt, finde ich ihn.« Damit verließ Szuma den Laderaum, ohne sich noch einmal umzudrehen. Raymo schlug mit der Faust so hart auf den Tisch, auf dem zuvor das Pergament gelegen hatte, dass er in der Mitte entzweibrach. Aber er folgte ihr nicht.

»Geh ihr nach«, sagte Lizia. »Bring sie zur Vernunft.«

Raymos Gesicht war so finster, dass es trotz des Lichts der Xallilampen beinahe schwarz wirkte. Die Adern an seiner Stirn waren angeschwollen und seine Kiefer mahlten so hart, dass Lizia hörte, wie seine Zähne knirschten. Er schüttelte den Kopf. »Es ist ihre Entscheidung.«

Dasha trat nach vorn. »Ich habe auch etwas mitzuteilen, Lizia«, begann sie hastig. »Ich fahre mit Raymo nach Kutera zurück und bleibe für immer in Xeljasal.«

Lizia war sich nicht sicher, warum, aber Dashas Worte taten weh. Auch hatte sie das Gefühl, dass Dasha noch nicht fertig war, aber auf eine Reaktion von ihr wartete. »Es tut mir leid, das zu hören, Dasha«, sagte sie ehrlich. »Wenn der Grund dafür ist, dass du das Gefühl hattest, ich würde dich verspotten, als du von den Seeseelen sprachst ...«

»Nein, Lizia«, unterbrach Dasha sie. »Das ist es nicht. Es ist die Chance auf Freiheit in Kutera. Auf ein Leben dort, wo ich endlich kein Körper mehr bin, für den man bezahlt oder den man beherrscht oder benutzt, ganz wie es einem gefällt.«

»Dasha«, sagte Lizia leise. »Ich habe dich niemals beherrscht oder benutzt ...«

»Doch, das hast du«, sagte Dasha. »Und das weißt du auch, wenn du ehrlich bist. Aber das … uns beide … habe ich nicht gemeint. Das musst du mir glauben. Ich habe nur endlich die Gelegenheit bekommen, meine eigene Herrin zu sein, und ich werde diese Gelegenheit mit beiden Händen beim Schopf greifen. Ich entscheide mich also in keiner Weise gegen dich, sondern einfach nur für mich ganz allein. Aber ich will, dass du weißt, dass meine Gefühle für dich echt sind … und es auch schon waren, als du im Palast der Perlen gefangen warst.«

Lizia war hin- und hergerissen zwischen der Freude über dieses Geständnis und dem Schmerz, dass sie Dasha dennoch verlieren und sie nie wiedersehen würde. Auch wusste sie nicht, was sie sagen sollte – schon gar nicht vor ak Sokay und Raymo. Ehe sie sich selbst darüber bewusst wurde, war sie von ihrem Stuhl aufgesprungen, zu Dasha hinübergeeilt und hatte ihre Arme um sie geschlungen. »Ich wünsche dir alles Glück dieser Welt, Dasha«, flüsterte sie ihr ins Ohr und küsste ihre Wange dreimal, ehe sie auch ihren Mund küsste. Sie fühlte, wie ihr die Tränen in die Augen stiegen und dass sie doch gleichzeitig lächelte, während sie küsste und ihr Kuss erwidert wurde.

»Ich dir auch«, flüsterte Dasha zurück. »Hol dir diesen verdammten Thron. Und wer weiß, wenn du erst einmal Königin bist und es deine Staatsgeschäfte zulassen, dann komm mich doch besuchen in Kutera.«

»Ja«, sagte Lizia und nahm Dashas Gesicht in beide Hände. »Das ist ein schöner Gedanke. So machen wir das. Und umgekehrt natürlich; wenn Twyddyn wieder frei ist …« Sie konnte nicht weitersprechen; sie hatte einen Kloß im Hals.

Dasha wohl auch. Denn sie nickte nur eifrig – mit großen nassen Augen.

Lizia hatte das Gefühl, sie wären zwei Mädchen, die sich Märchen erzählten, um sich gegenseitig die Angst vor der Dunkelheit zu nehmen; aber wie eines dieser Mädchen hoffte sie von ganzem Herzen, dass diese Märchen – ganz gleich wie unwahrscheinlich – am Ende wahr werden mochten.

Lizia, ak Sokay und Szuma standen im Heck der Galeone und schauten Raymos kleiner Flotte hinterher, wie sie nach Südwesten davonsegelte.

»Hat der caldäische Hund sich doch tatsächlich ganze vier Schiffe unter den Nagel gerissen«, knurrte ak Sokay, aber er grinste dabei.

»Fünf«, sagte Szuma. »Auch dieses Schiff wird nach Kutera zurückkehren, sobald es uns in Twyddyn an Land gebracht hat.«

Ak Sokay lachte. »Wie macht der Kerl das bloß immer wieder?«

»Keine Ahnung«, gab Lizia zu. Ihr war wehmütig ums Herz. Sie wünschte, sie wäre an Bord von Raymos Schiff. Mit ihm und Dasha auf dem Weg nach Kutera. Doch das Schicksal hatte es anders bestimmt … ein anderes Leben für sie vorgesehen … eine andere Aufgabe.

Die Aufgabe, ihre eigene Schwester zu töten und den Thron Twyddyns zu besteigen.

VERDAMMT

RAYMO

Die Schwarze See

Von der Heckreling aus schaute Raymo den Lichtern der einzelnen Galeone hinterher, die Lizia, Szuma und ak Sokay in Richtung Twyddyn trug. Er war versucht, seine kleine Flotte von vier Schiffen kehrtmachen zu lassen und hinter ihnen her zu segeln. Aber der Kampf um Twyddyn war nicht sein Kampf. Sein Kampf war der um Kutera. Auch wenn Szuma jetzt einen anderen Weg ging. Er bezweifelte, dass er sie – oder auch Lizia – jemals wiedersehen würde. Aber beide hatten sie ihre Entscheidung gefällt – so wie er die seine gefällt hatte. Außerdem schuldete er es den Männern auf seinen Schiffen, um Kutera zu kämpfen und das, was es für sie bedeutete: ein neues Zuhause. Dafür hatten sie angeheuert, dafür würden sie kämpfen.

Eine Hand legte sich sanft auf seine Finger auf dem Holz der Reling.

Dasha.

Stumm stand sie neben ihm und schaute wie er der Galeone hinterher. Erst als die Lichter ganz klein geworden waren, sagte sie leise: »Wir tun das Richtige, nicht wahr?«

»Was sagt dir dein Herz?«

»Es fühlt sich an, als wäre es gespalten«, antwortete sie. »Ein Teil davon will bei Lizia bleiben … sie beschützen.«

»Das liegt nicht in deiner Macht.«

»Ich weiß. Außerdem würde ich in Twyddyn – selbst in Lizias Augen – immer eine *Perle* bleiben, ein käufliches Objekt. Ein

Besitz, eine Mietsache. Zumindest so lange, bis das Alter mich runzlig macht und niemand auch nur einen Helli für mich zu zahlen bereit ist. In Kutera kann ich etwas anderes sein; etwas anderes werden – jemand anderes.«

»Hast du schon darüber nachgedacht, was du dort sein möchtest?«

»Natürlich«, sagte sie. »Aber ich habe mich noch nicht wirklich entschieden.«

»Was steht denn zur Wahl?«

»Als Kind wollte ich immer mit meinem Vater zur See. Fischen. Aber da waren die Wasser im Licht der Sonne noch hell und freundlich.«

Raymo musste lachen. »Komm schon, die meiste Zeit war die Nebelsuppe so dicht, dass man kaum die Hand vor Augen sehen konnte. Zumindest war das bei uns oben in Calda so.«

Dasha stimmte in sein Lachen ein. »Ja, in Twyddyn auch. Und die Luft war dadurch so ekelhaft feucht und kühl, dass man selbst im Sommer gefroren hat. Aber wenigstens wurde es hin und wieder mal hell. Jetzt weiß man, dass es dunkel bleibt und unheimlich. Und in der Dunkelheit ist die See kein friedlicher Ort.«

»Außer sie ist glatt, der Mond und die Sterne scheinen …«

»… und man sitzt am Strand oder auf einer Klippe und schaut aus sicherer Entfernung darauf.«

»Also gut, wenn nicht Fischerin, was dann?«

»Ich hätte Spaß am Weben«, sagte sie. »Mir gefallen die außergewöhnlichen Muster der kuteranischen Stoffe. Aber ich könnte mir auch vorstellen, bei der Ernte der Crata Gyna zu helfen oder Xallilampen und Geschirr aus Ton herzustellen.«

»Das sind kleine Träume«, bemerkte Raymo.

»Das sind die besten«, antwortete sie und lehnte ihren Kopf an seine Schulter. »Die allerbesten.«

ASH

Skirt Agol'Ha

Sarr'Do'Kai hatte sich entschieden, mit ihnen auf die Reise zu gehen. Sein Vater hatte ihn nicht aufgehalten, jetzt, da der Stamm seiner Aufgabe als Hüter des Speers für immer enthoben war. Durr'Sa hatte sogar seinen Stolz ausgedrückt, darüber, dass Sarr'Do'Kai an der Mission des Auserwählten teilnehmen wollte, der Welt das Licht zurückzubringen. Auch fast ein Dutzend weiterer Männer des Stamms hatte sich den Seewölfen angeschlossen. Nach den Verlusten im Kampf gegen die Sklavenhändler und die Zwergenwüchsigen am Fluss hatte Dulf Einhand seine Meinung geändert, nur mit Normarkern zu fahren. Sie brauchten die zusätzlichen Kräfte für die Ruder. Ganz besonders, nachdem der Alte von Ash gehört hatte, wohin ihre Reise sie führen würde.

»Noch nie hat ein Schiff der Seewölfe die Fahrt um die Skirt Agol'Ha gewagt«, knurrte der Einarmige unbehaglich. Er führte das Steuerruder mit leichter Hand. Die See war ruhig, dennoch war sein Blick argwöhnisch gen Süden zum schwarzen Horizont vor ihnen gerichtet. »Zumindest hat noch nie jemand davon berichten können.«

»Was macht die Skirt denn so gefährlich?«, fragte Ash. Er hielt den Speer Lugnir in der Hand wie einen langen Wanderstab. Seit er ihn das erste Mal berührt hatte, hatte er keine Angst mehr – und auch keine Zweifel oder Sorgen. Es war, als würde ihn die uralte Waffe permanent mit ihrer Kraft erfüllen. Er verspürte nicht einmal mehr Hunger oder Durst.

»Erinnerst du dich noch an den harten Ritt in die Flussmündung hinein?«, fragte Dulf Einhand.

»Nur zu gut.«

»Die Skirt Agol'Ha ist tausendmal schlimmer. Sie ist die Südspitze dieses Kontinents. Zwei Meere und zwei Winde treffen hier mit ihren gegenläufigen Strömungen frontal aufeinander. Außerdem ist die See dort gespickt mit Felsenriffen.«

»Vielleicht sollten wir dann einen weiten Bogen südlich fahren«, schlug Ash vor.

Dulf Einhand schüttelte den Kopf. »Selbst vor dem Weltendonner lag weiter südlich Ewiges Eis. Jetzt wird die Durchfahrt wohl noch sehr viel enger sein und das Passieren die reine Hölle. Selbst mit einer vollbesetzten, gut aufeinander eingespielten Crew hätte ich große Bedenken. Jetzt«, er deutete nach vorn zu den Ruderbänken, »mit all den Neuen an Bord – Männern, die ihr ganzes Leben in einer Höhle verbracht haben –, habe ich regelrecht Angst.«

Ash wusste: Wenn Dulf Einhand zugab, dass er Angst hatte, dann gab es auch Grund für Angst.

Gibt es einen anderen Weg?, fragte er Gott.

»Nein«, antwortete der in Ashs Kopf müde. Ash vom Fundort des Speers zurück zum Schiff und den Seewölfen zu bringen, hatte ihn trotz der Energie, die Ash ihm aus der Waffe gespendet hatte, stark geschwächt, und außer seinen Instruktionen zum Kurs der weiteren Reise sprach er zurzeit kaum noch. »Zu dem Ort, an dem mein Bruder ruht, gibt es keinen kürzeren Weg … auch keinen leichteren … es gibt einfach keinen anderen – sonst hätte ich ihn dir genannt, denn auch mir läuft die Zeit davon, mein Sohn.«

Ash teilte Dulf Einhand die Nachricht Gottes mit. Der alte Seewolf schnaubte frustriert.

»Wenigstens sind unsere Vorräte dank der Hüter wieder aufgefüllt«, sagte der Alte. »Auch wenn ich bei manchen der Sachen nicht ganz sicher bin, ob sie wirklich allen Ernstes zum Essen gedacht sind oder doch eher zum Schrubben des Boots.«

Die Hüter hatten ihnen Fisch und Muscheln aus den unterirdischen Grotten mitgegeben, aber auch eingelegte Pilze und eine streng riechende Paste aus Flechten von den Felswänden, die angeblich sehr nahrhaft sein sollte. Bisher hatte sich der normarker Teil der Mannschaft auf den Fisch und die Muscheln beschränkt, obwohl Sarr'Do'Kai und die Männer seines Stamms die seltsame Paste zu bevorzugen schienen. Aber vielleicht aßen sie sie auch nur aus Höflichkeit anstelle des Fischs, weil sie merkten, dass die Seewölfe sich davor ekelten.

»Wir sind jetzt so weit gekommen, Dulf Einhand«, sagte Ash, »wir werden auch den Rest des Wegs bewältigen. Verlass dich drauf.«

Der Alte stieß einen brummenden Laut aus. »Ist ja auch nicht so, als hätten wir eine Wahl. Entweder wir retten die Welt oder wir gehen mit ihr unter.« Plötzlich lachte er, aber es war ein vor Sarkasmus triefendes Lachen. »Oder wir gehen vorher unter … und ich werde mir in den paar wenigen Herzschlägen, die es dauert, bis ich meinen letzten Atemzug getan habe, ausmalen, wie es wohl für mich gewesen wäre, wenn ich in jener Nacht nicht zu dem Fest gegangen wäre, auf dem du und ich uns begegnet sind. Wie ich die letzten Monde mit den Taschen voller Gold eine Hure nach der anderen genossen hätte … einen Krug Wein nach dem anderen … und Platten voller geröstetem Seehundfleisch und auf dem Spieß gegrillte Möwen.« Er leckte sich versonnen die Lippen. »Oh, welch ein Gedanke! Und dann, am letzten Tag, wenn die Welt unter dem Eis versunken wäre, hätte ich mir eine Flasche Brandy gegönnt, sie bis zum Boden geleert und wäre hinausgegangen in den Schnee, um friedlich lächelnd ein Schläfchen zu halten … und nie wieder daraus zu erwachen.«

Ash klopfte ihm auf die Schulter. »Und so wirst du noch viele, viele Jahre leben, und die Sonne wiedersehen … und die Taschen voller Gold auch so für eine Hure nach der anderen ausgeben, und für gebratenes Fleisch, Wein und Brandy. Aber du wirst es im Warmen tun können – und wenn deine Zeit gekommen ist, wird dein Blick hoffentlich auf eine grüne Wiese gerichtet sein voller wilder bunter Blumen … oder auf einen im Licht der Sonne strahlenden Hain.«

Dulf Einhand lächelte. »Die See, Ash Hanson«, sagte er sehnsuchtsvoll. »Mein letzter Blick soll auf die See vor der Normark fallen. Tiefblau und in der Sonne funkelnd.«

»Das wird er, mein Freund«, versicherte Ash. Damit ließ er den alten Seewolf an seinem Ruder stehen und ging nach vorn zum Bug, wo Þóra neben dem Drachenkopf stand.

Noch ehe er sie erreicht hatte, drehte sie sich zu ihm um, so als hätte sie gespürt, dass er näher kam. Sie strahlte. Ihr langes Haar wehte sacht im Wind. Ash zog sie in seinen Arm. Seit er den Speer hatte, mochte sein Appetit auf Essen und Trinken vollständig verschwunden sein, dafür aber war ein anderer Appetit wiedererwacht. Der Appetit auf Þóra – er war dauerhaft und stärker als jemals zuvor. Er hatte nichts zu tun mit seinen anderen Gefühlen für sie, dieser Appetit. Er war wild und brennend … gierig … und manchmal hatte Ash auch den Eindruck, dass er dunkel war … und animalisch. Es fühlte sich so an, als würde er nur zum Teil aus ihm selbst kommen, sehr viel mehr aber aus dem Speer – wie die Kraft, die die Waffe ihm spendete. Und gleichzeitig war es auf seltsame Weise so, dass, wann immer er Þóra berührte oder sie nahm, der Akt an sich neue Kraft erzeugte; Kraft, die von ihnen beiden zurück in den Speer floss und ihn zu nähren schien, ohne dabei Ash oder Þóra Energie zu rauben.

Ash küsste sie – fordernd. Þóra drängte sich ihm hungrig entgegen, schlang einen Arm um ihn, krallte ihre Finger in seinen Rücken. Mit der anderen Hand fasste sie nach der seinen, in der er den Speer hielt. Bei der Berührung stöhnte sie lustvoll auf, presste ihr Becken gegen Ashs Schoß. Ash fühlte, wie der Rausch von ihnen Besitz ergriff, packte Þóra um die Taille und hob sie auf den Schiffsrand, ohne dass sie aufhörten, einander küssend zu atmen.

Sie öffnete ihre Schenkel, zog den Saum ihres Rocks nach oben – noch immer ohne ihre Lippen von den seinen zu lösen – und nestelte die Schnürung seiner Hose auf.

Wie immer, seit Ash den Speer in seinen Besitz genommen hatte, machte ihn bereits die erste Berührung durch Þóras Finger augenblicklich hart. Ihre Hand schloss sich fest um sein Fleisch, sie zog ihn näher zu sich, bis er das ihre, das ihn feucht und bereit erwartete, berührte und es teilte … sich in sie hineinspießte. Þóra keuchte vor Lust, als Ash damit begann, im Takt der schlagenden Ruder in sie zu rammen.

Dulf Einhand behielt recht: Die Skirt Agol'Ha war die Hölle! Die Wirbelstürme waren in dem unaufhörlichen Hagel von Blitzen, die durch den schwarzen Himmel zuckten, schon von weitem zu sehen. Wie lebende Aale schlängelten sie sich von den wild wogenden Wolken hinab in die tosende See, die sie zu haushohen Wellen aufpeitschten, die aus allen Richtungen kommend gegeneinanderschlugen und aneinander Gischt spuckend zerbrachen.

»Da ist kein Durchkommen, Ash!«, rief Dulf Einhand gegen den Lärm. Selbst hier – noch weit vor diesem mörderischen Sturm – war die See bereits dermaßen unruhig, dass das Drachenschiff hin und her geworfen wurde.

Gott!, rief Ash, der auf den ersten Blick sah, dass der alte Seewolf die Wahrheit sprach, stumm. Doch Gott antwortete nicht.

»Lass die Ruder einziehen«, sagte Ash zu dem Alten. »Sag den Männern, sie sollen Essen fassen und sich ausruhen.« Er brauchte Zeit, um nachzudenken.

»Wir machen halt!«, rief Dulf Einhand seinen Leuten zu. »Bringt die Ruder ins Trockne, stärkt euch und schlaft!« Ash sah ihm an, dass er erleichtert war über die Gnadenfrist.

Þóra trat zu Ash. »Was sollen wir jetzt tun, mein Herr und Gebieter?«, fragte sie mit sorgenvollem Blick nach Südwesten. »Es kann doch nicht sein, dass unsere Reise hier zu Ende sein soll.«

»Ist sie nicht«, sagte Ash. »Aber ich kann mir auch nicht vorstellen, wie wir mit dem Schiff da hindurchkommen sollen.«

»Vielleicht ist es besser, wir warten einfach«, schlug Þóra vor. »Vielleicht legt sich der Sturm ja schon bald.«

»Der Sturm in der Skirt Agol'Ha legt sich nie«, meinte Dulf Einhand finster im Vorbeigehen.

Ash wartete, bis der Normarker bei den Fischfässern außer Hörweite war, ehe er zu Þóra sagte: »Außerdem haben wir keine Zeit zu warten.«

»Wieso?«

»Gott liegt im Sterben.«

Sie sah ihn mit schreckerfülltem Blick an. »Das ist unmöglich«, hauchte sie. »Gott kann nicht sterben!«

»Wir sind gerade auf dem Weg, einen zu töten, Þóra«, entgegnete Ash. »Also kann ein Gott offenbar … oder hoffentlich … sehr wohl sterben. Und unser Gott tut das gerade. Wir müssen uns beeilen.«

»Was kann ich tun?«

»Im Moment nichts. Am besten holst du dir auch etwas zu essen und legst dich dann eine Runde schlafen.«

Sie zögerte, dann aber verneigte sie sich. »Wir Ihr wünscht, mein Herr und Gebieter.«

Ash sah ihr nach, dann wandte er den Blick wieder in Richtung der Wirbelstürme. Er hatte noch nie etwas derart Furchteinflößendes gesehen – und das, obwohl er gerade in letzter Zeit sehr viele furchteinflößende Dinge gesehen hatte.

Eine halbe Ewigkeit stand Ash so da und dachte nach, während die Männer in dem schaukelnden Schiff schliefen wie in einer riesigen Wiege. Dann ging er zu Dulf Einhand und weckte ihn leise.

Der alte Seewolf rieb sich den Schlaf aus den Augen und trank einen Schluck Wasser aus einem Schlauch aus Seehundleder.

»Du hast gesagt, weiter im Süden ist Ewiges Eis?«, fragte Ash.

»Ja.«

»Ist das Eis dick?«

»Hunderte von Fuß dick, schätze ich. Auf jeden Fall so dick, dass man darauf getrost eine Stadt bauen kann.«

»Also auch dick genug, unser Schiff auszuhalten?«

»Mit Leichtigkeit.«

»Weck die Männer.«

»Was hast du vor?«

»Wir fahren nach Süden«, sagte Ash. »Und wir schleppen das Schiff um den Sturm herum.«

»Auf dem Eis?«

»Auf dem Eis. Wie einen Schlitten.«

Dulf Einhand sah ihn an, als hätte er den Verstand verloren. Dann aber hellte sich sein grantiges Gesicht auf. »Wie einen Schlitten?«

»Wie einen Schlitten.«

»Ich will verflucht sein«, sagte der alte Seewolf leise, »aber ich glaube, das könnte tatsächlich klappen.«

LIZIA

Die Schwarze See

Je weiter sie nach Norden kamen, desto kälter wurde es. Lizia trug zwei Hosen übereinander, drei Paar Socken, zwei Jacken über der Tunika, ihren Umhang und zwei Schals, und sie fror immer noch, wenn sie – wie jetzt – das kleine Feuer in ihrer Kabine verließ und hinaus auf das Deck der Galeone trat. Sie fand ak Sokay dort, wo sie ihn immer fand: vorn im Bug. Er stand dort, mit weit gespreitzten Füßen, die Arme hinter dem Rücken verschränkt, das lange, dunkle Haar im Fahrtwind wehend. In seinem Gesicht war eine wilde Entschlossenheit, so als könne er allein mit der Kraft seines Willens das Schiff schneller nach Twyddyn bewegen.

»Harwee, ich muss mit Euch reden«, sagte Lizia leise und stellte sich neben ihn an die Reling. Der Himmel über ihnen war so dunkelgrau wie immer, doch die dicken Wolken wirbelten heute nicht so stark wie an den vergangenen Tagen. Der Wind kam günstig von Südwest; sie machten gute Fahrt.

Ak Sokay machte eine kleine Verbeugung. »Was beschäftigt Euch, Euer Hoheit? Ihr seid seit Tagen in Euch gekehrt.«

»Tatsächlich ist es eine ganze Reihe von Dingen, die mich beschäftigen«, gab sie zu. »Zum einen vermisse ich Dasha.«

»Und den Caldäer.« Es war eine Feststellung, keine Frage.

»Raymo?«, fragte sie erstaunt. »Wieso sollte ich Raymo Ten Mayne vermissen?«

»Ihr seid ihm zugetan«, sagte ak Sokay. »Das ist nicht zu übersehen. Und er Euch. Wenn auch nicht auf die gleiche Weise wie Ihr ihm.«

»Ich? Raymo zugetan? Ich schulde ihm mein Leben. Mehrfach. So etwas verbindet.« Sie wollte den Gedanken nicht vertiefen. »So wie ich Euch mein Leben schulde. Und so, wie auch Ihr dem Caldäer Euer Leben schuldet.«

Er verzog die Mundwinkel, als hätte er in etwas Saures gebissen.

»Was mich sehr viel mehr beschäftigt«, fuhr sie fort, »ist etwas völlig anderes.«

»Sprecht.«

»Warum sind wir nicht mit den anderen nach Kutera zurückgekehrt?«, fragte sie.

»Weil Kutera uns und unseren Kampf um den Thron in Twyddyn braucht«, sagte er. »Häuptling Trimanu und sein Volk würden den Widerstand gegen ein mit Milara vereintes Twyddyn nicht sehr lange aufrechterhalten können.«

»Mit Euch an seiner Seite könnte Raymo in Kutera einen sehr viel wirkungsvolleren Widerstand organisieren«, sagte sie. »Mit Eurer Erfahrung als General, aber auch mit Eurem Wissen über den Aufbau einer Flotte. Ihr könntet Trimanus Volk lehren, Kriegsgaleeren zu bauen.«

Ak Sokay nickte. »Ich habe durchaus darüber nachgedacht«, räumte er ein. »Aber die Situation in Kutera ist nicht mein Hauptanliegen.«

»Ihr wollt den Thron Twyddyns.«

»Mehr als alles andere, Liziana. Seit ich ein kleiner Junge war. Ihn zu besteigen ist ein heiliger Schwur. Ein Schwur, den ich nicht brechen werde.«

»Ich darf Euch daran erinnern, dass Ihr in der Vergangenheit durchaus den einen oder anderen Schwur gebrochen habt.«

»Und ich darf Euch daran erinnern, dass Ihr mich daran messt, dass ich künftig meine Schwüre halte.«

»Mein Maßstab bedeutet Euch etwas?«

Sein Gesicht wurde noch ernster, seine Kiefer mahlten, während er auf die Schwarze See hinaus blickte, doch dann plötzlich lächelte er – wenn auch nur ganz schwach. »Euer Maßstab … Eure Meinung von mir bedeutet mir sehr viel mehr, als ich lange Zeit zuzugeben bereit war, Liziana.«

Seine Worte berührten etwas in Lizias Brust, und sie folgte dem Impuls, ihre Hand auf die seine zu legen. »Aber nicht so viel wie die Herrschaft über Twyddyn«, stellte sie in den Raum. »Habe ich recht?«

Ak Sokay drehte seine Hand um, so dass er Lizias Finger umschließen konnte. Er sah sie feierlich an. »Die Frage stellt sich für mich nicht«, sagte er. »Ihr und der Thron, das ist für mich ein und dasselbe. Wir beide, Ihr und ich, wir können wahrhaft glücklich werden miteinander. Wir werden gute Herrscher … und ein gutes Königspaar.«

»Was, wenn ich Euch bitten würde, auf den Thron zu verzichten und mit mir zusammen nach Kutera zu gehen?«

»Dann würdet Ihr Euren Schwur brechen, den Ihr geleistet habt; den, mit mir nach Twyddyn zu kommen, und ich den meinen, den Thron Twyddyns zu besteigen«, sagte er. »Und sagt, Liziana, wenn wir beide unsere Schwüre brächen, was wäre unser Wort dann noch wert? Was wäre dann noch übrig von uns? In den eigenen Augen und den Augen des jeweils anderen?«

Sie sah ein leicht amüsiertes Funkeln in seinen Augen – und erinnerte sich mit einem Mal an ihr letztes Gespräch zum Thema

Schwüre. Sie musste unwillkürlich lachen. »Jetzt habt *Ihr mich* ausgetrickst, Harwee«, sagte sie und fügte – seine Worte von damals nachäffend – mit gespielt finsterer Miene hinzu: »Genießt das. Aber lasst es nicht zur Gewohnheit werden.«

Er lächelte, und ihr fiel auf, wie sehr sie seine Grübchen mochte.

»Dürfte ich Euch um einen Gefallen bitten, Harwee?«, fragte sie, einem weiteren plötzlichen Impuls folgend. Dabei war ihre Stimme seltsam belegt.

»Selbstverständlich, Euer Hoheit. Solange Ihr nicht wollt, dass ich dem Schiff die Rückkehr nach Kutera befehle …«

»Nein«, sagte sie. »Das nicht.« Ihre Stimme wurde immer kratziger. Sie hatte einen Kloß im Hals.

»Was dann?«, fragte er.

»Würdet Ihr mich küssen, Harwee?«

Für einen Augenblick stand Lizias Welt still, und ihr stockte der Atem in Erwartung, wie ak Sokay reagieren würde. Würde er sie auslachen? Würde er sie zurückweisen? Würde er es als Einladung missverstehen, ihr mehr geben oder mehr von ihr nehmen zu wollen als diesen einen Kuss? Sie biss sich auf die Unterlippe und wünschte sich, sie hätte die Frage nie gestellt.

Ak Sokay legte seine freie Hand an ihre Wange. Seine Fingerspitzen berührten sanft ihr Ohr und den Nacken dahinter. Ein wohliger Schauer durchlief sie. Den Blick seiner ernsten Augen in den ihren senkend beugte er sich zu ihr herab, hob ihr Gesicht ein klein wenig an und legte seine Lippen auf ihre. Nicht zu fordernd, nicht zu zaghaft. Er küsste sie, und wie von selbst schloss sie die Augen, fühlte nichts weiter als die Berührung seiner Hand, die seiner Lippen. Ihr Mund öffnete sich ein klein wenig. Sie erwiderte seinen Kuss. Ein süßer kleiner Rausch strömte ihr durch Nacken und Wangen, und sie fühlte, wie ihr das Herz in der Brust hüpfte. Sie schmeckte seinen Atem und roch den markanten Duft seiner Haut. Sie spürte, wie sie am ganzen Leib wohlig zu zittern begann. Sie empfand den Drang, sich ihm entgegenzuschmiegen, widerstand ihm jedoch. Sie wollte keinen falschen Eindruck erwecken – nicht aus Versehen signalisieren, dass sie mehr wollte.

So sanft, wie er sie geküsst hatte, so sanft löste ak Sokay sich jetzt wieder von ihr. Der Ernst in seinem Blick war nun vermischt mit einer Zärtlichkeit, wie sie sie in seinen Augen noch nie gesehen hatte.

Mit noch immer völlig belegter Stimme sagte sie: »Danke.«

Das brachte ihn zum Schmunzeln. »Gern geschehn, Euer Hoheit.«

Sie lächelte und genoss mit tiefen Atemzügen der kühlen Seeluft, wie der rasende Schlag ihres Herzens sich allmählich wieder beruhigte. Erst dann sprach sie den anderen Gedanken aus, der sie die ganze Zeit beschäftigte: »Glaubt Ihr wirklich, dass es für uns eine Zukunft gibt? Dass wir Rielle schlagen können?«

»Dass ich besessen bin von dem Gedanken, den Thron zu besteigen, darf Euch nicht glauben lassen, ich sei wahnsinnig«, sagte er ernst. »Meine Wege sind stets von Visionen gelenkt, aber ich gehe sie mit realistischen Schritten. Glaubt mir, wenn ich eine erfolgreiche Rebellion nicht für absolut durchführbar hielte, würde ich tatsächlich auf der Stelle umkehren und mit Euch ein neues Leben in Kutera beginnen. Kommt mit in Eure Kabine, ich will Euch etwas zeigen.«

Sie folgte seiner Einladung. Als sie drin waren, legte ak Sokay sogleich frische Holzkohle in die Feuerschale und entzündete die Kerzen. Lizia zog ihren Umhang aus. Er holte aus dem Kartenschrank ein Pergament, rollte es auf dem Tisch aus.

»Das hier ist eine Karte von Twyddyn«, begann er. »Hier, wie Ihr seht, liegt Dunuum, etwas östlich vom Zentrum. In direkter Nachbarschaft Dunuums liegen folgende vier Großprovinzen: Camborr im Nordosten – nördlich des Rahn, Dubris Venta im Südosten – südlich des Rahn, Ta'Mara im Südwesten und darüber im Nordosten Alduna. Seht, hier zwischen Ta'Mara und Alduna, auf der Westseite Twyddyns, liegt das Flussdelta der Rina. Sie ist breiter als der Rahn. Ihrem Lauf entgegen liegt unsere erste Etappe. Hier werden wir landen«, sagte er und zeigte mit dem Zeigefinger auf eine Stelle im unteren Flussverlauf der Rina. »Rinastein. Ganz in der Nähe liegen meine früheren Güter und Besitzungen.«

»Die Rielle jedoch inzwischen mit ihren Truppen besetzt haben dürfte«, überlegte Lizia laut.

»Hat sie ganz bestimmt«, räumte er ein. »Aber Ihr dürft nicht vergessen, das ist das Land meines Vaters. Die Menschen dort sind meiner Familie treu ergeben, und selbst wenn Rielle die Region dort mit ihren Soldaten überfallen hat, ist es mehr als unwahrscheinlich, dass sie die Armee anschließend auch dort fest stationiert hat. Zu teuer. Außerdem braucht sie ihre Truppen in Dunuum. Daher hat sie meine Ländereien sehr wahrscheinlich einem ihrer Günstlinge übertragen. Diesen aus meiner Burg Greiffenfels zu vertreiben und unser Hauptquartier dort einzurichten, wird einer unserer ersten Schritte sein.«

»Eine Festung stürmen, einzig und allein mit den Euch treu ergebenen Untertanen? Einer Horde verhungernder Bauern und Landarbeiter?«

Ak Sokay räusperte sich ungehalten, und Lizia wusste, dass sie gerade den Bogen überspannt hatte. »Die meisten meiner Untertanen sind nicht Bauern und Landarbeiter, sondern Fischer, seefahrende Kaufleute und Arbeiter in meinen Silberminen.«

»Bitte verzeiht«, sagte sie. »Fahrt fort.«

»Es ist davon auszugehen, dass meine Soldaten bei Rielles Übergriff zu meinen Nachbarn geflohen und dort untergekommen sind«, sagte ak Sokay. »Das sind ak Murid, ak Nidum und ak Viroc jenseits der Rina in Alduna und ak Tageltin und ak Calleva auf der Ta'Mara-Seite. Diese fünf Familien waren allesamt Verbündete meines Vaters in der Rebellion Eures Großvaters gegen die ak Meru. Sobald sie erfahren, dass ich noch lebe und Euch an meiner Seite habe, werden sie sich mit uns gegen Rielle verbünden. Versteht Ihr, was das bedeutet?«

Lizia sah sich die Karte an. »Das bedeutet: von den vier Provinzen, die direkt um Dunuum herumliegen, stehen zwei fast vollständig auf unserer Seite.«

»Genau«, sagte ak Sokay. »Und in den anderen beiden – Camborr im Nordosten und Dubris Venta im Südosten – regieren ausschließlich Familien, die ebenfalls mit Eurem Großvater gegen die ak Meru gekämpft haben.«

»Das heißt, sie schulden mir die gleiche Treue, die sie Rielle schulden.«

»Korrekt«, bestätigte ak Sokay. »Und all jene, die mit Rielles Politik und ganz besonders ihrem Bündnis mit Milara und der Ehe mit König Vas'Ko nicht einverstanden sind, werden sich ebenfalls auf unsere Seite schlagen. Versteht Ihr jetzt, warum ich so zuversichtlich bin, dass unsere Rebellion von Erfolg gekrönt sein wird?«

Lizia betrachtete die Landkarte im Licht der Kerzen noch ein paar Momente. Das erste Mal seit ihrem blutigen Scheitern in Milara schöpfte sie wieder Hoffnung, dass die Rebellion tatsächlich gelingen konnte.

Da ist es wieder, dieses Wörtchen, sagte ihre innere Stimme, warnend. *Hoffnung!*

ASH

Das Ewige Eis

Dulf Einhand achtete darauf, bei ihrer Fahrt in den Süden weiten Abstand zu halten von dem mörderischen Sturm auf ihrer Backbordseite. Dennoch war die Fahrt alles andere als ein Honigschlecken. Die verrückten Strömungen der Skirt Agol'Ha waren bis hierher deutlich spürbar und ließen das Drachenschiff einen mühsamen Schlingerkurs fahren.

»Es kann nicht mehr allzu weit sein«, rief Dulf Einhand vom Heck aus zu Ash nach vorn zum Bug, wo er auf seinen Speer gestützt stand und Ausschau hielt nach dem Ewigen Eis.

Es war merklich noch kälter geworden. Die von der See aufspritzende Gischt hatte eine Schicht aus krustigem Eis über den Hals und den Kopf des Drachen gezogen. Das Segel hatten sie gerefft, weil es hartgefroren war, und Ash wischte alle paar Atemzüge Eiskristalle aus seinem Bart. Ash fühlte die Kälte nicht, aber er sah, dass die anderen sie sehr wohl spürten. Obwohl sie sich noch dicker angezogen hatten, zitterten sie. Ash nahm an, dass es an dem Speer lag, dass er nicht fror, und wünschte, er wüsste einen Weg, diesen Zustand auch auf die Mannschaft und auf Þóra zu übertragen. Er hatte ihr seinen Umhang gegeben, in der Hoffnung, dass er ihr ein wenig zusätzliche Wärme spenden würde.

In der Mitte des Schiffes hatten sie vor und hinter dem Mast zwei Eisenbecken mit Holz bestückt und angezündet, damit die Männer dort hin und wieder ihre froststeifen Finger wärmen konnten.

Immer öfter tauchten auf ihrem Kurs zunächst Eisschollen und dann gar kleine Eisberge auf. Da die See so unruhig war, hatte Dulf Einhand große Mühe, das Schiff immer wieder umzulenken, um ihnen auszuweichen.

Dann endlich sah Ash eine dunkelgraue, doch hellere Masse vor sich am Horizont. Das Ewige Eis.

Er meldete es nach hinten, und Dulf Einhand rief: »Halt Ausschau nach einer flachen glatten Stelle, auf der wir landen können!«

Ash kniff die Augen gegen den eisigen Wind zusammen und suchte. Als sie näher kamen, sah er, dass die graue Eisfläche aus dem Wasser ragte wie Klippen, höher als der Mast des Schiffes. Es war unmöglich, das Boot dort hinaufzubringen. Ashs Hoffnung sank.

Dulf Einhand lenkte das Schiff nach Backbord, in Richtung des Sturms. Sie suchten, bis sie dem Sturm gefährlich nahe gekommen waren, doch auch hier gab es keine flache Stelle. Es blieb ihnen nichts anderes übrig, als kehrtzumachen und den Weg an den Eisklippen entlang wieder in die andere Richtung zu fahren, über den Punkt hinaus, an dem sie sie zuerst erreicht hatten.

»Da!«, rief Þóra plötzlich aus. »Etwa sieben oder acht Schiffslängen vor uns!«

Ash folgte ihrem Fingerzeig, und dann sah auch er es: Ein hügelgroßer Brocken schien von der Klippe abgebrochen zu sein und hatte eine Schräge hinterlassen. Die Rampe war steil, aber Ash sah keine Alternative.

»Dort hinauf!«, rief er Dulf Einhand zu.

Der alte Seewolf nickte und wandte sich an seine Leute. »Volle Kraft voraus, ihr Hunde! Gebt, was ihr habt! Und haltet euch bereit: Sobald ich das Kommando gebe, springt ihr in Staffeln von acht mit Seilen vorne über den Bug auf das Eis und sichert die Seile mit allem, was ihr habt. Der Anker, Äxte, Pickel, Schwerter, Bootshaken. Das Schiff darf nicht ins Wasser zurückrutschen, sonst werden wir hier unten alle verrecken! Du, Þóra, lösch die Feuer! Nicht, dass wir uns noch selbst abfackeln!«

Ash übersetzte die Befehle schnell für die Männer von Sarr'Do'Kais Volk.

Dulf Einhand lenkte das Schiff in die Kurve auf die Rampe zu, und Ash spürte, wie sie an Geschwindigkeit zunahmen. Immer schneller wurden sie unter den anspornenden Taktrufen Dulf Einhands – genau auf die Rutsche in der Klippe zu. Vier der Männer beeilten sich, die Enden der Seile um den Mast und um den Hals des Drachenkopfes zu wickeln und sie fest zu verknoten.

»Schnel-ler!«, brüllte Dulf Einhand. »Schnel-ler!« Und schneller ruderten die Männer.

Noch hundert Schritte Entfernung. Neunzig … siebzig … fünfzig … dreißig …

»Die vorderen acht von euch«, rief Dulf Einhand. »Ruder einziehen und die ersten Seilenden fassen. Bereitmachen zum Sprung!«

Ash beeilte sich zu übersetzen. Zehn … neun …

»Alle Mann: Ruder aus dem Wasser und festhalten!« Der Kiel des Drachenschiffs rammte aufs Eis, der Bug wurde nach oben gerissen. Der Schwung der schnellen Fahrt trieb das Schiff die Rampe hinauf.

»Springt!«, schrie Dulf Einhand aus Leibeskräften. »Und gleich die nächsten acht! Lauft, lauft, lauft! Und die nächsten acht!«

Voller Bewunderung sah Ash den Seewölfen dabei zu, wie sie nach vorne über den Bootsrand hinweg auf die Eisrampe sprangen und schnell so weit, wie ihr jeweiliges Seil lang war, nach oben sprinteten und dort das Seilende mit ihren Werkzeugen und Waffen sicherten, die sie so tief es ging in das Eis trieben.

»Alle Mann von Bord!«, schmetterte Dulf Einhand. »Das Schiff ist sonst zu schwer und wird in die See zurückgezogen.«

Sie sprangen nach vorne und über die Seiten vom Boot, trieben weitere Seile in das Eis. Das Schiff ragte jetzt schon drei Viertel seiner gesamten Länge aus dem Wasser, hatte gerade den Zenit des Schwungs erreicht, hielt für ein paar Herzschläge lang inne … und begann dann, wieder nach hintern zu rutschen.

Wenn die Seile nicht halten und das Schiff auf die See zurücktreibt, verlieren wir es und mit ihm unseren Proviant, dachte Ash besorgt, während das Boot Fuß um Fuß weiter nach hinten rutschte.

Doch die Seile hielten und das Schiff kam zum Stillstand.

Dulf Einhand stieß ein triumphierendes Lachen aus und die Mannschaft – Seewölfe wie Hashimaner – gröhlten begeistert. Dann teilte der alte Seewolf seine Männer ein. Zusätzliche Seile wurden vom Boot geholt. Die Hälfte der Männer zog damit das Boot weiter nach oben, während die andere Hälfte alle zwei Schritte die Sicherungsseile neu im Eis befestigten, bis der gesamte Rumpf aus dem Wasser und damit der Strömung entlang der Klippe nicht länger ausgesetzt war.

»Sehr gut!«, rief Dulf Einhand. »Jetzt entladet das Schiff und bringt die Ladung nach oben über den Rand der Rampe. Dann ist das Schiff nicht einmal mehr halb so schwer. Aber achtet darauf: nie mehr als vier Männer zugleich an Bord.«

Die vier leichtesten von ihnen kletterten wieder an Bord und wuchteten die Wasser- und Fischfässer zu den Kameraden nach draußen, die Waffen und Schilde, Kisten, Truhen und sämtliche Ruder. Die Sachen brachten sie nach oben. Aus den Rudern aber zimmerten sie Kufen, um das auf der Seite liegende Schiff aufzurichten und leichter über das Eis ziehen zu können.

Es dauerte noch ein paar Stunden, unzählige Blasen an den Händen und bächeweise Schweiß, aber schließlich war das Schiff oben. Der Wind pfiff scharf über das Eis – zwar nicht so hart wie auf See, dafür aber kälter. Im Schutz des Schiffsrumpfs und einiger Bahnen Segeltuch bauten sie ihr Lager und machten Feuer, um die Kälte aus ihren Knochen zu vertreiben und das aschige Eis zu aschigem Wasser zu schmelzen, um die eigenen Wasservorräte zu sparen. Sie kochten Fisch darin und hatten schon bald eine dürftige, aber heiße Mahlzeit in den Bäuchen.

Sie brachten die gesamte Ladung wieder an Bord, löschten die Feuer, nachdem sie sich noch einmal daran gewärmt hatten, und begaben sich zum Schlafen auf das Schiff. Ash bot an, Wache zu halten. Auch wenn er tatkräftig beim Ent- und Beladen des Boots und auch beim Hinaufziehen geholfen hatte, war er weder müde noch erschöpft.

Er stellte sich in den Windschatten des Rumpfs und betrachtete den Himmel. Die nördliche Hälfte war nach wie vor erfüllt von weit entfernten Blitzen und gewaltigen schwarzen Windhosen. Im Süden jedoch war alles dunkel. Ein gutes Zeichen. Auf diesem Weg würden sie den Sturm, der über der Skirt Agol'Ha tobte, und die haushohen Wellen umgehen.

Das Boot mit Hilfe von Stricken und auf beiden Seiten gestützt von den Kufen über das Eis zu ziehen, war überraschend leicht. Die Männer hatten ihre Enden der Seile zu Schlaufen gebunden und sie sich über Schulter und Brust gelegt und gingen nebeneinander in zwei Reihen in Richtung Westen. Aber der eisige Wind war schlimm. Sie musste alle zwei Meilen Rast machen und Feuer anzünden, an denen sie sich aufwärmten, um nicht zu erfrieren.

Ash ging neben Dulf Einhand an der Spitze des Zugs. Er deutete nach links, hin zum blitzenden und wirbelnden Sturm. »Was glaubst du, wie lange wir brauchen, bis wir vorbei sind.«

»Kann ich nicht genau sagen«, meinte der alte Seewolf. »Laut den wenigen Karten, die es von der Skirt Agol'Ha gibt, ist sie etwa neunzig Meilen lang.«

»Bei vier Etappen am Tag zu je zwei Meilen brauchen wir also etwas mehr als elf Tage«, rechnete Ash. »So lange reicht das Feuerholz nicht.«

»Ich weiß«, sagte Dulf Einhand düster.

»Wäre es eine Alternative, die Männer in drei Schichten einzuteilen? Zwei Schichten ziehen und eine Schicht wärmt sich währenddessen an Bord unter den Decken und Fellen. Im ständigen Wechsel.«

Dulf Einhand dachte kurz nach. Dann schüttelte er den Kopf. »Weniger Männer bedeutet mehr Anstrengung für die, die ziehen. Vor allem, wenn sie dann noch das Gewicht des ausruhenden Drittels mitziehen müssen. Das heißt, wir kommen langsamer voran; brauchen pro Etappe länger. Das heißt, statt vier Etappen schaffen wir nur noch drei, und schon bräuchten wir für die gleiche Strecke insgesamt fünfzehn Tage. Außerdem glaube ich nicht, dass den Männern an Bord selbst unter den Fellen wärmer wäre als beim Ziehen des Schiffs, bei dem sie ständig in Bewegung sind.«

»Gut«, sagte Ash. »Dann müssen wir zur Not am Ende den Mast verfeuern … und den Drachenkopf.«

»Nicht den Drachenkopf«, widersprach Dulf Einhand. »Den Mast ja – wenn es am Ende wirklich nicht anders geht –, aber auf keinen Fall den Drachenkopf.«

»Warum nicht?«

»Er erinnert die Männer jeden Tag an unsere Mission, macht ihnen Mut. Wenn wir ihn vor ihren Augen verbrennen, verlieren sie die Hoffnung – und ohne Hoffnung erreichen wir unser Ziel nie.«

»Einverstanden. Nicht den Drachenkopf.«

Sie gingen schweigend weiter, das ständige Heulen des Windes einzig unterbrochen vom gleichmäßigen Knirschen ihrer Schritte. Ash sah durch die in der Luft wirbelnden Eiskristalle eine Bewegung zu seiner Rechten – etwa dreißig, vielleicht fünfunddreißig Schritte entfernt. Es war wie ein Schatten, aber der Schatten war heller als seine Umgebung.

»Was ist das?«, fragte Ash Dulf Einhand.

Der alte Seewolf kniff angestrengt die Augen zusammen. »Was meinst du?«

Ash deutete in die Richtung. »Dort, dieser helle Schatten.«

Dulf Einhand brauchte eine Weile, aber dann sah auch er es. Sofort gab er den Männern hinter ihnen ein Zeichen, anzuhalten. »Ein Bär«, sagte er anschließend leise zu Ash. »Ein großer Weißer.«

Er machte weitere Zeichen nach hinten, und vier seiner Krieger kamen zu ihm gelaufen. »Klettert schnell auf das Schiff und holt eure Speere«, raunte er. »Wir gehen auf Jagd.«

Die Männer eilten nach hinten.

»Ist das nicht zu gefährlich?«, fragte Ash.

»Wir können das Fleisch gut gebrauchen«, erklärte Dulf Einhand. »Das Fell allemal. Aber wichtiger noch: Wenn wir sein Fett dazu benutzen, das Feuerholz damit einzustreichen, brennt es länger. Dieser Bär könnte unseren Mast retten.«

Noch ehe die Männer zurück waren, sah Ash, dass der helle Schatten näher kam. Er erkannte den riesigen Kopf mit den kleinen schwarzen Augen und der schwarzen Nase, das einst weiße und jetzt aschgraue Fell, die Vordertatzen mit Krallen so lang wie Dolche.

Der Bär blieb stehen, sah sie an und witterte. Er knurrte – hungrig.

Da geschah etwas Seltsames: Der Speer in Ashs Faust begann zu vibrieren, und wie schon bei ihrer ersten Begegnung ging plötzlich ein leiser Singsang von ihm aus. Aber der Singsang war – so empfand Ash es wenigstens – so aggressiv wie das Knurren des Bären hungrig. Und es fühlte sich auch so an, als wäre er an den Bären selbst gerichtet – wie eine Warnung, auf Abstand zu bleiben. Doch der Bär blieb nicht auf Abstand. Er setzte sich wieder in Bewegung … zunächst mit zwei, drei vorsichtigen Schritten. Dann aber beschleunigte er … trabte los, um seinen massigen Körper in Schwung zu bringen … wurde immer schneller.

»Männer!«, brüllte Dulf Einhand und riss die Axt aus dem Gürtel.

Doch noch ehe die Männer heran waren, zwang der Speer Ash dazu, ihn zu bewegen. Ash streckte ihn nach vorn, die Diamantspitze auf den heranpreschenden Bären richtend. Der Speer sang lauter, vibrierte stärker. Die Spitze leuchtete grell auf. Das riesige Tier war nur noch etwa acht oder neun Schritte entfernt, stieß ein wildes Brüllen aus. Aus der Klinge des Speers schoss ein feuriger Blitz hervor – genau auf den Bären zu.

Der Bär – plötzlich von dem Licht gepackt und für einen winzigen Augenblick lang von innen heraus leuchtend – schrie auf und brach augenblicklich zusammen. Der Schwung seines Laufs ließ ihn über das Eis rutschen – bis hin vor Ashs Füße.

Das Tier rührte sich nicht mehr – und auch der Speer war verstummt.

»Verflucht!«, stieß Dulf Einhand hervor. »Was bei allen Dämonen der See war das?!?«

Gute Frage, dachte Ash. *Verdammt gute Frage*. Aber im Grunde genommen kannte er die Antwort. Der Speer hatte ihn aus eigenem Willen gegen den Bären verteidigt.

Sie erreichten das Ende des Sturms bereits nach zehn Tagen, ohne dass sie den Mast hätten verfeuern müssen. Trotzdem hatten sie zwei Männer an die Kälte verloren – einen Seewolf und einen Hashimaner. Sie schickten Kundschafter los, um einen Weg von der Eisklippe zu finden. Sie kehrten schon nach kurzer Zeit gleich mit zwei guten Nachrichten zurück.

»Eine Rampe, weniger als eine halbe Meile entfernt«, meldete ihr Anführer. »Und darauf gleich eine ganze Kolonie Seehunde.«

Dulf Einhand stellte einen Trupp Jäger zusammen und schickte sie voraus. Als sie später die Rampe mit dem Schiff erreichten, hatten die Jäger ein Dutzend der Seehunde erlegt und waren bereits dabei, sie auszunehmen und zu häuten. Das war frisches Fleisch für viele Tage, Felle, Talg und Tran.

»Dennoch brauchen wir für die Überfahrt zu unserem endgültigen Ziel noch Feuerholz«, sagte Ash.

Dulf Einhand nickte. »Ehe wir weiter nach Nordosten fahren, gehen wir auf der anderen Seite der Skirt Agol'Ha an Land und versorgen uns dort.«

Für die Überquerung der Skirt Agol'Ha benötigten sie zwei Tage. Es war nicht mehr ganz so kalt wie auf dem Ewigen Eis, aber die letzten Feuerholzvorräte waren aufgebraucht, und nur die Bewegung an den Rudern schenkte den Männern wenigstens ein bisschen Wärme. Daher war das Erste, was sie an Land taten, den größten der abgestorbenen Bäume in Strandnähe zu fällen und ihn in seiner Gänze anzuzünden, um sich an dem großen Feuer zu wärmen. Sie machten es zu einem Fest, brieten und kochten das Seehundfleisch, sangen wilde und rauhe Lieder und tanzten ausgelassen um die Flammen herum.

Am nächsten Tag füllten sie ihre Holzvorräte auf und setzten Kurs nach Nordosten. Ihr Ziel war die Vulkaninsel Lung'Duipa, einige Meilen vor der Küste Nai'Cis, dem geheimnisvollen Seekönigreich am anderen Ende der Welt.

Der Weg war weit, aber sie hatten Glück mit dem Wind. Über drei Wochen waren sie auf dem Wasser, das – je weiter nördlich sie kamen – so viel ruhiger war als die Meere, auf denen sie bisher gefahren waren.

Sie ruderten und segelten in Schichten, ohne Rast zu machen. Währendessen fischten sie mit Netzen und Angelschnüren – und zweimal sogar riesige Thunfische mit ihren Speeren und Bootshaken.

Die Langeweile vertrieben sie sich mit dem Singen von Liedern. Am schönsten aber war es immer, wenn Þóra sang. Ihre Lieder waren nicht so wild wie die der Seewölfe und nicht rhythmisch wie die der Hashimaner, sondern aufs Süßeste voller Melancholie und Sehnsucht. Wenn sie sang, konnte Ash in den Gesichtern der Männer erkennen, wie sie in Gedanken wieder zu kleinen Jungen wurden – verträumt, unsterblich und zu allem bereit.

Am fünfundzwanzigsten Tag entdeckte Ash in der Ferne das Licht. Es war ein rötlicher feuriger Schein, der über dem Horizont schwebte und sich sowohl in den Wolken darüber als auch im glatten Meer widerspiegelte. Es sah aus wie ein kleiner Sonnenuntergang.

»Der Vulkan auf Svarna'Duipa«, sagte Dulf Einhand. »Wir müssten übermorgen da sein.«

»Woher weißt du so viel von der Welt, Dulf Einhand«, fragte Ash.

Der alte Normarker zuckte mit den breiten Schultern. »Ich bin ein Mann der See. Ein alter noch dazu. Es gibt nicht sehr viele Orte, an denen ich noch nicht gewesen bin.«

»Hast du nicht gesagt, keiner von euch hätte je die Skirt Agol'Ha passiert?«

»Doch, das habe ich. Und das stimmt, soweit ich weiß, auch. Aber zu diesem Meer hier gibt es noch einen Zugang sehr viel weiter nördlich. Über Flüsse und kleinere Meere östlich von Bo'Meran. Hätten wir nicht erst den Speer im Süden Hashimas holen müssen, wären wir von Gutney aus nach Svarna'Duipa gar nicht so viel länger unterwegs gewesen, als von Gutney zur Skirt

Agol'Ha. Von Hashima aus aber wieder zurück nach Norden, bis Bo'Meran, dort in den Osten und dann wieder in den Süden zu fahren wäre dreimal länger gewesen als von der Skirt Agol'Ha nach Svarna'Duipa.«

»Ich finde, wenn das alles hier vorbei ist, solltest du eine Karte von der Welt zeichnen.«

Dulf Einhand tippte sich mit der Spitze seines Zeigefingers an die Stirn. »Und damit jedem verraten, was hier drin ist in meinem Kopf? Nein, Ash, wenn jeder wüsste, wo es langgeht, wäre ich ja arbeitslos – und vor allem wäre ich dann nicht mehr der Kapitän, der das Sagen hat.«

RAYMO

Die Schwarze See

»Morgen erreichen wir Kutera.« Raymos Schiffe lagen bei einem kleinen Riff vor Anker. Er hatte die anderen Kapitäne an Deck seiner Galeone beordert, wo sie nun in seiner Kabine um den Tisch mit der Karte der Küste Kuteras standen. »Wir müssen jetzt noch mehr als zuvor damit rechnen, auf die milaresische Flotte zu stoßen.«

»Wir fahren sie in Grund und Boden«, sagte einer der drei. Itvar, ein hagerer Mann aus den Kupferberg-Höhlen Dunuums.

Raymo schüttelte den Kopf. »Unsere Xallivorräte sind erschöpft, also können wir uns im Moment nicht auf einen offenen Kampf einlassen, wenn wir im Pulk auf sie treffen sollten.«

»Wie also lautet dein Plan?«, fragte Kapitän Nosach Amar, Sohn eines twyddyanischen Adligen und einer hashimanischen Hure aus dem Schwalbennest.

»Wir fahren so weit verdunkelt wie möglich«, sagte Raymo. »Sobald wir fremdes Licht sehen, löschen wir unser eigenes und nähern uns vorsichtig. Ist es ein einzelnes Schiff, entern wir es, töten die Mannschaft und kapern es für unsere Flotte.«

»Eine dieser Riesengaleeren in unseren Besitz zu bekommen, wäre ein Geschenk des Himmels«, meinte der dritte der Kapitäne. Laf Wiecherson, ein hünenhafter Normarker, der aller Wahrscheinlichkeit nach doppelt so viele Seemeilen auf dem Buckel hatte wie alle anderen im Raum zusammen.

»Ja, das wäre es«, stimmte Raymo zu. »Aber ich rechne nicht damit, dass sie einzeln unterwegs sein werden. Nicht nach unserer Attacke auf ihrer Hinfahrt. Also, wenn wir mehr als einem begegnen, umfahren wir sie im Schutz der Dunkelheit. Unser erstes Ziel ist die nördlichste der Palisadenfestungen. Sie wird die erste sein, die Milara zurückzuerobern versuchen wird.«

»Was tun wir, wenn ihnen das trotz des Widerstands Trimanus in der Zwischenzeit bereits gelungen ist?«, fragte Dasha.

»Wie gesagt, ohne frische Xallivorräte können wir eine offene Konfrontation nicht wagen«, sagte Raymo. »Wir kundschaften die beiden anderen Festungen aus, ob sie noch in unserer oder in Feindes Hand sind. In jedem Fall fahren wir im Anschluss daran weiter südlich, wo Trimanu für uns in einer verborgenen Höhle einen ausreichenden Vorrat an Xalli, frischen Proviant und Trinkwasser deponiert hält. Dort halten wir die nächste Lagebesprechung ab.«

Die Kapitäne nahmen ihren Abschied und Raymo und Dasha begleiteten sie zur Backbordreling, über die sie ihre Boote bestiegen und zu ihren Karavellen zurückruderten.

»Jetzt ist es dann wohl bald so weit«, sagte Dasha mit Blick gen Südwesten. Raymo sah die nervöse Anspannung in ihrer Miene. »Ist ein merkwürdiges Gefühl, zu wissen, dass die Schlacht kurz bevorsteht. Wie verkraftet ihr Krieger das bloß? Ich habe das Gefühl, als müsste ich mich jeden Moment übergeben.«

Raymo legte ihr die Hand auf die Schulter. »Ich wünschte, ich könnte dir sagen, das geht vorüber oder dass das nur beim allerersten Mal so ist.«

»Ist es nicht?«

»Nein, ist es nicht«, sagte Raymo. »Wenn man vorher Zeit hat, darüber nachzudenken, ist es jedes Mal aufs Neue schlimm. Aber nervös zu sein hat was Gutes.«

»Findest du?« Dasha sah ihn mit großen Augen an. »Ich finde gerade gar nicht, dass es ein gutes Gefühl ist.«

»Vorausgesetzt, man lässt nicht Angst oder gar Panik die Oberhand gewinnen«, relativierte Raymo. »Dann lässt Nervosität einen klarer denken. Fokussierter. Alles andere wird unwichtig. Aber du brauchst weder nervös sein, noch musst du Angst haben, Dasha. Zum Feindkontakt wird es nur kommen, falls wir einem einzelnen Schiff begegnen, aber das halte ich für unwahrscheinlich. Das heißt, wir werden dich beim Xallidepot zurücklassen, ehe wir …«

»Nein«, unterbrach sie ihn. »Ich werde mit euch kämpfen. Wie die anderen Frauen Kuteras auch.«

»Du musst niemandem etwas beweisen, Dasha.«

»Das will ich auch nicht, Caldäer«, erwiderte sie. »Aber wir können jeden Mann und jede Frau gebrauchen.«

Er deutete auf die beiden Schwerter in ihrem Gürtel. »Bist du inzwischen auch gut genug? Falls nicht, gefährdest du vielleicht deine Kameraden.«

Sie schmunzelte und zog blank. »Ein kleiner Test gefällig?«

Raymo schmunzelte zurück und zog sein Schwert. »Warum nicht«, sagte er. »Vertreibt die düsteren Gedanken.«

Die beiden gingen zur Schiffsmitte. Die Mannschaft sah die offenen Klingen und ging auf Sicherheitsabstand. Die Männer und Frauen stellten sich im weiten Kreis auf. Sie wussten, dass sie ein Spektakel erwartete – und wie Raymo und Dasha konnten sie eine Ablenkung nur zu gut gebrauchen.

Raymo und Dasha stellten sich in einer Entfernung von etwa vier oder fünf Schritten voneinander auf. Dasha ging in Verteidigungsstellung – die Füße etwas weiter als schulterbreit gespreizt aufgestellt, in den Knien federnd, das linke Sichelschwert mit der Spitze nach vorn zeigend, das rechte weiter seitlich vom Körper weg.

»Defensive hast du oft genug trainiert«, rief Raymo ihr zu. »Diesmal greifst du mich an!«

Dasha zögerte nicht einen Lidschlag lang. Schnell wie ein Silberluchs aus den Wäldern Caldas spurtete sie aus dem Stand los auf ihn zu, die beiden Schwerter locker aus den Handgelenken wie zwei Trommelstöcke wirbelnd. Raymo hatte schon einmal angemerkt, dass ihr beim Kampf ihr Talent als Tänzerin ungemein zum Vorteil gereichte. So auch jetzt. Statt die gerade Linie, in der sie auf ihn zukam, beizubehalten, sprang sie plötzlich – ohne dass man ihre Absicht vorher an ihren Bewegungen hätte absehen können – in einem weiten Bogen nach rechts, und direkt im Anschluss daran diagonal von der Seite her auf Raymo zu, sich dabei um die eigene Achse drehend und beide Schwerter im Kreisel weit weg vom Körper nach Raymo schlagend.

Raymo wich dem Wirbel aus tödlichem Stahl mit einem Sprung nach hinten aus, machte einen doppelten Ausfallschritt und rammte sie mit voller Kraft mit der Schulter in den Rücken. Dasha stolperte nach vorne weg, überließ sich dem Schwung und ging mit einem Hechtsprung zu Boden, wo sie abrollte und gleich darauf wieder katzenhaft auf die Füße kam, um direkt den nächsten Frontalangriff zu starten. Ihre Klingen sausten mit unglaublicher Geschwindigkeit durch die Luft. Raymo brachte sein eigenes Schwert dazwischen und parierte die einzelnen Schläge zu den Seiten weg; aber zum Konter ließ ihm der schnelle Takt ihrer Schläge keine Gelegenheit.

Die Mannschaft jubelte Dasha zu.

Raymo sah den kühlen Ernst in ihrem Gesicht und bewunderte die Kraft, mit der sie zu Werke ging, obwohl es nur ein Übungsgang war. Überhaupt täuschte Dashas graziles Äußeres über ihre Vergangenheit hinweg; nicht nur über die auf der Straße, sondern vor allem über die, die ihr all die Jahre harte Arbeit im Palast der Perlen Kraft und Zähigkeit verliehen hatte.

»Na, komm schon, Caldäer!«, neckte sie ihn. »Wehr dich!«

Raymo lachte und beschloss, die Taktik zu ändern. Er legte mehr Wucht in die Parierschläge, um ihre Klingen nicht nur abzulenken, sondern so weit zu den Seiten wegzuschlagen, dass Dasha aus dem Rhythmus gebracht wurde. Gleich darauf war er es, der mit wirbelndem Schwert angriff. Hieb von oben, abgekurvt, als Rückhand diagonal von unten hoch geführt, wieder Rückhand – jetzt von rechts nach links – sensend in ihrer Halshöhe. Dasha musste ihre Klingen jetzt zum Blocken verwenden, sprang mit jeder Attacke Raymos weiter zurück. Er sah, dass sie wusste, dass sie das nicht lange durchhalten würde – dass auch ihr klar war, dass er sie irgendwann gegen einen der Maste oder gegen die Bordwand gedrängt hätte und sie dann in der Falle saß. Er hieb weiter auf sie ein und beobachtete sie genau – innerhalb der nächsten drei, vier oder fünf Takte musste sie ihren Ausbruchsversuch zur Gegenoffensive wagen.

Da! Dasha sprang zur Seite weg, ließ sein Schwert ins Leere schlagen, rollte über den Boden, wechselte die Richtung und hechtete im niedrigen Sprung auf seinen Unterleib zu – beide Sichelschwerter mit den Spitzen gegen ihn führend. Doch Raymo war schneller; sobald er gesehen hatte, dass sie auswich, hatte er das Gewicht verlagert, sich vom Schwung des eigenen Schlags so weit mitreißen lassen, dass er das Standbein wechselte, und als ihre niedrige Attacke jetzt kam, kippte er mit dem Körper zur Seite weg, so dass ihr Stoß ins Leere ging. Gleichzeitig hatte er das freie Bein gehoben und setzte ihr jetzt mitten in ihrem Sprung hart den Fuß auf den Rücken, so dass sie zu Boden gedrückt wurde. Im nächsten Moment hielt er ihr die Spitze seines Schwerts von hinten an den Nacken.

»Tot«, sagte Raymo und bückte sich, um ihr aufzuhelfen. Die Mannschaft applaudierte beiden.

»Nicht schlecht«, meinte er, als sie wieder auf den Füßen stand. »Wirklich nicht schlecht.«

»Noch nicht gut genug«, gab Dasha mit einem verschmitzten Lächeln zurück. Ihr Gesicht glühte von der Anstrengung. Ihr Atem ging schwer und tief.

»Wärst du besser, wärst du Kapitän, nicht ich«, sagte er zwinkernd. »Aber keine Sorge: Im Ernstfall wirst du ganz von selbst besser sein.«

»Wieso?«

»Im Ernstfall ist man immer schneller, stärker, vielleicht auch verzweifelter, auf jeden Fall aber skrupelloser«, erklärte er. »Du bist bestimmt nicht mit aller Kraft gesprungen, weil du Bedenken hattest, mich sonst wirklich aufzuspießen. Das ist beim Training einfach so. Im Ernstfall hättest du mich erwischt.«

»Du bist also einverstanden, dass ich mit in den Kampf ziehe?«

»Das war von Anfang an nicht meine, sondern deine Entscheidung. Aber ich hätte auf jeden Fall ein gutes Gefühl, dich im Kampf an meiner Seite zu haben.«

Sie nickte zufrieden und steckte ihre Schwerter zurück in den Gürtel. »Dann lass uns jetzt in der Kabine weitertrainieren. Dabei muss sich keiner von uns zurückhalten.« Ohne seine Antwort abzuwarten, ging sie voraus. Mit einem katzenhaften Wiegen ihrer schmalen Hüften wiederholte sie stumm ihre deutliche Einladung.

Raymo folgte ihr und sperrte die Tür seiner Kabine hinter ihnen zu.

Dasha zog ihren Waffengürtel aus und ihren Lederwams. »Wie viel Zeit haben wir?«

»Genug!«, antwortete Raymo und legte Gürtel, Schwert und Dolche beiseite.

»Vielleicht ist dieses Mal das letzte Mal, Caldäer.« Dasha schlüpfte aus ihrer Tunika und streifte Stiefel und Hose ab. Sie stand nun nackt vor ihm. Ihre Haut war bedeckt vom Schweiß, den der Kampf sie gekostet hatte.

»Nein, ist es nicht.« Auch er war gleich darauf nackt. Sie traten aufeinander zu. Der erste Kuss war hungrig, getragen von der

Aufruhr des hinter ihnen liegenden Wettstreits und der Lust auf den, der jetzt folgen würde.

Raymo fasste ihren kleinen Kopf mit seinen Händen, schmeckte ihre warmen, offenen Lippen und ihre köstliche Zunge. Dasha packte ihn im Nacken, grub ihre Nägel in seine Haut und zog sich eng an ihn heran. Ihre verzückte Gier traf auf Raymos knurrenden Hunger. Ihre Nippel sprossen gegen seinen Bauch, sein fester Schenkel drängte sich zwischen ihre.

Raymo strich mit den Fingern über ihr seidig weiches Stoppelhaar, über den Rücken hinab, hielt sie dort, als sie sich in seinem Arm zurücklehnte, um seinen Mund zu ihren Brüsten einzuladen. Er saugte an dem einen Nippel, biss in den anderen. Sie keuchte lüstern rauh auf, fasste ihm mit beiden Händen zwischen die Beine, umkrallte seine Härte mit knetenden Fingern. Noch immer mit Lippen und Zähnen das feste Fleisch ihrer Brüste verschlingend, fasste auch er ihr zwischen die Schenkel, fand sie nass und bereit. Als seine Finger ihren Weg in ihre Tiefe bahnten, stöhnte Dasha auf, schauderte, und für einen Moment versagten ihr die Beine zitternd den Dienst. Mit der Hand unter und zwei Fingern in ihrem Schoß hob er sie hoch und legte sie vor sich auf den Tisch.

»Warte!«, keuchte sie, als er in sie eindringen wollte, und drehte sich auf den Bauch. Er packte sie an der Taille, spießte sich in sie. Sie schrie auf, krallte ihre Finger um die Tischkante, presste sich ihm entgegen.

»Oh, bei allen Göttern, Caldäer!«, stöhnte sie stockend im Takt seiner Stöße. »Schwör mir, dass das nicht das letzte Mal ist! Schwöre es!«

Er fasste sie mit der Rechten im Nacken, presste ihr Gesicht auf die Tischplatte und stieß noch härter zu. »Ich schwöre, Dasha! Bei allen Göttern. Das ist nicht das letzte Mal!«

LIZIA

Ta'Mara

Dort, wo die Halbinsel Ta'Mara wie die breite Spitze eines Speers Mor Prtwyn im Süden vom Aldunesischen Meer im Nordosten trennt, bog die Galeone nach Backbord ab, und kurz darauf erreichten sie die Deltamündung der Rina. Bei günstigem Wind fuhren sie gegen den Strom den Fluss hinauf und landeten schließlich inmitten zahlreicher Fischerboote und Küstenkähne im Hafen einer kleinen Stadt am rechten Ufer, hinter der eine gewaltige, hell mit Fackeln und Feuern beleuchtete Trutzburg aufragte.

»Rinastein«, sagte ak Sokay zu Lizia, die neben ihm an der Reling stand und den Seeleuten dabei zusah, wie sie das Schiff an der Hafenmauer festmachten. »Die Burg meines Freundes Caradoc ak Tageltin.«

Sowohl er als auch sie trugen über ihrer Kleidung weite Umhänge mit großen Kapuzen. Sie durften vorerst nicht erkannt werden. Deshalb war Szuma auch noch unter Deck. Ihr exotisches Aussehen war nicht so einfach mit einem Umhang zu verbergen.

»Wir lassen den Schatz zunächst an Bord, bis wir mit Caradoc gesprochen haben.« Ak Sokay winkte den Kapitän der Galeere heran, ein stämmiger, wortkarger Mann aus dem Süden Twyddyns namens Edwrd Akrim. Ak Sokay übergab ihm ein gerolltes Pergament. Das Siegel trug kein Zeichen. »Bringt dieses Schreiben auf direktem Weg zu Arl ak Tageltin, Kapitän Akrim«, wies er an. »Übergebt es nur ihm höchstpersönlich und ratet ihm, es erst zu öffnen, wenn er allein ist.«

»Wird man mich überhaupt bis zu dem Fürsten vorlassen?«, fragte der Kapitän.

»Sagt der Wache am Tor Folgendes: Kein Lachs aus dem Rahn kann sich mit einer Sprotte aus dem Meer Aldunas messen.«

Kapitän Akrim unterdrückte ein schiefes Grinsen nur unzulänglich. »Ist das Euer Ernst?«

Ak Sokays Miene veränderte sich kein bisschen. »Sagt der Wache am Tor, sie soll genau diese Nachricht an den Arl ak Tageltin weiterleiten.« Zur Sicherheit wiederholte er sie: »Kein Lachs aus dem Rahn kann sich mit einer Sprotte aus dem Meer Aldunas messen.«

Der Kapitän nickte und wiederholte ebenfalls noch mal: »Kein Lachs aus dem Rahn kann sich mit einer Sprotte aus dem Meer Aldunas messen.«

»Exakt«, bestätigte ak Sokay. »Ach, und Kapitän Akrim … Ich wäre Euch zu großem Dank verpflichtet, wenn Ihr Eure Männer anweisen würdet, an Bord zu bleiben, bis Liziana, der Schatz und ich nicht mehr in Eurer Obhut sind.«

»Natürlich«, sagte der Kapitän. »Das versteht sich von selbst.«

»Außerdem empfehle ich, dass Ihr Rinastein umgehend verlasst, sobald Ihr Proviant und Trinkwasser geladen habt. Rielles Spione sind überall, und wenn Eure Männer einen Teil ihrer Saphire und Perlen aus Kutera hier in den Schenken und Freudenhäusern lassen, ziehen sie nur unnötigerweise Aufmerksamkeit auf Euch.«

»Ich weiß«, sagte der Kapitän. »Die Männer sind bereits angewiesen. Wie ich wollen sie so schnell wie möglich zurück nach Kutera und werden einen Teufel tun, unsere Reise zu gefährden.«

»Gut«, sagte ak Sokay. »Ich hoffe, ich werde irgendwann einmal Gelegenheit finden, Euch Eure Großzügigkeit und Hilfe zu vergelten.«

Kapitän Edwrd Akrim machte ein feierliches Gesicht. »Gewinnt den Thron, Arl ak Sokay, und helft uns auf diese Weise, die Freiheit Kuteras zu sichern. Das wäre Dank genug.«

Die beiden Männer reichten einander die Hände, dann eilte der Kapitän von Bord.

Die Zeit, die folgte, kroch wie eine Schnecke. Lizia empfand es als quälend, dem Land so nah zu sein und doch, nach all den Wochen auf See, nicht endlich einen Fuß auf festen Boden setzen zu können.

Mit einem Mal hörte sie von weiter oben im Ort die Tritte schwerer Stiefel. Ak Sokays Gesicht nahm eine alarmierte Note an.

Er wandte sich an den nächsten der Seemänner. »Zu den Waffen. Weitersagen. Und bereitmachen, im Notfall schnell in die Strömung hinein abzulegen.«

»Was ist?«, fragte Lizia besorgt.

»Das sind Soldaten«, erklärte ak Sokay. »Wenn es ak Tageltins Männer sind, schickt er sie als Eskorte zu unserer Sicherheit, auch wenn ich das für äußerst ungeschickt halte, weil es viel zu viel Aufmerksamkeit auf uns zieht. Wenn es Rielles Soldaten sind, müssen wir sie daran hindern, an Bord zu gelangen, und versuchen, flussabwärts zu fliehen.«

Die Soldaten kamen aus der Hauptstraße auf den Hafen hinaus marschiert. Etwa vierzig Mann. Sie trugen auf ihren kleinen runden Schilden das Emblem eines Krebses.

»Ak Tageltins Männer«, erkannte ak Sokay sogleich, aber er klang noch immer nicht erleichtert. Erst als er hinter den auf sie zukommenden Soldaten Kapitän Akrim an der Seite eines anderen Mannes sah, der breit lächelte, entspannte er sich. »Caradoc höchstpersönlich.«

Lizia machte große Augen. Arl ak Tageltin war etwa im gleichen Alter wie Harwee ak Sokay, aber Lizia fand, zwei Männer konnten unterschiedlicher kaum sein. Ak Tageltin war nicht viel größer als Lizia und hatte nicht nur unglaublich feine Gesichtszüge und zarte Gliedmaßen, er bewegte sich auch wie eine Frau – geschwungener Schritt und wiegende Hüften, das Becken nach vorn gestreckt, eine Hand in der Taille, mit der anderen trug er einen winzigen weißen Hund mit einem so dicken Fell, dass es schwer war zu unterscheiden, wo vorne war und wo hinten. Sein helles Haar war derart kompliziert und akkurat geflochten, dass

Lizia ihn spontan um seinen Kammerdiener beneidete. Trotz der Kälte trug er ein dünnes seidiges Gewand, das mit kleinen goldenen Kettchen durchwirkt war. Außerdem lief er barfuß.

Ak Sokay gab den Seemännern mit einem knappen Ruf Entwarnung.

Ak Tageltins Soldaten stellten sich an der Hafenmauer entlang vor der Galeone auf. Der Arl selbst kam zusammen mit Kapitän Akrim an Bord.

Ohne sie eines Blickes zu würdigen, ging er an ak Sokay und Lizia vorüber zu der Heckkabine. Kapitän Akrim beeilte sich, ihm die Tür zu öffnen, und als er sie durchschritten hatte, zwinkerte er ak Sokay und Lizia zu, ihm hinein zu folgen.

Kaum waren sie drin, setzte ak Tageltin sein Hündchen auf dem Bett ab, breitete seine schlanken Arme aus und ging ak Sokay entgegen. »Harwee, alter Junge!« Seine Stimme war hoch und melodisch. Er fasste ak Sokay bei den Wangen, reckte sich zu ihm hoch und küsste ihn auf den Mund. Lizia sah, dass er tatsächlich Tränen in den hellen Augen hatte. »Sie sagten, du seist tot! Himmel, wie ich mich freue, dass das gelogen war. Prächtig siehst du aus. Noch kerniger als sonst. Unglaublich!« Er küsste ihn noch einmal auf den Mund, ehe er von ihm abließ und sich Lizia zuwandte, die ihre Kapuze noch immer weit ins Gesicht gezogen hatte. »Und Ihr seid …?«

»Caradoc«, sagte ak Sokay, ohne auf dessen Frage einzugehen. »Du hättest nicht gleich mit einem ganzen Trupp deiner Soldaten hier auftauchen müssen. Das lenkt nur unnötig Aufmerksamkeit auf uns.«

»Wie jetzt?«, fragte ak Tageltin entrüstet. »Kein ›Gut, dich zu sehen, alter Freund‹? Hach, so ist er unser Harwee«, sagte er abwinkend in Lizias Richtung. »Kommt immer sofort zur Sache. Nur nicht da, wo's drauf ankäme. Seit unserer Jugend versuche ich schon, ihn für mich zu gewinnen. Aber, wie Ihr Euch wahrscheinlich nur zu gut vorstellen könnt, ist der mächtige General nur an Eurem Geschlecht interessiert. So eine Verschwendung!«

»Es ist natürlich gut, dich zu sehen«, sagte ak Sokay. »Ganz besonders, dich gesund und munter und vor allem noch im Besitz deiner Ländereien zu sehen.«

»Du hast ›schön‹ vergessen«, pikierte sich ak Tageltin. »Himmel, ich brauche morgens fast zwei volle Stunden, um so auszusehen, und er schert sich nur um meine Gesundheit und meine Position.«

»Ihr seid wunderschön«, beeilte Lizia sich zu sagen. »Vor allem beneide ich Euch um Euren Kammerdiener.«

Ak Tageltin fasste sich ans Haar. »Umwerfend, nicht wahr? Vielleicht leihe ich ihn Euch mal aus. Ihr bleibt doch ein wenig, nicht wahr?«

Lizia musste an ihr noch immer nicht besonders lang gewachsenes Haar denken und ein kleiner Anflug von eitler Traurigkeit ließ ihre Mundwinkel sinken.

Der Arl schien das trotz der Kapuze zu sehen, denn er rief: »Oh bitte sagt, dass Ihr nicht sofort wieder weitermüsst.«

»Wir werden tatsächlich bleiben, mein lieber Caradoc«, sagte ak Sokay. »Vielleicht sogar sehr viel länger, als es dir lieb sein mag – wenn du uns haben möchtest, natürlich.«

»Ach, du weißt doch, wie sehr ich dich haben möchte«, kokettierte ak Tageltin und zog verführerisch die nachgemalten Augenbrauen nach oben. Plötzlich aber lief ein Wandel durch seine Miene, und sein eben noch so heiteres Gesicht wurde ernst. »Warum bist du wirklich hier, Harwee?«, fragte er und fixierte ak Sokay mit eindringlichem Blick. »Wenn die Nachricht von deinem Tod nur eine Lüge Rielles war, lässt sie ihre Spione ganz gewiss im ganzen Land nach dir suchen.«

»Sie lässt tatsächlich nach mir suchen, Caradoc«, sagte ak Sokay. »Aber nicht hier in Twyddyn. Doch das ist eine lange Geschichte, die ich dir bald erzählen werde. Zunächst die Antwort auf deine Frage, warum ich wirklich hier bin.«

Er fasste Lizias weite Kapuze von hinten und zog sie ihr langsam vom Kopf.

Ak Tageltins geschminkte Augen weiteten sich ungläubig. »Ist … ist … ist das etwa …?«

»Liziana ak Aésbrunn«, stellte ak Sokay sie vor.

»Die Schwester der Königin«, ergänzte ak Tageltin, und schon im nächsten Moment kniete er vor Lizia, nahm ihre Hand in seine dicht beringten Finger und küsste sie ehrerbietig. »Bitte verzeiht mein eitles und vor allem inopportunes Geschwätz, Euer Hoheit. Meine Burg sei Euer Zuhause, so lange, wie es Euch beliebt. Verfügt über mich!«

»Bitte erhebt Euch, Arl ak Tageltin«, sagte sie eilig und half ihm wieder auf die Füße hoch. »Wir sind Euch zu großem Dank verpflichtet für Eure Gastfreundschaft.«

Er blickte auf ihren Kopf. Der Geck in ihm konnte nicht anders: »Und verzeiht, was ich sagte wegen meines Kammerdieners. Ich konnte ja nicht ahnen … Oh Himmel, wer hat Euch das angetan?«

Lizia lächelte. »Keine Sorge. Sie wachsen bereits nach. Und wenn sie erst einmal wieder lang genug sind, komme ich gerne auf Euer großzügiges Angebot zurück.«

»Genug von Haaren und Kammerdienern«, unterbrach ak Sokay ihr Geplänkel. »Jetzt, da du sie gesehen hast, kannst du dir vorstellen, warum wir hier sind, Caradoc.«

»Fürwahr, mein lieber Harwee«, antwortete der kleine Arl. »Fürwahr!«

Zwei Stunden und ein ausgiebiges Bad später betrat Lizia den Speisesaal der Burg. Arl ak Tageltin hatte sie mit einer Garderobe ausgestattet, wie sie kostbarer nicht sein konnte. Auch Szuma, die nahe bei dem mannshohen Kamin stand, um sich aufzuwärmen, war in twyddyanische Gewänder gehüllt und fühlte sich sichtlich unwohl in all den Lagen aus Stoff.

Ak Tageltins faszinierter Blick wanderte zwischen ihr und Lizia hin und her. »Zwei dermaßen unvergleichliche Schönheiten auf einmal unter meinem Dach. Ich fühle mich geehrt.« Er kam

Lizia entgegen, verbeugte sich und küsste ihr wieder die Hand. »Euer Hoheit, bitte nehmt Platz!«

Die Tafel war für twyddyanische Verhältnisse reich gedeckt. Es mangelte natürlich nicht an frischem und geräuchertem und auch eingelegtem Fisch.

Ak Sokay kam hinzu. Auch er war frisch gebadet und neu eingekleidet. »Der Schatz ist sicher im Keller der Burg untergebracht«, meldete er Lizia. »Die Galeone hat Proviant geladen und ist auf dem Rückweg nach Kutera. Kapitän Akrim wünscht uns noch einmal viel Erfolg bei unserem Unterfangen.«

»Sehr schön«, sagte ak Tageltin. »Ich habe Boten ausgesandt zu unseren Nachbarn. Ak Calleva, dessen Güter im Osten an meine grenzen, wird aus Mogontia vermutlich schon morgen hier sein – vorausgesetzt, er folgt der Einladung. Ak Murid und ak Nidum in Alduna, auf der anderen Seite der Rina, könnten es vielleicht auch schon morgen oder spätestens übermorgen hierher schaffen. Ak Viroc hat vom Norden her den weitesten Weg. Er muss möglichst unbemerkt an deinen früheren Ländereien vorbei, Harwee.«

»Wer hält Greiffenfels zurzeit?«, wollte ak Sokay wissen.

»Ein milaresischer Conte namens Bar'Tomeu«, antwortete ak Tageltin und bat sie alle drei mit einer einladenden Geste, endlich an seiner Tafel Platz zu nehmen.

»Ein Milarese?« Ak Sokay war empört.

Ak Tageltin nickte. »Rielles Konzession an König Vas'Ko«, sagte er. »Sie hat während deiner Abwesenheit weitere Güter in Dubris Venta an den milaresischen Adel vergeben. Du kannst dir vorstellen, dass sie das bei unseren alteingesessenen Häusern nicht gerade beliebter gemacht hat. Aber kommt, jetzt setzt euch endlich und lasst uns speisen.«

Nachdem sie seiner Aufforderung gefolgt waren, läutete ak Tageltin ein kleines Glöckchen, und ein halbes Dutzend Dienerinnen und Diener erschien, um ihnen aufzuwarten. Sobald ihre Teller und Kelche gefüllt waren, verschwanden sie wieder.

»Wie stark hat dieser Conte Bar'Tomeu Greiffenfels besetzt?«, fragte ak Sokay.

»Zweihundert Mann unter Waffen allein in der Festung selbst«, sagte ak Tageltin. »Doppelt so viele in Lagern ganz in der Nähe. Damit hält er die Burg gegen fünfmal so viele Angreifer für mindestens einen Mond lang. Aber selbst mit fünftausend Mann oder mehr bräuchten wir wenigstens drei Wochen, da wir keine Belagerungswaffen einsetzen können. Der Sturm auf die Burg würde auf jeden Fall lang genug dauern, dass Rielle über Land mit Leichtigkeit Verstärkung schicken und uns in den Rücken fallen könnte.«

»Wieso kommen Belagerungswaffen nicht in Frage?«, wollte Lizia wissen.

»Greiffenfels liegt auf einer Klippennadel in der Rina«, erklärte ak Sokay, »und ist vom Land aus nur über eine Felsenbrücke zu erreichen. Zu weit weg für Katapulte. Und die Brücke ist so schmal, dass gerade einmal drei Mann nebeneinander marschieren können – von den Wachtürmen aus mit einer Handvoll Bogenschützen ganz einfach zu verteidigen.«

»Warum beschießen wir sie nicht vom Wasser her?«, fragte Lizia. »Wir könnten die Katapulte auf die Fischerkähne bauen.«

Ak Tageltins Augen weiteten sich anerkennend. »Das ist eine durchaus geniale Idee«, sagte er und wandte sich an ak Sokay. »Du hast mir gar nicht gesagt, dass unsere künftige Königin auch etwas von Kriegsführung versteht. Eine wirklich ganz ausgezeichnete Idee!«

»Durchaus«, gab ak Sokay zu. »Aber zunächst müssen wir dafür sorgen, dass sich die anderen Arls uns und unserer Sache anschließen. Ohne ihre Unterstützung ist unser Unterfangen unmöglich und die Rückeroberung meiner Burg sinnlos. Sag, lieber Caradoc, über wie viele Männer unter Waffen verfügst du zurzeit?«

»Zwanzig Dutzend Reiter«, erwiderte er. »Und vierzig Dutzend Infanterie. Also insgesamt mehr als siebenhundert Mann, verteilt über die gesamten Ländereien. Noch einmal halb so viel an Hilfstruppen aus den Reihen der Fischer, Seeleute und Bauern. Also rund tausend.«

»Gut«, sagte ak Sokay. »Wie lange brauchst du, um sie alle mobilzumachen?«

»Die Haupttruppen haben bereits geheimen Befehl, sich hier zu versammeln. Die Hilfstruppen sind noch nicht alarmiert. Ich will vermeiden, dass unsere Absichten vor der Zeit zu Rielle durchsickern. Es ist heutzutage schwer zu sagen, wem man wirklich vertrauen kann und wem nicht.«

»Was weißt du über den Verbleib meiner Männer?«

»Rielles Attacke hat sie überraschend und hart getroffen«, sagte ak Tageltin mit finsterem Gesicht. »Ich fürchte, es haben nicht viele überlebt. Zumindest hat keiner von ihnen bei mir Unterschlupf gesucht und, soweit ich weiß, auch nicht bei unseren Nachbarn.«

Lizia sah, wie ak Sokay die Faust ballte. »Kennst du die aktuelle Truppenstärke unserer Verbündeten?«

»Ak Calleva hat in Mogontia und Umgebung etwa so viele Männer wie ich. Das Gleiche gilt für ak Nidum. Ak Murid dürfte über doppelt so viele verfügen. Seine Ländereien liegen allesamt an der offenen Küste und werden in diesen dunklen Zeiten noch mehr als früher schon von Seeräubern heimgesucht.«

»Das macht bisher nur etwa tausendzweihundert Mann berittene Soldaten, zweitausendvierhundert Mann Infanterie und etwas mehr als tausendsiebenhundert Hilfstruppen«, hatte Lizia schnell im Kopf ausgerechnet.

Arl ak Tageltin stieß einen erstaunten Pfiff aus. »Vortrefflich schnell gerechnet, Euer Hoheit.«

Lizia wurde rot und lächelte.

Ak Sokay, der auf einem Pergament mitgerechnet hatte, nickte bestätigend. »Wie viele hat ak Viroc im Norden?«

»Wegen der Nähe zur Grenze Caldas etwas mehr als ak Murid«, sagte ak Tageltin.

»Also etwas mehr als fünfhundert Reiter, tausend Infanterie und sieben- bis achthundert Hilfstruppen«, rechnete Lizia, und ak Sokay legte die Feder beiseite. »Insgesamt bringen Eure Nachbarn und Ihr entsprechend tausendsiebenhundert Reiter, knapp dreieinhalbtausend Fußtruppen und zweieinhalbtausend Hilfstruppen.«

Ak Sokay schüttelte nachdenklich den Kopf. »Ohne die Unterstützung der Arls in Camborr, nördlich von Dunuum, könnte es bedenklich knapp werden«, gab er zu. »Zumal ak Virocs Nachbarn ak Salin und ak Glevy als alte Freunde und Verbündete ak Wards bestimmt nicht gut auf mich zu sprechen sind.«

Ak Tageltin nickte. »Ja, das Ende von ak Ward und seiner Tochter Mayra in Milara nimmt sie ganz gewiss nicht für dich ein. Ich denke nicht, dass wir am Anfang unserer Kampagne mit ihrer Unterstützung rechnen können – und auch nicht mit der Erlaubnis, ihre Ländereien auf dem Weg von hier nach Westen zu passieren. Sicher, haben wir den Thron erst einmal, werden sie sich gegen die verbleibenden Anhänger Rielles zähneknirschend hinter uns stellen, aber wenn wir versuchen, sie vorher für uns zu gewinnen, werden sie dir aus Rache jedes Hindernis in den Weg stellen, das ihnen zur Verfügung steht.«

»Ich verstehe nicht«, gestand Lizia. »Sind sie nicht zwangsläufig für mich, wenn sie gegen Rielle sind?«

»Die Häuser im Norden sind ein eigenes Volk«, sagte ak Sokay.

»Um es einmal milde auszudrücken«, schob ak Tageltin mit einem Augenrollen dazwischen.

Ak Sokay nickte und fuhr fort. »Das Schicksal Twyddyns ist für Männer wie ak Salin und ak Glevy zweitrangig. Sie sind auf ihre Ruhe, vor allem aber auf ihren Vorteil bedacht. In erster Linie wollten sie mit Mayra *ihre* Königin auf den Thron setzen, weil sie sich durch die Freundschaft und Verwandschaft zu ihrem Vater ak Ward eine Regierung erhofft haben, die ihren höchsteigenen Interessen dient.«

»Das heißt jetzt«, sagte ak Tageltin, »da Mayra nicht mehr im Rennen ist, macht es für sie keinen Unterschied, ob Rielle auf dem Thron sitzt oder ihr. Wenn sie den kommenden Konflikt auch nur wittern, werden sie sich auf die Seite stellen, die ihnen den meisten Gewinn und den meisten Einfluss am Hof verspricht. Das bedeutet, sie machen Harwee und uns das Leben zur Hölle, bis wir ihren Forderungen nachkommen – egal welche das sein mögen –, und sie beziehen für Rielle gegen uns Stellung, wenn wir es nicht tun.«

»Die einzige Alternative, die bleibt«, sagte ak Sokay, »um eine Konfrontation mit ihnen zu vermeiden und sie nachher vor vollendete Tatsachen zu stellen, ist der Seeweg ganz um den Süden Twyddyns herum und über den Rahn zurück nach Dunuum. Was hier jedoch die Zufahrt in die Hauptstadt erheblich erschweren wird, sind die Milaresen, denen Rielle große Teile des Südufers übergeben hat.«

»Nicht nur das«, sagte Ak Tageltin. »Hinzu kommt, dass unsere Reiterei, selbst wenn es uns gelingt, sie samt der Pferde gegen den Strom den Rahn hinaufzubringen, bei einem Sturm auf Dunuum keine so gewichtige Rolle spielt wie in einer Schlacht auf offenem Feld.«

Ak Sokay antwortete nicht, aber zum ersten Mal seit sie ihn kannte, vermisste Lizia die feste Überzeugung in seinem Blick.

Lizia lag in dieser Nacht lange wach. Auch wenn es das erste Mal in vielen, vielen Wochen war, dass sie wieder in einem festen Bett mit trockenen Decken und Fellen schlief und im Kamin ein schönes großes Feuer brannte, wollte der Schlaf sich nicht einstellen. Sie ging immer wieder im Kopf die Zahlen durch und betrachtete im Licht der nun schon zweiten, herunterbrennenden Kerze die Landkarte, die ak Tageltin ihr freundlicherweise zur Verfügung gestellt hatte. Sicher, Harwee war der General, und er würde die Strategie entwickeln, aber sie fühlte sich verpflichtet, wenigstens gründlich informiert zu sein. In ihren Augen war das die Mindestanforderung an eine künftige Königin.

Am nächsten Tag reiste zuerst Arl ak Calleva an. Lizia sah ihn und seine Eskorte von zwanzig Reitern von ihrem Fenster aus in den Hof der Burg traben. Ak Sokay hatte Lizia gebeten, vorerst noch in ihren Gemächern hier oben zu bleiben, bis alle Arls versammelt waren. Außer ak Tageltin sollte zunächst noch niemand von ihrer Existenz oder gar ihrer Anwesenheit hier wissen.

Ak Calleva war ein alter Mann, aber ein eindrucksvoller. Er saß aufrecht und stolz in einer leichten Reiterrüstung aus mit Eisenplättchen beschlagenem Leder auf einem der größten Rappen, die Lizia je gesehen hatte. Aus seinem breiten Gürtel ragten zwei Äxte, und in einem Futteral, das am Sattel hing, steckten vier kurze Wurfspeere. Seine Männer waren ähnlich bewaffnet. Die Hälfte von ihnen trug außerdem lange Lanzen, an denen das Banner ak Callevas wehte: ein Fuchs, so rot wie der Bart, der das kantige Gesicht des Arl umrahmte.

Ak Tageltin kam in den Hof hinaus und begrüßte den Gast gänzlich anders, als er gestern Harwee ak Sokay begrüßt hatte. Er trug dezentere Kleidung und Stiefel, sein Haar war nicht länger geflochten, sondern hinten zu einem einfachen Pferdeschwanz gebunden, und er gab sich in keiner Weise so affektiert wie gestern. Dennoch kam Lizia nicht umhin, im Blick ak Callevas eine gewisse Geringschätzung zu sehen, ehe er aus dem Sattel stieg und ak Tageltin die Hand reichte.

»Eine riskante Behauptung, zu sagen, dass sich kein Lachs aus dem Rahn mit einer Sprotte aus dem Meer Aldunas messen kann, werter ak Tageltin«, sagte er anstelle eines Grußes. »Ihr wisst, dass meine Güter im Osten an den Rahn grenzen, ich keinerlei Land am aldunesischen Meer besitze und in diesen verfluchten Zeiten der Lachs aus dem Rahn nahezu alles ist, was uns noch am Leben erhält.«

Ak Tageltin verneigte sich und sagte reumütig: »Verzeiht vielmals, falls ich Eure Gefühle verletzt haben sollte …«

»Gefühle?« Ak Calleva stieß ein rauhes, spöttisches Lachen aus. »Gefühle sind für Frauen … und solche wie Euch. Für echte

Männer sind sie Schall und Rauch. Ich stelle lediglich die Fakten richtig.«

Lizia entschied auf Anhieb, dass sie ak Calleva nicht mochte. Aber unter dem, was er gerade gesagt hatte, war etwas, das ihre Aufmerksamkeit erregt hatte. Sie ging hinüber zum Tisch, breitete die Landkarte aus und sah sie sich noch einmal genauer an.

Gleich darauf hörte sie, wie unten im Hof noch mehr Leute ankamen, und eilte zum Fenster zurück.

Die Neuankömmlinge kamen zu Fuß, was Lizia darauf schließen ließ, dass sie über den Fluss gekommen sein mussten. Es waren etwa zwanzig bis fünfundzwanzig Mann, und sie trugen zweierlei Embleme auf ihren Rüstungen und Fahnen. Das erste war eine weiße Möwe auf blauem Grund. Von ak Sokay wusste Lizia, dass das das Wappen von Haus ak Murid war. Das zweite war ein schwarzer Turm auf weißem Grund – das Wappen der ak Nidum.

Arl ak Murid war in etwa so alt wie ak Calleva, hatte auffällig dunkle Haut und schneeweißes, gekraustes Haar. Ak Sokay hatte ihr erzählt, dass ak Murids Vater, der an der Seite ihres Großvaters gegen die ak Meru gekämpft hatte, ein Pirat aus Hashima gewesen war. Ak Nidum hingegen war erstaunlich jung, nicht viel älter als Lizia, aber sein Auftreten war nicht weniger selbstbewusst als das der anderen Arls. Er strahlte eine beneidenswerte Ruhe aus inmitten des Getümmels im Hof und grüßte ak Tageltin mit demselben Respekt, mit dem er auch ak Calleva begrüßte. Er hatte haselnussbraunes Haar und ein freundliches Gesicht mit einem kleinen Bart um den Mund herum.

Es klopfte an ihre Tür.

»Herein«, rief sie, nachdem sie sich von dem Fenster entfernt hatte. Es war ak Sokay.

»Caradoc wird die Arls in den Speisesaal bitten«, sagte er. »Mit ak Viroc ist frühestens morgen zu rechnen. Seid Ihr bereit, Euren künftigen Untertanen zu begegnen?«

Lizia fühlte sich alles andere als bereit, aber da es jetzt kein Zurück mehr gab, nickte sie. »Und Ihr glaubt wirklich, sie werden mich als zukünftige Königin akzeptieren?«

»Mit offenen Armen«, sagte er. »Wir setzten große Hoffnungen in Eure Schwester. Deshalb halfen wir ihr, den Thron Eures Vaters von den Aufständischen, die ihn und Eure Mutter ermordeten und Euren kleinen Bruder als Marionette benutzten, für sie zu gewinnen. Doch sie hat nicht nur mich, sondern auch zahlreiche andere Adlige mit ihren eigenwilligen Entscheidungen und ihrer tyrannischen Herrschaft vor den Kopf gestoßen. Jetzt hat sie mit ihrem Bündnis mit Milara gar das ganze Land verraten.«

»Aber Ihr wart doch auch ein Bündnis mit König Vas'Ko eingegangen«, sagte sie.

»Ein Bündnis ja, aber keinen Ausverkauf unserer Heimat«, erwiderte ak Sokay. »Mein Bündnis mit Vas'Ko sah kein Teilen des Thrones mit ihm vor und schon gar nicht die Vergabe von Besitz und Ländereien an seine milaresischen Höflinge.«

Auf halber Treppe trafen sie auf Szuma. Zu Lizias Überraschung war sie nicht für einen Empfang der Arls gekleidet, sondern trug feste Lederhosen und Stiefel, eine dicke Jacke, Handschuhe und einen weiten Kapuzenumhang aus Wolle. Auch hatte sie eine große Tasche über der Schulter hängen.

»Ich bin soweit«, sagte sie zu ak Sokay.

Der nickte. »Caradoc hat dir zwei Pferde bereitgestellt. In den Satteltaschen findest du einiges von dem Gold, den Saphiren und den Perlen deines Vaters.«

»Was geht hier vor?«, fragte Lizia.

»Ich bin euch hier keine Hilfe«, sagte Szuma. »Daher mache ich mich gleich auf die Suche nach Zane Arkeen. Ich werde herausfinden, ob er wirklich mit seinem Schiff untergegangen ist oder ob er noch lebt. Und wenn er noch lebt, werde ich ihn töten.«

Lizia wusste, dass Szuma nicht aufzuhalten war. Sie umarmte sie und küsste sie auf beide Wangen. »Pass auf dich auf!«

Szuma erwiderte die Umarmung, nickte ak Sokay knapp zu und ging.

»Ich wünsche fast, dass sie ihn noch lebend findet«, sagte Lizia leise. »Nicht auszudenken, was geschieht, wenn sie wegen ihres Schwurs den Rest ihres Lebens damit verbringt, vergeblich nach einem sicheren Beweis für seinen Tod zu suchen.«

»Ja, das ist die Kehrseite eines Schwurs«, sagte ak Sokay. »Er kann sich ganz schnell in einen Fluch verwandeln.«

Sie gingen hinunter zum Speisesaal, betraten ihn aber nicht. Stattdessen führte ak Sokay Lizia durch einen der Dienstbotengänge in eine Geschirrkammer neben dem Saal.

»Durch diese Tür könnt Ihr mithören, was wir besprechen«, sagte er leise und deutete auf den kleinen offenen Spalt zwischen Tür und Rahmen. »Zuerst will ich sehen, wie die Arls auf meine Rückkehr reagieren. Es ist nicht auszuschließen, dass sich Allianzen inzwischen geändert haben und sie mich an Rielle übergeben wollen. Wenn aber alles in Ordnung ist, werdet Ihr mich folgende Worte sagen hören: ›Erlaubt mir, Euch unsere Zukunft zu zeigen!‹. Sobald ich das gesagt habe, geht Ihr den Dienstbotengang wieder zurück und betretet den Saal durch den Haupteingang.«

»Warum der Umweg?«

»Weil eine Königin einen Raum voller Untertanen nicht durch die Tür für die Bediensteten betritt.«

Ak Sokay ging den Gang zurück. Wieder einmal war Lizia verblüfft, zu erkennen, in welchen Winkelzügen er dachte und was er alles beachtete. Sie stellte sich nah an den Spalt und lauschte.

»Es wird Zeit, dass Ihr uns endlich sagt, warum Ihr uns hier einbestellt habt, ak Tageltin«, forderte ak Calleva gerade mit grantigem Ton.

»Ich bin sicher, wir werden es bald erfahren«, schaltete sich eine junge Stimme ein. Das musste ak Nidum sein.

»Unser junger Freund hat recht«, beeilte sich ak Tageltin zu sagen. »Nur noch ein paar Momente Geduld. Ihr dürft davon ausgehen, dass ich einen triftigen Grund habe für dieses Treffen.«

»Wenn ich nicht davon ausginge, wäre ich jetzt nicht hier«, knurrte ak Calleva ungehalten. »Falls es niemandem etwas ausmacht, werde ich schon mal mit dem Essen beginnen. Ich bin in aller Frühe aufgebrochen und hatte noch keine Gelegenheit, zu frühstücken.«

»Bitte bedient Euch, teurer ak Calleva!« Es war ak Sokays Stimme. Sie kam vom Eingang des Saals her, und Lizia hörte die anderen Arls erstaunt seinen Namen ausrufen.

»Ich wusste es!« Die heitere Stimme, die das ausrief, war tief und rollend. Lizia schloss, dass es sich um Arl ak Murid handeln musste. »Keinen Moment lang habe ich die Gerüchte von Eurem Tod geglaubt. Kommt her, Harwee! Lasst Euch umarmen!«

»Ich will verflucht sein!«, rief ak Calleva, doch auch er klang erfreut. Lizia hörte, wie er das Besteck auf den Tisch zurückwarf und mit einem lauten Poltern beim Aufstehen den Stuhl umwarf, auf dem er gesessen hatte. »Du Halunke! Wo hast du dich herumgetrieben? Und wieso lässt du erst jetzt von dir hören? Nicht, dass ich mir Sorgen gemacht hätte – so etwas überlasse ich lieber den Weichlingen wie unserem ak Tageltin hier. Aber bei den Göttern, bin ich froh, dich lebend wiederzusehen! Auch wenn ich dir grolle, dass du zuerst hierher nach Rinastein gekommen bist, statt zu mir nach Mogontia. Komm an meine alte Brust, du verdammter Kerl!« Lizia hörte durch sein rauhes Lachen hindurch einen Frosch in seiner Kehle und überlegte, ob er vielleicht doch nicht so übel war, wie sie anfänglich gedacht hatte.

»Und Ihr müsst Derwyns Sohn sein«, hörte sie ak Sokay sagen. »Die Nachricht von seinem frühen Tod hat mich sehr getroffen.«

»Geralt, zu Euren Diensten, Arl ak Sokay«, antwortete der junge ak Nidum. »Danke für Eure Anteilnahme.«

»Euer Vater war ein lieber und treuer Freund«, sagte ak Sokay, »und einer der eifrigsten Vertreter unserer Sache.«

»Bitte rechnet fest damit, dass ich bereit bin, in beiden Belangen in seine Fußstapfen zu treten«, versicherte ak Nidum. »Vorausgesetzt natürlich, Ihr akzeptiert mich als Euren Freund und glaubt noch immer an die Sache.«

»Ein besseres Stichwort, werter Geralt könntet Ihr mir gar nicht geben«, sagte ak Sokay. »Teure Arls, liebe Freunde und Kameraden, erlaubt mir, Euch unsere Zukunft zu zeigen!«

Lizia war dermaßen überrascht, dass er sie schon so schnell rief, dass sie bei dem Versuch, sich eilig umzudrehen, um den Gang zurückzulaufen, auf den Saum ihres Kleides trat und stolperte. Sie versuchte, sich abzufangen, und wirbelte dazu herum, um die Balance wiederzuerlangen; dabei stolperte sie jedoch erst recht – diesmal in die entgegengesetzte Richtung – gegen die Tür, die den Saal mit der Geschirrkammer verband. Die schwenkte schnell und weit nach außen auf, während Lizia noch immer bemüht war, ihr Gleichgewicht wiederzufinden. Die einzige Chance, nicht vornüber zu fallen, war ein weiter Ausfallschritt in den Saal hinein. Noch währenddessen sah sie ak Sokays bestürztes, ja vorwurfsvolles Gesicht und wusste sich nicht anders zu helfen, als aus dem Ausfallschritt einen Kniefall zu machen. Dabei fasste sie ihren weiten Rock an beiden Seiten, spreizte ihn zu einem höfischen Knicks und senkte das Haupt. »Willkommen, geschätzte Arls«, sagte sie – leise, weil außer Atem. »Gestattet mir, Euch und Eurer Sache dienen zu dürfen.«

Für einen Moment war es totenstill in dem Saal. Lizia – sich voll und ganz der Tatsache bewusst, dass sie hochrot angelaufen war – hob das Gesicht und blickte sich unter den Fürsten um. Ak Sokays Miene war wie versteinert.

Es war Caradoc ak Tageltin, der die Situation rettete. Er wieselte mit einem breiten, warmherzigen Lächeln zu ihr hin. »Euer Hoheit!«, rief er. »Bitte kniet nicht vor uns. Wir sind es, die vor Euch knien müssen. Vor Euch, Liziana ak Aésbrunn, Enkelin unseres Befreiers von der grausamen Herrschaft der ak Meru.«

Er fasste ihre Hand und wollte ihr aufhelfen, doch Lizia blieb in ihrer demütigen Haltung. »Nein, liebster Freund Caradoc. Ich bin es, deren Platz der auf Knien ist. Aus Dankbarkeit für die ungebrochene Treue, die Ihr allesamt auch heute noch trotz aller Widerstände und Mühsale meiner Familie zu Ehren meines Großvaters Fyngar ak Aésbrunn und meines Vaters Qwntynn entgegenbringt, obwohl mein Bruder und meine Schwester diese Treue mit Füßen getreten haben. Bitte erlaubt mir, diese Schmach, die sie Euch damit angetan haben, wiedergutzumachen.«

Sie sah, dass nun auch die anderen Arls lächelten. Und selbst ak Sokay gewann seine Fassung wieder. Er nickte ihr heimlich anerkennend zu und ging dann ebenfalls auf die Knie. »Wir wissen diese Dankbarkeit sehr zu schätzen, Euer Hoheit, und werden sie mit all unserer Kraft erwidern und Euch auf den Thron helfen.«

Lizia senkte ein zweites Mal demütig das Haupt, aber gerade so weit, dass sie sehen konnte, wie nun auch die anderen Arls auf ihre Knie gingen und sich vor ihr verneigten.

»Das Haus ak Calleva steht Euch zu Diensten, Euer Hoheit.«

»Ebenso das Haus ak Nidum.«

»Bis in den Tod«, fügte Arl ak Murid mit seiner tiefen ernsten Stimme hinzu. »Bis in den Tod.«

Ak Tageltin hatte Tränen in den Augen. Auch er wollte seinen Schwur leisten, brachte aber vor Rührung kein Wort hervor.

Lizia lächelte ihn an und streichelte ihm die Wange. So leise, dass nur er sie hören konnte, flüsterte sie: »Ich stehe ewig in Eurer Schuld, Caradoc.«

Er erwiderte ihr Lächeln, küsste die Innenfläche ihrer Hand und richtete sich auf, ihr dabei ebenfalls auf die Füße helfend. Jetzt endlich fand er Worte: »Und ich in der Euren, Liziana.«

»Oh, kommt«, rief ak Calleva, während auch er sich wieder erhob, »wischt Euch die Tränchen ab, Ihr Weichling, und bittet uns endlich zu Tisch. Wie sollen wir unserer künftigen Königin dienen, wenn Ihr uns vorher verhungern lasst?« Sein Ton war ruppig, aber Lizia konnte erkennen, dass auch seine Augen feucht waren.

Nachdem sie gespeist und die Diener die Tafel leer geräumt hatten, begann die Lagebesprechung.

»Zuerst brauchst du natürlich deine Burg zurück, Harwee!«, sagte ak Calleva.

Ak Sokay schüttelte den Kopf. »Zuerst brauchen wir ak Viroc an unserer Seite. Ich hoffe, er wird spätestens morgen hier sein. Wenn wir Greiffenfels ohne ein Bündnis mit ihm zurückholen, fällt Rielle mit ihrer Armee über uns her wie ein Schwarm Raubmöwen über einen angeschwemmten Hering, ehe wir auch nur annähernd genug Truppen zusammenhaben.«

»Wenn wir ihn und die Burg haben, wie gehen wir dann weiter vor?«, fragte der junge ak Nidum.

Ak Sokay zeigte auf die Landkarte, die er vor ihnen ausgebreitet hatte. »Wir bringen alle Boote und Schiffe zusammen, die wir haben, fahren die Rina hinunter und um die Westspitze Ta'Maras herum durch Mor Prtwyn nach Osten an der Südküste Twyddyns entlang, anschließend nach Norden und über die Mündung des Rahn zurück nach Westen, bis nach Dunuum.«

Ak Murid schüttelte nachdenklich den Kopf. »Das Südufer des Rhan westlich von Dunuum liegt in der Hand von Rielles milaresischen Günstlingen.«

»Ich weiß«, sagte ak Sokay nachdenklich, offenbar nicht glücklich mit der Situation.

»Und weißt du auch«, fragte ak Murid, »dass drei milaresische Kriegsgaleeren vor der Mündung des Rahn kreuzen? Harwee, die fahren unsere Fischkähne in Grund und Boden, ehe wir den Fluss auch nur erreichen.«

»Verflucht!«, stieß ak Sokay hervor.

»Warum ziehen wir nicht über Land am Nordufer des Rahn entlang von Osten her nach Dunuum?«, fragte ak Nidum.

»Ja, das ist der kürzeste Weg«, stimmte ak Sokay zu. »Und er wäre früher auch meine erste Wahl gewesen. Aber jenseits der Güter von ak Calleva und ak Viroc liegen die Ländereien von ak Salin und ak Glevy. Unser Bündnis ist auf unschöne Weise zerbrochen, und ich denke nicht, dass es auf die erforderliche Schnelle …«

»Falls ich einen Vorschlag machen dürfte«, unterbrach Lizia ihn. Ehe ak Sokay sie zurückweisen konnte, fuhr sie schnell fort: »Ich habe mir in der vergangenen Nacht die Karte noch einmal genauer angesehen, und ich glaube, ich habe eine Lösung, die alle unsere Probleme auf einmal lösen könnte.«

Die Arls sahen sie so überrascht wie erwartungsvoll an. Ak Sokay verneigte sich. »Selbstverständlich, Euer Hoheit.«

»Punkt eins«, begann sie. »Wir lassen Greiffenfels in Ruhe und schlagen hier unser Hauptquartier auf. Es dürfte ein Leichtes sein, Conte Bar'Tomeu mit einem Trupp von ein paar Hundert Mann in der Burg gefangen zu halten. Damit sparen wir Zeit und vermeiden das Risiko, dass jemand entkommt und Rielle vorzeitig von unserem Aufstand erfährt.

Punkt zwei. Schaut bitte her, werte Arls. Die Rina und der Rahn haben ihre Quellen fast am gleichen Fleck. Die Rina fließt nach Westen, der Rahn nach Osten. Hier an dieser Stelle passiert er die Ländereien von Arl ak Calleva; gerade einmal einen Tagesritt von hier entfernt. Richtig?«

»Korrekt«, bestätigte ak Calleva.

»Gut«, sagte Lizia. »Dann bringen wir alle Kähne und Boote, die wir auftreiben können und die leicht genug sind, um sie diese Strecke über Land zu transportieren, von hier aus hinüber zum Ufer des Rahn. Wenn sie nicht ausreichen, bauen wir zusätzlich große Flöße. Die flussabwärts bis nach Dunuum zu fahren, dürfte kein großes Problem darstellen, oder?«

Ak Murids Augen leuchteten auf. »Überhaupt nicht. Sie sind in Windeseile zusammengezimmert. Holz habt Ihr genug, ak Calleva?«

»Einen ganzen Wald, gleich neben den Mauern Mogontias«, antwortete er.

»Wunderbar«, fuhr Lizia fort. »Das heißt, dank der Tatsache, dass wir jetzt mit unseren Truppen flussabwärts mit dem Strom fahren, sind wir an den Ländereien ak Salins und ak Glevys vorüber, ehe sie es überhaupt merken. Wir können die Reiterei vor Dunuum absetzen und einen Ablenkungsangriff ausführen lassen, während wir die Infanterie mitten ins Herz der Stadt fahren und den Königlichen Palast über die Kupferberghöhlen stürmen.«

Ak Murid stieß einen begeisterten Pfiff aus. »Euer Großvater wäre stolz auf Euch, Majestät!«

»Genial«, sagte auch ak Sokay. »So sparen wir uns nicht nur den weiten Umweg und die Fahrt gegen den Strom, sondern auch die Begegnung mit den Kriegsgaleeren und das Passieren der milaresisch besetzten Ufer. Und jede Menge Zeit.«

Lizia lächelte. »Und Greiffenfels holen wir für Euch zurück, sobald Dunuum uns gehört.«

Ak Sokay nahm ihre Hand und küsste sie. In seinen Augen funkelte mehr als Stolz.

»Ein meisterhafter Plan! So soll es geschehen!«, rief ak Calleva und erhob seinen Kelch. »Auf Ihre Majestät, Liziana ak Aésbrunn!«

»Auf Königin Liziana!«, stimmte Caradoc ak Tageltin herzlich mit ein und prostete ihr zu.

»Königin Liziana!«, echoten auch ak Nidum und ak Murid.

ASH

Svarna'Duipa

Geleitet vom feurig pulsierenden Licht auf der Spitze des Vulkans erreichten Ash und die Seewölfe Svarna'Duipa. Sie hatten vorher überlegt, ob sie den Hafen von Xung Lu Wei anlaufen sollten, der Hauptstadt Svarna'Duipas. Dulf Einhand hatte jedoch davon abgeraten; vor dem Weltendonner eines der größten Zentren der gesamten Seeregion für den Handel mit Gewürzen und feinsten Stoffen, war sie jetzt ganz gewiss ein Moloch voller Halsabschneider und marodierender Banden. Der alte Seewolf hatte daher vorgeschlagen, einen einsamen Strand fünf oder sechs Meilen weiter südwestlich anzulaufen. Dort landeten sie und zogen das Drachenschiff auf den Sand. Ash hatte sogleich das Gefühl, eine völlig fremde Welt zu betreten. Auch hier waren die Pflanzen und Bäume abgestorben, aber sie waren gänzlich anders geformt als die Pflanzen und Bäume, die Ash kannte. Sie waren in sich selbst und häufig auch miteinander verschlungen, wie zu einem durch Zauberhand eingefrorenen Traum.

»Den Worten Gottes zufolge ruht Nykht in einer verlassenen Tempelanlage irgendwo in der Nähe des Vulkans«, sagte Ash.

»Das muss der Xumi Shan sein«, sagte Dulf Einhand. »Man nennt ihn auch *das Herz der Welt*. Er liegt mitten im Urwald, in dieser Richtung.« Der alte Seewolf deutete zu einem Punkt rechts vom Vulkan. »Ich sage den Männern, sie sollen sich bewaffnen und zum Aufbruch bereitmachen.«

»Nein«, sagte Ash. »Den letzten Weg muss ich alleine gehen. Deine Männer können im Kampf gegen den Drachen nichts ausrichten … außer sterben.«

»Das mag wohl sein«, sagte Dulf Einhand. »Vermutlich ist es sogar ganz sicher so. Dennoch werden wir dich zumindest durch den Dschungel bis zum Tempel begleiten. Zu den Mönchen – wenn sie noch da sind. Wenn wir ihnen Fisch und Fleisch mitbringen, werden wir bei ihnen Obdach finden.«

»Mönche?«, fragte Ash. »Ich dachte, der Tempel sei seit langem verlassen.«

»Ist er auch«, sagte Dulf Einhand. »Seit Jahrhunderten. Aber vor dem Tempel steht ein kleines Kloster. Die Mönche darin gehören zu einer friedlichen Kaste. Vor dem Weltendonner haben sie sich darum gekümmert, den alten Tempel von Unkraut freizuhalten, für die zahlreichen Pilger und Schaulustigen, die aus aller Welt hierher gereist sind, auf den Spuren einer lange untergegangenen Kultur.«

»Gut«, sagte Ash. »Begleitet mich bis dahin. Doch von da aus muss ich alleine weiter.«

Dulf Einhand gab den Befehl, und die Männer bewaffneten sich. Als sie den Dschungel betraten, verschwand das Geräusch der Brandung. Es war mit einem Mal geisterhaft still. Der Weg war steil und das tote Unterholz dicht. Die Männer hackten sich den Pfad mit ihren Äxten und Schwertern frei. Die Arbeit war trotz der niedrigen Temperaturen schweißtreibend und sie kamen nur mühsam voran.

»Noch etwa eine Meile, dann stoßen wir auf die Straße aus Xung Lu Wei«, sagte Dulf Einhand. Es wurde zu einer der längsten Meilen, die Ash je zurückgelegt hatte. Schlingpflanzen von und zwischen den eng stehenden knolligen und wie Korkenzieher verdrehten Bäumen … aus der Erde in die Luft wachsende Wurzeln … der Boden knietief bedeckt mit totem, feuchtem Laub, die einzelnen Blätter so groß wie Teller.

Schließlich aber erreichten sie die Straße von Xung Lu Wei. Sie führte schlängelnd durch die hügelige Landschaft. Nach drei weiteren Meilen kamen sie auf eine Anhöhe – und sahen von dort aus den Tempel Xumi Shan. Jenseits des Tals, das vor ihnen lag, war er auf den nächsten, etwas niedrigeren Höhenzug gebaut, so dass sie von oben darauf schauten – und er war gewaltig. Ash sah riesige Gebäude mit von Säulen getragenen Kuppeln, umgeben von hohen schlanken Türmen. Ashs erster Gedanke war: *Wie weit entwickelt muss die Kultur gewesen sein, die dieses gigantische und doch an vielen Stellen so filigrane Bauwerk errichtet hat?*

Auf die Entfernung konnte er an der Tempelanlage keine Spuren nachhaltiger Zerstörung erkennen außer denen, die das Alter hinterlassen hatte.

Was mag wohl geschehen sein, dass man diesen Ort von heute auf morgen verlassen und aufgegeben hat?

Weiter hinten leuchtete der Vulkan, und zwischen dem Tempel und dem Berg lag eine weite Ebene, durchzogen mit Bächen brennender Lava. Die Rinnsale waren seltsam symmetrisch angeordnet, und bei genauerem Hinsehen erkannte Ash, dass es sich einst um ein weitverzweigt angelegtes Kanalsystem zur Bewässerung gehandelt haben musste. Ein Meisterwerk der Architektur!

»Dort unten ist das Kloster«, sagte Dulf Einhand und deutete auf den Hang vor dem Tempel. Ash erkannte eine geradezu winzige Ansammlung von Gebäuden, ein paar hundert Schritte von der gewaltigen Außenmauer des Xumi Shan entfernt. »Und es brennen Lichter. Die Mönche sind also tatsächlich noch da. Bei ihnen kannst du dich ausruhen, und wir werden dort auf deine Rückkehr warten.«

Zwei Stunden später kamen sie an das eisenbeschlagene Tor der Klostermauer. Dulf Einhand läutete die Glocke, die daneben an einem hölzernen Galgen angebracht war. Kurz darauf tauchte oben auf der Mauer ein Gesicht auf. Ash hatte noch nie zuvor einen Mann aus Nai'Ci gesehen. Das Gesicht war rundlich, die Augen wirkten irgendwie geschlitzt, die Brauen darüber waren schwarz und dicht, der Kopf kahlrasiert. Ash erkannte den vorsichtigen Argwohn im Blick.

Er rief ihnen in einer sehr fremdartig und fast schon gesungen klingenden Sprache etwas zu.

Zu Ashs Überraschung antwortete Dulf Einhand zu seiner Rechten in derselben Sprache. »Lu Si Tsin Tsu. Xiu Ki Dulfu Unhandu. Tsara Xi Normarka. Ippi Xan Du Su. Lia Sam Doa Lu Tsu … Moso Ka Tu Lo Riu Xo Ta.«

Der Kopf über der Mauer nickte und verschwand wieder.

»Was hast du ihm gesagt?«, fragte Ash.

»Ich habe ihm gesagt, dass wir in friedlicher Absicht hier sind. Dass ich Dulf Einhand aus der Normark bin, schon einmal hier war und mit ihrem Abt, Meister Lu Tsu, zu sprechen wünsche, wenn er noch lebt.«

Es dauerte nicht lange und oben auf der Mauer erschien ein anderer Mann, sehr viel älter als der erste. Sein Gesicht war ebenfalls rundlich, sein Schädel gleichermaßen kahlrasiert, aber die Augenbrauen waren buschig und schneeweiß wie auch der Bart, der in zwei langen, dünnen Strähnen links und rechts der Mundwinkel hing. Der Blick des Mannes hellte auf, als er den alten Seewolf sah.

»Doa Lu Tsu!«, rief der ihm von unten entgegen und winkte mit seinem verbliebenen Arm.

»Dulfu Unhandu!«, rief der alte Mönch fröhlich. »Dulfu Unhandu! Tsara Xi Normarka.«

»Genau der«, sagte Dulf Einhand lachend und deutete auf die Rucksäcke, die sie vom Schiff mitgebracht hatten. Seine Männer öffneten sie, damit der alte Mönch das Fleisch und den Fisch sehen konnte. Der Anführer der Seewölfe kommentierte den Inhalt in der fremden Sprache.

Der Abt nickte begeistert, wandte sich ins Innere des Klosters und bellte gleich eine ganze Batterie von Worten.

Kurz darauf wurde das Tor lautstark entriegelt und nach innen aufgezogen. Die Angeln quietschten rostig. Ash hatte den Eindruck, dass es schon eine ganze Weile her sein musste, dass das Tor bewegt worden war. Die Mönche, die es geöffnet hatten, trugen weite gelbe Gewänder aus Seide und waren, soweit Ash es beurteilen konnte, nicht bewaffnet. Doa Lu Tsu kam ihnen aus dem Innenhof entgegengelaufen und winkte ihnen zu, einzutreten. Er war überraschend klein und stämmig, bewegte sich flink und dennoch erhaben. Er rief ihnen etwas zu.

»Er sagt, wir sollen uns beeilen und reinkommen«, übersetzte Dulf Einhand. »Auf der gesamten Insel wimmelt es nur so von Banditen und Menschenfressern.«

»Menschenfresser?«, fragte Ash.

Der alte Normarker nickte. »Wir haben es wohl nur unserer Anzahl und Bewaffnung zu verdanken, dass wir auf dem Weg hierher nicht überfallen worden sind.«

Sobald die Seewölfe den Hof betreten hatten, schlossen vier der Mönche das Tor eilig wieder und verriegelten es mit gleich zwei dicken Holzbalken und einer langen, armstarken Kette aus Eisen.

»Komm, lass mich dich Meister Lu Tsu vorstellen«, sagte Dulf Einhand zu Ash und führte ihn zu dem Abt.

Aber bevor der alte Seewolf etwas sagen konnte, hatte Doa Lu Tsu Ash ausgemacht. Scheinbar nahm er ihn jetzt zum ersten Mal überhaupt wahr im Gefolge der Seewölfe, und von einem Moment auf den anderen wich die fröhliche Gastfreundschaft aus seinem Gesicht. Ash sah, wie der Blick des alten Mönchs von ihm zu dem Speer in seiner Hand zuckte.

Wie eine Katze, die man mit kaltem Wasser übergießen will, sprang der Alte behende und ganz ohne Anlauf zu nehmen aus dem Stand in einem einzigen weiten Satz mindestens sechs Schritte rückwärts. Dabei schrie er »ME RU!« und zog von unter seinem Gewand zwei kurze Hackebeile hervor, wie sie in Bo'Meran von Fleischern benutzt wurden.

Alles ging so verdammt schnell, dass Ash den Ereignissen kaum mit den Augen folgen konnte. Denn noch während der Abt nach hinten gesprungen war und den Namen seiner Dynastie geschrien hatte, sprangen auch alle anderen Mönche rückwärts weit von Ash und den Seewölfen weg und hatten plötzlich Waffen in den Fäusten. Kurze Schwerter, Beile, Stichwaffen, die wie Grillspieße aussahen, Sensen. Fast im selben Atemzug kamen aus den drei langen Gebäuden, die den Innenhof umrahmten, mindestens sechs Dutzend weitere Mönche gerannt – ebenfalls bewaffnet –, die mit ihren Brüdern zusammen einen weiten dichten Kreis aus zwei Reihen um Ash und seine Kameraden schlossen.

»ME RU!«, riefen sie wie aus einem Mund.

Dulf Einhand war beinahe überwältigt vor Überraschung. Es dauerte einen kleinen Moment, bis er sich wieder gefasst hatte und seinen Männern zurief: »Geht in Stellung! Schilde hoch!«

Inmitten des großen Kreises der Mönche bildeten die Seewölfe einen kleinen – die Schilde nach außen. Die Hashimaner verteilten sich dahinter mit ihren langen Speeren. Im Zentrum des Kreises blieben Dulf Einhand, Sarr'Do'Kai, Þóra und Ash.

»Was zur Hölle ist hier los?«, fragte Dulf Einhand irritiert. »Me Ru? Was bedeutet das?« Er rief die Frage noch einmal dem Abt zu – diesmal in dessen Sprache.

Der deutete mit einem seiner Hackebeile auf Ash. »Me Ru!« Dann folgte einen Reihe von Wörtern, von denen Ash einzig verstand, dass sie voller Hass waren. Doch Ash hatte gerade ganz andere Sorgen: Lugnir hatte angefangen zu vibrieren und zornig zu singen – wie beim Angriff des Schneebären … nur sehr viel lauter und stärker.

»Er sagt, du musst sterben«, übersetzte Dulf Einhand die Tirade Lu Tsus. »Wir alle müssen sterben.«

»Sie wissen von dem verletzten Drachen im Tempel«, erkannte Ash. »Sie wollen ihn vor mir beschützen. Sag ihnen, ich muss ihn töten, um der Welt das Licht zurückzubringen.«

Dulf Einhand begann mit der Übersetzung, aber weit kam er damit nicht. Er hatte gerade die ersten Silben in der fremden Sprache gesprochen, als Doa Lu Tsu einen lauten, langgezogenen Schrei ausstieß und seine Mönche mit wildem Kampfgebrüll und erhobenen Waffen auf den Ring der Seewölfe einstürmten.

Der Speer in Ashs Faust wurde gleißend hell – und wieder zwang er Ash dazu, ihn zu bewegen. Ash schrie gerade noch rechtzeitig in Richtung der ihn umgebenden Seewölfe: »Runter!« Da begann Lugnir auch schon mit seinem tödlich strahlenden Handwerk …

Ein feuriger Blitz nach dem anderen schoss aus seiner Spitze auf die Mönche zu. Der erste davon traf den alten Abt mitten im Sprung weit oben in der Luft genau in die Brust. Lu Tsu wurde von dem Treffer nach hinten gegen eine Wand geschleudert. Der Aufprall war so fest, dass man das Krachen seiner Knochen hörte, während sein Blut und andere Körperflüssigkeiten in alle Richtungen über die Ziegel der Wand spritzten.

Noch im gleichen Atemzug hatten die Strahlen aus dem Speer vier weitere Mönche aus der Luft geholt und getötet. Und im nächsten gleich noch einmal fünf – ehe die Ordensbrüder in ihren gelben Gewändern überhaupt auch nur zwei Schritte näher gekommen waren.

Und das grellhelle Töten ging weiter, ohne dass Ash etwas dagegen hätte ausrichten können. Lugnir fand seine Opfer im wahrsten Sinne des Wortes in Blitzesschnelle. Auch drei der Seewölfe und ein Hashimaner, die sich nicht mehr rechtzeitig zu Boden geworfen hatten, wurden von der magischen Waffe rücksichtslos niedergemäht.

Gleich darauf war alles vorüber. Ein Kreis von gelb gewandeten Leichen lag um sie herum auf dem Boden und an den Wänden, manche von ihnen förmlich in Stücke gerissen. Der Speer verstummte so schnell, wie er aktiv geworden war. Von einem Moment auf den anderen war er ruhig und still, und Ash konnte ihn wieder nach freiem Willen bewegen.

Dulf Einhand rappelte sich neben ihm auf die Füße hoch – und schlug Ash mit der Faust gegen die Brust. »Was, bei allen Dämonen der Unterwelt, hast du getan?! Wir hätten reden können …«

Sofort begann Lugnir wieder zu vibrieren und zu singen.

»Schweig!«, rief Ash warnend – und lenkte Dulf Einhands Blick mit den Augen auf die Speerspitze, die bereits wieder angefangen hatte, zu glühen.

Dulf Einhand verstand zum Glück sofort und machte einen schnellen Schritt zurück. »Verzeih, Auserwählter.« Er machte eine zögerliche Verbeugung.

Der Speer beruhigte sich augenblicklich wieder. Ash atmete erleichtert aus. »Wir wollten reden«, sagte er. »Sie haben uns angegriffen. Der Speer hat uns verteidigt.«

Dulf Einhands Blick fiel auf die Toten in den eigenen Reihen, sein Gesicht war fahl, seine Stirn gerunzelt, die Mundwinkel bitter herabgezogen, aber er nickte.

»Es lag nicht in meiner Hand«, sagte Ash, aber er wusste, dass es dem Alten kein Trost war.

LIZIA

Burg Rinastein

Ein grässlicher Lärm ließ Lizia aus dem Schlaf hochschrecken. Sie brauchte ein paar Augenblicke, bis sie begriff, was es war: der scheppernde Klang von Fanfaren. Vom Burghof her drang gleich darauf weiterer Krach zu ihr hoch an das Fenster der Schlafkammer. Das Trampeln von Dutzenden von Füßen, das Rasseln von Waffen, alarmierte Rufe der Soldaten. Etwas Unerwartetes war passiert.

Rasch schälte sie sich von unter drei Lagen Fellen hervor, schlang sich eine Decke um die Schultern und stolperte verschlafen ans Fenster. Unten war das Chaos ausgebrochen. Soldaten rannten mit Fackeln hin und her, die Treppen seitlich des Haupttores hinauf auf die Wehrgänge.

Was war hier los? War ihre Sache schon verraten, ehe sie überhaupt erst damit begonnen hatten, sie in die Tat umzusetzen? Sie sah, wie Caradoc ak Tageltin in den Hof hinausgelaufen kam, mit nichts anderem am Leib als einem weiten Umhang aus dünnem Stoff mit Blumenmuster.

»Wie viele, Hauptmann?«, rief er mit schriller Stimme zu den Wachen auf dem Wehrgang hinauf.

»Den Fackeln nach zu urteilen etwa dreihundert«, antwortete einer der Soldaten – vermutlich der Hauptmann.

»Sind Banner zu erkennen?«

»Noch sind sie nicht nah genug.«

»Aus welcher Richtung kommen sie?«

»Aus Norden die Kammstraße entlang. Wartet! Es sind mehr als dreihundert Mann. Gerade biegt noch eine weitere Einheit um die Kurve.«

»Belagerungswaffen?«

»Nein, mein Herr!«

Jetzt kamen auch die Arls ak Murid, ak Calleva und ak Nidum hinaus auf den Hof. Ak Murid und ak Calleva trugen ihre leichten Rüstungen. Ein klares Zeichen für ihre Erfahrung im Krieg. Ak Nidum hingegen trug nur eine leichte Hose aus Linnen.

Wo ist ak Sokay?, fragte sich Lizia verwundert – und zuckte im nächsten Moment vor Schreck zusammen, als sie merkte, dass er neben ihr im Zimmer stand, ebenfalls vollständig angezogen.

»Sind wir verraten, Harwee?«, fragte sie. Das Herz schlug ihr bis zum Hals. »Sind das Soldaten meiner Schwester?«

Er schüttelte den Kopf. »Kann ich mir nicht vorstellen«, sagte er. »Dunuum ist zu weit weg. Rielle könnte frühestens heute oder morgen von uns erfahren, und dann würde es noch einmal etwa doppelt so lang brauchen, bis ihre Truppen hier wären.«

»Conte Bar'Tomeu?«

»Möglich«, räumte er ein. »Aber unwahrscheinlich.«

»Wieso?«

»Falls er in Erfahrung gebracht hätte, dass wir hier sind, wäre sein klügster Schachzug, Boten zu Rielle zu schicken und seine Truppen allesamt in Greiffenfels zu verschanzen, um erst dann in den Kampf einzugreifen, wenn ihre Armee hier ist, und ihr die Flanke gegen Norden zu sichern.«

»Und wenn er von uns weiß und einen Ausfall macht, weil er glaubt, unserer habhaft werden zu können und sich damit in die Gunst von Rielle und Vas'Ko zu bringen?«

»Ich glaube nicht, dass er dann seine Ankunft mit Fackeln angekündigt hätte«, meinte ak Sokay. »Außerdem wäre es taktisch sehr unklug von ihm, Greiffenfels dafür nahezu unbewacht zurückzulassen.«

»Wer ist es dann?«

»Ich denke, es ist ak Viroc«, sagte er. »Wobei es mich wundert, dass er hier gleich mit einem Teil seiner Truppen auftaucht, um einer eigentlich heimlichen Einladung zu folgen.«

In dem Moment rief der Hauptmann vom Wehrgang: »Gekreuzte Schwerter! Weiß auf schwarzem Grund.«

Ak Sokay nickte. »Das Wappen von ak Viroc, wie ich vermutet habe.«

»Und ein springendes Pferd«, rief der Hauptmann als Nächstes. »Ebenfalls weiß auf schwarzem Grund!«

»Was, bei allen Göttern?!«, stieß ak Sokay hervor.

»Was ist?«, fragte Lizia.

»Ak Viroc kommt nicht allein«, antwortete er. Sie sah die Anspannung in seinem Gesicht. »Das springende Pferd ist das Emblem des Hauses ak Salin. Ich frage mich …«

»Und ein Luchs«, rief der Hauptmann. »Rot auf schwarzem Grund.«

»Verflucht!« Ak Sokay schlug mit der Faust auf den Fenstersims. »Ak Glevy! Was wollen die beiden hier mit ak Viroc?«

»Wir werden es wohl bald erfahren.« Etwas anderes wusste sie im Moment auch nicht zu sagen.

»Öffnet das Tor!«, forderte ak Calleva unten im Hof lautstark. »Ich will wissen, was hier vor sich geht.«

»Auf keinen Fall!«, widersprach ak Tageltin. »Wer weiß, in welcher Absicht sie hier sind.«

»Trefft sie unter weißer Fahne draußen vor der Burg«, rief ak Sokay nach unten. »Bringt in Erfahrung, was sie hier herführt. Aber erwähnt auf keinen Fall, dass ich hier bin. Und von Königin Liziana erwähnt erst recht kein einziges Wort.«

»Wir sollen da raus?«, fragte ak Tageltin. »Freiwillig?«

»Ich gehe«, sagte ak Calleva und bedachte ak Tageltin mit einem geringschätzigen Blick. »Ich brauche auch keine weiße Fahne. Mein eigenes Banner genügt.«

»Ich komme mit«, sagte ak Murid. Ak Calleva nickte.

Männer brachten ihnen zwei Pferde und die Standarten ihrer Häuser.

»Macht den beiden Arls das Tor auf!«, befahl ak Tageltin. »Aber schließt es umgehend wieder, sobald sie draußen sind.«

Die Soldaten gehorchten, und ak Calleva und ak Murid ritten hinaus. Die besorgte Anspannung wich erst von ak Tageltins blasser Miene, als das Tor wieder geschlossen und verriegelt war.

Jetzt hieß es warten. Doch so lange mussten sie das gar nicht. Lizia hatte sich gerade fertig angezogen, als der Hauptmann vom Wehrgang bereits meldete: »Arl ak Calleva und Arl ak Murid kommen zurück!«

»Allein?«, fragte ak Tageltin.

»Nein!«, antwortete der Hauptmann. »Mit ihnen reiten ak Viroc, ak Salin und ak Glevy – und jemand mit einem dunklen weiten Umhang mit Kapuze. Ak Viroc hält eine weiße Fahne.«

»Lass sie herein, Caradoc!«, rief ak Sokay seinem Freund zu. »Und führt sie direkt in den Saal.«

»Öffnet das Tor!«, befahl ak Tageltin.

Die sechs Reiter kamen in den Hof geritten. Lizia sah sofort den Ernst in den Gesichtern von ak Calleva und ak Murid. Ihr Blick fiel auf den Reiter mit dem Umhang. Er war ausgesprochen klein. Etwas an der Haltung kam ihr sofort seltsam vertraut vor, aber sie konnte nicht einordnen, was es war.

»Lasst uns hinuntergehen in die Geschirrkammer neben dem Saal und das Treffen belauschen«, sagte ak Sokay zu Lizia.

Sie eilten aus der Kammer die Treppe nach unten und kamen gerade in der Geschirrkammer an, als die Arls den Saal betraten. Lizia spähte durch den Spalt in der Tür. Ak Viroc wirkte gespenstisch auf sie. Er hatte langes, weißes Haar wie Zane Arkeen, doch er war sehr viel älter als der Commodore. Seine Haut war fast ebenso weiß und ledrig über abgemagert wirkenden Gliedmaßen. Seine Augen lagen in tiefen dunklen Höhlen, der Blick aber war bohrend und eindringlich. Ak Salin und ak Glevy sahen aus wie Brüder. Beide waren etwas älter als ak Sokay, gleich groß und stämmig. Aber während ak Salin heiter wirkte, machte ak Glevy einen finsteren und missmutigen Eindruck.

Lizia versuchte, der Figur in der Kutte unter die Kapuze zu schauen, doch da war nichts als ein dunkler Schatten – unmöglich, das Gesicht zu erkennen.

»Bitte, nehmt Platz«, lud ak Tageltin sie ein. »Setzt Euch, werte Arls.«

»Wir können uns die Höflichkeiten sparen, ak Tageltin«, sagte ak Viroc. Seine Stimme klang so rauh wie angesengte Rinde. »Eure Nachricht hat uns erreicht, als wir ohnehin gerade im Aufbruch zu Euch befindlich waren. Das hat es uns erspart, Boten zu Euren Nachbarn zu entsenden. Ich freue mich, sie alle hier zu sehen. Vor allem aber freue ich mich, mit einer guten Nachricht zu Euch zu kommen.«

»Mit einer ausgesprochen guten Nachricht!«, fügte ak Glevy hinzu und strahlte dabei wie ein Kind an seinem Namenstag. »Wir haben Euch unsere neue künftige Königin mitgebracht.«

»Was, bei allen Dämonen der Unterwelt, soll das heißen?«, flüsterte ak Sokay dicht hinter Lizia.

Lizia sah, dass auch ak Tageltin und ak Nidum verwirrt dreinblickten. Sie selbst war ebenso verwirrt. Allerdings nicht, weil sie sich noch länger fragte, wer das unter der Kutte war … sondern wie um alles in der Welt es sein konnte, dass sie noch lebte.

»Mayra!«, flüsterte sie ak Sokay zu. »Das ist Mayra!«

»Was?«, fragte ak Sokay. »Das kann nicht sein. Mayra ist tot. Zusammen mit meinen Truppen niedergemetzelt beim Hinterhalt der Milaresen in Qualanuaragh!«

In dem Moment machte ak Viroc eine präsentierende Geste in Richtung der Figur in der Kutte. »Wenn ich vorstellen darf: Mayra ak Ward, Tochter von Arl Stu ak Ward und seiner Gemahlin Cassia ak Aésbrunn. Enkelin von König Fyngar und Cousine der Tyrannin Rielle!«

Gleichzeitig zog Mayra die weite Kapuze von ihrem Kopf – und Lizia sog erschrocken die Luft ein. Mayras linke Gesichtshälfte war völlig zerstört. Wo einmal das Auge gewesen war, war eine dunkle, leere Höhle. Die Wange und die linke Hälfte des Mundes waren vom Feuer zu einer violett schimmernden Masse verschmolzen. Sie hatte nur noch wenige ihrer einstmals so schönen blonden Haare auf dem Kopf, und auch nur noch auf der rechten Seite des Schädels. Aber es war eindeutig Mayra.

»Ja, wir Ihr seht«, sagte sie mit schleifender, nur schwer verständlicher Stimme, »habe ich den feigen Verrat durch Harwee ak Sokay und seine milaresischen Verbündeten überlebt. Und hier bin ich nun, um Euch alle gemeinsam gegen Rielle, die Hure Vas'Kos, zu führen.«

»Verneigt Euch vor unserer künftigen Königin!«, forderte ak Viroc.

»Das dürfte ein Problem darstellen, werte Arls«, sagte ak Sokay laut und stürmte an Lizia vorbei in den Saal. »Denn wir haben die echte künftige Königin!«

Bei seinem plötzlichen Auftauchen hatten ak Viroc, ak Salin und ak Glevy augenblicklich ihre Schwerter und Äxte gezogen. Doch auch ak Calleva, ak Murid, ak Nidum und sogar ak Tageltin hatten ihre Waffen blank und stellten sich schützend vor ak Sokay.

»Was macht der Verräter hier?«, brüllte ak Glevy in Richtung ak Calleva. »Wieso habt Ihr kein Wort davon erwähnt, dass er hier ist?«

Ak Sokay fuhr unbeirrt fort: »Ich präsentiere Euch unsere Königin!« Er machte eine einladende Geste in Richtung der Geschirrkammertür. »Unsere wahre Königin: Liziana ak Aésbrunn. Enkelin des Fyngar, Tochter von König Qwntynn und Schwester der Tyrannin Rielle! In direkter Linie hat sie noch vor Mayra den klaren Anspruch auf den Thron!«

Lizia kam hervorgetreten und verneigte sich vor den Neuankömmlingen. Mayra sah ihr mit mörderischem Hass im Blick ihres verbliebenen Auges entgegen.

»Tötet sie!«, rief das verunstaltete Mädchen ihren Arls zu. »Tötet sie auf der Stelle!«

Jetzt zog auch ak Sokay sein Schwert. Damit waren Mayras Arls eindeutig in der Unterzahl.

Die Männer belauerten einander – stumm und grimmig.

»Waffen weg!«, rief Lizia mitten in die tödliche Stille hinein. »Alle! Auf der Stelle! Die wahre Gegnerin sitzt auf dem Thron in

Dunuum, nicht in diesem Saal! Wenn wir uns jetzt gegeneinander wenden, hat sie bereits gewonnen.«

Die Arls zögerten.

Lizia trat an ak Sokay heran, legte ihre Hand sanft auf die Faust, mit der er das Schwert hielt. »Steckt es weg, Harwcc.«

Er sah sie einen Augenblick lang fragend an, folgte schließlich aber ihrer Bitte. »Tut, was die Königin befiehlt«, rief er seinen Verbündeten zu.

»Erst, wenn auch sie ihre Waffen wegstecken!«, knurrte ak Calleva.

»Betrachtet Ihr mich als Eure Königin, Arl ak Calleva?«, fragte Lizia ihn direkt.

»Selbstverständlich«, antwortete er.

»Dann gehorcht meiner Anweisung!«, verlangte sie.

Er knurrte noch einmal, steckte dann jedoch seine beiden Äxte zurück in den Gürtel. Ak Tageltin, ak Nidum und ak Murid folgten seinem Beispiel.

»Cousine«, sprach Lizia Mayra an. »Bitte deine Arls, auch ihre Waffen wegzustecken.«

»Warum sollte ich das tun?«, fragte Mayra. Ihre Fratze war durch die Wut noch hässlicher als ohnehin schon.

»Aus mehreren Gründen, Mayra«, sagte Lizia so ruhig sie konnte. »Zum einen sind sie im Verhältnis drei zu fünf in der Unterzahl. Zum anderen – auch im unwahrscheinlichen Fall, dass sie nicht nur siegen, sondern dabei auch noch alle überleben – wäre durch einen mit Blut endenden Streit unter uns deine Aussicht auf den Thron unweigerlich zunichtegemacht. Wie ich bereits sagte: Unsere Gegnerin ist meine Schwester Rielle. Wenn wir jetzt in diesem Saal gegeneinander kämpfen, haben wir alle verloren.«

Lizia sah, wie Mayras kleine Kiefer mahlten, so fest biss sie die noch in ihrem Mund verbliebenen Zähne aufeinander. Doch schließlich sagte sie: »Steckt Eure Waffen weg.«

»Danke«, sagte Lizia. »Und jetzt nehmen wir bitte alle Platz.« Sie lud mit einer Geste an die Tafel und setzte sich an das eine

Kopfende. Mayra ließ sich an dem anderen nieder, die kleinen Fäuste geballt.

Lizias fünf Arls setzten sich zu ihrer Rechten, die drei von Mayra ihnen gegenüber.

»Mayra«, begann Lizia, »gibt es irgendetwas, das ich oder meine Arls tun könnten, damit du freiwillig auf den Thron verzichtest und mir deine Arls zur Verfügung stellst?«

»Eine einfache dumme Küchenmagd ohne jede Erziehung auf dem Thron meines Großvaters?« Mayra spuckte auf den Tisch. »Nur über meine Leiche!«

Ak Glevy, der direkt neben Mayra saß, wollte ihr beschwichtigend die Hand auf den Arm legen. Sie stieß ihn unwirsch von sich.

Lizia nickte, wenig überrascht von der Antwort ihrer kleinen Cousine – wohl aber davon, festzustellen, wie wenig sie die frühere demütigende Knechtschaft in Cassias Hain am Hofe von Mayras Vater noch berührte … wie weit weg das alles inzwischen war.

Lizia richtete die nächste Frage an Mayras Arls: »Werte Arls … ak Glevy, ak Salin, ak Viroc … unter welchen Umständen würdet Ihr meiner Cousine Mayra die Unterstützung entziehen und Euch mir und den meinen im Kampf gegen Rielle anschließen? Was braucht es dazu? Titel? Ländereien? Einfluss am Hof?«

»Vielleicht wisst Ihr es nicht, Euer Hoheit, aber Stu ak Ward, Mayras Vater, ist … war sein Bruder«, sagte ak Salin und deutete auf ak Glevy. »Und somit mein Cousin. Mayra ist Familie, ak Sokay, der Hund, hat sie verraten, und bei uns im Norden ist Blut dicker als Wasser. Niemand außer Mayra wird den Platz Rielles einnehmen. Nicht, solange ak Glevy und ich am Leben sind und unsere Häuser bestehen.«

Dass ak Glevy ak Wards Bruder und ak Salins Cousin war, hatte Lizia tatsächlich nicht gewusst. »Ich verstehe«, sagte sie. »Wart Ihr darüber informiert, dass ich jahrelang am Hofe Eures Bruders und Cousins Stu ak Ward von frühster Kindheit an als einfache Sklavin gehalten wurde?«

»Nein, Euer Hoheit«, sagte ak Glevy mit bedauernder Miene. »Davon wussten wir nichts.«

Lizia glaubte ihm. »Harwee ak Sokay wusste das auch nicht. Und als er davon erfuhr, hat er Euren Bruder und Cousin Stu ak Ward für dieses Verbrechen zur Rechenschaft gezogen. Gehe ich recht in der Annahme, dass das auch in Euren Augen nicht als Verrat von Seiten ak Sokays betrachtet werden kann, sondern dass viel eher Stu ak Ward der Verräter war?«

Ak Glevy und ak Salin antworteten nicht darauf. Aber dass sie ihr auch nicht widersprachen, war Lizia Antwort genug.

»Lasst mich Euch etwas anderes fragen«, fuhr sie fort. »Nehmen wir einmal an, Arl ak Viroc, ein guter Freund und Nachbar der mir zur Seite stehenden Arls, ließe statt Mayra mir seine Unterstützung angedeihen … würdet Ihr – Arl ak Salin, Arl ak Glevy – Euch dann unserer Allianz im Kampf gegen Rielle in den Weg stellen, wenn Ihr sie schon nicht unterstützt? Oder würdet …«

»Das wird nicht geschehen«, unterbrach Mayra Lizia. »Ak Viroc ist mein Gefolgsmann.«

»Du gestattest, dass ich das gerne von ihm selbst hören würde«, sagte Lizia und sah ak Viroc erwartungsvoll an.

Ak Viroc machte einen niedergeschlagenen Eindruck. »Ich habe Mayra die Treue geschworen, Euer Hoheit«, sagte er mit Grabesstimme zu Lizia. »Und ein ak Viroc hält sein Wort.«

»Was, wenn Mayra Euch von Eurem Eid entbinden würde«, fragte Lizia. »Würdet Ihr dann an unserer Seite nach Dunuum ziehen?«

»Das werde ich nicht tun!«, rief Mayra und schlug mit ihrer kleinen Faust auf den Tisch.

Lizia wandte sich direkt an ak Sokay und die vier Arls an seiner Seite. »Ich gehe recht in der Annahme, dass unser Plan, Dunuum zu überfallen, keinerlei Aussicht auf Erfolg hat, ohne Arl ak Viroc an unserer Seite; selbst wenn er, ak Salin und ak Glevy sich aus dem Kampf heraushalten würden?«

Ak Murid nickte. »Ohne ak Virocs Männer wären wir zu wenige.«

Ak Sokay wägte ab. »Es wäre ein ausgesprochen großes Risiko, aber wenn wir schnell genug zuschlagen, könnte es auch ohne sie funktionieren.«

»Unter großen Verlusten, nehme ich an«, sagte Lizia.

Ak Sokay nickte.

»Und danach würde meine teure Cousine Mayra ihre Arls in unseren Rücken hetzen und uns aufreiben lassen, ehe ich den Thron auch nur bestiegen hätte …«

»Davon kannst du ausgehen, Lizia«, sagte Mayra drohend.

»Denken wir einmal umgekehrt«, lud Lizia ein. »Wir wenden uns zuerst gegen Mayra und ihre Arls …«

»Ich würde ak Virocs Tod sehr bedauern«, sagte ak Calleva. »Er war immer ein guter Nachbar. Aber ak Salin und ak Glevy … Twyddyn wäre reicher ohne sie …«

Ak Sokay schüttelte den Kopf. »Es ist wie Ihr sagt, Liziana. Wenden wir uns gegeneinander, heißt die einzige Siegerin Rielle. Ohne ak Viroc haben wir schon jetzt zu wenig Leute für einen Sturm auf Dunuum. Das würde sich nicht ändern, selbst wenn wir im Kampf gegen ak Viroc, ak Salin und ak Glevy nicht einen einzigen Mann verlieren würden … was Wunschdenken wäre.«

»Gestattet mir eine letzte Frage, meine Herren«, bat Lizia. »Eine reine Annahme: Was, wenn die Häuser der hier versammelten Arls gemeinsam und unter einer Führung gegen Dunuum ziehen?«

»Rielle hätte einem Sturm dieser Größenordnung nichts entgegenzusetzen«, sagte ak Sokay.

»Es würde vermutlich nicht einmal zu einer Schlacht kommen«, stimmte ak Salin zu.

Ak Murid nickte. »Im Anschluss daran würden sich auch die restlichen Häuser der Provinzen Gamborr und Dubris Venta unterwerfen.«

»Und gemeinsam hätten wir den milaresischen Adel im Handumdrehen aus unserem Land vertrieben«, fügte ak Glevy hinzu.

Lizia nickte bedächtig. »Wenn ich das richtig verstehe, habt Ihr alle zwei gemeinsame Ziele: Zum einen wollt Ihr die Herrschaft meiner Schwester Rielle beenden, zum anderen wollt Ihr die Höflinge Milaras aus Twyddyn vertreiben.«

Alle anwesenden Arls nickten.

»Und gemeinsam sind diese Ziele mit geringen Verlusten an Menschenleben zu erreichen …«, dachte Lizia laut nach. »Dann gibt es nur eine Lösung für unseren Zwist. Ich verzichte auf den Thron, zugunsten Mayras.«

»Liziana!«, begehrte ak Sokay auf. »Euer Hoheit! Das könnt Ihr unmöglich …«

Sie brachte ihn mit einer knappen Geste zum Schweigen. »Es ist der einzige Ausweg aus dem Dilemma, Harwee. Die einzige Chance, Rielles Schreckensherrschaft zu beenden. Vor allem, sie schnell zu beenden und mit so wenig Blutvergießen wie möglich.«

»Du verzichtest für mich auf den Thron?«, fragte Mayra argwöhnisch. »Wo ist der Haken?«

»Es gibt keinen Haken, Mayra«, antwortete Lizia. »Aber ich stelle drei Bedingungen.«

RAYMO

Kutera

Raymo war sich im Klaren darüber, dass das Wagnis groß war, aber er musste näher heran. Er musste sich vergewissern, was in der nördlichsten der drei Palisadenfestungen passiert war. Es war kein gutes Zeichen, dass sie hier von der See aus nicht ein einziges Licht brennen sahen. Überhaupt kein gutes Zeichen. Er befahl die Flotte vor Anker und ließ ein Beiboot zu Wasser. Das Risiko, mit der Galeone oder einer der Karavellen vorzufahren, war zu groß. Er konnte nicht ausschließen, dass eine oder gar mehrere der milaresischen Kriegsgaleeren im Dunkeln lauerten. Unter Rudern waren die Kolosse seinen Seglern hier so nah an der Küste – ohne genug Raum zum Ausweichen – auch in Sachen Wendigkeit überlegen.

»Ich komme mit«, sagte Dasha.

Raymo nickte grimmig, kletterte über die Reling, die Strickleiter herab und sprang in das Boot, in dem bereits sechs seiner Ruderer saßen. Er stellte sich in den Bug, Dasha schloss zu ihm auf.

»Vielleicht ist ja alles in völliger Ordnung«, sagte sie leise und zog den Umhang enger gegen den scharfen Wind, der von der Küste her wehte. »Wir haben mit Trimanu verabredet, dass er während unserer Abwesenheit kein Licht auf den Festungen entzündet, um die Milaresen möglicherweise in eine Falle zu locken.«

Raymo schüttelte den Kopf. »Riechst du das?«, fragte er.

Dasha hielt die Nase in den Wind und nahm einen tiefen Zug. Gleich darauf war ihre Miene ebenso finster wie die Raymos. »Verbranntes Holz«, sagte sie.

»Und verbranntes Fleisch«, fügte Raymo hinzu.

»Vielleicht Überreste des Nachtmahls?«

Er hörte ihrer Stimme an, dass sie selbst nicht daran glaubte. »Im Krieg ist kein Raum für Wunschdenken, Dasha. Was schiefgehen kann, wird schiefgehen. Sogar die Dinge, die eigentlich gar nicht schiefgehen können, gehen schief. Außerdem grillt niemand Zicklein oder Wildschwein mit Fell.«

An der Art, in der sie jetzt die Nase kräuselte, erkannte er, dass sie nun die scharfe Unternote in der Luft, die ihnen entgegenkam, auch gerochen hatte.

»Aber ich sehe keine Spur von ihren Schiffen.«

»Ich auch nicht«, gestand Raymo. »Aber das will nichts heißen. Sie lauern entweder in der Dunkelheit um uns herum oder sind bei den anderen Festungen.« Als sich jetzt vor ihnen die Umrisse der Festung aus der Finsternis schälten, gab Raymo den Ruderern ein Zeichen, nördlich um die Landzunge zu kurven, auf der sie stand.

»Kannst du schwimmen?«, fragte er Dasha flüsternd. Sie waren noch gut hundert Schritte vom Strand entfernt.

»Tochter eines Fischers«, gab sie leise zurück. »Schon vergessen?«

»Ihr wartet hier«, befahl er den Ruderern, während er Jacke, Hemd und Stiefel auszog. Die Hose und den Gürtel mit den Schwertern und den Dolchen behielt er an.

Auch Dasha entledigte sich ihrer Sachen, bis auf die Hose und die beiden Sichelschwerter.

Um mögliche im Dunkeln wachende Ohren nicht zu alarmieren, kletterte Raymo langsam über den Rand des Boots und ließ sich vorsichtig in das eisige Wasser herab.

»Oh, verfickt und zugenäht!«, fluchte Dasha unterdrückt und mit stockendem Atem, als auch sie sich ins Wasser gleiten ließ. »Ist das beschissen kalt!«

Raymo hätte trotz der düsteren Vorahnung, die sich ihm noch eisiger um die Brust legte als das Wasser der Schwarzen See, beinahe laut losgelacht. »Derbe Sprache, meine Teure.«

»Was erwartest du?«, schnaubte sie leise, während sie anfingen, auf den Strand zuzuschwimmen. »Ich war fast mein ganzes Leben lang eine Hure, verdammt noch mal. Keine Prinzessin, wie deine anderen beiden Frauen.«

»Mein anderen beiden Frauen?«

»Na, Szuma und Lizia.«

»Lizia ist keine meiner Frauen. Sie ist … eine Freundin.«

»Ja, mach dir das bloß vor, Caldäer. Deshalb fährst du auch um die halbe Welt, um ihr den entzückenden Arsch zu retten. Und sag bloß, dir ist nie aufgefallen, wie sie dich immer anschaut mit ihren großen Unschuldslammaugen? Mann, ich würde mir einen Fuß abhacken lassen, auf die Chance hin, dass sie mich auch nur ein einziges Mal so ansieht.«

»Das bildest du dir ein.«

Dasha lachte leise, aber nicht zynisch. »Männer!«

»Wieso denkst du ausgerechnet jetzt an Lizia?«

»Ich denke ununterbrochen an sie«, gab Dasha zu. »Tag und Nacht.«

»Tag und Nacht? Auch wenn wir zusammen sind, ich meine, du und ich?«

Sie kicherte. »Dann ganz besonders, Caldäer. Allerdings stelle ich mir dann vor, ich wäre Lizia.«

»Wirklich?«

»Na ja, manchmal stelle ich mir auch vor, du und Lizia und ich …« Sie seufzte versonnen.

Sie erreichten den Strand und kletterten an Land. Raymo zog einen seiner Dolche, Dasha beide Schwerter. Über den feuchten Sand liefen sie gebückt nach Süden, zur Festung hin. Raymo lauschte in die Dunkelheit. Doch da war nichts Verdächtiges zu hören.

Schweigend erreichten sie die nördliche Palisade. Jetzt konnte Raymo erkennen, dass der Steg zur See hin völlig zertrümmert war. Das Tor war zur Hälfte verbrannt, beide Flügel waren nach außen hin aus den Angeln gebrochen. Die Milaresen mussten sie von den Galeeren aus mit Harpunen beschossen und herausgerissen haben.

Raymo und Dasha hielten sich dicht bei der Wand. Beim Tor hielt Raymo inne und lauschte. Als er nach wie vor nichts hörte, schlich er sich in die Festung. Kaum sah er den Innenhof, blieb er erneut stehen – wie angewurzelt. Er hörte, wie Dasha neben ihm würgte und sich anstrengte, sich nicht zu übergeben.

Vor ihnen lag ein Berg von Leichen. Sie waren verbrannt. Was jetzt nur noch aussah wie groteske, ineinander verschlungene Statuen aus schwarzem Leder und Knochen, waren einmal mindestens vier Dutzend von Trimanus Männern und Frauen gewesen. Die Milaresen hatten ganze, grausame Arbeit geleistet.

Der Gestank war fürchterlich.

»Glaubst du, Trimanu ist darunter?«, fragte Dasha.

»Unmöglich zu sagen«, antwortete Raymo. Er hatte die Fäuste vor hilfloser Wut so fest geballt, dass ihm die Finger schmerzten. Er wünschte sich wenigstens einen kleinen Trupp Milaresen herbei, um sie mit seiner Klinge und mit seinen Fäusten seinen Zorn spüren und sie für diese schreckliche Untat büßen zu lassen. Doch inzwischen war er sicher, dass die Milaresen längst weitergezogen waren.

»Wieso haben sie die Festung nicht wieder befestigt und besetzt?«

»Sie wollen ihre Kräfte nicht schwächen, indem sie sich aufteilen, solange sie damit rechnen müssen, dass die anderen beiden Festungen ebenfalls zum Widerstand gegen sie besetzt sind«, erklärte Raymo. »Erst wenn sie alle drei erobert haben, werden sie mit der Befestigung beginnen. Bis dahin sind ihre Galeeren ihre Festungen. Die gilt es, zu zerstören.«

»Sollten wir nicht vielleicht besser doch zuerst nach Xeljasal, um die Lage dort zu prüfen?«

»Unsere Truppen wären im Kampf zu Land ein Tropfen auf dem heißen Stein«, sagte Raymo. »Zumal zumindest der twyddyanische Teil unserer Mannschaften sehr viel besser für die Schlacht auf See ausgebildet ist. Nein, unsere beste Waffe gegen die Galeeren der Milaresen ist unsere kleine Flotte. Aber erst, wenn wir die Xallivorräte aufgefüllt haben.«

Dasha konnte den Blick nicht von dem menschlichen Scheiterhaufen wenden. »Dafür werden sie bezahlen, Caldäer!«

»Ja, Dasha, das werden sie.«

Sie liefen zurück zum Strand und schwammen zum Boot. Die Männer halfen ihnen an Bord. Raymo und Dasha trockneten sich mit Tüchern ab und zogen ihre Sachen wieder an, während das Boot zur Galeone fuhr.

Schon als Raymo über die Reling an Deck kletterte, sah er die erwartungsvollen Blicke der Mannschaft – vornehmlich in den Augen der Kuteraner. Er schüttelte bedauernd den Kopf.

»Wir werden eure Brüder und Schwestern rächen«, sagte er entschlossen. »Wir werden die Männer aus Eisen für immer von hier verjagen.« Er wusste, dass seine Worte allenfalls ein schwacher Trost waren, aber andere hatte er nicht für sie. »Setzt die Segel!«, rief er den Leuten zu. »Wir fahren nach Süden!«

Die Anker wurden gelichtet, die Männer und Frauen kletterten in die Wanten und setzten volles Tuch. Weil der Wind vom Land her kam, mussten sie die Segel schräg ausrichten, aber schon bald nahmen sie volle Fahrt auf und ließen den Ort des Grauens hinter sich.

Nur um wahrscheinlich schon bald den nächsten anzulaufen, dachte Raymo finster. Er fragte sich, ob die Freiheit diesen schrecklichen Preis wert war. Doch dann dachte er an Calda, an seine Heimat, an die Zerstörung, die die Besatzer auch noch Jahre nach der Eroberung angerichtet hatten, an die Unterdrückung, die Ausbeutung und die Willkür … und die Antwort war klar.

LIZIA

Burg Rinastein

Die Hochzeitsvorbereitungen waren so spärlich, wie sie aufgrund der Lage eilig sein mussten. Die Mauern, der Hof und die viel zu kleine Kapelle wurden mit den Fahnen der Häuser der neuen Allianz geschmückt. Die Stadt am Ufer der Rina war in heller Aufruhr, ihren Teil zu dem Fest beizutragen. Ein Karren nach dem anderen kam heran, um Fisch zu bringen … und noch mal Fisch … und Möwen und Kormorane und ihre Eier … weil, viel anderes gab es nicht mehr. Caradoc ak Tageltin lief durch seine Burg wie ein aufgescheuchter Gockel und versuchte, inmitten des Chaos und trotz der spärlichen Vorräte wenigstens etwas Glanz in die seines Erachtens nach völlig überstürzte Sache zu bringen.

»Schließlich ist es eine Veranstaltung, von der noch viele Generationen nach uns gesprochen wird«, rechtfertigte er seine verzweifelten Bemühungen. »Rinastein wird auf ewig im gleichen Atemzug damit erwähnt werden, also muss sich das Haus ak Tageltin auch entsprechend präsentieren. Verdammt, wenn wir doch wenigstens ein paar Tage mehr Zeit hätten …«

»Haben wir nicht«, sagte ak Calleva ungehalten. »Die Boten sind bereits unterwegs, die Truppen machen mobil, und wir ziehen heute Abend noch los, um morgen mit unseren Männern aus dem Westen beim Rahn zu meinen Leuten und denen ak Virocs zu stoßen, ehe wir uns mit der Armee ak Salins und ak Glevys vereinen. Also reißt Euch zusammen und behaltet die wenigen Nerven, die Ihr noch habt – wie schwach sie auch immer sind. Kein Mensch interessiert sich für Girlanden und den ganzen weibischen Schnickschnack.«

Lizia musste schmunzeln, als sie an den beiden vorüberging – sie fragte sich, ob die zwei vielleicht heimlich ein Verhältnis hatten; zumindest zankten sie sich mit der beharrlichen Ausdauer eines alten Paares. Sie stieg die Treppe nach oben und klopfte an ak Sokays Tür. Als er nicht antwortete, trat sie ohne Erlaubnis ein.

Er stand am Fenster mit einem Kelch in der Rechten und einer Karaffe voller Wein in der Linken. Er beachtete sie absichtlich nicht.

»Es ist gleich soweit«, sagte sie.

»Ihr hattet kein Recht«, sagte er.

»Ich hatte keine Wahl.«

Er nahm einen tiefen Schluck, schenkte nach und leerte den Kelch gleich ein zweites Mal.

»Grollt mir nicht, Harwee«, bat sie. »Nur weil jetzt ausnahmsweise Ihr eine Marionette im Spiel um die Macht geworden seid.

Ein einziges Mal fühlt Ihr Euch jetzt so, wie die meisten von uns sich andauernd fühlen. Außerdem: Ihr wolltet den Thron und Ihr bekommt ihn. Er ist das, was Ihr schon immer am meisten wolltet.«

»Nicht so«, schnaubte er.

»Es ist der einzige Weg.«

»Wenn ich das nicht wüsste, Liziana, hätte ich mich nicht bereit erklärt.« Er trank einen dritten Kelch. »Sie ist ein Kind. Ein Monster.«

»Sie kann nichts für ihre Verletzungen.«

»Ich meine nicht das Äußere.«

»Nur als ihr Gemahl könnt Ihr das Monster in ihr in Schach halten und dafür sorgen, dass sie nicht zur selben Tyrannin heranwächst wie meine Schwester – und dafür, dass sie ihr Versprechen hält, das Bündnis mit Kutera zu ehren. Sie weiß, dass sie Euch braucht, um die westlichen Arls auf ihrer Seite zu behalten.«

»Was wird aus Euch?«

»Sobald wir den Thron für Mayra und Euch gewonnen haben, besteige ich ein Schiff nach Kutera.« Das war die dritte Bedingung, die sie Mayra gestellt hatte, als Preis für die Krone: Unversehrtheit für ihre Person und ein Schiff, das sie nach Kutera bringen würde.

»Warum fahrt Ihr nicht einfach jetzt schon? Lasst mich … uns … doch einfach zurück!«

Sie schüttelte den Kopf und trat an ihn heran. »Nicht, ehe ich Rielles Tod mit eigenen Augen sehe … und Euch endlich auf dem Thron, Harwee.«

Er stellte Karaffe und Kelch auf den Fenstersims. »Ich wünschte, ich hätte Euch niemals kennengelernt, Euer Hoheit«, sagte er heiser, fasste sie bei den Armen und küsste sie.

RAYMO

Kutera

Raymo saß auf einem Fass an der Steuerbordreling, gab etwas Öl auf den faustgroßen Schleifstein und schärfte die Klingen seines Schwertes und seiner Dolche in meditativ gleichmäßigen Bewegungen. Dennoch bekam er das rasend wütende Pochen seines Herzens nicht unter Kontrolle und auch nicht das Wummern im Nacken und in den Schläfen, das ihn in den Kampf drängen wollte. Der Zorn, den er empfand, würde sein Ventil nur in der Zerstörung finden. In der Vergeltung. Immer wieder tauchte das Bild der verbrannten Leichen vor seinem geistigen Auge auf – begleitet von der Sorge, dass auch die zweite, die mittlere der drei Festungen auf Kutera, die sie jeden Moment erreichen würden, eine ähnliche Szenerie für ihn bereithielt.

Dasha kam heran, setzte sich neben dem Fass auf die Reling und reichte ihm einen von zwei Lederbechern. »Hier«, sagte sie leise. »Der letzte Rest vom Crata-Gyna-Wein.«

Er legte den Schleifstein weg, nahm den Becher dankbar entgegen und trank.

»Die Warterei macht mich wahnsinnig«, sagte Dasha und nippte an ihrem.

Raymo gab ein zustimmendes Knurren von sich und nahm die Arbeit mit dem Schleifstein wieder auf. Anschließend fuhr er mit dem Daumen über die Schneiden, um die Schärfe zu prüfen. Er war zufrieden, wischte die Klingen mit einem Lappen ab und steckte sie zurück in die Scheiden. Er blickte zur Küste hin, erkannte die dunkle Silhouette der Festung.

»Wir sind da.«

»Ist es in Ordnung, wenn ich dieses Mal nicht mitkomme?«, fragte Dasha unsicher.

Er verstand – und nickte. Es war beiden klar, was es bedeutete, dass auch hier keine milaresischen Schiffe mehr waren.

Er stand auf, streichelte ihr sanft über das Stoppelhaar und gab dann der Mannschaft den Befehl, vor Anker zu gehen und eines der Boote klar zu machen.

Obwohl er sicher war, dass auch hier kein Milarese zurückgeblieben war, ließ er sich wieder weiter oberhalb in Strandnähe absetzen, schwamm ans Ufer und schlich sich zur Festung. Sie bot das gleiche Bild wie die erste: Der Steg zur See hin und das dahinter befindliche Tor waren zerstört. Beim Hineinschleichen machte er sich auf ein neues Grauen gefasst – und stieß gleich darauf erleichtert die angehaltene Luft aus. Hier gab es keine Toten. Nicht einen. Raymo lächelte finster. Er ahnte, was geschehen war: Der Angriff auf die erste Festung kam überraschend. Wahrscheinlich hatten die Milaresen auch heimlich zuvor Landtruppen abgesetzt, um der kuteranischen Besatzung des Forts den Fluchtweg abzuschneiden. Hier aber war die Besatzung rechtzeitig gewarnt worden und hatte die Festung noch vor dem Angriff verlassen können – wie Raymo es auch mit Trimanu abgesprochen hatte: keine offene Konfrontation, ehe er nicht mit den Schiffen zurück war.

Raymo schwamm zurück zum Boot. Sein hilfloser Zorn war gemildert. Er baute jetzt fest darauf, dass es auch bei dem dritten Fort keine Opfer gegeben hatte.

Zurück auf dem Schiff überbrachte er der Mannschaft die gute Nachricht. Sie brach in Jubel aus. Gleich darauf waren sie wieder auf dem Weg weiter nach Süden.

»Seid auf der Hut«, instruierte er die Crew und ließ es auch an die Besatzungen der drei Karavellen weitergeben. »Wir müssen fest davon ausgehen, dass die Flotte der Gegner vor der dritten Festung liegt oder sich gerade auf Gegenkurs in unsere Richtung befindet.«

»Wäre es dann nicht besser, wir umfahren sie weitläufig und laufen gleich das versteckte Lager noch weiter im Süden an?«, fragte Dasha.

»Ich will vorher auskundschaften, wie viele der Kriegsgaleeren es hierhergeschafft haben und in welchem Zustand sie sind«, sagte Raymo.

»Verstehe«, sagte Dasha. »Gibt es irgendetwas, das du tun kannst, bis wir die dritte Festung erreichen?«

Raymo schüttelte den Kopf.

»Gut, dann komm mit in die Kabine.«

»Danke für das Angebot, Dasha, aber mir steht gerade nicht der Sinn nach Sex.«

»Mir auch nicht«, sagte sie lächelnd und nahm ihn an der Hand. Er folgte ihr in die Kabine. »Zieh dich aus«, forderte sie, während sie die Tür schloss.

»Dasha, ich sagte doch gerade …«

Sie nickte. »Ich weiß, was du gesagt hast, Caldäer. Es gibt jetzt auch keinen Sex. Zieh dich aus!« Raymo zog zuerst verwundert die Augenbrauen hoch und dann seine Kleidung aus. Dasha behielt ihre an. »Leg dich aufs Bett«, verlangte sie. Er tat es. Sie deckte ihn mit den Fellen zu, kletterte über ihn, setzte sich hinter seinen Rücken, legte eine Hand auf seine Brust und strich ihm mit der anderen das lange Haar aus der Stirn. »Schlaf ein wenig«, sagte sie leise. »Ich wecke dich, wenn wir da sind.«

»Ich kann jetzt nicht schlafen, Dasha.«

»Du musst, Caldäer. Du bist schon viel zu lange auf den Füßen, und du musst später wieder fit sein. Schließ die Augen. Bitte.«

Kaum hatte er die Augen geschlossen, begann Dasha, leise zu summen. Es war eine frische und dennoch zärtliche Melodie. Raymo erkannte sie sofort. Es war ein altes Volkslied aus seiner Heimat. Nach den ersten Takten fügte sie auch die Worte hinzu. Raymo war nicht nur überrascht, dass sie sie kannte, sondern auch darüber, wie sanft und klar ihre Gesangsstimme war.

»Der Barde kam letztes Frühjahr ins Dorf,
in unser Dorf, in unser Dorf
kam der Barde im letzten Frühjahr.

Er spielte und sang uns vom Wald und der See,
dem tiefen Wald und der wilden See,
bis jedes Herz tat vor Sehnsucht ganz weh,
schrecklich weh, fürchterlich weh.
Die Alten, sie weinten, die Jungen jedoch,
ja die Jungen jedoch, die Jungen jedoch
schwang'n das Tanzbein im tollen Reigen,
haben gleich in der Nacht noch ihr Bündel gepackt,
ihr Bündel gepackt, ihr Bündel gepackt,
und waren fortan nimmer gesehn,
nimmer gesehn, nimmer gesehn,
da war's um den Barden geschehn.
Sie hängten ihn hoch in die Kiefern,
in die Kiefern hängten sie ihn …«

Dashas Stimme floss in Raymos Herz wie warmer Honig, zusammen mit Bildern aus seiner Kindheit, und er spürte, wie er sich mit jedem ihrer vertrauten Worte mehr entspannte … wie der Groll und der Zorn allmählich von ihm abfielen. Er fühlte ihre Hand an seiner Stirn und wie der Schlag seines Herzens unter ihrer anderen ruhiger wurde, langsamer. Gleich darauf war er eingeschlafen.

Dasha weckte ihn mit einem Kuss auf die Stirn. »Wir sind gleich da«, sagte sie leise. Sie stand jetzt vor dem Bett und hatte ein Tablett mit Essen und Trinken auf dem Tisch daneben abgestellt. Raymo nahm ihr Gesicht in die Hand und küsste sie.

»Danke«, sagte er gegen ihre warmen Lippen. Er fühlte sich ausgeruht wie schon lange nicht mehr.

Sie schenkte ihm Wasser ein, als er sich aufsetzte, und schnitt den kalten Braten klein, während er es trank. Nachdem er gegessen und sich angezogen hatte, gingen sie beide nach draußen. Bald darauf sah er den ersten Lichtschein am Horizont. Er gab den Befehl, weiter nach Osten zu kurven, um zu vermeiden, dass sie versehentlich entdeckt wurden. Auch ordnete er absolute Stille an und erinnerte die Mannschaften daran, auf keinen Fall auch nur das kleinste Licht zu entzünden.

Im Zenit der Kurve ließ er die Segel streichen und ein Boot zu Wasser. Dasha kam mit. Mit umwickelten Rudern brachten die sechs Männer an den Riemen sie bis fast an den Lichtschein heran, der von der milaresischen Flotte über das schwarze Wasser leuchtete. Raymo zählte fünf der riesigen Galeeren.

»Also hast du bei deiner Attacke auf See vier mit dem Xalli versenkt«, rechnete Dasha.

Raymo sah sich in die anderen Richtungen in der Dunkelheit um. »Sieht so aus«, sagte er. »Ich bezweifle, dass sich ein einzelnes Schiff vom Pulk gelöst hat. Ja, es sind nur noch fünf übrig.«

»Nur noch?« Dasha schmunzelte unsicher. »Von hier aus sieht das mächtig viel aus. Eine davon ist so groß wie unsere vier Schiffe zusammen.«

»Das ist mächtig viel«, gab Raymo zu. »Aber machbar.« Als er im Schein der Fackeln und Feuer auf den Galeeren erkannte, dass das Seetor der Palisadenfestung jenseits der Flotte unbeschädigt war, sah er seine Hoffnung bestätigt, dass Trimanus Leute es verlassen hatten.

»Ich habe genug gesehen«, sagte er zu den Männern an den Rudern. »Zurück zum Schiff und auf zum Versteck.«

LIZIA

Burg Rinastein

Trotz Caradoc ak Tageltins Bemühungen war die Hochzeit in der winzigen Burgkapelle eine recht trostlose Angelegenheit. Er, als Herr des Hauses, führte die Zeremonie selbst durch. Lizia saß zusammen mit ak Murid, ak Nidum und ak Calleva auf der ersten der insgesamt nur neun hölzernen Bänke und betrachtete ak Sokay und die beinahe nur halb so große Mayra, wie sie vor ak Tageltin auf einem langen Schemel knieten, dessen rotes Polster so abgewetzt war, dass es schien, als sei es mindestens ebenso alt wie die Kapelle selbst, und die rituelle Litanei über sich ergehen ließen, die ak Tageltin mit trauriger Stimme von sich gab. Mayra trug außer einem feinen gelben Kleid aus Brokat, das einmal Caradocs bereits im Kindesalter an einer Seuche gestorbenen kleinen Schwester Braine gehört hatte, einen Schleier, der ihren Kopf und das entstellte Gesicht verbarg.

»Und somit erkläre ich Euch, Harwee ak Sokay und Mayra ak Ward, vor Zeugen und vor den Göttern zu Gemahl und Gemahlin«, beendete ak Tageltin die absichtlich kurz gehaltene Zeremonie. »Auf ewig!«

Ak Sokay erhob sich von dem Schemel und half seiner jungen Braut auf die Füße. Sie wandten sich den Gästen auf den Bänken zu. Die Reaktion war verhalten. Erst als Lizia begann, laut zu applaudieren, stimmten die anderen mit ein. Sie sah ak Sokays Gesicht – und dass die Fassung, die es zeigte, oberflächlich war und brüchig. Nicht einmal während der Folter in Rielles Gefängnishof oder der Tortur, der Zane Arkeen ihn auf dem Schiff unterzogen hatte, hatte er so schwach gewirkt. Sie spürte, dass ihr Tränen in die Augen stiegen, und blinzelte sie rasch hinweg. Nicht zum ersten Mal fragte sie sich, warum er ihr nicht ein einziges Mal vorgeschlagen hatte, sie nach Kutera zu begleiten und Twyddyn für immer den Rücken zu kehren. War seine Besessenheit, auf dem Thron zu sitzen, wirklich so groß? Falls ja, musste sie froh sein, dass er nicht mit ihr kam, denn das bedeutete, wie wenig sie ihm wirklich wert war. Aber was, wenn er nur blieb und sich in dieses Schicksal fügte, weil es das Beste war für Twyddyn? Weil wirklich nur er – mit der Rückenstärkung der mit ihm verbündeten und befreundeten Arls – dazu in der Lage war, Mayra auch auf Dauer in Schach zu halten und damit das Volk vor ihrer Grausamkeit zu schützen … und dafür Sorge zu tragen, dass das Bündnis mit Kutera eingehalten wurde. War Letzteres vielleicht der Hauptgrund, warum er das Spiel mitspielte? Weil er mit dem Schutz Kuteras auch Lizia beschützen wollte? Der Gedanke brach ihr beinahe das Herz.

Die Feier fand draußen im Burghof statt und auf dem Platz davor. Aus dem dunklen Himmel herab regnete es in Strömen. Die aufgespannten Planen hielten das Wasser nur unzulänglich ab, und schon bald waren die Büfetts, die ohnehin – trotz der Bemühungen der Einwohner der Stadt – nur spärlich gedeckt waren, verdorben. Lizia hatte sowieso keinen Appetit – sie aß gerade so viel, um sich für den bevorstehenden Marsch zu stärken.

Musik wurde gespielt, aber nur die Fischer und Seeleute tanzten. Ihnen schien der eisige Regen nichts auszumachen – sie waren wohl schlicht und ergreifend an ihn gewöhnt. Lizia würde sich nie daran gewöhnen. Nie! Sie fröstelte und fragte sich, wie wohl in Kutera gerade das Wetter sein mochte … wie es Dasha erging … und Raymo. Der Gedanke an die beiden stärkte ihr Herz und sie lächelte. Ganz gegen jede Erwartung würde sie sie nun doch wiedersehen. Sie fragte sich, was die Zukunft dort wohl bringen würde. In Kutera würde sie weder Sklavin sein noch Königin. Und das eine war so beruhigend wie das andere – hatte sie doch inzwischen begriffen, dass ein Thron einen ebenso hart geißelt wie die Peitsche eines Mordomo.

Sie würde endlich und ein für alle Mal frei sein – so wie Raymo es sich schon immer für sie gewünscht hatte. Die Vorstellung machte ihre Gänsehaut zu einer wohligen.

Zwei Stunden nach dem Ende der Zeremonie in der Kapelle machten sich die Truppen bereit zum Abmarsch. Ak Tageltin hatte Lizia einen weiten, wasserfesten Umhang geschenkt und einen gemütlichen Kaltblüter. Das schwarze Pferd war riesig und so breit, dass sie so sicher im Sattel saß wie in einem gepolsterten Sessel. Der starke Regen schien dem Tier nichts auszumachen.

Lizia hatte sich dagegen entschieden, mit ak Sokay und Mayra vorn an der Spitze des Trosses zu reiten. Sie wollte ihrer Cousine keinen Anlass zu weiterem Neid liefern … und ak Sokay keinen zum Bedauern seiner Entscheidung.

Ak Murid ritt neben ihr. »Ihr hättet bei weitem die bessere Königin abgegeben«, sagte er. Sein dunkles Gesicht wirkte durch den Ernst seiner Miene noch älter, als er war. »Euer Großvater wäre stolz auf Euch.«

»Habt Ihr ihn gekannt?«, fragte Lizia interessiert.

»Oh ja!«, antwortete ak Murid. »Fyngar ak Aésbrunn war ein eindrucksvoller Mann. Ein großer Krieger, ein Hüne. Ohne seine Entschlossenheit hätten wir der Terrorherrschaft der ak Meru niemals ein Ende bereiten können. Aber auch Euer Vater Qwntynn war ein Gigant. Sein Tod ein unfassbarer Verlust. Ihr habt bewiesen, dass Ihr die gleiche Größe besitzt, Euer Hoheit.«

»Nennt mich Lizia«, sagte sie lächelnd. »Die kurze Zeit der Hoheit ist vorüber.«

Ihr Lächeln steckte ihn an. »Ihr werdet immer eine Hoheit sein, Euer … Lizia.«

Ein paar hundert Schritte von der Burg entfernt hörte die Pflasterung des Weges auf. Der Boden war schlammig. Die Hufe der Pferde quatschten schmatzend, die Fußsoldaten weiter hinter ihnen fluchten, so tief sackten sie bei jedem ihrer Schritte in den Matsch ein.

Als hörten die finsteren Wolken dicht über ihren Köpfen die Flüche, lachten sie höhnisch Blitze und Donner und kippten noch mehr ihrer aschegrauen Brühe auf sie herab. Nicht lange, ehe die Wasserfestigkeit von Lizias Umhang Lügen gestraft wurde und selbst der gleichmütige Hengst unter ihr den mächtigen Kopf hängen ließ.

Seltsamerweise stimmte der Wolkenbruch ak Murid an Lizias Seite heiter. Er sang im prasselnden Takt des Regens ein fröhliches Lied in einer Lizia fremden Sprache.

»Wie könnt Ihr nur so froh gelaunt sein?«, fragte Lizia ihn am Ende der Melodie.

»Ich habe mich an meine Kindheit erinnert«, sagte er. »Mein Vater hat mich einmal in seine alte Heimat mitgenommen. Hashima. Das war natürlich lange, lange vor dem Weltendonner. Dort war es so heiß und so trocken, dass die Leute ihr eigenes Lied hatten, in dem sie vom Regen träumten und die Himmel neckten, ihnen welchen zu schenken, nach all den Wochen und Monaten der Dürre. Ich musste gerade daran denken, wie sehr sie sich über dieses Wetter gefreut hätten. Außerdem: Der Regen füllt den Rahn und macht ihn schneller. Das heißt, auch unsere Reise flussabwärts wird wesentlich schneller vonstattengehen.«

»Es ist noch immer unser Plan, den Fluss hinabzufahren?«, fragte Lizia. »Obwohl wir jetzt ak Viroc, ak Salin und ak Glevy als Verbündete haben?«

»Ja«, sagte er. »Euer Plan, Dunuum von außen durch die Reiterei und von innen mit der Infanterie gleichzeitig anzugreifen, ist ein hervorragender. Wir wären dumm, es anders zu machen.«

»Aber wir haben gar keine Schiffe aus Rinastein mitgebracht.«

»Die brauchen wir jetzt auch nicht mehr«, sagte er. »Ak Calleva, ak Viroc, ak Salin und ak Glevy stellen sämtliche ihrer Schiffe und Boote zur Verfügung. Und alle vier Ländereien sind, während wir hier reiten, bereits eifrig damit beschäftigt, Flöße zu zimmern. Der Regen hat noch eine weitere gute Seite: Er treibt jeden Soldaten in und um Dunuum ins Warme und Trockene. Wenn wir Glück haben, kriegen sie nicht einmal mit, dass wir angreifen, ehe es zu spät ist.«

Lizia lächelte und hob den Kopf, ließ den Regen in ihr Gesicht prasseln und begrüßte ihn wie einen alten Freund. »Bringt mir das Lied bei«, bat sie ak Murid – und den Rest des Weges sangen sie es, bis nach Mogontia.

RAYMO

Kutera

Der Weg zum Versteck führte weit südlich der letzten Festung vom Strand durch den Dschungel und dort in eine schmale, von außen kaum einsehbare Schlucht. Raymo hatte außer Dasha nur den kuteranischen Teil der Besatzung mitgenommen, um seine Schiffe auch in seiner Abwesenheit im Notfall einsatzbereit zu halten, falls die milaresischen Galeeren aus irgendeinem Grund weiter nach Süden fahren sollten – aber er rechnete nicht damit.

Dasha hatte die Stiefel ausgezogen und tänzelte mit gesprungenen Wechselschritten neben ihm her.

»Was ist in dich gefahren?«, fragte Raymo sie.

»Merkst du das denn nicht?«, fragte sie zurück.

»Was?«

»Wir haben wieder festen Boden unter den Füßen. Ist das nicht wunderbar?«

»Wir hatten auch bei unserer Erkundung der ersten Festung Boden unter den Füßen«, bemerkte er.

Sie runzelte tadelnd die Stirn, tänzelte aber weiter. »Das war nur kurz, wir mussten schleichen – und es war wohl auch kaum der richtige Moment für Freude. Himmel, Caldäer, wir waren wochenlang auf See. Fühl die Erde unter deinen Füßen!«

»Ich fühle.«

»Nein, richtig«, meinte sie. »Zieh die Schuhe aus. Tanze!«

Er musste schmunzeln – und war für einen Moment sogar gewillt, ihren Vorschlag umzusetzen … zumindest den Teil des Stiefelausziehens – tanzen wäre auf gar keinen Fall in Frage gekommen. Doch da hörte er weiter vorn ein Geräusch und gab sofort das Zeichen an alle, haltzumachen und so gut es in der Schlucht ging, hinter Büschen und Felsen in Deckung zu gehen.

Dasha stieß sich dabei den nackten Fuß an einem Stein, unterdrückte einen Fluch und humpelte hinter den nächsten Baumstamm.

»Raymo aus Calda!« Der Ruf kam von weiter vorn. Raymo erkannte die Stimme, und eine Woge der Erleichterung durchflutete ihn.

Er trat aus seinem Versteck hinter einem Busch hervor. »Trimanu!«, rief er und eilte dem Häuptling entgegen. Die beiden umarmten einander.

»Ich bin froh, dass du noch am Leben bist«, sagte Raymo.

Trimanu nickte schwermütig. »Ja, der Überfall auf die erste Festung kam unerwartet. Zum Glück konnten wir die anderen beiden evakuieren, als klar war, wie stark die Flotte der Männer aus Eisen ist.«

»Ich habe fünf gezählt. Sind noch mehr irgendwo unterwegs?«

Trimanu schüttelte den Kopf. »Nein, es sind fünf.« Er sah sich unter seinen Leuten um, die er Raymo anvertraut hatte und die jetzt ebenfalls aus der Deckung kamen. »Wo ist meine Tochter?« Sofort wurde sein Gesicht starr vor Schreck. »Wo ist Szuma?«

Raymo erklärte es ihm in kurzen Sätzen – auch dass er versucht hatte, sie aufzuhalten und wieder hierher zurückzubringen. Trimanus Miene zeigte kurz Erleichterung darüber, dass sie noch am Leben war, dann aber verfinsterte sich sein Gesicht in Sorge.

»Sie und ihr sturer Dickschädel«, murmelte er. »Meinst du, wir werden sie je wiedersehen?«

»Ich kann es nicht sagen, Trimanu«, gab Raymo zu. »Vielleicht kehrt sie schon mit dem fünften Schiff wieder zurück, nachdem die Mannschaft Lizia und ak Sokay abgeladen hat.«

Trimanu tat einen tiefen Seufzer. »Kommt mit, das Versteck ist nicht mehr weit.«

Tatsächlich war es schon um die nächste Biegung der Schlucht. Es war eine Höhle im felsigen Untergrund. Trimanu hatte hier nur etwa zweihundert seiner Kriegerinnen und Krieger untergebracht, um die Vorräte, die hier extra für Raymo lagerten, nicht angreifen zu müssen.

»Die anderen sind in Verstecke rund um Xeljasal verteilt«, erklärte er. »Bereit, zuzuschlagen, wenn die Zeit gekommen ist.«

»Gut«, sagte Raymo und gab seinen Leuten den Befehl, den Proviant, das Frischwasser und das Xalli an Bord der Schiffe zu bringen. Trimanu beauftragte seine zweihundert, ihren Brüdern und Schwestern dabei zu helfen. Während sie damit begannen, setzte Raymo sich mit Trimanu abseits an den Rand der Höhle. Nachdem Trimanu ihm genau Bericht erstattet hatte darüber, wo wie viele seiner Krieger versteckt waren, zog Raymo einen Dolch und begann damit, die Küstenlinie Kuteras, Xeljasal, die drei Festungen und die Positionen der beiden Flotten in den erdigen Grund der Höhle zu zeichnen.

»Also gut«, sagte er. »Das ist mein Plan …«

ASH

Svarna'Duipa – Xumi Shan

Ash war allein. Er hatte die Seewölfe, die Hashimaner und auch Þóra im Kloster der Mönche zurückgelassen, obwohl Þóra versucht hatte, ihn zu überreden, sie auch auf dem letzten Schritt seiner Mission in die alte Tempelanlage mitzunehmen.

»Einmal nur will ich dem Feind unseres Gottes in das sterbende Auge schauen«, hatte sie gesagt. »Das Monster sehen, das an all der Dunkelheit, der Zerstörung und dem Bösen in unserer Welt die Schuld trägt. Bitte, mein Herr und Gebieter, lasst mich Euch begleiten!«

»Das Risiko ist zu groß, Þóra«, hatte er geantwortet. »Du hast gesehen, was der Speer auch mit Verbündeten macht, wenn sie ihm im Weg stehen. Nein, ich gehe allein.«

Jetzt stieg er im rot pulsierenden Licht des nahen Vulkans die breiten Treppen zum Haupteingang der Tempelanlage nach oben. Das Portal war gesäumt von zwei riesigen Säulen, auf deren Kapitellen kauerten zwei gewaltige Drachen aus reinstem Marmor – im bewegungslosen Kampf einander mit weit aufgerissenen Mäulern und schlagenden Klauen zugewandt.

Ash fühlte die Anspannung im ganzen Leib – so wie er über das Wissen hinaus spürte, dass der Drache hier irgendwo in der Nähe war. Auch der Speer in seiner Faust spürte es. Er sang leise und leuchtete so kräftig, dass Ash sicher war, dass er auch im Innern des Tempels keine Fackel benötigen würde.

Das Schicksal Ashs und das seiner Blutlinie war im Begriff, sich zu erfüllen. Er würde den Fehler seines Vorfahren wiedergutmachen, der Welt das Licht zurückbringen … es Þóra zurückbringen – falls es nicht bereits zu spät war. Ash hatte schon seit Ewigkeiten Gottes Stimme nicht mehr gehört oder seine Anwesenheit gespürt.

Sich nach allen Seiten umschauend durchschritt er das Drachenportal. Der Boden war mit großen Steinplatten gepflastert, die an vielen Stellen aufgebrochen waren durch die Kraft der Pflanzen, die darunter im Laufe der Jahrhunderte gewachsen waren. Die Bruchstücke der Platten ragten nicht selten dermaßen schräg in die Höhe, dass Ash sehr achtsam gehen musste, um nicht über die Kanten zu stolpern. Er musste unwillkürlich schmunzeln bei dem Gedanken, dass er hier war, einen Drachen zu töten, sich aber jetzt erst einmal darum sorgen musste, nicht zu stolpern.

»Auch und gerade die größten Aufgaben bestehen aus einer Unmenge kleiner Details«, hatte Vater Baol im Kloster Sonnengarten gerne und oft gesagt, »jedes davon so wichtig wie das große Ganze. Also achte stets auf alles – auch und besonders auf die Kleinigkeiten.«

Die Erinnerung an den alten Abt brachte die Erinnerung an den anderen zurück; an den, den er gerade zusammen mit all seinen Ordensbrüdern mit dem Speer getötet hatte. Trauer erfüllte ihn. Auch wenn die Tat notwendig gewesen sein mochte, sie fühlte sich dennoch falsch an. Ash konnte nicht benennen, warum es sich falsch anfühlte … oder zumindest falscher, als die Zwergenwüchsigen zu töten, die sie auf dem Fluss in Hashima angegriffen hatten.

Der Speer in seiner Rechten riss ihn aus den Gedanken. Das Vibrieren war stärker geworden, und die Waffe zog an seinem Arm; zog ihn nach rechts zu einem der gewaltigen Kuppelgebäude hin. Ash folgte dem magischen Zug, die Schritte seiner Stiefel hallten durch die unheimliche Stille des riesigen Platzes davor. Ash fühlte das Bedürfnis, etwas zu summen, um diese Stille zu vertreiben, doch er verkniff es sich. Er wollte vermeiden, dass der Drache hörte, dass er auf dem Weg zu ihm war – auch wenn ihm irgendetwas in seinem Innern sagte, dass der Drache das längst wusste.

Ash betrat das Gebäude – und sah, dass die obere Decke der Kuppel aufgebrochen war … so wie der Boden darunter aufgebrochen war zu einem gigantischen Loch. Er verglich es in Gedanken mit der Größe des Drachen im Vulkan auf Gutney. Es passte. Hier musste Nykht nach dem Kampf mit Tagdh abgestürzt sein.

Ash ging mit langsamen Schritten vorsichtig auf das Loch im Boden zu. Der Speer in seiner Hand wollte ihn drängen, schneller zu gehen, aber Ash widerstand.

Ash erreichte den Rand der Einbruchstelle und schaute hinab in die Tiefe. Das Loch schien bodenlos zu sein – auf jeden Fall konnte Ash in der Dunkelheit unter ihm keinen Boden erkennen. Aber er spürte deutlich: Der Drache war dort unten.

Ash überlegte, wie er da hinunterkommen sollte, da packte ihn Lugnirs Kraft – wie sie ihn auf dem Berggipfel über den Wolken gepackt hatte – und hob ihn vom Boden. Der Speer hob Ash schwebend über den Rand des Lochs, und gemeinsam sanken sie langsam in die Tiefe. Ihm schlug das Herz bis zum Hals, zugleich jedoch erfüllte ihn eine merkwürdige Gleichgültigkeit … möglicherweise war es Ergebung in sein Schicksal … vielleicht aber auch das Bewusstsein, dass jetzt ohnehin nichts mehr zu ändern war.

Auf dem Weg nach unten sah Ash im Lichtglobus des Speers tiefe Keller – wie die Halle darüber von Säulen getragen. Drei

Etagen, vier Etagen – und noch immer hatte er den nach wie vor im Dunkel unsichtbaren Boden nicht erreicht.

»Willkommen, Champion!«, sagte mit einem Mal eine tiefe, erschöpfte Stimme unter ihm. Obwohl sie so schwach war, brachte sie das Gebäude um Ash herum zum Vibrieren und verursachte bei ihm selbst eine Gänsehaut, die ihm über den ganzen Körper lief. »Du hast dir Zeit gelassen. Vielleicht zu viel Zeit. Ja, vielleicht ist bereits alles zu spät. Wer kann das wissen? Selbst wir Götter wissen nicht alles – auch wenn wir natürlich so tun müssen.« Dem letzten Satz folgte ein trauriges, mattes Lachen.

Ash wusste nicht, was er antworten sollte, daher sagte er nichts.

Kurz darauf erreichte das Licht des Speers endlich den Boden. Der Drache lag auf dem Rücken, aus zahlreichen Wunden floss schwarz schimmerndes Blut. Das Monster war so groß wie sein Bruder auf Gutney.

Lugnir stoppte und hielt Ash rund zwanzig Schritte oberhalb des Drachen in der Schwebe.

»Lass dich ansehen, Champion«, sagte der Drache und hob angestrengt den Kopf. »Ja, du bist tatsächlich ein Spross der ak Meru, keine Frage; deinen Vorvätern wie aus dem Gesicht geschnitten.« Der Drache hustete, und die Säulen um ihn herum, die unter seinem Sturz noch nicht eingebrochen waren, zitterten so stark, dass Schutt von der Decke rieselte. »Du bist gekommen, mich zu töten. Das ist deine Bestimmung, deine Mission. Also los, worauf wartest du? Du siehst, ich bin am Ende. Du hast leichtes Spiel. Erfülle dein Schicksal.«

Ash fühlte eine Woge von Mitgefühl aus seinem Inneren hervorbrechen. Mitgefühl für dieses einstmals so mächtige und jetzt ganz und gar hilflose, im Sterben liegende Wesen. Er wusste, warum er hier war … was er zu tun hatte, um der Welt das Licht zurückzubringen. Auch der Speer wusste es und hatte begonnen, sein Lied nun noch lauter zu singen. Das Leuchten in der Spitze wurde heller.

»Na los, töte mich!«, rief der Drache knurrend. »TÖ-TE MICH!«

Ash sah etwas funkeln in den Augen des Ungetüms – und erkannte, dass es Tränen waren. Blutige Tränen. Und er erkannte etwas anderes:

Er erkannte, dass er nicht tun konnte, wozu er hierhergekommen war.

Dass er nicht fähig, aber vor allem nicht willens war, dieser Kreatur das Leben zu nehmen.

Auch nicht für den Preis der Rückkehr des Lichts.

Nicht für die Welt. Nicht für sich selbst.

Nicht einmal für Þóra.

Der Speer in seiner Hand brüllte wütend, ja feindselig auf, so als habe er Ashs Gedanken gelesen.

Ash fühlte, dass die Waffe gegen ihn ankämpfte, ihn zu überwinden versuchte, und er schleuderte sie entschlossen beiseite, ins Dunkel des Gewölbes … und weil er jetzt nicht mehr von der Magie Lugnirs in der Luft gehalten wurde, stürzte er in die Tiefe – genau auf den Drachen unter ihm.

RAYMO

Kutera

Der Wind wehte noch immer vom Land her auf die See hinaus. Die milaresische Flotte hatte ihre Position im Pulk vor der südlichsten der Festungen beibehalten. Perfekte Bedingungen für Raymos Plan. Er stand im Bug seiner Galeone und wartete auf den Moment, an dem alles bereit sein würde.

»Wäre es nicht das Einfachste, wir fahren Kanus voller Xalli mit Brandsätzen in ihre Mitte?«, fragte Dasha. Sie hockte auf der Reling und schnitzte ihre Initialen in das Holz.

»Ja, das wäre einfach«, sagte Raymo. »Wenn es funktionieren würde. Aber siehst du die Anordnung des Pulks? Sie sind weit genug voneinander entfernt verteilt, um im Falle eines Angriffs sofort in alle Richtungen auseinanderzuschwärmen. Schau, die Ruder sind im Wasser; die Bänke sind also voll besetzt und im Handumdrehen einsatzbereit. Und dort, siehst du das?«

»Was meinst du?«

»Ihre Speerkatapulte«, sagte er. »Auch sie sind voll besetzt und auf die Peripherie ausgerichtet. Die schießen jedes Kanu in Stücke und versenken es, ehe es auch nur die Chance hat, an sie heranzukommen.«

»Und wenn wir statt Kanus eine der Karavellen als Brandschiff benutzen würden?«

»Für uns zu kostbar«, sagte er. »Wir brauchen jedes einzelne unserer Schiffe, wenn wir auch zukünftig die Küste Kuteras sichern wollen. Außerdem müsste die Karavelle besetzt sein, um sie bis zum Kontakt gegen den Wind zu segeln. Ein Großteil der Mannschaft würde den Angriff nicht überleben. Sie würden sie wegen ihrer Größe auch zu früh erkennen und augenblicklich Ausweichmanöver fahren. Das heißt, selbst mit viel Glück würde die Karavelle vielleicht gerade einmal eine der Galeeren erreichen.«

»Was ist mit einem Angriff von Land aus?«

»Trimanus Späher berichten, die Festung ist voll besetzt und auch im Umkreis durch drei kleinere, inzwischen befestigte Lager zum Land hin abgesichert. Nein, ihre jetzige Position ist zu gut gesichert für eine direkte Attacke. Deshalb müssen wir sie dazu zwingen, sie aufzulösen.«

»Aber du hast gesagt, die Galeeren sind uns hier in Küstennähe an Wendigkeit haushoch überlegen. Ganz abgesehen von ihrer Kampfstärke.«

»Ja, das habe ich gesagt. Und das ist auch so.«

»Trotzdem greifen wir sie an?«

»Ja.«

»Du bist irre, Caldäer.«

»Absolut.« Raymo ging über das Deck nach hinten zum Heck und sah sich in der Dunkelheit weiter östlich um. Er konnte die drei Karavellen nicht erkennen. Er beugte sich über die Heckreling. Dort hing an zwei Seilen ein geflochtener Korb. Darin saß einer seiner Seeleute.

»Positionsabfrage«, befahl Raymo.

Der Mann entzündete eine Fackel und schwenkte sie kurz hin und her. Im Schatten des Rumpfs würden die Milaresen die Fackel nicht sehen können, wohl aber vielleicht den Schein, den sie auf das Wasser warf. Deshalb löschte der Mann die Fackel sogleich wieder in einem Bottich mit Wasser. Raymo konzentrierte seinen Blick in die Finsternis. Gleich darauf sah er drei ebenso kurz aufleuchtende Feuerscheine. Sie waren um einiges weiter von der Küste entfernt, und er baute darauf, dass die Milaresen sie im Licht ihrer eigenen Fackeln und Feuer auf die weite Distanz hin unmöglich sehen konnten.

»Die Karavellen sind in Position«, sagte er zu Dasha. »Es kann losgehen.« Er schaute zum Hauptmast hinauf. Sie hatten die twyddyanische Flagge gesetzt.

»Wird sie das täuschen?«, fragte Dasha.

»Nicht lange«, sagte Raymo. »Aber hoffentlich lange genug.« Er gab das Signal, Segel zu setzen. Der Kampf konnte beginnen.

Sie fuhren im Halbwind nach Norden, weit genug, um außerhalb der Sichtweite der milaresischen Flotte und der Festung zu gelangen. Dort ließ Raymo alle Fackeln und Feuer anzünden, um den Eindruck zu vermeiden, sie würden sich anschleichen. Anschließend gab er den Befehl, zurück nach Süden zu halsen, geradewegs auf die milaresische Flotte zu. Es musste so aussehen, als wären sie offiziell im Auftrag Twyddyns unterwegs – wenigstens bis sie nahe genug an ihrem Ziel waren.

Bald darauf kam das Licht der gegnerischen Flotte wieder in Sicht.

»Wenn sie Verdacht schöpfen, schießen sie uns mit ihren Speerkatapulten in Grund und Boden, korrekt?«, fragte Dasha.

Raymo nickte. »Aber bis dahin müssen sie annehmen, dass wir Verbündete sind. Es würde zu nicht unerheblichen ehelichen Spannungen zwischen Königin Rielle und König Vas'Ko führen, wenn die milaresische Flotte ein twyddyanisches Schiff versenkt. Keiner der Galeerenkapitäne würde riskieren, durch einen solchen Vorfall seinen Posten, Haus und Hof und vermutlich auch seinen Kopf zu verlieren.«

»Aber wenn sie vor ihrer Abfahrt aus Milara eine genaue Beschreibung der Flotte Wenda Weemans bekommen haben und die Galeone erkennen?«

»Dann sind wir im Arsch«, gestand Raymo.

LIZIA

Mogontia

Sie erreichten ak Callevas Heimatstadt durchnässt und erschöpft. Der Ort war um einiges größer als Rinastein. Wie ak Calleva gesagt hatte, erstreckte sich daneben ein gewaltiger, dichter Wald voller abgestorbener Bäume.

Schon von weitem sah Lizia die vielen Feuer am Ufer des Rahn, in deren Licht die Flöße gezimmert wurden. Der Flusshafen etwas weiter abwärts vor der gewaltigen Burg war angefüllt mit Schiffen. Rund um die Burg und am Rand der Stadt erstreckten sich die Lager der Truppen. So auch auf der anderen Seite des Flusses.

»Ak Virocs Truppen?«, fragte Lizia ak Murid, auf das jenseitige Ufer deutend.

»Ja«, antwortete er. »Auf die Einheiten, die Schiffe und die Flöße ak Salins und ak Glevys stoßen wir weiter rahnabwärts.«

»Setzt unsere Reiterei hier über und legt den Weg nach Dunuum über Land zurück?«

»Das war unsere erste Überlegung«, sagte ak Murid. »Aber sie würden dann um einiges länger brauchen als die Infanterie auf dem Wasser. Daher haben wir uns entschieden, auch für die Pferde und Reiter Flöße zu bauen. Das kostet uns bei der Menge an Holz und Männern, die uns zum Bau zur Verfügung stehen, kaum mehr Zeit. Auf jeden Fall weniger, als den Ritt über Land und die Fahrt über Wasser zu koordinieren. Vor allem laufen wir so nicht Gefahr, dass es zwischen den Angriffen zu zeitlichen Unstimmigkeiten kommen kann. Wir fahren alle gemeinsam bis kurz vor Dunuum. Dort landet die Reiterei, und die Infanterie stößt über den Rahn mitten ins Herz der Stadt vor.«

Im Licht der Lager und der Schiffe sah Lizia die durch das Unwetter wild rasenden, schwarzen Wasser des Flusses.

Ak Calleva kam zu ihnen nach hinten geritten. »Für Euch ist Unterkunft in meiner Burg vorbereitet, Euer Hoheit«, sagte er zu Lizia. »Natürlich auch für Euch, Arl ak Murid. Dort erwarten Euch heißes Wasser, ein warmes Bett und frische Kleidung. Die Speisung könnte ein wenig dürftig ausfallen, aber das ist ja nichts Neues in diesen dunklen Zeiten.«

»Habt Dank, Arl ak Calleva«, sagte Lizia.

Er sah sie voller Mitgefühl an. »Der Dank gilt Euch, Euer Hoheit. Ohne Euch und Eure Selbstlosigkeit wäre dieses Unterfangen schon gleich zu Beginn schrecklich gescheitert.«

»Ich habe noch eine Bitte an Euch«, sagte sie.

»Nennt sie, und ich erfülle sie, so es in meiner Macht steht.« Er verneigte sich.

»Ich habe bereits Arl ak Murid darum gebeten, und ich wäre Euch dankbar, wenn Ihr es auch an Arl ak Tageltin und an Arl ak Nidum weiterleiten würdet: Bitte nennt mich nicht mehr ›Euer Hoheit‹.«

»Aber …«

Sie schnitt ihm das Wort mit einer sanften Geste und einem Lächeln ab. »Es ist nicht allein, dass ich jetzt doch nicht Königin werde. Ich möchte gerne auch alles vermeiden, was meiner Cousine Mayra sauer aufstoßen könnte. Gerade jetzt ist es von entscheidender Bedeutung, dass es zu keinerlei Zwist oder Missgunst kommt in den eigenen Reihen.«

Ak Calleva nickte. »Wieder einmal sehr weise, Euer …«

»Lizia.«

»Wieder einmal sehr weise, Lizia. Euer Wunsch sei mir Befehl.« Er legte zum Gruß die Faust auf die Brust, wendete den Rappen und ritt im Galopp über die matschige Straße davon in Richtung seiner Burg.

»Sollen wir?«, fragte ak Murid mit einem Lächeln und einer Geste, ak Calleva zu folgen.

»Wenn es Euch nichts ausmacht«, sagte Lizia, »würde ich mir gern noch eines der Lager anschauen, in denen die Flöße gebaut werden. Ich glaube, die wären auch bei der Verteidigung Kuteras ausgesprochen hilfreich.«

»Ich habe eine bessere Idee«, erwiderte ak Murid. »Vergesst nicht, ich entstamme einer langen Linie von Pir… äh, Seefahrern. Also, nach der Thronübernahme reiten wir beide auf meine Burg in Alduna. Ist kein Umweg, Ihr fahrt ohnehin mit einem meiner Schiffe von dort ab. In Alduna lasse ich für Euch Bauzeichnungen unserer Boote und Schiffe kopieren – Kähne, Küstenklipper, aber auch hochseetaugliche Galeonen. Was immer Euer Herz begehrt. Und ich bin mir sicher, ich bekomme auch ein paar ganz passable Skizzen für Flöße hin.«

»Das würdet Ihr für mich tun?«, fragte Lizia und malte sich aus, wie Raymo reagieren würde, wenn sie ihm solche Pläne mitbringen würde. »Das würde Kutera sehr helfen.«

Ak Murid verneigte sich lächelnd. »Also, jetzt doch erst mal zur Burg und raus aus den nassen Klamotten?«

»Absolut!«, stimmte Lizia zu. »Ehe mir dieser angeblich wasserdichte Umhang noch an der Haut festfriert.«

RAYMO

Kutera

Raymos Galeone segelte von Norden her auf die gegnerische Flotte zu. Die Männer und Frauen waren auf ihren Stationen. Die Speerkatapulte hatten sie zum Zweck ihres Einsatzes alle vier vom Bug zum Heck verlegt. Sie waren voll besetzt. Die Munition lag bereit.

Raymo nahm ein Horn zur Hand und blies hinein.

»Warum?«, fragte Dasha.

»Um die Milaresen zu begrüßen«, erklärte er. »Sie sollen von Anfang an das Gefühl haben, dass wir uns nicht heranschleichen. Aber auch für Trimanu. Es ist das Zeichen für seine Trupps, ihre Positionen einzunehmen.« Nach achtern rief er: »Katapulte spannen und bestücken!«

Von den Kriegsgaleeren erschollen ebenfalls Hornstöße. Die riesigen Schiffe rührten sich nicht von der Stelle. Keine Anzeichen dafür, dass sie die Galeone Raymos der einstmals von Wenda Weeman zum Kapern ausgesandten Flotte zuordneten und damit als Gefahr einstuften.

Raymo ließ den Kurs so setzen, dass er auf die linke Seite der Flotte zuhielt, also auf die Seite zur offenen See. Er steuerte einen Platz nahe der äußeren Galeere an, um deutlich zu machen, dass er ihre Hoheit respektierte und außerhalb vor Anker gehen würde.

»Refft die Segel!«, rief er.

»Dann verlieren wir an Fahrt«, warnte Dasha.

Raymo nickte. »Sie müssen glauben, dass wir tatsächlich vor Anker gehen wollen.«

Die Segel wurden gerefft und die Galeone trieb im Schwung ihrer Anfahrt auf den Platz links der Flotte zu, dicht bei der äußeren Galeere. Er sah, dass das riesige Schiff die Speerkatapulte auf sie ausrichtete.

»Zunächst eine reine Sicherheitsmaßnahme«, sagte er zu Dasha, um sie zu beruhigen. Er sah deutlich, wie nervös sie war. Dass sie dennoch mit an Bord war, statt an Land zu bleiben, rechnete er ihr hoch an.

»Zunächst«, echote sie.

»Ja.« Kurz ehe die Galeone die Höhe der äußeren Galeere erreicht hatte, stieß Raymo ein zweites Mal in das Horn. Das war das Signal für die Mannschaft. Der Steuermann warf das Ruder herum. Die Männer und Frauen in den Masten ließen die Segel wieder fallen. Sämtliche Fackeln und Feuer wurden eilig gelöscht.

Die Galeone kurvte nach links – von der milaresischen Flotte weg. Die Segel fassten sofort den Rückenwind und blähten sich knatternd auf. Aber es würde noch einen Moment brauchen, ehe das Schiff dadurch wieder an Fahrt aufnahm. Das Heck der Galeone zeigte gleich darauf zu der nahen Galeere.

»Feuer!«, brüllte Raymo, und seine vier Katapulte jagten ihre Xallispeere auf den Gegner. Noch während sie in der Luft waren, rief er seinen Leuten zu: »Alle Mann in Deckung!«

Die Speere des Milaresen krachten auf ihr Deck nieder, zwei davon zerschmetterten ebenso viele ihrer eigenen Speerkatapulte. Damit hatte Raymo gerechnet, weshalb er dort nur ausreichend Xalli für die erste Salve gelagert hatte. Und die zündete jetzt gerade auf dem gegnerischen Schiff an deren Fackeln und Feuertöpfen.

Das zu brennen beginnende Schiff blieb auf Position. Die Mannschaft machte sich eifrig sofort an die Löscharbeiten. Aber zwei der anderen Galeeren setzten sich jetzt unter schnellen Trommelschlägen in Bewegung, um die Verfolgung der Galeone aufzunehmen.

Raymo eilte vor zum Bug und hielt Ausschau in die Finsternis vor ihm. Er brauchte die genauen Positionen der Karavellen. Gleich darauf kamen die vorher verabredeten, nur sehr kurz aufleuchtenden Signale. Raymo hoffte, dass die Verfolger sie nicht auch gesehen hatten, und ließ den Kurs korrigieren.

Die beiden Galeeren hinter ihnen setzten nun auch volles Tuch und nahmen noch schnellere Fahrt auf.

Raymo fluchte.

»Was ist?«, fragte Dasha.

»Sie kommen zu schnell zu nah! Wir sind gleich in Reichweite ihrer Bugharpunen.«

»Das bedeutet?«

»Das wollen wir besser nicht erleben.«

Doch sie erlebten es. Denn schon im nächsten Moment schlugen die Harpunen laut krachend in die Heckwand. Zwei Treffer hintereinander.

»Scheiße!«, rief Raymo und sprintete los. »Eine Axt!«, brüllte er. »Ich brauche eine Axt!« Einer der Männer warf ihm im Rennen seine Axt zu. Raymo fing sie auf. Im nächsten Moment lief ein Ruck durch das Schiff, und Raymo verlor das Gleichgewicht, wurde von den Füßen geschleudert. Er rappelte sich auf und rannte weiter. Noch bevor er die Heckreling erreichte, hörte er das quietschende Knarren der Harpunenseile, die unter voller Spannung standen, zwischen der Galeone und den beiden Galeeren, die sie geschossen hatten.

Raymo kletterte über die Reling und sprang auf eine der beiden eisernen Harpunen hinunter, die mit ihren Widerhaken tief im Holz der Rückwand steckten. Er hielt sich mit der Linken daran fest, während er begann, mit der Axt auf das armdicke Seil einzuschlagen. Der Strick war so fest gewickelt und dermaßen stark gespannt, dass die Axt nicht gleich griff, und Raymo spürte, wie die Galeone unter dem Zug der beiden Galeeren immer mehr an Tempo verlor. Er sah nach hinten und erkannte, dass die Galeeren ihre Ruder ins Wasser gesenkt hatten und dort hielten, um ihre Bremswirkung noch erheblich zu vergrößern.

Mit aller Kraft hackte Raymo auf den Strick ein. Erste Fasern lösten sich, boten der Klinge Raum, zu greifen. Raymo zielte konzentriert und hackte und hackte. Er hörte das Seil unter dem Zug jetzt noch lauter kreischen – wie ein Tier im Todeskampf. Als er es zur Hälfte durch hatte, ließ er davon ab; die Belastung würde den Rest erledigen, wenn er nur schnell genug auch das zweite Seil kappen konnte.

Er sprang auf den anderen Harpunenschaft und begann mit der Arbeit. Diesmal schnitt er mit der Klinge zuerst – hart und schnell –, um den Strick vorzuspleißen, ehe er hineinhackte. Die Seile schrien jetzt um die Wette. Hinzu kam das Knarren im Rumpf der ausgebremsten Galeone – die Spannung zwischen den voll geblähten Segeln und dem Zug der Harpunen.

Dann war der Strick durch. Wie eine Peitsche jagte er zu der Galeere zurück. Der zweite riss gleich darauf unter der Last. Die Galeone war frei, machte unter vollem Wind einen Satz nach vorn – so ruckartig, dass es Raymo beinahe von dem Harpunenschaft ins Meer geschleudert hätte.

»Ein Seil!«, hörte er Dasha von oben rufen. »Werft ihm ein Seil zu!«

Schon im nächsten Moment war das Seil da. Raymo steckte die Axt in den Gürtel und kletterte nach oben an Deck zurück. Die sehr viel leichtere Galeone nahm schneller wieder an Fahrt auf als die Galeeren, die ihre Ruder zum Bremsen benutzt hatten und sie jetzt erst wieder in Takt bringen mussten.

»Es könnte noch klappen!«, rief Raymo Dasha zu, während beide wieder zum Bug nach vorn liefen. »Macht die Fackeln bereit für das Signal!«, rief er. »Aber erst zünden, wenn ich es sage!«

Er schaute vor sich in die Finsternis, dann wieder nach hinten zu den beiden Galeeren, die allmählich wieder zu ihnen aufschlossen. An ihnen vorüber sah er zur Festung. Die Galeere, die sie zuerst angegriffen hatten, brannte noch immer. Die anderen beiden behielten ihre Position vor dem Fort.

Gut so, dachte Raymo grimmig. Dann rief er: »Die Fackeln! Jetzt!«

Die dafür eingeteilten Männer entzündeten am Bug und auf beiden Seiten der Galeone drei Fackeln, hoben sie über ihre Köpfe und schwenkten sie hin und her. Das war das Zeichen für die Karavellen.

Schon wenige Momente später tauchten die ersten beiden wie Geisterschiffe aus der Dunkelheit auf. Sie kamen ihnen an der Steuerbord- und an der Backbordseite entgegen. Raymos Galeone fuhr genau zwischen ihnen hindurch. Die Karavellen hatten ihre Speerkatapulte je an den Innenseiten des Manövers aufgebaut. Als sie nun also auf die beiden Verfolgergaleeren zuhielten und jeweils an ihren Außenseiten vorbeijagten, gaben sie ihnen ihre vollen Salven, ehe die Milaresen auch nur ansatzweise eine Chance hatten, ihre eigenen Waffen auf die neuen Angreifer auszurichten. Sofort fingen die Decks der beiden Galeeren Feuer.

In dem Moment tauchte die dritte Karavelle auf. Sie fuhr von Norden kommend zwischen Raymos Galeone und den beiden Galeeren hindurch, leerte dabei die Hälfte des Xallis, das sie an Bord hatte, in die See. Die beiden brennenden Galeeren wurden vom Schwung ihrer Fahrt genau hineingetrieben.

Raymo wartete gerade so lange, bis die dritte Karavelle außerhalb des Bereichs des von ihr gelegten Xalliteppichs war, bis er seinen Bogenschützen im Heck das Kommando gab: »Brandpfeile los!«

Zehn Mann jagten mit ihren Bögen ihre brennenden Pfeile im hohen Bogen hinüber zu dem Xalli, das um die beiden Galeeren herum sofort in Flammen aufging.

Das war das Zeichen für Häuptling Trimanu. Er würde jetzt zuerst mit seinen in Position liegenden Kriegern und Kriegerinnen die drei Außenlager der Milaresen angreifen und sofort im Anschluss daran die Festung – aus sicherer Entfernung mit Brandpfeilen auf das zum Land hin liegende Tor. Gerade genug, um die Milaresen im Fort vom dritten Teil des Plans abzulenken und sie daran zu hindern, mit ihren Speerkatapulten in das Geschehen auf dem Wasser einzugreifen.

»Kurs zurück zur Küste!«, brüllte Raymo, ohne sich weiter um das Schicksal der beiden Galeeren hinter ihm zu kümmern. Sie waren in den vom Wasser hochschlagenden Flammen ganz sicher verloren.

Die drei Karavellen hatten Befehl, so lange zu kreuzen, bis Raymos Galeone zu ihnen aufgeschlossen und Trimanus Attacke auf die Festung begonnen hatte. Dann – als von dort die ersten Flammen am Tor zu sehen waren – fuhren Raymos vier Schiffe in einer Südkurve auf die drei noch vor dem Fort liegenden Galeeren zu.

Ihr erstes Ziel war das bereits brennende Feindschiff. Sie deckten die Galeere mit ihren Katapulten mit weiteren Xallispeeren ein. Alle bisherigen Löschversuche der Milaresen waren damit zunichtegemacht. Das Schiff war endgültig verloren.

Die beiden übrigen Galeeren versuchten, sich auf Raymos Flotte auszurichten, um sie mit ihren Speeren und Harpunen abzufangen. Doch die Galeone und die Karavellen fächerten bereits auseinander und fuhren mit Rückenwind wieder auf die offene See hinaus.

Raymos Schiff legte dabei einen Xalliteppich aus und ließ ihn mit Brandpfeilen entzünden, um die Galeeren daran zu hindern, ihnen auf direktem Kurs zu folgen.

Eine der Galeeren wollte südlich darum herum kurven – und ging plötzlich in grellen Flammen auf.

»Was war das?«, fragte Dasha überrascht.

»Trimanus Leute«, sagte Raymo. »Ein Trick, den wir schon bei unserer ersten Begegnung mit den Milaresen hier in Kutera angewandt haben: ein Netz aus schwimmenden, miteinander verknüpften Ziegenlederschläuchen voller Xalli. Trimanus Leute haben es in dem Chaos unbemerkt ausgelegt, nachdem wir die Stelle passiert haben, und es jetzt mit Brandpfeilen entzündet.«

Die letzte der Galeeren tat ebenfalls genau das, womit Raymo gerechnet hatte: Sie wollte fliehen, setzte Kurs Nordost.

Raymo setzte sein Horn an den Mund und stieß dreimal laut hinein. Die Jagd konnte beginnen. Dieses Schiff wollte er nicht zerstören, dieses Schiff wollte er kapern!

ASH

Svarna'Duipa – Xumi Shan

Ash lag halb bewusstlos mit dem Gesicht nach unten auf dem schuppigen Bauch des Drachen. Die Rippen schmerzten höllisch, und das Atmen fiel ihm schwer. Jetzt, da er den magischen Speer nicht mehr in seinen Händen hielt, fühlte er sich zum ersten Mal seit vielen Wochen wieder schwach und verletzlich. Er schmeckte Blut; er hatte sich beim Aufprall auf die Zunge gebissen. Unter sich hörte er das mächtige Herz des Drachen schlagen … schwach … stolpernd. Voller Grauen spürte Ash, wie er an der Seite berührt wurde, von etwas Großem. Es war die Klaue des Drachen, die ihn – behutsam oder kraftlos – auf den Rücken drehte.

»Ist dir etwas passiert?«, dröhnte die Stimme des Drachen – keuchend und nach Atem ringend. »Hast du dir bei dem Sturz was gebrochen?«

Ash schaute nun rückwärts nach oben in das finstere Gesicht des Monsters, das dicht über ihm schwebte. Der schwache Schein des Vulkans weit über ihnen im Loch der oberen Decke war die einzige Lichtquelle. Ash tastete nach seinen Rippen, bewegte die Beine und die Arme. »Ich glaube, nein«, sagte er schließlich.

»Gut«, sagte der Drache mit einem erleichterten Seufzen. »Denn nur du kannst mich von meiner Qual erlösen. Also hol dir den Speer wieder und tu endlich, wozu du hier bist.«

»Ich kann nicht«, sagte Ash.

»Was meinst du mit ›Ich kann nicht‹? Du musst!«

Ash schüttelte den Kopf. »Nein. Es liegen bereits viel zu viele Leichen auf meinem Weg.«

»Erlöschende Funken in einem Schwarzen Sturm«, sagte der Drache. »Unwichtig im großen Spiel der Welt.«

»Niemand ist unwichtig«, widersprach Ash. »Niemand ist nur ein Funke im Sturm.«

»Du vergisst, du sprichst mit einem Gott!«

»Ich habe nicht vergessen, mit wem ich spreche«, stellte Ash klar. »Dass du ein Gott bist, gibt dir nicht das Recht …«

»DASS ICH EIN GOTT BIN, GIBT MIR JEDES RECHT!«, brüllte der Drache plötzlich so laut und wild, dass Ash von seiner Brust geweht wurde wie von einer heißen Sturmböe – und zwischen den Hinterbeinen des Drachen auf dem harten Steinboden landete. Er schlug mit dem Kopf auf, und ihm wurde schwindlig. Eilig krabbelte er auf allen vieren so weit davon, dass er das Gesicht des Drachen wieder sehen konnte.

»Es gibt mir vor allem das Recht«, fügte der Drache hinzu – sehr viel leiser diesmal, »endlich ewige Ruhe zu finden.«

»Wenn es ewige Ruhe ist, die du suchst, warum musstest du dann zuvor noch die Welt in Dunkelheit stürzen?«

»Du verstehst nicht, Mensch«, erwiderte die Kreatur. »Und es spielt auch keine Rolle, dass du verstehst. Alles, was eine Rolle spielt, ist, dass du dein Schicksal erfüllst.«

»Ich entscheide, was mein Schicksal ist«, entgegnete Ash. »Ich ganz allein. Kein Gott! Es muss einen anderen Weg geben. Ihr seid Brüder … Ihr habt einander einmal geliebt.«

»Du maßt dir an, über Dinge zu urteilen, die dein Vorstellungsvermögen weit, weit übersteigen, Mensch. Hör auf, ganze Ewigkeiten verstehen zu wollen und ihre Mechaniken.«

»Oh, ich denke, ich verstehe ganz gut. Du …«

»Tust du nicht!«, unterbrach der Drache ihn grollend. »Ganz gleich, was du dir einbildest, du glaubst nur, dass du verstehst. Vor allem aber glaubst du, dass die Rolle, die du zu spielen hast, dir das Recht gibt, ein Urteil zu fällen … und den Spielraum zur Entscheidung, die Dinge anders zu handhaben, als die Vorsehung sie bestimmt. Doch du bist nicht weniger ein erlöschender Funke im Schwarzen Sturm als all diejenigen, deren Leichen deinen Weg pflastern.«

»Das ergibt alles keinen Sinn«, stieß Ash wütend hervor. »Wenn du von der Vorsehung sprichst, dann wusstest du doch, wie der Kampf ausgeht. Und wenn es meine Rolle sein soll, dich zu töten … oder zu erlösen, dann …«

»SCHWEIG, DU WURM!«, brüllte der Drache, und Ash wurde von der Gewalt der Stimme erneut von den Füßen gerissen. »ICH HABE DIR GESAGT, DASS DU ES NICHT VERSTEHST, ALSO BAU DICH JETZT NICHT VOR MIR AUF UND WÜTE DARÜBER, DASS ES FÜR DICH KEINEN SINN ERGIBT!« Er schnaubte – von seinem Zornausbruch noch erschöpfter als schon zuvor. »Du wiederholst nur, was ich bereits gesagt habe! Also, hol den verfluchten Speer und mach ein Ende.«

Ash kletterte wieder auf die Füße hoch. »Nein!«, sagte er und verschränkte die Arme vor der Brust. »Wenn du unbedingt sterben willst, dann such dir einen anderen, der dir den Gefallen tut.«

»Damit verurteilst du die Welt zum Tod.«

»Nein. Das hast du getan, Drache. Und ich lasse mich weder von dir noch von deinem Bruder zum Mörder machen, nur um deine Schuld zu sühnen. Außerdem: Wenn die Vorsehung, wie du es nennst, keine Achtung vor dem Leben hat und alles Leben nichts weiter ist, als – wie du es nennst – ein erlöschender Funke im Schwarzen Sturm, dann ist es ohnehin besser, dass diese Welt untergeht. Besser, dass die wenigen, die noch leben, jetzt ihr Ende finden, statt dass Unzählige mehr – Millionen, die erst noch geboren werden würden – in einer möglichen Zukunft die grausame Willkür und den nie endenden Schmerz erfahren, die ihr Götter sie in eurem Ewigen Spiel rücksichtslos immer und immer wieder erleiden lasst. Ja, es soll enden. Alles! So schnell wie möglich. Ein für alle Mal.«

»Wohl gesprochen, kleiner Champion«, sagte der Drache. »Wenn auch hoffnungslos verdreht. Aber was will man von deinesgleichen auch erwarten? Ein Schicksal, das dem Leben dient? Vielleicht gar euch Menschlein? Und da nennt ihr die Götter anmaßend. War das dein endgültiges Wort in der Sache? Du wirst mich nicht töten? Mich nicht erlösen?«

»Genau. Das war mein letztes Wort«, sagte Ash eisern.

»DANN STIRB!«, schrie der Drache plötzlich, richtete sich unter großen Schmerzen auf und spie Ash seinen heißen Atem entgegen.

Wieder wurde Ash von den Füßen geschleudert – weiter diesmal. Er rutschte durch den klebrig modrigen Staub von Jahrhunderten, bis er rückwärts gegen eine Säule krachte und das Gefühl hatte, das Rückgrat würde ihm vorn zur Brust herauskrachen.

Der Drache griff an!

Er bewegte sich aufgrund seiner vielen Verletzungen schwerfällig. Eines seiner Vorderbeine war gebrochen und er humpelte. Auch beide Flügel waren gebrochen, die ledrigen Flughäute zerrissen, und sie hingen schlaff zu seinen Seiten herab, schleiften über den Boden, noch mehr Staub aufwirbelnd.

Ash sah den gigantischen Kopf mit dem weit aufgerissenen Maul auf sich zuschnellen wie den einer riesigen Schlange beim Biss. Er rollte sich gerade noch weg, sprang auf und zur Seite davon. Dort, wo er eben noch gelegen hatte, zertrümmerte der Drache die Säule mit der Schnauze. Ein weiterer Teil der Decke stürzte ein.

Ash rannte um sein Leben. Er konnte kaum die Hand vor Augen sehen, und er hatte nicht die geringste Ahnung, wohin er laufen sollte … auf welchem Weg er aus diesem tiefen Keller entkommen konnte.

Er konnte den heißen Atem des Drachen in seinem Nacken spüren, hörte, wie das Monster hinter ihm eine weitere Säule rammte und krachend umstieß.

Ash schlug Haken und änderte immer wieder die Richtung, bis seine Lungen brannten. Er erreichte eine Wand, musste kehrtmachen – an dem Drachen vorbei, der nach ihm biss und ihn gerade so verfehlte.

»Warum rennst du davon, Menschlein?«, brüllte der Drache. »Du sehnst das Ende der Welt herbei? Ein Ende der Qual und des sinnlosen Leids? Dann bleib stehen und begrüße die Erlösung durch den Tod mit offenen Armen!«

Es traf Ash wie ein Schlag: Der Drache hatte recht. Wozu noch rennen? Wieso noch weiter fliehen? Wenn er sich dem Ende nicht entgegenstellen wollte, ergab es auch keinen Sinn, davor davonzulaufen – es unnötig hinauszuzögern.

Ash blieb stehen – und drehte sich um.

»So sei es!«, rief er dem Drachen entgegen, der ungebremst auf ihn zugestolpert kam.

Plötzlich wurde es strahlend hell. Etwas kam auf die beiden zugerast – und im nächsten Moment spürte er etwas in seiner rechten Faust. Vibrierend und singend.

»Nein!«, rief Ash noch verzweifelt – doch der Speer in seiner Hand hörte nicht auf ihn. Lugnir brüllte dem Drachen einen grell strahlenden Feuerblitz entgegen.

LIZIA

Dunuum

Sie hatten nur kurz in Mogontia Rast gemacht. Gerade lang genug, um die Flöße fertigzustellen und Ausrüstung und Proviant aufzuladen. Obwohl sie noch lange wach gelegen und sich um den Ausgang ihres Feldzugs gesorgt hatte, war es Lizia dank der völligen Erschöpfung dennoch gelungen, ein paar Stunden tief und erholsam zu schlafen. Ihre Kleidung war vor dem Kamin völlig getrocknet; es war eine Wohltat gewesen, in die noch warmen Sachen zu schlüpfen. Sie hatte Abstand davon genommen, mit den Arls und Mayra zusammen in ak Callevas Speisesaal zu frühstücken, und hatte stattdessen direkt in der Burgküche ihre Fischsuppe getrunken. Ak Calleva hatte ihr außerdem einen kleinen Topf Honig aus seinen Reserven von vor dem Weltendonner bringen lassen. Lizia hatte nur ein paar Finger voll davon zusammen mit dem Fleisch einer geräucherten Makrele genascht und den Topf für später in ihrer Umhängetasche verstaut.

Caradoc ak Tageltin hatte sich zu ihr gesellt.

»Ich hasse es, das zu fragen, aber glaubt Ihr wirklich, Ihr habt die richtige Entscheidung getroffen, Lizia?«

»Die Frage stellt sich nicht, lieber Caradoc. Es war die einzig realistische.«

»Ich weiß. Es fühlt sich nur falsch an.«

»Macht Ihr Euch Sorgen um Twyddyn oder um mich?«

»Um beide. Und um meinen Freund Harwee.«

»Ihr wisst doch: um Harwee muss man sich keine Sorgen machen. Er formt die Dinge nach seinem Willen.«

»Ja, das tut er wohl. Aber was ist mit Euch?«

»Ich werde mein Glück in Kutera versuchen.« Sie hatte unwillkürlich gelacht. »Da sind trotz der Bedrohung durch Milara wesentlich weniger Menschen unterwegs, die meinen Kopf wollen, nur weil ich die Tochter meines Vaters bin.«

Ak Tageltin hatte in ihr Lachen eingestimmt. »Fluch und Segen der Geburt. Ich habe mich oft gefragt, wie mein Leben mit meinen – sagen wir einmal: speziellen – Vorlieben verlaufen wäre, wäre ich als der Sohn eines einfachen Fischers geboren … Doch das sind müßige Gedanken. Ich hoffe, Ihr findet in Kutera Euer Glück.«

»Ja, das hoffe ich auch. Sehr! Aber das wird schon. Ich bin nicht sehr anspruchsvoll, wisst Ihr.« Dann waren sie aufgebrochen.

Am Ufer herrschte ein auf seltsame Weise geordnetes Chaos. Es regnete immer noch in Strömen. Die Flöße waren zu Wasser gelassen worden. Dutzende hölzerne Plattformen, halb so groß wie Speisesäle. Die Pferde wurden über Rampen darauf geführt und an stabilen Seitenzäunen angebunden. Nicht wenige scheuten, einige brachen aus, trampelten Soldaten nieder und ertranken in den immer reißender werdenden Fluten. Schiffe und Boote wurden zu Ende beladen. Lizia wurde auf einem Kahn mit winziger Kajüte untergebracht. Ak Murid, ak Calleva, ak Tageltin und ak Nidum hatten ihr jeweils vier Mann als persönliche Leibgarde zur Seite gestellt.

Ak Sokay kam zu ihr an Bord.

»Ihr bleibt während der Schlacht auf dem Wasser.«

»Das werde ich nicht!«

»Das werdet Ihr! Keine Diskussion.«

»Ich bin …«

»… nicht länger meine Königin«, erinnerte er sie. Die Harschheit seiner Worte war durch die Wärme in seinem Blick gedämpft. »Ihr bleibt an Bord. Ich muss wohl oder übel damit leben, Euch an Kutera zu verlieren. Ich werde nicht damit leben, Euch an den Tod zu verlieren. Ich werde Euch umgehend holen lassen, sobald der Palast in unserer Hand ist.«

Sie holte Luft, um zu widersprechen – dann aber nickte sie.

Ak Sokay wandte sich an ihre zwölf Paladine. »Ihr habt es gehört: Prinzessin Liziana bleibt unter allen Umständen mit dem Kahn auf dem Wasser. Sollte sie euch andere Instruktionen geben wollen, verweigert ihr sie. Das ist mein Befehl. Wer ihm zuwider handelt, verliert seinen Kopf. Verstanden?«

Die Männer nickten ihren Gehorsam, und Lizia wusste, dass sie in der Sache nichts mehr zu melden hatte. Sie war hin- und hergerissen, ob sie sich nun sicherer oder hilflos fühlte.

Ak Sokay legte ihr die Hand an die Wange. »Wir sehen uns nach der Schlacht.«

»Nach der Schlacht«, echote sie und widerstand dem Drang, ihm vor den Augen der Soldaten um den Hals zu fallen.

Hier, wo der Rahn noch sehr viel schmaler war als in Dunuum, war die Strömung auch um einiges stärker. Die Schiffe und Flöße rasten mit unglaublicher Geschwindigkeit mit den schwarzen Fluten dahin. Wind und Regen peitschten Lizia ins Gesicht, dennoch blieb sie draußen auf Deck. In beide Richtungen war der Fluss von Ufer zu Ufer angefüllt mit auf den Fahrzeugen brennenden Fackeln. Ganz in der Nähe sah Lizia eines der Flöße gegen einen aus dem Wasser ragenden Felsen prallen und zersplittern. Die nachkommenden Kähne und Boote versuchten noch, wenigstens die Soldaten zu retten, doch die Strömung war zu stark, um abzubremsen, und mehr von den Männern wurden von den heranrasenden Rümpfen zerschmettert. Nur wenige wurden sicher an Bord geholt.

Bei dem hohen Tempo kamen sie schon bald zu den Ländereien von ak Salin. Das Nordostufer war hell erleuchtet von den Lichtern auf den neu zu ihnen stoßenden Schiffen und Flößen. Erneut kam es zu Unfällen. Boote wurden gerammt, Flöße kippten um.

»Fick dich, ak Salin, du verdammter Hurensohn!«, knurrte einer der Soldaten neben Lizia. »Statt zu warten, bis wir alle vorüber sind, muss er natürlich versuchen, seine Boote mit an die Spitze der Flotte zu bringen.«

Dennoch wuchs die Flotte enorm an. Sie erstreckte sich jetzt von Horizont zu Horizont.

Bei den Ländereien von ak Glevy befürchtete Lizia, dass sich das katastrophale Spektakel wiederholen würde. Aber die neue Flotte wartete geduldig, bis sie alle vorüber waren, ehe sie von hinten her aufschloss. Offenbar hatte ak Glevy die klügeren Kapitäne.

Bald darauf tauchte im Südosten ein Schimmer am Horizont auf. Er war trotz der Lichter auf dem Wasser so hell, dass Lizia es im ersten Moment für die Morgendämmerung hielt, die sie nun schon seit so langer Zeit vermisste. Doch dann erkannte sie es als das, was es war: Dunuum! Nervöse Anspannung machte sich in ihr breit.

Der Fluss war inzwischen merklich breiter geworden, die Strömung wesentlich schwächer. Die Flöße der Reitereien liefen das linke Ufer an. Lizias Kahn ging – wie alle anderen Schiffe und Boote, die nichts zu entladen hatten – in der Flussmitte vor Anker.

Allein schon die unglaubliche Menge an Flößen machte das Manöver zu einer heiklen Sache. Doch die Armee hatte aus der Katastrophe bei ak Salin gelernt und ging nun geduldiger voran. Sobald eines der Flöße an Land und entladen war, wurde es aus dem Wasser gezogen, um Platz zu machen für die nachkommenden.

Es würde mehrere Stunden dauern, bis alle Pferde, ihre Reiter und die Waffen und Ausrüstung an Land waren. Stunden, in denen Lizia nichts anderes tun konnte, als sich in die Kajüte zurückzuziehen und sich ein wenig zu trocknen und auszuruhen. Sie naschte von dem Honig, den sie mitgenommen hatte, und ließ sich dann vom Schwanken des Kahns in den Schlaf lullen.

Lizia wurde vom Schall der Kriegshörner geweckt. Das Signal zum Aufbruch – für die Schiffe wie auch die Reiterei. Der Überfall auf Dunuum begann. Und Lizias einzige Rolle darin würde die sein, auf ihrem Kahn zu warten, bis alles vorüber war.

Als sie nach draußen auf das Deck kam, sah sie, dass die Fackeln und Feuer auf den Schiffen und Booten gelöscht waren – sie würden aus dem Dunkel heraus über die Häfen der Stadt herfallen wie Fledermäuse aus dem Herzen der Nacht.

Auf den letzten paar hundert Schritt Entfernung lenkte der Kapitän Lizias Kahn weg von der Flotte in die Flussmitte. Sie sah über die Backbordreling hinweg die Schatten ihrer Flotte im Licht der schlafenden Stadt … wie die Schiffe lautlos auf das langgestreckte Ufer zusteuerten … hörte, wie im letzten Moment doch der eine oder andere Wachsoldat an der Hafenmauer ihrer gewahr wurde und in sein Horn stieß – viel zu spät. Lizia beobachtete, wie die Männer von den Schiffen und Booten sprangen und jeden niedermetzelten, der sich ihnen in den Weg stellte. Sie hörte das Klirren von Stahl und die Todesschreie über das Wasser hinweg.

Auch die wenigen Schiffe der Königlichen Marine, die im Hafen lagen, wurden überfallen wie von hungrigen Schwärmen Heuschrecken. Zwei der Tore in der Stadtmauer, die Lizia von hier aus sehen konnte, standen offen – so sicher hatte Rielle sich durch das Bündnis mit Milara gefühlt –, die anderen beiden waren im Handumdrehen durch mitgebrachte Rammen aus den Angeln gebrochen. Doch ein Großteil der Rebellenarmee drang über die Kupferberghöhlen nach Dunuum ein.

Lizia sah Feuer ausbrechen – am Hafen und weiter im Stadtinnern. Kurz darauf brannte es auch beim und dann im Königlichen Palast. Die Soldaten an ihrer Seite jubelten, und auch Lizia spürte Erleichterung.

Sie entdeckte weiter flussabwärts einige kleinere Schiffe, die aus der Stadt flohen, und hoffte inständig, Rielle war nicht unter den Fliehenden.

Relativ rasch wurde es von der Stadt her wieder ruhiger – der Kampflärm nahm ab.

»Rielles Armee hat die Waffen gestreckt«, vermutete einer ihrer Soldaten.

»Sie haben begriffen, dass ihre Lage aussichtslos ist«, sagte ein zweiter.

»Gut«, sagte Lizia leise. Je weniger Menschen bei der Machtübernahme ums Leben kamen, desto besser!

Die Brände in Dunuum verloren durch den anhaltenden Regen schnell wieder an Kraft, wurden weniger. Der Kampflärm war bereits vor geraumer Zeit abgelöst worden von Jubelrufen, Gesang und sogar Musik. Die eben noch umkämpfte Stadt hatte bereits angefangen, den Sieg der Rebellen über die Tyrannin zu feiern.

»Ich denke, es ist jetzt sicher genug, hinüberzufahren«, sagte Lizia.

Die Soldaten und auch der Kapitän des Kahns schüttelten die Köpfe.

»Ich bedaure, Hoheit«, sagte einer der Männer, »aber der Befehl von Arl ak Sokay war eindeutig.«

Sie seufzte tief. Da sah sie, wie im Hafen einer der größeren Flusskähne ablegte und unter hellem Fackelschein auf sie zuruderte.

»Harwee«, sagte sie leise, erleichtert, als sie ihn im Bug des Schiffs stehen sah.

Der Regen klebte ihm das lange Haar an den Kopf, aber es schien ihm nicht das Geringste auszumachen. Sein Gesicht leuchtete im Triumph. »Die Stadt und der Thron gehören uns!«, rief er ihr schon von weitem zu, und die Soldaten auf Lizias Kahn stießen Jubelrufe aus. »König Vas'Ko konnte jedoch leider mit seiner Leibwache entkommen.«

Lizia erinnerte sich an die fliehenden Schiffe, die sie gesehen hatte. »Rielle?«, fragte sie. »Ist sie auch entkommen?« Falls das der Fall war, war die Rebellion noch lange nicht zu Ende.

»Nein«, rief ak Sokay. »Wir haben sie in unserer Gewalt!«

Die Kähne dockten aneinander und ak Sokay sprang zu Lizia hinüber. »Wir haben sie«, sagte er noch einmal und winkte zu seinem Boot hinüber. Dort tauchten jetzt Arl ak Murid und Arl ak Calleva auf. In ihrer Mitte führten sie Rielle.

»Wir haben sie hierher zu Euch gebracht«, sagte ak Sokay, »ehe ak Salin oder ak Glevy ihrer habhaft werden und die ganze Sache vielleicht noch mit einem ihrer schrägen Händel verderben konnten.«

Rielles sonst so ordentliches Haar war zerzaust und klatschnass. Ihr Kleid war an vielen Stellen zerrissen. Man hatte sie geknebelt. Sie funkelte Lizia hasserfüllt an, während ak Murid und ak Calleva sie über die Reling hoben und auf den Kahn brachten.

»Wir haben abgesprochen, dass Ihr über ihr Schicksal entscheiden solltet«, sagte ak Calleva.

Lizia sah in Rielles Augen, sah die Empörung darin, die Verachtung. Aber sie sah auch noch etwas anderes. Sie sah, wie Rielle ihren gemeinsamen kleinen Bruder Edwn mit der Gabel erstach, mit der sie ihn eben noch gefüttert hatte … sie sah die zahllosen Toten, die Rielles Rache in der Blutnacht zum Opfer gefallen waren – darunter ihre Tante Cassia – … sie sah die Wanne im Saal des alten Arl ak Enwyggen, die für Lizias Blut vorgesehen war und in der Rielle bereits so viele Male im Blut unschuldiger Mädchen gebadet hatte … sie sah sich selbst mit der Ledermaske auf dem Gesicht in der Ecke der Turmkammer kauern und sich vor Verzweiflung die Adern öffnen …

»Haltet sie fest«, sagte Lizia leise. »Haltet sie gut fest.«

Ak Murid und ak Calleva packten Rielle noch fester an den Armen. Rielle begann, sich zu wehren. Doch die Männer waren zu stark.

»Euren Dolch, Harwee«, forderte Lizia. »Den schärfsten, den Ihr besitzt.« Ohne das Gesicht ihrer Schwester aus den Augen zu lassen, streckte sie ak Sokay die offene Hand entgegen. Sie schloss die Faust um den Griff, als er ihr den Dolch hineinlegte.

Lizia sah, wie Rielle angefangen hatte zu schnaufen – so heftig, dass ihr eine Rotzblase aus dem einen Nasenloch stieg. Ihre Augen waren geweitet – vor Zorn und Angst zugleich. Rielle trat nach ihr, Lizia wich aus.

»Wirklich gut festhalten«, forderte sie von den beiden Arls an Rielles Seite. Sie stellten ihre schweren Stiefel auf Rielles kleine Füße.

Lizia setzte die Spitze des Dolchs an Rielles Kleid, in die Mitte, dicht unter ihren Brüsten. Mit einem Ruck stieß sie zu, aber nicht zu tief. Rielle schrie unter dem Knebel auf, wand sich im eisernen Griff der Arls – vergeblich.

Lizia begann zu schneiden – vom Brustbein den Bauch entlang nach unten. Rielles Augen verdrehten sich vor Schmerz, ihre Schreie waren jetzt so laut, dass selbst der Knebel sie nicht mehr dämmte. Blut floss daran vorüber aus ihrem weit aufgerissenen Mund. Auch die Rotzblase färbte sich jetzt rot.

Lizia reichte ak Sokay den Dolch zurück – wieder, ohne Rielle aus den Augen zu lassen. Sie griff mit beiden Händen an den

Schnitt, den sie ihr gerade zugefügt hatte, teilte ihn, machte ihn weiter … senkte ihre Finger hinein, ihre Hände … bis sie Rielles warme Eingeweide spürte.

Rielle strampelte – zu stark, als dass die beiden Arls zum Halten noch genügten. Zwei Soldaten sprangen von hinten herbei, um ihnen beim Festhalten zu helfen.

Lizias Finger schlossen sich um die Eingeweide wie die Krallen eines Seeadlers. Mit einem Ruck riss sie die Hände wieder nach draußen, aus Rielles Bauch – zusammen mit allem, was sie in ihren Fingern hielt. Der Geruch von Scheiße stieg ihr in die Nase. Rielle schrie jetzt so laut, dass Lizia glaubte, ihr müssten gleich die Trommelfelle platzen. Sie ließ die Gedärme los und auf das nasse Deck klatschen.

Dann griff sie wieder in die Bauchhöhle – nur mit der Rechten diesmal. Ihre Finger fanden das jagend pochende Herz. Sie umklammerte es – und griff dann mit aller Kraft zu!

Ein Schauer lief durch Rielles schlanken Leib, während Lizia immer fester zudrückte und ihre Fingernägel in den pulsierenden Muskel grub. Rielle bäumte sich noch einmal in den Armen der Männer auf, warf den Kopf weit in den Nacken, gab einen letzten Schrei von sich und sackte schließlich zuckend in sich zusammen.

Lizia nahm die blutverschmierte Hand vom jetzt stillen Herz ihrer Schwester und fasste damit Rielle ins Haar – hob ihren Kopf, der nach vorn gesackt war und sah ihr in die noch immer weit aufgerissenen, aber jetzt leblosen Augen.

»Werft sie über Bord«, sagte sie leise und wischte sich die Hände an ihrem nassen Umhang ab.

Ohne zu zögern, verfrachteten Arl ak Murid und Arl ak Calleva Rielle samt ihrer nachschleifenden Eingeweide zur Reling und warfen sie in den Rahn.

Lizias Blick fand ak Sokays Augen – und sie war nicht sicher, ob sie darin Bewunderung las oder nacktes Entsetzen. Es spielte keine Rolle.

RAYMO

Kutera

Raymos Flotte nahm die letzte der Galeeren von allen Seiten in die Zange. Oberstes Ziel, aber auch die größte Herausforderung war, das Schiff bei der Übernahme so wenig zu beschädigen wie nur möglich. Es künftig mit bei der Verteidigung Kuteras einsetzen zu können, wäre von unschätzbarem Wert, besonders wenn man die Speerkatapulte und Harpunen mit dem Xalli verstärken würde. Jedoch nah genug an den wehrhaften Riesen heranzukommen, um ihn entern zu können, war alles andere als eine einfache Sache.

Das Eröffnungsmanöver hatte Raymo zuvor mit den Kapitänen der Karavellen bis ins kleinste Detail mehrfach abgesprochen, um sicherzustellen, dass es auch von Erfolg gekrönt war, bei so wenig eigenen Verlusten wie nur möglich.

Die erste Karavelle, die aus dem Kampf davor noch die Speerkatapulte alle auf der rechten Seite hatte, fuhr der Galeere aus Nordosten entgegen, lenkte scharf auf ihre Steuerbordseite zu. Fast gleichzeitig kurvte von Südosten die zweite Karavelle heran – die ihre vier Speerkatapulte auf der Backbordseite hatte. Die Aufgabe der beiden war, die Galeere direkt hintereinander zu passieren und dabei zu versuchen, sämtliche ihrer Steuerbordballistas zu zerstören. Damit würden sie den vollen Beschuss der Galeere auf sich ziehen – aber auch das war ein Teil des Plans.

Während sie das Manöver einleiteten, kam Raymo mit seiner Galeone im Schutz der Dunkelheit von Norden her auf die Galeere zu.

Die beiden Karavellen kamen in Schussreichweite … die Galeere war gezwungen, ihre Steuerbordgeschütze auf zwei Gegner gleichzeitig auszurichten. Die Karavellen jagten ihre Speere los … die Galeere ebenfalls. Hüben und drüben wurden Speerkatapulte zerfetzt … aber auch verfehlt. Für Raymo war das im Moment einerlei. Wichtig für seinen Teil des Plans war nur, dass auf der Steuerbordseite der Galeere die verbliebenen Ballistas leergeschossen waren und erst neu gespannt und geladen werden mussten. Denn er fuhr mit seiner Galeone jetzt aus dem Dunkel auftauchend sehr viel dichter an der Galeere vorüber als die beiden Karavellen. Dicht genug, um mit dem Rumpf der Galeone sämtliche Ruder der Steuerbordseite der Galeere im Vorbeifahren zu zertrümmern und sie damit bis auf die Segel manövrierunfähig zu machen. Mit Ausnahme von Raymo selbst am Steuer und drei Männern, die ihn und sich selbst mit verstärkten Schilden vor dem Pfeilbeschuss schützen, der vom Deck der Galeere auf sie herabhagelte, war der Rest der Mannschaft unter Deck.

Raymo hörte die Ruder bersten … und die Schreie der Männer auf den Decks, die im Innern des feindlichen Schiffes von den durch den Aufprall herumwirbelnden Ruderschäften erschlagen wurden.

Sobald Raymo die Wand der Galeere passiert hatte, kam die dritte Karavelle ins Spiel: Sie hatte ihre vier Ballistas am Bug und fuhr von Osten her bis auf Schussweite frontal auf die Steuerbordseite der Galeere zu. Sie hatte ausreichend Zeit gehabt, deren noch nicht zerstörte Speerkatapulte ins Visier zu nehmen, und schickte jetzt ihre Salve los, während ihre beiden Schwestern, die jeweils einen engen Kreis gefahren hatten, bereits wieder herankurvten und gleich darauf ebenfalls noch einmal zwei volle Salven auf das Deck der Galeere jagten. Die Ballistas auf der Steuerbordseite des Milaresen waren damit allesamt zerstört.

Inzwischen kamen auf Raymos Galeere alle Mann wieder an Deck. Außer seiner ursprünglichen Besatzung aus Twyddyanern und Kuteranern hatte er noch die zweihundert Kriegerinnen und Krieger Trimanus aus dem Höhlenversteck mitgebracht. Die eine Hälfte von ihnen war mit Pfeil und Bogen bewaffnet und kletterte in die Wanten und auf die Maste nach oben. Die andere Hälfte trug neben ihrer normalen Bewaffnung lange Stricke mit Enterhaken.

Auch Raymos Galeone war einen Kreis gefahren und kam jetzt wieder dicht am Rumpf der Galeere an. Während die drei Karavellen den Beschuss der Steuerbordreling mit ihren Speerkatapulten fortsetzten, begannen auch Raymos Bogenschützen damit, eine Salve nach der anderen hinaufzufeuern, um die Milaresen mit ihren Bögen und Armbrüsten auszuschalten und in Deckung zu zwingen.

Die Enterhaken wurden geworfen und Raymo und seine Leute kletterten an den Seilen nach oben. Sobald sie die obere Kante der Bordwand erreicht hatten, stellten die Karavellen den Beschuss mit den Speerkatapulten ein. Die Bogenschützen von der Galeone jedoch setzten ihren Beschuss weit ins Innere des Decks noch so lange fort, bis Raymo und seine Krieger sicher oben angelangt waren und sofort die Schilde von ihren Rücken nahmen.

Augenblicklich ließ Raymo die Männer und Frauen einen Wall aus Schilden bilden, um die von unten nachrückenden Kameraden zu sichern.

Das Deck der Galeere bot bereits jetzt ein Bild des Grauens. Dutzende toter Milaresen lagen verstreut, von Speeren zerschossen und Pfeilen durchbohrt.

Jenseits der Masten hatte sich die milaresische Infantrie auf der Backbordseite gesammelt. Gut zweihundert Mann hinter Schilden und Speeren. Hinter ihnen Bogenschützen, die sofort einen Hagel Pfeile nach dem anderen auf sie jagte. Raymo wartete im relativen Schutz der eigenen Schilde gerade so lange, bis die dritte Welle seiner Leute an Bord war, dann stürmte er mit einem lauten Aufschrei los.

Er führte seine Krieger in Keilformation ins Zentrum der gegnerischen Schildwand. Statt seines Schwertes führte Raymo eine kurzschaftige Doppelblattaxt, hieb damit die gegen ihn gerichteten Speerspitzen beiseite und wuchtete sich mit dem Schild in die feindlichen Reihen, die Axt nach links und rechts tanzen lassend wie einen Blitz aus Stahl. Er spaltete Gesichter und Helme, Schultern und Nacken. Schon nach wenigen Atemzügen war er über und über mit dem Blut der Feinde bedeckt.

Dasha war direkt hinter ihm. Schon im Anlauf in Raymos Deckung hatte sie ihren Schild fallen lassen und ihr zweites Sichelschwert gezogen. Sie stach und hackte damit jeden nieder, der Raymo in den Rücken fallen wollte.

Sie durchbrachen die Schildwand komplett, und im sicheren Vertrauen darauf, dass ihre Kameraden sie rückwärtig deckten, fielen sie über die Bogenschützen her, während unten die drei Karavellen an die Galeone dockten und deren Mannschaften zusammen mit den kuteranischen Bogenschützen nun ebenfalls über die Enterseile auf das Deck der Galeere geklettert kamen.

Der Rest war blutiges Schweigen. Sie kämpften sich vom Oberdeck aus zu den unteren Decks durch und ließen nicht einen der Milaresen am Leben, wohl aber die Sklaven an den Rudern, die den Kampf überlebt hatten.

Anschließend befreiten sie die Leichen von ihren Rüstungen und Waffen und warfen sie über Bord. Raymo befahl gerade so viele Leute auf die Galeone und die Karavellen zurück, um sie von der Galeere freizufahren, nachdem sie einigen Vorrat an Xalli auf das eroberte Schiff gebracht hatten. Er ließ in den Unterdecks die Hälfte der Ruderer zusammen mit ihren Riemen von der Backbordseite auf Steuerbord umziehen und fuhr gleich darauf rückwärts zu der Festung zurück, während er die Speere sämtlicher Ballistas auf der Backbordseite mit Xallischläuchen bestücken ließ.

Die Einnahme der Festung war jetzt ein Kinderspiel. Wenn auch ein grausames.

Raymo ließ sie mit den Xallispeeren beschießen, so dass gleich darauf die gesamte Seeseite des Forts hell lodernd brannte. Dann lenkte er die Galeere um – mit dem Bug zum Tor hin – und jagte die Harpune in einen der Flügel.

»Volle Kraft zurück!«, befahl er. Wenige Ruderschläge später straffte sich das Seil der Harpune und der Torflügel wurde aus den Angeln gerissen.

»Bereitmachen zur Landung!«, rief er.

Sie dockten mit der Galeere am Seesteg an, kippten die Rampe über die Reling, und gleich darauf stürmten über vierhundert Krieger und Kriegerinnen aus Twyddyn und Kutera in die Festung hinein.

Raymo kämpfte sich mit Dasha an seiner Seite und der Vorhut durch den Innenhof zum Landtor und brach es auf. Schon wenige Momente später war Häuptling Trimanu mit seinen Kriegern da.

Auch jetzt ließen sie nicht einen Milaresen am Leben.

Wenig später standen Raymo, Dasha und Häuptling Trimanu an Deck der eroberten Galeere. Sie blickten auf die niederbrennende Festung und die unter Flammen versinkenden anderen vier Galeeren. Dazwischen jagten die Karavellen hin und her und versenkten jedes einzelne Rettungsboot der Milaresen.

»Sobald die Feuer aus sind, schicke ich meine Taucher hinaus, um Rüstungen und Waffen zu bergen«, sagte Trimanu.

»Das ist eine gute Idee«, sagte Raymo. »Und sorge bitte außerdem für die Unterbringung und Versorgung der Rudersklaven.«

Trimanu nickte. »Ich kümmere mich um sie«, sagte er. »Und ich mache ihnen das gleiche Angebot wie deinen Leuten.« Er legte seine Hand auf Raymos Schulter. »Ich danke dir, Raymo aus Calda. Auch im Namen meines gesamten Volkes. Wir stehen auf ewig in deiner Schuld.« Ohne auf eine Antwort Raymos zu warten, wandte er sich an Dasha. »Und auch dir, Dasha aus Twyddyn, gebührt unser aller Dank.«

Dasha wurde tatsächlich rot und machte einen kleinen Knicks. Trimanu lächelte, drehte sich um und ging.

Dasha schmiegte sich in Raymos Arm. »Es ist vorbei«, sagte sie erleichtert.

»Nein«, sagte Raymo und zog sie näher an sich. »Das war erst der Anfang.«

»Aber es war ein guter Anfang!«, sagte Dasha.

»Ja. Ein verdammt guter Anfang!«

»Weißt du was?«

»Was?«

»Ich denke, es stimmt wirklich.«

»Was stimmt wirklich?«

»Was man so über dich sagt.«

»Was sagt man denn so über mich?«

»Du bist irre, Caldäer!«

Er lachte. »Ja, das bin ich.«

LIZIA

Dunuum – Königlicher Palast

Lizia stieg aus der noch heißen Wanne, trocknete sich ab und überlegte einen Moment lang, ob sie wirklich das reich und fein gearbeitete Kleid anziehen sollte, das man ihr herausgelegt hatte, oder besser gleich ihre Reisekleidung. Sie hatte nicht vor, lange zu bleiben, und freute sich auf ihre Abfahrt nach Kutera. Dass sie zuvor noch von Arl ak Murid auf seiner Burg mit den Bauzeichnungen verschiedenster Schiffstypen ausgestattet werden würde, war ein großer Gewinn für den Kampf um die Freiheit ihrer neuen Heimat. Sie fragte sich, wie Raymo und Dasha wohl auf ihre Rückkehr reagieren würden, und lächelte sanft.

Sie entschied sich für das Kleid. Ak Sokay hatte sie persönlich gebeten, noch zur Krönung zu bleiben. Also wollte sie ihm zu

Ehren wenigstens einmal in ihrem Leben auch standesgemäß gekleidet sein.

Es klopfte an der Tür. »Seid Ihr soweit, Lizia?«, rief es von draußen. Es war die Stimme Caradoc ak Tageltins.

»Kommt herein, Caradoc«, bat sie, obwohl sie gerade erst in das Kleid schlüpfte. Sie wusste, dass es ihm nichts ausmachen würde.

Er betrat die Kammer.

»Wenn Ihr mir vielleicht bei der Schnürung helfen könntet?«, sagte sie.

»Natürlich«, antwortete er diensteifrig und huschte hinter sie. »Eure Cousine Mayra hat bei all dem Trubel um ihre Krönung wohl vergessen, Euch eine Kammerdienerin zur Verfügung zu stellen.«

»Ich glaube nicht, dass es böser Wille war. Schließlich ist mehr als die Hälfte der Dienerschaft beim Kampf um den Palast erst einmal geflohen.«

»Und hat – wie immer in solchen Fällen – gleich den halben Haushalt mitgehen lassen«, sagte ak Tageltin amüsiert. »Wenn es nach mir gegangen wäre, hätte man mit der Krönung ja gewartet, bis alles wieder auf Vordermann ist und man die Zeremonie und die Feier standesgemäß durchführen kann. Aber Mayra und ihre Onkel haben auf einer sofortigen Krönung bestanden. Sie haben es wohl eilig, das Land endlich in ihre gierigen Krallen zu bekommen.«

»Ja, was man hat, hat man«, feixte sie zurück. »Wenn es Euch hier zu bunt werden sollte …«

»Oh, jemandem wie mir kann es nie zu bunt werden, wenn Ihr wisst, was ich meine …«

»In Ordnung«, korrigierte sie sich. »Ich meine, wenn es Euch hier zu dunkel und zu kalt werden sollte – und damit meine ich ausnahmsweise nicht das Wetter –, dann kommt mich in Kutera besuchen. Da ist es – wenigstens zurzeit – noch ein wenig wärmer … und tatsächlich um einiges bunter, wenn ich jetzt so darüber nachdenke. Auch ist das Essen unvorstellbar reichhaltig. Ihr müsst unbedingt frische Crata Gyna probieren … und die eingelegten … und den Saft … und natürlich den Wein. Raymo will sogar einen Brand daraus herstellen.«

»Oh Kind, wie Ihr sprudelt«, sagte er. »Ich freu mich so für Euch! Und, wer weiß … vielleicht nehme ich Eure Einladung ja auch schon bald an.« Seine Stimme wurde ernster. »Zuerst jedoch müssen wir abwarten, wie König Vas'Ko auf den Erfolg der Rebellion reagieren wird.«

»Meint Ihr, es kommt zum offenen Krieg?«

»Ich halte es nicht für unwahrscheinlich. Aber wir werden gerüstet sein.«

»Und Ihr habt Harwee als fähigen Oberbefehlshaber … und König.«

»Ja, das ist wohl wahr«, stimmte er zu. Er war mit dem Schnüren der Korsage fertig und band eine Schleife, während sie in ihre Schuhe schlüpfte. »Aber der Wahrheit halber will ich unbedingt festgehalten haben, dass die Idee, flussabwärts anzugreifen, von Euch stammt. Das hat Hunderte, wenn nicht gar Tausende Menschenleben gerettet.«

Er stellte sich vor sie und küsste sie auf beide Wangen. »Fertig, meine Liebe. Wollen wir?«

Sie nickte. »Wir wollen.«

Er hielt ihr den Arm, sie hakte sich ein und gemeinsam gingen sie in Begleitung von sechs seiner Soldaten durch den Palast zum Thronsaal.

Als sie ihn betraten, waren schon sämtliche Häuser versammelt. Die Arls des Westens standen mit jeweils einem Dutzend ihrer Soldaten in dem Raum vor den beiden Thronen. Ak Calleva, ak Murid, ak Viroc, ak Nidum.

Ak Salin und ak Glevy jedoch standen mit ihren Männern oben neben den gewaltigen und reich verzierten Sitzen.

»Wie sollte es auch anders sein?«, fragte Lizia mit einem Schmunzeln so leise, dass nur ak Tageltin sie hören konnte.

»Ja, wie sollte es auch anders sein?«, gab er grinsend zurück, während er den Platz ansteuerte, den seine übrigen Soldaten für ihn und Lizia bereithielten.

Mayra und ak Sokay standen vor den beiden Stühlen. Mayra war so fein herausgeputzt, dass all das Glitzern der Edelsteine und Perlen an ihrem Gewand Lizia in den Augen weh tat. Sogar der Schleier über ihrem Kopf war mit Goldfäden und Juwelen besetzt.

Sobald sie Lizias gewahr wurde, zeigte sie mit dem Finger auf sie und schrie: »Onkel! Verhaftet die Verräterin! Verhaftet sie auf der Stelle und werft sie in den Turm!«

»Was?!«, rief ak Sokay aus, während die Trupps ak Salins und ak Glevys sich bereits in Bewegung setzten.

»Sie hat eine Königin ermordet«, rief Mayra, und ihre hohe Stimme kippte dabei beinahe über. »Kaltblütig und ohne Prozess! Wo kämen wir hin, wenn wir ungesühnt ließen, dass ein jeder einfach so und ungestraft das Recht in die eigene Hand nimmt?!«

Ak Tageltins Männer und auch die Kämpfer ak Murids stellten sich denen der Arls aus dem Norden in den Weg.

»Lasst sie passieren!«, rief Mayra.

»Ihr bleibt, wo ihr seid!«, befahl ak Tageltin seinen Männern, und auch die Soldaten ak Murids gingen nicht aus dem Weg.

»Macht sie nieder!«, kreischte Mayra. »Eure Königin befiehlt es!«

Ak Salins und ak Glevys Männer zogen ihre Schwerter und Äxte. Auch ak Tageltins und ak Murids Soldaten zogen blank.

»Beschützt die Königin!«, rief ak Viroc mit seiner heiseren Stimme seinen Soldaten zu. »Beschützt Königin Liziana!« Seine Männer eilten denen ak Tageltins und ak Murids zur Seite.

»Ihr habt einen Schwur geleistet, ak Viroc!«, schrie Mayra.

»So wie auch Ihr, Mayra!«, entgegnete ak Viroc scharf. »Ihr habt Lizia freien Abzug zugesichert.«

»Das war, ehe diese emporgekommene Dienstmagd königliches Blut vergossen hat«, erwiderte Mayra hysterisch.

»Sie hat an ihrer Schwester, einer grausamen und blutrünstigen Tyrannin, gerechte Vergeltung geübt«, rief Caradoc ak Tageltin. »Und das solltet Ihr ihr zugestehen, nachdem sie Euch so großzügig den Thron überlässt, obwohl Ihr und Euer Vater sie, die rechtmäßige Erbin des Throns, jahrelang als Sklavin an Eurem Hof gehalten und gequält habt. Obwohl Ihr versucht habt, sie ermorden zu lassen.«

»Und nicht zu vergessen«, rief ak Murid, »dass sie die Häuser geeint hat, und dass es Lizias geniale Strategie war, die diesen blutzollarmen Sieg über Rielle und ihre Schergen überhaupt erst ermöglicht hat!«

»Hoch lebe Königin Liziana!«, proklamierte ak Viroc. »Die rechtmäßige Erbin des Throns!«

»Hoch lebe Königin Liziana!«, riefen auch ak Nidum und ak Calleva und befahlen ihre Soldaten an Lizias Seite. Das Verhältnis der Männer ak Salins und ak Glevys gegen die Männer der Arls aus dem Westen war jetzt zwei zu fünf.

»Hoch lebe Königin Liziana!«, riefen alle fünf Arls und ihre Soldaten wie aus einem Munde.

»Macht sie nieder, Onkel!«, schrie Mayra ak Salin und ak Glevy entgegen und riss sich dabei den Schleier vom entstellten Haupt.

»Ich denke, es ist besser, werte Gemahlin«, sagte ak Sokay, während er die Hand an sein Schwert legte, »Ihr und Eure Onkel ziehen sich zurück. Aus diesem Saal – und aus Dunuum. Ehe vielleicht noch jemand auf die Idee kommt, jetzt Euch in den Turm sperren zu lassen – für Eure früheren Verbrechen gegen unsere neue Königin.«

Mayras Mund öffnete sich und schloss sich wie der eines Fisches auf dem Trocknen. »Das werdet ihr büßen!«, rief sie weinend. »Das werdet ihr alle schrecklich büßen.«

Ak Sokay wandte sich an die Arls des Westens: »Stellt mit Euren Truppen sicher, dass die Armee ak Salins und ak Glevys friedlich abzieht. Friedlich – und vor allem waffenlos. Verriegelt die

Tore der Stadt hinter ihnen und lasst die Mauern doppelt besetzen!«

Die Arls gaben den Befehl an ihre Hauptmänner weiter. Sie eilten los. Die übrigen Soldaten bildeten einen freien Gang für Mayra, ihre Onkels und deren Männer.

»Waffen fallen lassen!«, forderte ak Viroc von den gegnerischen Soldaten. Sie gehorchten auf der Stelle.

Ak Sokay wandte sich an Mayra. »Finde ich Euch, werte Gemahlin, oder einen der Euren nach Ablauf der nächsten Stunde noch innerhalb der Mauern Dunuums, werdet Ihr des Hochverrats angeklagt und hingerichtet.«

Mayra spuckte ihm ins Gesicht, wollte sich auf ihn stürzen und ihm die Augen auskratzen. Doch ihre Onkel packten sie und zerrten sie von der Thronplattform über die breite Treppe nach unten.

»Das ist nicht vorüber, ak Sokay!«, rief ak Salin dabei drohend. »Das ist nicht vorüber!«

Lizia stand noch immer da, wie vom Donner gerührt, und sah dabei zu, wie ihre kleine kreischende und um sich tretende Cousine von ihren Onkeln und begleitet von deren Soldaten aus dem Saal geschleift wurde. Sie fühlte, dass sie von beiden Seiten an den Armen gefasst wurde. Es waren Caradoc ak Tageltin und ak Murid. Sie führten sie hinauf zum Thron.

»Es tut mir so leid, Lizia«, sagte ak Tageltin leise und mit beinahe brechender Stimme. »Es tut mir so leid. Aber Mayra hat uns keine andere Wahl gelassen.«

Lizia hörte nicht wirklich, was er sagte. Sie war völlig benommen. Was war eben geschehen? Aber vor allem, was geschah jetzt gerade? Wie durch einen Nebel sah sie das Gesicht von ak Sokay, der abseits stand. Weit abseits. Sie hatte das Bedürfnis, ihn zu sich zu rufen, und er sah es wohl in ihrem Blick, schüttelte traurig den Kopf. Er war jetzt mit einer anderen verheiratet, sein Platz war nicht mehr der neben Lizia; durfte es nicht sein.

Sie spürte, dass jemand ihr half, sich auf ein weiches Polster zu setzen, und ihr jemand anderes eine Krone aufsetzte. Irgendwer drückte ihr ein Zepter in die Hand, und alle im Saal schrien: »Lang lebe Königin Liziana! Lang lebe Königin Liziana!«

Auch ak Sokay, der noch immer weit weg von ihr stand, rief: »Lang lebe Königin Liziana!«

Eine einzelne Träne rollte ihr über die Wange. Es war keine Träne der Freude.

ASH

Svarna'Duipa – Xumi Shan

Ash war von der Explosion des Feuerblitzes von den Füßen gerissen worden. Der Speer lag noch immer in seiner Hand. Sein Licht brach sich in den dicken Staubwolken, die der Kampf aufgewirbelt hatte. Er war sich nicht sicher, ob es so still um ihn herum war, weil der Krach der Explosion ihn vorübergehend oder auch ganz taub gemacht hatte, oder weil einfach wirklich nicht der kleinste Laut zu hören war. Er stand auf. Jetzt, da er Lugnir wieder hielt, waren seine Schmerzen von vorhin wie weggeblasen, und auch die Erschöpfung war verschwunden. Er schwenkte den Speer, um in dessen Licht besser sehen zu können – und entdeckte gleich darauf den Drachen.

Die riesige Kreatur lag auf der Seite, und an der Art, wie sie dalag – schlaff und in sich zusammengesunken –, erkannte Ash sofort, dass sie tot war. Ash wollte schreien vor Wut, aber der Kloß in seinem Hals ließ das nicht zu. Er konnte sich hundert Mal einreden, dass er den Drachen nicht getötet hatte … dass es der Speer gewesen war … doch der Speer war in seiner Hand – auch wenn Lugnir die Hand gelenkt hatte und nicht umgekehrt. Außerdem hatte er den Speer überhaupt erst hierhergebracht.

Es tat ihm nicht leid um den Drachen selbst – es tat ihm leid, dass schon wieder ein Leben geopfert worden war im Dienste der Mission … des Schicksals. Und er war dessen Werkzeug gewesen.

Jetzt, da – wenn auch gegen seinen Willen – der Preis bezahlt worden war, konnte er auch dessen Gegenwert in Empfang nehmen. Das Herz! Ash würde es Tagdh bringen – aber er war fest entschlossen, es ihm nur unter der Bedingung zu übergeben, dass nie wieder ein Mensch im Spiel der Götter geopfert oder zum Mörder gemacht werden würde.

Erlöschende Funken in einem Schwarzen Sturm.

Ash ging hinüber zu dem Kadaver. Die Brust der Bestie, die einmal ein Gott gewesen war, war doppelt so breit wie Ash hoch. Ash hob den Speer und zielte mit der Spitze auf die Mitte.

Aus der Diamantklinge brach ein feiner greller Strahl hervor – pures, weißes Licht. Da, wo es auf den Leib des Drachens traf, begann es, die Schuppen aufzuschneiden wie ein Messer. Ash lenkte den Strahl, der Schnitt wurde länger, ging durch Schuppen, Fleisch und das dahinter liegende Brustbein. Das Gewicht ließ den unteren Teil der Brust herabsinken. Die inneren Organe wurden sichtbar – und im Zentrum darin etwas Leuchtendes. Eine perfekte Kugel. Glatt und fest wie ein geschliffener Edelstein. So groß wie der Kopf eines Mannes. Sie hatte die Farbe der Abendsonne. Rotorange. Das Herz des Drachen!

Ash durchtrennte mit dem Strahl des Speers die Adern und Fasern, mit denen die Kugel mit dem umgebenden Gewebe verbunden war. Die Kugel löste sich und fiel aus der Brust des Drachen, rollte über die Steinplatten des Bodens vor Ashs Füße. Er bückte sich, legte den Speer beiseite und nahm die Kugel in die Hände. Er fühlte ihre Wärme und ihre Kraft in seinen Fingern pulsen.

Ash zog seinen Umhang aus und wickelte die Kugel sorgfältig darin ein. Ein Geräusch hinter ihm ließ ihn noch in der Hocke herumfahren. Dabei griff er nach dem Speer, doch der lag nicht mehr an seinem Platz. Stattdessen war er in den Händen Þoras, die wie aus dem Nichts aufgetaucht war und plötzlich vor ihm stand.

»Ich sehe, du hast deine Aufgabe am Ende tatsächlich erfüllt.« Ihre ausdruckslose Miene wich einem spöttischen, ja herablassenden Lächeln. »Natürlich nicht, ohne vorher noch alles auf den Kopf stellen zu wollen. Himmel, wenn du dich manchmal hören könntest! Du und dein Weltschmerz. Deine Anmaßung, in den Lauf des Schicksals eingreifen, ihn ändern zu können … Unglaublich!«

»Þóra?«, fragte Ash unsicher.

Ihr Blick wurde kühl. »Aber ich habe gute Nachrichten für dich, mein Herr und Gebieter. Deine Selbstqual hat endlich ein Ende. So wie deine Reise.«

Ehe Ash reagieren konnte, hatte sie mit dem Speer ausgeholt und schlug ihn ihm mit festem Schwung gegen den Schädel. Sie traf ihn an der Schläfe, und Ashs Welt explodierte. Benommen fiel er zur Seite, spürte, wie ihm Blut ins flatternde Auge lief. Þóra schlug noch einmal zu. Ashs Blick wurde von einem rötlichen und immer dunkler werdenden Schleier vernebelt.

Während Þóra ein drittes Mal zuschlug, nahm Ash ein Lachen wahr. Aber es war nicht Þóra, die da lachte. Es war die Stimme Gottes in seinem Kopf.

Ich verstehe nicht!, war Ashs letzter Gedanke.

»Natürlich nicht«, sagte Gott. Dann war alles schwarz.

ANHANG

***A**és* Oberster Gott der Normark.

Aésfjord Hauptstadt der Normark.

Alaak Aésbrunn Königliche Gemahlin des früheren Königs von Twyddyn Qwntynn ak Aésbrunn. Mutter von Königin Rielle. Ermordet bei einem Staatsstreich.

Alduna Provinz im Nordwesten Twyddyns.

Ak Meru Königliche Familie Twyddyns vor der Machtübernahme durch Qwntynns Vater Fyngar ak Aésbrunn.

Arl ak Calleva Fürst Twyddyns. Herr über Mogontia.

Arl ak Enwyggen Fürst Twyddyns. Letzter seines Geschlechts.

Arl ak Glevy Fürst Twyddyns. Schwager von Stuak Ward. Onkel von Mayra.

Arl ak Murid Fürst Twyddyns.

Arl ak Nidum Fürst Twyddyns.

Arl ak Salin Fürst Twyddyns. Cousin von Glevy.

Arl ak Sokay Fürst und General Twyddyns. Nachfolger von General ak Aeton. Engster Vertrauter von Königin Rielle.

Arl ak Tageltin Fürst Twyddyns. Herr von Rinastein.

Arl ak Viroc Fürst Twyddyns

Arl ak Ward Fürst Twyddyns. Onkel von Rielle. Vater von Mayra ak Ward. Lebt mit ihr seit der Blutnacht auf dem Gut »Cassias Hain« an der Grenze zwischen Twyddyn und Calda. Seine in der Blutnacht ermordete Frau Cassia war die Schwester von König Qwntynn.

Ash Hanson Einziger überlebender Mönch aus dem Kloster »Sonnengarten« in Bo'Meran.

***B**aol* Abt im Kloster »Sonnengarten«.

Bar'Tomeu Milaresischer Conte – hält Greiffenfels.

Blutnacht Blutiger Staatsstreich, bei dem Rielle ihren kleinen Bruder Edwn entmachtet und zusammen mit seinen Anhängern ermordet hat.

Bo'Meran Land weit östlich von Twyddyn. Hauptstadt: Neta'Vi.

***C**alda* Hochland im Norden des Inselreichs Prtwyn.

Camborr Provinz Twyddyns, nordöstlich von Dunuum.

Cassia ak Ward Schwester von König Qwntynn. Gattin des Arl ak Ward. Mutter von Mayra. Ermordet in der Blutnacht.

Cassias Hain Landgut der Familie ak Ward an der Grenze zwischen Twyddyn und Calda.

Crata Gyna Frucht aus Kutera. Wächst auch im Dunkeln.

***D**a'Aghdha* Oberster Gott des alten Reiches Xbal'Nahpu. Sonnengott.

Dasha Eines der Mädchen in »Wenda Weemans Palast der Perlen«.

Þóra (Dhora) Fischerin aus dem Westen Bo'Merans.

Þrun (Dhrun) Gott der Normark. Bruder des Aés.

Doa Lu Tsu Abt im Kloster beim Tempel Xumi Shan.

Dubris Venta Provinz Twyddyns, südöstlich von Dunuum.

Dulf Einhand Seewolf.

Dunuum Hauptstadt Twyddyns.

Durr'Sa Häuptling der »Hüter des Speers«.

***E**dwn ak Aésbrunn* Vormals König von Twyddyn. Sohn von Qwntynn, Enkel von Fyngar, Bruder von Rielle. Ermordet in der Blutnacht.

Edwrd Akrim Kapitän der Galeone ak Sokays.

***F**yngar ak Aésbrunn* Vormals König von Twyddyn. Großvater von Königin Rielle. Vater von Qwntynn und Cassia. Hat die Tyrannei der Familie ak Meru beendet.

Greiffenfels Burg ak Sokays.
Gutney Insel nordwestlich von Prtwyn.

Hashima Land weit im einstmals sonnigen Süden.
Havarfjord Hauptstadt Gutneys.
Heireann Insel westlich von Prtwyn. Seit der Machtübernahme Fyngars zum Königreich Twyddyn gehörig.

Itvark Kapitän.

Kaecee ak Aeton Tochter von Arl ak Aeton. Verlobte von Raymo Ten Mayne. Gestorben am Tag des Weltendonners.
Kupferberg-Höhlen Ehemaliges Minensystem unterhalb Dunuums.
Kutera Kontinent weit im Südwesten, jenseits der Schwarzen See.

Laf Wiecherson Kapitän.
Lambes Hauptmann der Wache von Barknar Ollik.
Lizia Dienerin auf dem Gut der Familie ak Ward.
Llugh Ten Mayne Fürst Caldas. Vater von Raymo Ten Mayne.
Loyhim Seefahrervolk aus alter Zeit. Brachte die Zivilisation nach Twyddyn und Milara.
Lugnir Magischer Speer. Geschmiedet von Tagdh und Nykht.

Mayra ak Ward Tochter von Arl Stu ak Ward und seiner Frau Cassia. Enkelin von König Fyngar und Cousine von Königin Rielle.
Milara Königreich auf dem Festland südwestlich von Prtwyn.
Mogontia Stadt am Rahn. Wohnsitz des Hauses ak Calleva.
Mor Prtwyn Meer zwischen Prtwyn und dem Festland. Nordöstlich von Twyddyn.

Nai'Ci Land weit im Osten.
Neta'Vi Hauptstadt Bo'Merans.

N'Gus ak Sokay Pirat aus Heireann. Vater von Arl Harwee ak Sokay.

Nosach Amar Kapitän.

Nykht Drache. Gott der Nacht.

Normark Land nordöstlich von Calda, nordwestlich von Bo'Meran, südöstlich von Gutney.

***P**rtwyn* Inselreich, bestehend aus den beiden Staaten Twyddyn und Calda. Nordöstlich von Milara, südöstlich von Gutney, südwestlich von der Normark, westlich von Bo'Meran.

***Q**ualanuaragh* Hochland im Norden Milaras.

Qwntynn al Aésbrunn Vormals König von Twyddyn. Sohn von Fyngar. Mann von Ala. Vater von Edwn und Rielle. Bruder von Cassia. Onkel von Mayra.

***R**aymo Ten Mayne* Sohn des caldäischen Fürsten Llugh Ten Mayne und dessen Frau Rytta.

Rielle ak Twyddyn Rielle ak Aésbrunn. Königin von Twyddyn. Tochter von Qwntynn und Ala, Schwester von Edwn, Cousine von Mayra.

Rinastein Stadt an der Rina. Sitz des Hauses ak Tageltin.

Rytta Ten Mayne Oberste Schamanin der Hochlandklans Caldas. Gemahlin von Llugh Ten Mayne. Mutter von Raymo.

***S**anbao* Hafenstadt im Norden Milaras.

Sarr'Do'Kai Sohn des Durr'Sa.

Schwarze See Ozean zwischen Twyddyn, Milara und dem neu entdeckten Kontinent Kutera weit im Südwesten.

Seewölfe Volk von plündernden Seefahrern.

Siàland Kleine Insel auf dem Weg von Bo'Meran nach Normark.

Skirt Agol'Ha Meerenge bei der Südspitze Hashimas.

Sonnengarten Kloster des Svanto in Bo'Meran.

Svanto »Der Viergesichtige«. Oberster Gott Bo'Merans.

Svarna'Duipa Vulkaninsel vor Nai'Ci.
Szuma Kriegerin aus Xeljasal auf Kutera.

T*agdh* Drache. Gott des Tages.
Ta'mara Provinz im Südwesten Twyddyns
Twyddyn Königreich im Süden Prtwyns.
Trimanu Ehemaliger Häuptling von Xeljasal.

U*rtis Weeman* Sohn von Arl ak Drahon und Wenda Weeman.

V*as'Ko* König von Milara.

W*eltendonner* Katastrophe. Der Tag, an dem sich die Himmel verdunkelten.
Wenda Weeman Vormals Mätresse von Arl ak Drahon. Inhaberin von »Wenda Weemans Palast der Perlen«. Mutter von Urtis.
Wolfshöhe Burgfestung des Klans Ten Mayne in Calda.

X*alli* Brennstoff.
Xanoya Riesige Echsenkatze. Von den Bewohnern Xeljasals als einer ihrer Götter verehrt.
Xbal'Nahpu Riesiges Reich auf Kutera. Gründe für Untergang unbekannt.
Xeljasal Stadt auf Kutera.
Xumi Shan Tempel. Das »Herz der Welt«.
Xung Lu Wie Hauptstadt von Svarna'Duipa.

Z*ane Arkeen* Commodore unter Befehl von Arl ak Sokay.

Eine Million Einwohner
Neun intrigante Statthalter
Ein Herrscher, den niemand je zu Gesicht bekommt

MARKUS HEITZ

WÉDŌRA

STAUB UND BLUT

ROMAN

Im Mittelpunkt einer gigantischen Wüste liegt die schwer befestigte Stadt Wédōra. Sämtliche Handelswege der fünfzehn Länder rings um das Sandmeer kreuzen sich hier, Karawanen, Kaufleute und Reisende finden Wasser und Schutz. Hierhin verschlägt es den Halunken Liothan und die Gesetzeshüterin Tomeija. Die beiden kommen zum ungünstigsten Zeitpunkt in die Stadt, steht Wédōra doch kurz vor einem gewaltigen Krieg, denn die geheimnisvollen Stämme der Wüste rufen zum Sturm auf die mächtige Stadt. Liothan und Tomeija geraten schnell in ein tödliches Netz aus Lügen und Verschwörungen, besitzen sie doch Fähigkeiten, die für alle Seiten kriegsentscheidend sein können.

KNAUR

Der Beginn
eines epischen Abenteuers!

JAMES ISLINGTON

DAS ERBE DER SEHER

ROMAN

In Feuer und Blut endete vor 20 Jahren die Herrschaft der Auguren, mächtige Magier mit seherischen Fähigkeiten. Jene, die ihnen dienten – die Begabten – wurden nur verschont, weil sie sich dem rigiden neuen Gesetz unterworfen haben, das ihre Macht beschränkt.
Der junge Begabte Davian und seine Freunde wachsen in einer Welt auf, die sie verachtet und strengstens überwacht. Doch als Davian herausfindet, dass er über die bei Todesstrafe verbotene Magie der Seher verfügt, setzt er eine Kette von Ereignissen in Gang, die alles für immer verändern werden.
Denn im Norden regt sich ein Feind, den man zu lange besiegt glaubte …

KNAUR

Held oder Verräter?
Der Aufstand gegen die Götter beginnt!

MICHAEL J. SULLIVAN

REBELLION

THE FIRST EMPIRE

ROMAN

Seit Anbeginn der Zeit leben die Menschen im Schatten ihrer Götter, der Fhrey: Während diese in kunstvoll angelegten Städten wohnen, über Magie verfügen und niemals altern, hausen die Menschen in armseligen Dörfern, geplagt von Hunger und Krankheiten.
Als der junge Raithe von einem Fhrey angegriffen wird, tut er das Undenkbare: Er wehrt sich. Niemand könnte überraschter sein als Raithe, als der unsterbliche Gott plötzlich tot zu seinen Füßen liegt. Von da ab eilt sein Ruf ihm voraus - und ehe er es sich versieht, wird Raithe zum Anführer eines Aufstands, der die Welt für immer verändern soll.

KNAUR